陕西师范大学优秀学术著作出版基金资助出版
国家社科基金“宝卷禳灾叙述的人类学研究”阶段成果

禳灾与记忆

宝卷的社会功能研究

李永平　著

中国社会科学出版社

图书在版编目(CIP)数据

禳灾与记忆：宝卷的社会功能研究／李永平著．—北京：中国社会科学出版社，2016.5

ISBN 978－7－5161－7951－2

Ⅰ.①禳…　Ⅱ.①李…　Ⅲ.①宝卷(文学)—社会功能—研究—中国　Ⅳ.①I207.7

中国版本图书馆CIP数据核字(2016)第070480号

出 版 人　赵剑英
选题策划　罗　莉
责任编辑　刘　艳
责任校对　陈　晨
责任印制　戴　宽

出　　版　中国社会科学出版社
社　　址　北京鼓楼西大街甲158号
邮　　编　100720
网　　址　http://www.csspw.cn
发 行 部　010－84083685
门 市 部　010－84029450
经　　销　新华书店及其他书店

印　　刷　北京明恒达印务有限公司
装　　订　廊坊市广阳区广增装订厂
版　　次　2016年5月第1版
印　　次　2016年5月第1次印刷

开　　本　710×1000　1/16
印　　张　19
插　　页　2
字　　数　319千字
定　　价　72.00元

凡购买中国社会科学出版社图书,如有质量问题请与本社营销中心联系调换
电话:010－84083683

目　　录

前言：宝卷概说①

宝卷是中国口头传统在中古以后，以儒、佛、道三教的教义思想或三教合一的说教为主题，用通俗的韵白、诗、偈子、曲牌、十字佛（亦称攒十字）等凑集成文，以演说宗教教义、法规、戒律、仪式等特定内容，劝人向善，或阐明某种宗教教义，以期实现禳灾救劫目的的口头传统。②它的原始雏形是唐、五代时期的俗讲、变文及讲经文，多由韵语、散文相间组成。至宋、金时期，又受说经、诸宫调、鼓子词的影响，逐渐演变成了用通俗易懂的语言、百姓喜闻乐见的说唱形式来传扩宗教内容的载体。那时的宝卷应是佛教向世人说法的通俗经文或带有浓厚宗教色彩的世俗故事的蓝本，传教者借用这类宝卷宣扬教义，张扬佛法。

如果在历史上找宝卷的文类源头，则唐代流行的俗讲，以白文、诗偈、佛曲交替说唱，宣讲佛经和道经故事，这是宝卷的文类来源；如果要找到思想来源，中国自古以来的禳灾救劫的文化传统则是它的思想源头。

第一，宝卷的文类渊源。文

① 本部分研究参考了车锡伦《中国宝卷研究》第一、二编部分研究成果。

② 唐代讲经曾盛极一时，文溆和尚在长安兴福寺讲经时为吸引听众，讲得甚俗，夹杂“淫秽鄙亵之事”，听众趋之若鹜。姚合诗称：“远近持斋来谛听，酒坊鱼市尽无人。”宋代讲经出现了《大唐三藏取经诗话》，后则有明小说《西游记》。印度人也讲经，后来却形成史诗《罗摩衍那》和《摩诃婆罗多》，我国纳西族讲《东巴经》，后来形成了史诗《崇般图》《董埃术埃》《鲁般鲁饶》。这就值得我们思考，印度的讲经最后变成史诗，纳西族讲《东巴经》也形成史诗，为什么汉民族的讲经却发展为章回小说？这种不同民族历史上人类学事象给文学活动带来的不同结果及其规律性，是文学人类学要研究的核心内容。

献显示，唐代初年就存在面向俗众讲经说法的“俗讲”，与僧讲相对而言。主要在年三月（即每年的正月、五月、九月，叫三长斋月）举行。

关于“俗讲”的记载，最早见唐释道宣《续高僧传》卷二六《释善伏传》：

> 释善伏，一名等照，姓蒋，常州义兴人。生即白首，性知远离，五岁于安国寺兄才法师边出家，布衣蔬食日诵经卷，目睹七行，一闻不忘，贞观三年（629），窦刺史闻其（按，指善伏）聪敏，追充州学，因而日听俗讲，夕思佛义。博士责之。对曰：“岂不闻乎，行有余力，所以博观。如不见信，请问前闻。”乃试之，一无所滞。[①]

这里的俗讲，如刘铭恕先生所言是释家对儒家讲经的贬称，后来才被用来指称释家对在家之人的讲经，[②] 不过，征诸史籍，这种专门针对在俗民众的讲经活动唐前实已有之。但后到何时，刘先生则未明言。不过，潘重规先生在《敦煌变文新论》[③]一文中，从《大唐大慈恩寺三藏法师传》卷九中发现玄奘法师于显庆元年（656）十二月献给唐高宗报恩经变一部，潘先生认为它是《报恩经》的俗讲经文。如果此说成立，则俗讲变文的出现年代就可以上推至7世纪中期。《佛祖统纪》卷三九云：“隋开皇十四年（594）冬十月，智者过岳州为刺史王宣武授戒法，沙门昙捷等请讲《金光明经》，其俗闻法，感化一郡五县一千余所，咸舍渔捕。”[④] 智者即天台大师智顗（538—597），他在岳州讲《金光明经》，听讲对象是州县的普通百姓。此虽无“俗讲”之名，却有“俗讲”之实。因此，有的学者认为俗讲制度在隋以前即已确立。[⑤] 若从讲唱程式看，隋末唐初，此种面对大众的讲经说法活动已颇受时人的欢迎。《续高僧传》有云：

---

① ［日］高楠顺次郎：《大正新修大藏经》卷五〇，新文丰出版公司1992年版，第602页。

② 刘铭恕：《关于俗讲的几个问题》，《郑州大学学报》1980年第4期，第7—8页。

③ 该文最早刊载于《幼狮月刊》第49卷第1期，后收入《敦煌变文集新书》，文津出版社1994年版，第1297—1315页。

④ 苏渊雷、高振农：《佛藏要籍选刊》第12册，上海古籍出版社1994年版，第2320页。

⑤ 王昆吾：《汉唐音乐文化论集》，台湾学艺出版社1991年版，第184页。

释宝岩，住京室法海寺。气调闲放，言笑聚人，情存导俗，时共目之说法师也，与讲经论名同事异。论师所设，务存章句，消判生起结词义。岩之制用，随状立仪，所有控引多取《杂藏》《百譬》《异相》《联璧》《观公导文》《王孺忏法》，梁高、沈约、徐、庾、晋宋等数十家，包纳喉衿，触兴抽拔。每使京邑，诸集塔寺肇兴，费用所资，莫非钱贝。虽玉石通集，藏府难开。及岩之登座也，案几顾望未及吐言，掷物云崩，须臾没座，方乃命人徙物？谈叙福门，先张善道可欣，中论幽途可厌，后以无常逼夺终归长逝。提耳抵掌，速悟时心，莫不解发撤衣。书名记数克济，咸其功焉。时有人云："夫说法者当如法说，不闻阴界之空，但言本生本事。"岩曰："生事所明，为存阴入无主，但浊世情钝，说明、界者昏睡也。故随物附相，用开神符，可不佳乎?"以贞观初年卒于住寺，春秋七十余矣。①

由于李唐王朝崇道，所以初唐时期文献中鲜见佛教俗讲的记载。100多年后的唐玄宗开元十九年下了禁断俗讲的诏书：

说兹因果，广树筌蹄，事涉虚玄，渺同河汉……近日僧尼此风犹甚。因缘讲说，眩惑闾阎；溪壑无厌，唯财是敛。津梁自坏，其教安施；无益于人，有蠹于俗。或出入州县，假托威权；或巡历乡村，恣行教化。因其聚会，便有宿宵；左道不常，异端斯起。自今以后，僧尼除讲律之外，一切禁断。六时礼忏，须依律仪。②

① ［日］高楠顺次郎：《大正新修大藏经》第50册，第705页中、下。

② （宋）宋敏求编：《唐大诏令集》卷一一三"诫励僧尼敕"，商务印书馆1959年版，第588页。

诏书认为，僧尼们“出入州县”或“巡历乡村”，聚众教化，在进行俗讲活动普及的同时，存在世俗僧众依托官府聚敛钱财的问题。可以想象，那时这种俗讲已经十分普遍，从寺庙宫观深入到宫廷市井，乃至集镇乡村，几乎随处可见。韩愈《华山女》诗描述道：“街东街西讲佛经，撞钟吹螺闹宫廷”；“观中人满坐观外，后至无地无由听”。① 这种俗讲变文在流传过程中，逐渐离经叛道，其内容之构成，大抵皆是敷演经典，而采用通俗易懂且引人入胜之方式，在人物、背景的描写上加以润色，或巧妙地融合中国思想，强调救母行孝之类，兼采丰富的譬喻与寓言，在布教的同时，亦兼顾民间文学之适合性。长庆年间，还出现过关于俗讲僧文溆的一桩公案：文溆“善吟经，其声宛畅，感动里人”②。

但唐代赵璘《因话录》有不同的记载：

> 有文淑僧者，公为聚众谈说，假托经论，所言无非淫秽鄙亵之事。转相鼓扇，愚夫冶妇乐闻其说，听者填咽。寺舍瞻礼崇拜，呼为“和尚”。教坊效其声调，以为歌曲。其氓庶易诱，释徒苟知真理，及文义稍精，亦甚嗤鄙之。近日庸僧，以名系功道使，不惧台省府县，以士流好窥其所为，视衣冠过于仇雠。而淑僧最甚，前后杖背，流在边地数矣。③

到了宋代，都市繁盛，市井流行评话，由专门的说书艺人演说各种故事。“讲史”的就有所谓烟粉、灵怪、朴刀、赶棒。“谈经”的则多取唐代变文和俗讲，演说佛经、道经故事。早期的史诗，唐代变文，宋代谈经，再掺和进流行于民间的戏曲曲牌和诗文，就逐渐演化成一种新型的说唱文学体裁——宝卷。说经（或称“谈经”）始见于南宋人的文献，它们都是在介绍都城临安（今杭州）瓦子（又称“瓦舍”）中的说话技艺时，提及说经等。最早的记录见南宋端平二年（1235）灌园耐得翁所著《都城纪胜》，其中说经，谓演说佛书。④ 稍后于《都城纪胜》的《西湖老人繁胜录》介绍瓦子中的民间技艺人有：说经：长啸和尚、彭道安、陆妙

① 《全唐诗》卷三百四十一。

② （唐）段安节：《乐府杂录》，中华书局1985年版，第38页。

③ （唐）赵璘：《因话录》卷四“角部”。

④ 《东京梦华录（外四种）》，中华书局1962年版，第98页。

慧、陆妙净。[1] 南宋末年吴自牧《梦粱录》卷十九“小说讲经史”的记录，承袭《都城纪胜》《西湖老人繁胜录》的说法，但增加了“说诨经”一项：

> 谈经者，谓演说佛书；说参请者，谓宾主参禅悟道等事。有宝庵、管庵、喜然和尚等。又有说诨经者，戴忻庵。[2]

由宋入元的周密在宋亡以后所作《武林旧事》卷六“诸色技艺人”中记录说经、说诨经的技艺人最多：

> 说经、诨经：长啸和尚、彭道（名法和）、陆妙慧（女流）、余信庵、周太辩（和尚）、陆妙静（女流）、达理（和尚）、啸庵、隐秀、混俗、许安然、有缘（和尚）、借庵、保庵、戴悦庵、息庵、戴忻庵。[3]

此外，南宋末年罗烨的《醉翁谈录》“小说引子”中曾列出“演史、讲经”之名，但在“小说开辟”中罗列的众多作品中，却未提到“讲经”类的作品。

以上是宋代人有关“说经”的记载。其中《都城纪胜》《梦粱录》中都有南宋“说话四家”（或称“四家数”）的提法，但它们列举的说话门类，均非并列的四家，所以今人一直对这“四家”有歧义，不过对“说经”为一家，大致没有分歧。[4] 对现存话本小说文本及话本名目中哪一些是说经类作品，则一直争论不休。

用郑振铎的话来讲：

> 周密《武林旧事》诸色技艺人等里，也记录着：“‘说经’、‘诨经’，长啸和尚以下十七人。弹唱因缘，童道以下十一人。”这是所谓“谈经”等等，当然便是讲唱“变文”的变相。可惜宋代的这些

---

① 《东京梦华录（外四种）》，中华书局1962年版，第123页。

② 同上书，第313页。

③ 同上书，第455页。

④ 胡士莹：《话本小说概论》第四章，中华书局1980年版，第100—129页。

作品，今均未见只字，无从引证，然后来的“宝卷”，实即“变文”的嫡派子孙，也当即“谈经”等的别名。“宝卷”的结构，和“变文”无殊，且所讲唱的，也以因果报应及佛道的故事为主。直至今日，此风犹在。①

在各式各样的法会道场和结社念佛的活动中，孕育和产生了宝卷。正因为宝卷是产生在这样的宗教文化背景下，所以不论演释《金刚经》的《销释金刚科仪》，还是说唱传统因缘故事的《生天宝卷》，都出现了弘扬西方净土，乃至于劝导信众“持斋念佛”的说教，这也是宝卷与同题材的讲经文、缘起和变文在内容上的发展。

我们从《河阳宝卷》中可以看到，它的形式和敦煌变文有着千丝万缕的因果关系。例如，变文中的《悉达太子修道因缘》（日本龙谷大学藏卷），另有《太子成道经》《八相变》等，在河阳宝卷中更世俗化地演变成两个卷本即《悉达卷》《雪山卷》，都是演绎太子成佛如来的故事。

金元以后，宝卷在社会上流行，颇受下层民众的欢迎。于是，民间教派的祖师们则利用它宣传其教义，取得了相当大的成功。罗教的“五部六册”宝卷，就是最典型的一例。从此，在相当长的时间里，宝卷几乎成了民间宗教经典的专用名词。

第二，宝卷的历史分期。宝卷的发展可分三个时期：宋元到明初是宝卷的产生时期。明正德到清乾嘉是宝卷发展的高峰时期，是古宝卷时期，也称教派宝卷时期。清道光以后是演唱文学——宣卷时期。

以明代武宗正德四年（1509）罗教教祖罗清刊行“五部六册”为分界线，作为宝卷发展的第一个历史时期。早期佛教宝卷主要产生于明代武宗正德年间（1506—1521）之前。以《目连救母出离地狱生天宝卷》《大乘金刚宝卷》为代表的佛教宝卷，作为宝卷发展第一期的产物，在很多方面规定了后来宝卷的发展方向与基本特征。《目连救母出离地狱生天宝卷》为现存最早以“说故事”为主的佛教宝卷，《大乘金刚宝卷》为现存最早以宣说经义为主的佛教宝卷。两者的存在首先在内容上代表了宝卷发展的两大方向：说经义与说故事。在形式方面，早期佛教宝卷以散韵交错为基本形式，韵文多以五言、七言为主，且具备前言的特殊结构。释经的

① 郑振铎：《中国俗文学史》，商务印书馆 1998 年影印版，第 478—479 页。

宝卷还依经分品。后期宝卷中常有的攒十字句式也不见于其中，而小曲的采用也较为少见。其形式上的基本特征多为后世宝卷所沿用。虽然这种沿用，随着时间的推移，程度越来越轻，但其中的脉络是清晰可见的。大致来说，后世的佛教内容的宝卷与民间教派宝卷保留早期佛教宝卷形式上的特征比较明显，而民间宝卷则比较淡薄。这是与宝卷宗教属性的强弱程度成正比的。民间教派宝卷多沿袭早期佛教宝卷讲经义的一类，也分“品”或“分”，逐一演说。

明清之际，形成宝卷刊行的最高峰，宝卷大多印制装潢精美，与正统宗教经典无异。信徒视为珍宝，奉为神圣。这类宝卷，是民间宗教的经典文书形式，是了解、认识、研究民间宗教信仰的珍贵资料。此外，在下层社会中，创作流传的宝卷还出现了一种宗教性的“坛训”和教义宝卷，即扶乩通神、降坛垂训式宝卷。

清初以来，由于教案迭兴，宝卷引起了当局的注意，被看成了“邪说”、“妖书”。政府镇压邪教，明令禁止一切宝卷，毁经焚版，以示众庶，“以涤邪业”，致使许多宝卷被焚毁。因此，在民间，宝卷出现了两种不同的走向：一种是一些卷文并不冠以宝卷名目，名称庞杂，五花八门，以逃避官府的搜缴；另一种则摆脱了宗教气氛，以讲唱神话传说和民间故事为主，即成为一种曲艺形式，如《韩湘宝卷》《白蛇传宝卷》《孟姜女宝卷》等。①

到了清朝中叶以后，为数众多的劝善及传说故事，竞相采取宝卷的形式，成为南方演唱宝卷的底本，流行于市肆，而民间宗教教义宝卷却日渐稀少，几乎成了凤毛麟角。如果说从宋金时代即已出现了宝卷这种说唱体裁算起，到20世纪中叶止，前后有将近千年之久，民间艺人和民间宗教家们编撰了数以千计的宝卷，流传于下层社会，对广大平民百姓具有深刻的影响。在这数千种宝卷中，有相当一部分已经不知去向。但是，至今仍留传于世的也不下千部，是佛藏、道藏之外的又一个庞大的数据群，具有至少不低于佛道两藏的宝贵价值。然而由于它一直流传散落在下层民间，未引起重视，至今还没有全面地收集整理。

第三，宝卷的分类。存世的宝卷，大致可以分为四大类：一是民间宗

① 《中国大百科全书》第二版。另参见濮文起《新编中国民间宗教辞典》，福建人民出版社2015年版，第28页。

教的教义宝卷。如罗教的《巍巍不动泰山深根结果宝卷》、黄天教的《普净如来钥匙宝卷》、弘阳教的《混元弘阳飘高祖临凡经》等即是。二是宣讲佛教和道教的教义或故事的宝卷。佛教的如《销释金刚科仪》、《香山宝卷》、《目连宝卷》；道教的如《太上老子清净科仪》《东岳天齐仁圣大帝宝卷》《雷峰宝卷》《董永卖身宝卷》等。三是以《张四姐大闹东京卷》《黄氏女宝卷》《救劫宝卷》为代表的杂取民间故事、传说或戏文等宣扬忠孝节义、劝善消灾的故事宝卷。四是以《申庚卷》《血湖卷》《度关科》《大悲咒》为代表的祈福消灾仪式卷。

清朝中叶以后，大量劝善宝卷源源不断地出现在书肆之中，在民间广泛流传。而追溯这些劝善宝卷缘起，都是受到了道教经典太上感应篇和文昌帝君《阴骘文》《功过格》影响的结果。这类宝卷宣演讲述的都是因果报应的故事，核心内容是行善积德必有好报，即可以得道成仙。用《太上感应篇》的话说即："所谓善人，人皆敬之，天道佑之，福禄随之，众邪远之，神灵卫之，所作必成，神仙可冀。"[①] 反之，多行不义必自毙，如《孝女宝卷》《杀子报宝卷》《金不换宝卷》《清风亭宝卷》等，数量极多，影响巨大。

作为日常生活基本形式的宣卷曾经流行于明清两代的市井与乡野，镶嵌在市井细民的日常生活之中。宝卷的宣卷活动和当时的民间戏曲一样，在娱乐听众，令其哀乐与共的同时，也以其民间本土特有的方式对民众的道德、信仰产生着潜移默化的影响与改造。时至今日，我们仍能从这些经历了历史的风雨，日渐发黄、黯淡，但似乎依旧散发着墨香的宝卷文本中，窥见远去的先辈们陌生而又熟悉的面容。宝卷文字的背后蕴含着先辈们的生存状态和精神世界，正是由许多像宝卷这样的"粗糙"、通俗而又不乏生动、感人的文本，静穆和庄严的宣卷仪式，集中并真实地"记忆"并展示着我们民族先辈们的"光荣与梦想"。在这一方面，文人士大夫的民族国家式的大情感未必就是大传统，市井细民祛祟纳福式的小情感未必就是小传统，这也正是我们关注宝卷这类俗文学作品的意义所在。

因为时代的变迁，社会的演变，宣卷仪式"上演"的辉煌时代已经逐渐地离我们远去。从明、清、民国时期的盛行于北方、江南的宣卷仪

① 俞樾：《太上感应篇缵义》，华东师范大学出版社 2012 年版，第 1 页。

式，到现在的只零星表演于甘肃、山西、江苏、上海、浙江等少数乡村小镇，它最终也躲不过这种似乎是众多民间戏曲、曲艺的“宿命”：变身为一个民族的“文化遗产”。

绪　论

一　蒙元政权与口头传统的异军突起：兼及中国文学范型的演变

迄今为止，中国文学的物质载体大体上包括书写媒介传播系统的甲骨、金石、竹帛、纸张、印刷；口头—身体媒介传播系统的神话、传说、故事、戏剧两种类型。就人类文化而言，从一开始就内在地具有传播性，它的产生和发展与媒介如影随形，"即使在远古也只有得到技术支持的文化才能被称为文化。因为文化是离不开传承的（无论是由传统、由学校还是由媒体进行），而传承是必须记录的。一个事物具有文化特性，因为它是被展现的，即是说被记录或'写下的'"①。文化在被记录、展现和传承中展示它的存在。因此，文化被记录、展现和传承的方式就必然会影响文化的形态和构成。换言之，传播技术必然会对文化进行塑造。历史上每一种文本载体形式的变化，对于各阶段的文学发展均产生了较大的影响。

自13世纪初，蒙古军队从亚洲中部草原突然冲杀出来，其南下和西进结束了后古典时期很多伟大王朝的统治。蒙古南下在文学艺术领域的激荡难以备举。众所周知，表述的口头传统的历史比书写漫长得多，但是在中国，书写传统很早就已经成熟，此后整个文化系统向书写传统适应并转型。在文学领域的表现是各种街谈巷议、俚语艳词都诉诸书写。志怪、传奇结集编写为文学作品。言文的分岔越来越大。笔者认为，这一文化传统在元代遭到了逆转，以诗文传统为审美主流的文化观念受到空前挑战，杂剧、宝卷等以说唱为主的文学形式进一步活跃，这一巨大变化造成社会成

① ［法］让－弗朗索瓦·利奥塔：《非人》，罗国祥译，商务印书馆2000年版，第162页。

员的认知、判断、决策和行动的失序。从传播角度，这势必会影响媒介组织形态，使得媒介生态架构重组，影响社会文化结构。对此笔者仅以包公获得传播的文化土壤予以分析，详述口头传统宝卷在金元兴起的社会文化生态。

（一）口头传统与清官舆论兴起的背景

中国文学史上极具影响的大事，便是用口语“说话”以及记录说话的“话本”在宋代的出现，并自觉地成为市井细民言说的一种文体。宋代话本中的说白和作曲相结合，使得口语和书面语相分离的传统进一步弥合，这有利于俗文化的勃兴，为明清以来各种说唱文学的繁荣做了语言上的丰富和锻炼。

话本、戏曲致力于满足市民阶层的兴趣爱好和利益愿望，以其形式的通俗活泼，人物形象的鲜明生动，故事情节的曲折复杂，能在公众信息接受方面有过去文艺无法比拟的社会覆盖面与历史穿透力。蒙元贵族的入侵所带来的中国封建帝制的崩毁与传统文化失范和嬗变，其最值得关注的一点是这一切打破了以往的文化接受格局。人才选拔上重“根脚”而轻“贤能”，改变了“学优而仕”和“修齐治平”的文化传统。处于元代文化生态中的汉族知识精英不得不面对自身地位沦落而产生的身份认同危机。[①] 仕途阻塞难通的事实已基本剥夺了知识分子参与政治与上层文化建设的资格，失去立身标志的“读书人”面临精神和物质的双重危机，文化身份认同是和文化接受方式相匹配的，无认同，任何阅读和认知无所区分，不成秩序。接受方式的转变与文化身份认同的转变需要一个过程。这一生态窘境对文化、文学的影响复杂。

元代提供了比以往朝代要宽泛得多的超精英阶层，文人“凡所制作，皆足以鸣国家气化之盛，自是北乐府出，一洗东南习俗之陋。大抵雅乐不作，声音之学不传，久矣”[②]。可知当时文人竞相制作属于俗文化的“北乐府”散曲杂剧，不屑于赋诗填词已成为他们的文化价值观。他们认为，学今之乐府，则不然，儒者每薄之，愚谓：“迂阔庸腐之资无能也，非薄

① 参见萧启庆《内北国而外中国：蒙元史研究》，中华书局 2007 年版，第 31—32 页。

② （元）虞集：《中原音韵序》，引自中国戏曲研究院编《中国古典戏曲论著集成》第一册《中原音韵》卷首，中国戏剧出版社 1959 年版，第 173 页。

之也；必若通儒俊才，乃能造其妙也。”①

自元朝建立以来，多元文化格局并存，元杂剧音乐体制的形成及完善是和女真、蒙古等少数民族音乐与唐宋燕乐的融会贯通密不可分的。元杂剧曲牌联套体所依托的北曲，正是在金元之间相继进入中原地区的夷族音乐与唐宋燕乐、民间谣曲融合而成的新兴俗乐。发祥于北宋瓦舍勾栏间的诸宫调，则是故事讲唱向戏曲表演过渡的重要桥梁。诸宫调是市井商业文化多元融汇的结晶，自其草创起，就充分显现出民间文艺的通俗性、娱乐性、包容性和前瞻性的共性特征。尤其是其明快劲健的音乐旋律、质朴浅切的曲辞宾白，更易于破除语言障碍沟通情感。而在音乐与语言两大要素之中，诉诸听觉的音乐则因其先天优势而成为入主中原的蒙古民族与炎黄民族文化交流的先导。

以蒙古族为首的少数民族的固有文化和审美趣味更偏爱民间“口语”的歌谣和教坊杂戏，这影响了社会总体的文化和审美观。南宋孟珙的《蒙鞑备录》“燕聚舞乐”记蒙古时期“国王出师，亦从女乐随行，率十七八美女，极慧黠。多以十四弦等弹《大官乐》，四拍子为节，甚低，其舞甚异”②。元代的教坊乐部很庞大，明初高启的《听教坊旧妓郭芳卿弟子陈氏歌》中写：“文皇（指元仁宗）在御升平日，上苑宸游驾频出，杖中乐部五千人，能唱新声谁第一？燕国佳人号顺时，姿容歌舞总能奇。”③教坊司演出的杂剧改编民间流行的故事内容，使之适合宫廷搬演。

英尼斯指出，不同媒介以其自身的“偏向”而对社会形态产生不同的影响。④“媒介中所固有的独特品质渲染了其所接收的经验的类型。”⑤而正是歌谣、杂剧等诸新媒介的时空偏倚与蒙元贵族知识结构和话语权力相表里，改写和垄断了中国知识系统的走向。说唱文学形式因此获得了官方的认同并得到长足的发展，汉族的诗文书写传统也因之发生了转向，以

① 罗宗信：《中原音韵》序，引自中国戏曲研究院编《中国古典戏曲论著集成》第一册《中原音韵》卷首，中国戏剧出版社1959年版，第177页。

② （宋）孟珙：《蒙鞑备录》“燕聚舞乐”，曹元忠校注，上海古籍出版社2005年版，第18页。

③ （清）沈德潜：《明诗别裁集》卷一，上海古籍出版社1979年版，第8页。

④ ［美］伊莱休·卡茨、约翰·杜伦·彼得斯、泰玛·利比斯等：《媒介研究经典文本解读》，常江译，北京大学出版社2011年版，第173页。

⑤ ［美］威廉·麦克高希：《世界文明史：观察世界的新视角》，董建中、王大庆译，新华出版社2003年版，第342页。

书写传播为主的雅文学的话语权威比前代相对衰落。儒士混迹勾栏，参与合乐曲词和说唱文学的创作，推动了市民文化的成熟，宋代以来以“说话”为特征的俗文学因之而得以大放异彩。

元代也是语言发展的一个重要时期。蒙元民族众多，宗教林立，语言文字种类繁多，除了蒙古语文（八思巴文）、汉语文、波斯语文外，还有回鹘语文、察合台语文、阿拉伯语文、古叙利亚语文等。多元文化圈的存在，杂剧的兴盛，极大地摆脱了书面语的束缚，推动了元代乃至以前书面的“文言”传统的口语化，促进了汉语的发展和表达能力的提高。对此臧晋叔的《元曲选》云：

> 字内贵贱妍媸幽明离合之故，奚啻千百其状？而填词者必须人习其方言，事肖其本色，境无旁溢，语无外假。此则关目紧凑之难。北曲有十七宫调，而南止九宫，已少其半，至于一曲中有实增数十句者，一句中有衬贴数十字者，尤南所绝无而北多以是见才，自非精审于宇之阴阳，韵之平仄，鲜不劣调，而况以吴侬强效伧父喉吻，焉得不至河汉？此则音律谐叶之难。①

语言的运用必须接受新的媒介诗学的规范，戏剧在场形式的限制势必对戏剧语言的文学特性带来重大影响，从而导致戏剧文本的美学特质的嬗变。换言之，杂剧为了满足听众“悦耳”的要求，适应内容的需要和曲韵的格律，演出中吸收此前的口语语汇。索绪尔认为，在象形文字系统中，书写的词在我们的心目中代替口说的词的倾向更为强烈。② 而这种替代倾向在元代新的媒介诗学特性下得以部分逆转。王国维在《宋元戏曲史》中也说：“元剧实于新文体中自由使用新言语……然其源远在宋、金二代，不过至元而大成。”③ 贴近口语的说唱文学产生在逐渐弥合长期以来书写文化和口语文化分离的传统。因为，杂剧作为一种包括口语性对话在内的视听性质的综合艺术，是语文思维成熟的产物，在此之前，即使有民间的戏剧活动存在，也不能通过文本将其记录下来。这一点，人类学家

① （明）臧晋叔：《元曲选》，中华书局1958年版，第4页。
② ［瑞士］索绪尔：《普通语言学教程》，高名凯译，商务印书馆1980年版，第51页。
③ 王国维：《王国维文学论著三种》，商务印书馆2001年版，第165页。

对文字书写有着更为深刻的洞察："无论如何，从埃及到中国所看到的书写文字一出现以后的典型的发展模式：书写文字似乎是被用来剥削人类而非启蒙人类的工具。"和书写传播招致的话语霸权嫌疑相比，口语更富有更多的人文启蒙色彩。[①] 先秦就已出现的"优戏"概念，但在语文思维成熟以前，历悠悠千年之久，却无一被书写保存传世，这绝非偶然。而一向作为元杂剧权威选本的《元曲选》，实际上是元末明初几代文人不断加工修整，"戏取诸杂剧为删抹繁芜，其不合作者，即以己意改之，自谓颇得元人三昧"，到臧懋循定稿的文本再创作成果。[②] 语文思维是以生活口语为培养基础的，口语思维是基于记忆的、移情作用的、参与共享的、情境化的，这就使得编创者的生活体验能够通过语文思维进行全方位的表达，从根本上改变了书写文化既定的话语强势地位，这在文学发展史上是一个重大的转折。

（二）元代媒介形态格局变化与清官包公的成因

元杂剧传播的信息成为官方信息传播缺位的有力补充。从信息的传播格局上看，"新媒介"元杂剧是社会文化格局、审美偏好、语文思维发生改变的结果，同时又是这一切发生改变的原因。

元代统治者入主中原后，中断了两宋确立的中央邸报发布制度。[③] 黄卓明认为作为体现文化发达标志的原始形态报纸，在元初残存一段时间之后也中断了。[④] 元代有较为发达的"驿站"制度，《成吉思汗法典》也明确把"收集情报、传递信息"作为驿站的主要职责，但是纵观有元一代的驿站，主要功能还是传递军事情报和物资运输。[⑤] 由于民族关系复杂，儒臣和色目聚敛之臣之间的角色身份以及相应的意识形态冲突不断，蒙古族贵族对汉族及其他民族官员心存戒备，有什么朝廷政令或"小道消息"，仅仅在蒙古族贵族之间传播。而且，元王朝规定一切诏令奏章均使用蒙文，元朝政府中做官的汉族及其他民族人，普遍不懂当时的汉语，

① ［法］列维·斯特劳斯：《忧郁的热带》，王志明译，生活·读书·新知三联书店2000年版，第385页。

② 臧懋循：《寄谢在杭书》，《负苞堂集》，古典文学出版社1958年版，第92页。

③ 方汉奇：《中国新闻事业通史》，中国人民大学出版社1992年版，第113—118页。

④ 黄卓明：《中国古代报纸探源》，人民日报出版社1983年版，第74页。

⑤ 内蒙古典章法学与社会学研究所编：《〈成吉思汗法典〉及原论》，商务印书馆2007年版，第87—88页。

语言文字隔阂明显[①]。起初蒙古语是成吉思汗时畏吾儿人塔塔统阿创制的畏吾字蒙古语。后来，忽必烈又命令帝师八思巴以吐蕃字母拼蒙古语而创制八思巴蒙古字，并多次不遗余力地推广。忽必烈曾亲自命令降元南人将领管如德学习蒙古语："习成，当为朕言之。"[②] 民族政策已经使那些勉强能在元朝政府中做官的汉族及其他少数民族官员谨小慎微，元政府又一再明令禁止非法传播官报：诸如"讹言惑众"、"妄言时政"、"诽谤朝政"及"诸内外百司有兼设蒙古、回回译史者，每遇行移及勘合文字，标译关防，仍兼用之。诸内外百司公移，尊卑有序，各守定制，惟执政出典外郡，申部公文，书姓不书名。诸人臣口传圣旨行事者，禁之"。[③] 太宗时期还有过"诸公事非当言者而言拳其耳，再犯笞，三犯杖，四犯论死"的禁令，和宋代制度化的传播相比，元代官方以及民间的正式的准大众媒介形态几乎阙如。

从现存的文献资料看，大致由于语言文化的隔膜，蒙古宫廷贵族对汉族人所演之杂戏并不欣赏。据波斯著名史学家拉斯特编著的《史集》中记载：

> 从汉地来了一些戏子，演出了一些奇怪的戏，其中有各族人的形象。在有一出戏中，他们拖出了一个胡须斑白、顶缠头巾，缚于马尾的老人。[合罕] 问道："这是什么人的形象？"他们答道："是[我们的] 敌人木速罕的形象，战士们就是这样把他们从城中拉出来的。"他命令停演……（拿出来一些西域特有的珍宝和一些汉地货物）……他说道："很少有大食木速罕的穷人，不拥有供他驱使的汉人奴隶，但是，没有一个汉人的大官有木速罕俘虏。……成吉思汗的

---

① 元代的官方语言是蒙古字。1271年后，忽必烈下诏规定"今后不得将蒙古字道作新字"，见《大元圣政国朝典章》卷三一"礼部·学校"条。因而在《元史》等史籍中所称的"蒙古字"、"国书"、"国字"等都是指八思巴字。忽必烈创制八思巴字是要以这种文字"译写一切文字"，即是说不仅书写蒙古语，还要书写其他民族语。从现有文献可以知道八思巴字除拼写蒙语外，还记录了汉语、藏语、梵语、回鹘语等语言。八思巴字创制后，忽必烈利用行政手段不遗余力地推行、普及，在大都和各地州、郡设立学校，教蒙古贵族子弟和百姓中的优秀子弟学习，至元八年（1271）在大都设立蒙古国子学，选派蒙古贵族大臣子弟入学。用八思巴文书写官方重要文书，汉族官员基本不认识，这也就成就了一批衙门里的翻译官。

② 参见罗常培、蔡美彪《八思巴字与元代汉语》，中国社会科学出版社2004年版，第9—12页。

③ （明）宋濂：《元史》刑法一，中华书局1976年版，第2615页。

伟大札撒在实质上也与此相符，他规定一个木速罕的血的价值为四十个金巴里失，而一个汉人仅值一头驴。明显的证据如此之多，怎么还能以侮辱的形式来表演木速罕呢？你们应当为此恶行受到惩罚，但这次我饶了你们。走开吧，以后不要这样做了。”①

所录内容资料据赵山林考证，认为这则逸事应当发生在公元1235—1241年间，② 可见蒙古族宫廷演剧之早。从中反映出蒙古宫廷对汉人所演杂剧相当陌生，没有意识到这种口头传统的危险性，仅仅觉得“奇怪”，对“木速罕”戏很是反感。③

元代正式的制度化的、功能化的信息传播不能满足民众的信息需求，而宋代中期以后，盛行于勾栏瓦舍的喜闻乐见的传播蔚然成风。在宋代新型城镇勃兴基础上，受市民文学发展沾溉（包括勾栏说唱等）的，以部分仕进无门而又混迹勾栏的儒生直接参与发展壮大的活态的元杂剧成为传播信息的公共空间。元杂剧是原生态的舞台艺术，属典型的口头文学，其中的对白，几乎是当时纯粹的口语。胡适在《吾国历史上的文学革命》一文中说：

文学革命，至元代而登峰造极。期间，词也，曲也，剧本也，小说也，皆第一流之文学，而皆以俚语为之。④

元杂剧不是博取功名的文人的案头创作⑤，大量“不屑仕进”的儒雅文士（包括大批官宦）“盖当时台省元臣、郡邑正官及雄要之职，中州人多不得为之，每沉抑下僚，志不得伸”，“屈在簿书、老于布衣者，尚有

---

① ［波斯］拉斯特：《史集》第二卷，余大钧、周建奇译，商务印书馆1985年版，第83页。

② 赵山林：《中国戏曲传播接受史》，世界出版集团、上海人民出版社2008年版，第113页。

③ 口语传播是一种流动性强、意义模糊多变、无法进行垄断的传播方式。对于执政者来说，口语传播蕴藏着叛逆颠覆的危险。严格的城乡隔离，严格限制民众的流动使历代统治者避免了口语传播的风险。因此德里达才说：“为了剥夺这个民族的民众对其语言的支配权从而剥夺他们的自主权，我们必须悬置语言中的口语成分。”［法］德里达：《论文字学》，汪家堂译，上海译文出版社1999年版，第472页。

④ 胡适：《胡适古典文学研究论集》，上海古籍出版社1988年版，第10—13页。

⑤ 元杂剧作家创作的原本没有元刊本传世就能说明问题。

多人。于是以其有用之才而一寓之乎声歌之末，以纾其怫郁感慨之怀，所谓不得其平而鸣焉者也”[①]。正因为戏剧编创并非要藏之名山，而是使抑郁不平之志伸张于现场口语表达之中，所以从杂剧起源看，撰作底本、流传后世并不是书会活动的起点和中心。为了传承的方便，以关汉卿、马致远等剧作家为首才逐渐以手写口，润色编排杂剧剧本。即便如此，编创者深谙案头戏剧之局限，又以“书会”的民间撰演活动相号召，同气相求，为传授方便，合乐歌唱，书会对文人剧本的曲词，认为“不可作”，往往全文背诵，而对说白，则完全不以文人的阅读审美为标准，只要适合表演即可。“不必要上纸，但只要好听。俗语谑语市语皆可。前辈云：街市小令唱出新意。成文章曰乐府是也。乐府小令两途，乐府语可入小令，小令语不可入乐府。未必其然，渠所谓小令，盖市井所谓小曲也。”[②] 由此总结归纳，分门别类形成一些程式化的套语，到演出时由演员视具体情况选择运用，有时可以在现成的套语上，依靠口头语言的程式，即兴仿效编创、集体编创，演出杂剧数量迅速扩大，根据表演需要形成的版本情况也复杂起来。如供脚色个人使用的“掌记”、框架提纲式的“幕表戏”、以“段数”“名目”存在的杂剧院本、号称“全本”和“的本”的整本杂剧、只有唱词的各种“摘艳”和“乐府”等。清人梁廷楠在《曲话》中云：“《生金阁》等剧，皆演包待制开封府公案故事，宾白大半从同；而《申奴儿》《生金阁》两种，第四折魂子上场，依样葫芦，略无差别。相传谓扮演者临时添造，信然。”“此又作曲者之故尚雷同，而非独扮演者之临时取办也。”[③]

从倚重书面传统的传播转换为倚重口头传统的说唱，叙事中的媒介转换问题浮出水面。口头文学是动态的文化模式，具有集体性、承传性、变

① （明）胡侍：《真珠船》，《元曲》卷四。

② 王骥德：《曲律》，引自中国戏曲研究院编《中国古典戏曲论著集成》第三册，中国戏剧出版社1959年版，第133页。

③ （清）梁廷楠：《曲话》，引自中国戏曲研究院编《中国古典戏曲论著集成》第八册，中国戏剧出版社1960年版，第262页。而在宋末元初，在话本、宋杂剧、金院本繁盛的一段历史时期，书会撰演中占有相当比重的底本，恰恰不是先撰后演的幕表戏，不是文学史上公认的有人物、有故事情节、有上下场规定的完整曲本，而是那些未被发掘的先演后编的庶民戏、路头戏、提纲戏，是如《武林旧事》载官本杂剧段数280本、《南村辍耕录》录院本名目694种等一类数量巨大的存目戏。简言之，在杂剧早期，撰作底本，并不是书会活动的起点和中心，而是黏附要素之一。

异性等特点，相互“雷同”的情况无可厚非。恰恰相反，这正从另一个角度印证了元杂剧民间口头文学的性质。① 口头传播是偏向时间的传播，虽然戏剧演员的声音不能逾越物理上的障碍在广袤的空间里传播，但说唱所承载的知识往往以隐喻、变异等特点顽强恒久地融入历史文化传统之中，成为英尼斯所称道的偏向时间的典范。②

从种种情况看，元杂剧这种“新媒介”在一定程度上成为当时占人口绝大多数的汉民族文化圈中的“准大众传播媒介”，这在一定意义上逆转甚至颠覆了早熟的史官文化影响形成并倚重的书面传统，对元代汉文化圈的社会舆论发挥了“议程设置的功能”，改变了社会感知的比率。③ 传播学家麦克卢汉从传播媒介技术的社会功能角度提出的“媒介即讯息”，强调媒介形式远比媒介内容重要。真正影响人类行为、支配历史进程、制约社会变迁的并不是媒介所能传播的实际讯息，而是媒介本身。他指出：“任何媒介（即人的任何延伸）对个人和社会的任何影响，都是新的尺度的产生。”④ 我们在考察元杂剧对社会结构的影响时，要认识到它发挥的不仅仅是载体作用，而是由此而产生的对人及其社会的“塑造和控制作用”。这一新媒介的搬演运作过程潜移默化地改变人和人赖以生存的社会文化结构和组织形式，影响并建构了汉民族市井文化的“小传统”。

从传播媒介的演进上看，在民间，视听传播的杂剧替代书面语言传播的“报状”的功能，成为意识形态，支配了大多数人的视听，并且和蒙元游牧文化的审美趣味相契合，正如刘桢所言：“马背民族的铁蹄踏破了千年冰封的汉族河山，也踏裂了戏剧喷发的那根神经，于是成熟的戏剧形式杂剧诞生了。”⑤ 原来处于边缘的杂剧进入了意识形态的中心。

借用哈贝马斯的“公共领域”的概念，准大众传播的出现，诸如小规模的报纸和独立的出版社等，拓展了公共领域，虽然这一领域只限于少数有地位的受过良好教育的知识分子，但它具有重要意义，因为在不同权

① 元杂剧的民间特点，多位学者有论及。参见周华斌《中国戏剧史新论》，北京广播学院出版社 2003 年版，第 294 页。

② ［美］伊莱休·卡茨、约翰·杜伦·彼得斯、泰玛·利比斯等：《媒介研究经典文本解读》，常江译，北京大学出版社 2011 年版，第 175 页。

③ 麦奎尔和 S. 温达尔关于“议程设置功能”的假说认为，公众对这些“议题”及其重要性的认知和传播媒介对这些“议题”的报道量两者之间存在因果关系。

④ ［加］麦克卢汉：《理解媒介》，何道宽译，商务印书馆 2000 年版，第 49—50 页。

⑤ 刘桢：《勾栏人生》，河南人民出版社 2000 年版，第 90—91 页。

威和家庭等私人领域的公共领域中，通过理性的讨论和争辩可以形成一种“公共见解”，进而形成一种他所说的“公共性原则”。笔者认为，中国在宋元以后，元杂剧和说唱文学尤其是以公平正义声音为诉求的包公戏和水浒戏的演出的公共空间——剧场则类似于这样一个“公共领域”，杂剧在汉文化圈中的搬演以及人际之间在场的频繁互动，使剧作者对社会公平正义的诉求在民众的批判论争中逐渐获得公开、扩大的机会，并由此上升为“公共见解”，获得了和蒙元统治阶层“对话”的机会，在某种意义上促进了元政权统治后期对儒生政策的调整。蒙元统治阶层对汉民族传统的相对陌生使这一行为有了存在的空间。

种种因素的共同作用使得蒙元的统治在某种意义上复活了历史悠久的口头编创传统。[①] 众所周知，在魏晋以后宋元以前，文学形式主要为诗词和散体文。口语和书写分离[②]，语言作为一种听觉符号，转瞬即逝，传播者的驻留性与重复性不够，缺乏传播冗余的书面文言不利于在转瞬即逝的说话、杂剧传播中描摹和讲述生动丰富的人物形象及曲折复杂的动人故事，因而它们较难深入民间社会，特别是深入不识字的细民中间。包拯生活的宋代就大不一样了，城市迅速发展，市民阶层日益壮大，市民文艺崛起并繁荣。宋人孟元老《东京梦华录》提到汴京瓦舍勾栏里的名目繁多的表演就有几十种：如小唱、嘌唱、杂剧、傀儡、杂手技、讲史、小说、散乐、舞旋、影戏、合生、说诨话、杂扮、叫果子等。《东京梦华录》卷六“元宵”条载：

---

① 如果认为口语文化是书面文化的派生、变异、衰减和堕落，这就把两者的关系本末倒置了。从历史渊源来讲口语文化和书面文化是前后相继的关系，不能颠倒过来，何况口语文化还创造了辉煌史诗、神话和传说。和口头传统相比较，文字印刷传统的历史很短暂，由于文字印刷传统的偏倚和霸权地位，口头传统的空间被挤压和建构，蒙元与汉民族在语言文字上的隔阂与沟通，重新唤起了口头传统的生命力。

② 近代言文一致的追求包含了中国知识分子对于汉语的全新反思，涉及汉语，也牵涉汉字，形成了日后的汉字改革、国语运动与文学革新的汇流。为了挽救民族危亡、启蒙民众，“觉世之文”在总体上是中国思想文化现代转型的组成部分。黄遵宪认为：“语言文字离，则通文者少；语言文字合，则通文者多。”由此要创造“明白晓畅，务达其意”、“适用于今，通行于俗”的文体，“令天下农工商贾妇女幼稚，皆能通文字之用”。参见黄遵宪《日本国志·学术志》，上海古籍出版社 2001 年版，第 246 页。梁启超认为以古代文言书写并与口语长期分离，割裂了社会阶层，遮蔽了自由思想，妨碍了自由表达，和近代民主自由的现代精神相背离。他认为言文分离是中国落后、衰弱的重要原因：“稽古今之所由变，识离合之所由兴审，中外之异，知强弱之原。”梁启超：《梁启超全集·沈氏音书序》第一册，北京出版社 1999 年版，第 90 页。

> 正月十五日元宵，大内前自岁前冬至后，开封府绞缚山棚，立木正对宣德楼，游人已集御街，两廊下。奇术异能，歌舞百戏，鳞鳞相切，乐声嘈杂十余里。……内设乐棚，差衙前乐人作乐杂戏，并左右军百戏在其中，驾坐一时呈拽。宣德楼上皆垂黄缘，帘中一位乃御座。用黄罗设一彩棚，御龙直执黄盖掌扇，列于帘外。两朵楼各挂灯球一枚，约方圆丈余，内燃椽烛，帘内亦作乐。宫嫔嬉笑之声，下闻于外。楼下用枋木垒成露台一所，彩结栏槛，两边皆禁卫排立，锦袍幞头簪赐花，执骨朵子，面此乐棚。教坊、钧容直、露台弟子，更互杂剧。①

宝卷是有着久远历史的民族口头传统，元代的社会环境使得这种口头传统获得生存发展的空间。今存的《金刚科仪》《目连救母出离地狱生天宝卷》《佛说西游道场》三种宝卷，学术界认为源自金元之际，从大环境、大背景来说是有一定道理的。

二 宝卷研究史回顾②

宝卷是由俗讲演变而来，历经宋代谈经、说参请、说诨、讲史等，并受到话本、小说、诸宫调及戏曲等的影响，明清以来流行于陇右、山西中部、江苏靖江等地的口头传统。

20世纪20年代，中国的顾颉刚、郑振铎两位先生首先以学者的睿智，从民间通俗文学角度，对他们所收藏的宝卷进行了整理与研究，并将其成果公之于世。顾颉刚在《歌谣周刊》发起和主持孟姜女故事的讨论时，全文刊载了民国乙卯年（1915）岭南永裕谦刊本《孟姜仙女宝卷》。③郑振铎先生认为宝卷是“讲唱文学”（说唱文学）。他在1927年发表的《研究中国文学的新途径》④第七节“巨著的发现”中，首次把变文、宝

---

① 孟元老：《东京梦华录笺注》卷七，邓之诚注，中华书局2006年版，第541页。

② 该部分参考了车锡伦《中国宝卷研究》，广西师范大学出版社2009年版，第617—624页。

③ 顾颉刚：《歌谣周刊》（北京），“孟姜女故事研究专号”，1924年第69期至1925年第96期，分6次刊载。

④ 该文发表于1927年《小说月报》号外《中国文学研究》。

卷、弹词、鼓词、民间戏曲等列为中国文学史研究的新领域。

20 世纪 30 年代，向觉明发表《明清之际的宝卷文学与白莲教》[①]，顾颉刚发表《苏州近代乐歌》[②]，李嘉瑞发表《宣卷》[③]，孙楷第发表《唐代俗讲规范与其本之体裁》[④]。这一时期内，前后出版的中国文学概述和文学简史中也提到了“宝卷”，如胡行之的《中国文学讲话》[⑤]、洪亮吉的《中国民俗史略》[⑥] 等。这一时期，还出现了宝卷与影戏关系的讨论，如佟晶心的《探讨宝卷在俗文学上的地位》[⑦]。相关的文章还有吴晓玲的《关于宝卷与影戏及滦州影戏的名称》[⑧]。1934 年郑振铎发表《三十年来中国文学新资料的发现史略》[⑨]，第四节专论“宝卷”，指出“宝卷是变文的嫡系儿孙”，对宝卷文学作品给予高度的评价：“宝卷里有许多是体制弘威、情绪深挚的，虽然文辞不免粗率，其气魄却是雄健的，特别像《香山宝卷》《刘香女宝卷》一类的充满了百折不回的坚贞的信仰与殉教的热情的，在我们文学里刍罕其匹”，“而像《土地宝卷》描写大地和天空的争斗的，也是具有极大的宏伟声气；恐怕要算是中国第一部叙述天和地之间的冲突的事的”。1938 年，郑振铎的《中国俗文学史》正式出版，其中第 11 章专谈宝卷。[⑩] 参照变文，把宝卷区分为“佛教的和非佛教的”两大类，又将佛教宝卷进一步细分为劝世经文、佛教的故事；非佛教的宝卷细分为神道的故事、民间的故事、杂卷。郑振铎的研究为学术界开辟了一个新的研究领域，使学者开始认识宝卷对于了解民间社会的重要价值。

此后，恽楚材、傅惜华、胡士莹等先生沿着顾、郑二先生的思路，陆续于 20 世纪四五十年代将他们多年搜集与研究宝卷的成果出版面世，从

---

① 向觉明：《明清之际的宝卷文学与白莲教》，载《文学》第 2 卷第 6 期。
② 顾颉刚：《苏州近代乐歌》，载《歌谣周刊》第 3 卷第 1 期。
③ 李嘉瑞：《宣卷》，载《剧学月刊》第 4 卷第 10 期，1935 年 10 月。
④ 孙楷第：《唐代俗讲规范与其本之体裁》，载北京大学《国学季刊》第 6 卷第 3 期。
⑤ 胡行之：《中国文学讲话》，光华书局 1932 年版。
⑥ 洪亮吉：《中国民俗史略》，群众图书发行公司 1934 年版。
⑦ 佟晶心：《讨论宝卷在文学俗文学上的地位》，载《歌谣周刊》第 2 卷第 36 期，1937 年 3 月 6 日。
⑧ 吴晓玲：《关于宝卷与影戏及滦州影戏的名称》，载《歌谣周刊》第 2 卷第 40 期，1937 年 3 月 27 日。
⑨ 郑振铎：《三十年来中国文学新资料的发现史略》，载《文学》第 2 卷第 6 期，生活书店。
⑩ 郑振铎：《中国俗文学史》，商务印书馆 1938 年版。

而更加开阔了学者的眼界。其中恽楚材编《宝卷续录》(1946)、《宝卷续志》(1947)、《访卷偶识》(1947)等，先后编目宝卷100多种。1951年傅惜华编的《宝卷总录》问世，编目宝卷349种。胡士莹编《弹词宝卷书目》(1957)，总计著录宝卷243种。比顾、郑两先生稍晚，向达先生则另辟蹊径，从民间宗教角度，对明清之际宝卷进行了搜集与研究，并于30年代提出了宝卷是民间宗教专用经典的学术观点。[①] 李世瑜以前人编制的宝卷目录为基础，发表了综合性的宝卷目录著作《宝卷综录》，把前人著录及自己对各图书馆存目、个人所收藏宝卷目录辑录577种宝卷[②]。这一时期的宝卷研究中还要提及的是张颔1946年在山西省介休县对宝卷的调查，1957年他发表了《山西民间流传的宝卷抄本》一文，这是对山西地区的宝卷与念卷活动的首次报告。

60年代中期以后，中国大陆的宝卷搜集与研究成为禁区，宝卷研究基本中断，直至70年代末"文革"结束。在台湾，1975年曾子良发表《宝卷之研究》，这是一篇学位论文，全文分六章：一、宝卷之题名；二、宝卷之渊源与流变；三、宝卷之体制；四、宝卷之内容；五、宝卷之宣讲；六、结论——宝卷之价值。附录"国内所见宝卷叙录"；介绍台湾"中央研究所"等公私收藏及民间印刷和传抄的宝卷65种。

80年代以后，随着民间宗教与民间通俗文学研究不断深入，宝卷的搜集与研究也开始进入高潮。80年代末，天津图书馆、北京大学图书馆、北京师范大学图书馆、扬州大学图书馆等单位，先后对馆藏宝卷进行了重新整理、编目，并写成专文向学术界介绍。[③] 与此同时，一些民间学人如甘肃定西地区的陈俊峰等先生也热衷于此事业，于90年代初在偏僻山村发掘了孤本宝卷20余种。[④] 20世纪80年代，研究者们对各地现存宝卷做了较多调查，北方主要以甘肃省为代表，南方主要集中在江浙地区。中国台湾学者如宋光宇、林万传、郑志明、王见川等先生亦在宝卷搜集与研究

① 向达：《明清之际宝卷文学与白莲教》，《文学》第2卷第6号。

② 李世瑜：《宝卷综录》，中华书局1960年版。

③ 在这些公家收藏的宝卷中，尤以天津图书馆馆藏珍贵，计有百余种，其中有66种为明清刊本。

④ 陈俊峰等先生的发掘工作非常重要，证明在中国民间仍藏有大量宝卷，有待专家学者开发、利用。有关这次发掘成果，已由陈先生写成专文《有关东大乘教的重要发现》，载《世界宗教研究》1999年第1期。

方面做了大量工作。[①]

宝卷的搜集与研究，也引起了外国学者的关注，日本在二战后，学者们开始整理研究宝卷，出现了酒井忠夫、泽田瑞穗、吉田义丰、仓田淳之助、冢本善隆等一批学者。1960 年酒井忠夫在其著作《中国善书的研究》中专辟一章介绍了宝卷及明代宗教。成就最大的是泽田瑞穗，他的三部论著《宝卷研究》《校注破邪详辩——中国民间宗教结社研究资料》《增补宝卷的研究》，代表了日本当代最高水平的研究。

泽田瑞穗在《增补宝卷研究》“增补本”第三章“宝卷的变迁”，将宝卷的历史分为“古宝卷时代”和“新宝卷时代”两个大的发展阶段。古宝卷时代又分为“原初宝卷时代”［明正德四年（1509）罗清《五部六册》刊行以前］、“教派宝卷盛行时代”（明正德至清康熙平定三藩之乱）、“宝卷衰落时代”（雍正、乾隆至嘉庆十年平定白莲教）。新宝卷时代中又分为两个时期，即嘉庆十年（1805）到清末（1912 年前）是“宣卷用、劝善用宝卷时期”，民国（1912）以后是“新创作读物化宝卷时期”。

民国年间，宝卷进入读物娱乐化、出版营利化时期，搜集旧的宝卷作品不断翻印，同时属于书店的作者也改编弹词之类和据新题材创作宝卷。[②]

另外，冢本善隆的《宝卷与近代中国宗教》《近代中国百姓的女神观音信仰》，吉田义丰的《宗教宝卷在民众社会中的传播》《民众宗教与经典》《销释金刚科仪成书考》等研究成果相继问世。除日本外，西方世界最早涉及宝卷讨论的是荷兰汉学家高延（J. J. M. Dc Croot），他从福建得了几种宝卷，并将宝卷的内容概要写入他的著作《中国各教派受苦史：宗教史的一页》[③]。

苏联也是搜集与研究宝卷的主要国家之一，现存宝卷 26 种，分别藏

---

① 宋光宇编著：《龙华宝经》（台北元佑出版社 1985 年版）；郑志明：《中国善书与宗教》（学生书局 1988 年版）；王见川、林万林主编：《明清民间宗教经卷文献》（12 册，新文丰出版公司 1999 年版）。

② 车锡伦、佟金铭将《增补宝卷の研究》一书中的“宝卷的系统”和“宝卷的变迁”两章翻译为中文，见车锡伦《中国宝卷研究论集》附录《宝卷的系统和变迁》，学海出版社 1997 年版，第 273—274 页。

③ Sectarianism and Religious Persecution in China: A page in the History of Religions, Amsterdam, J. Miller, 1903.

在苏联科学院东方研究所列宁格勒分所和前莫斯科国立列宁图书馆，其中有明刻珍本，如《普明如来无为了义宝卷》《灵应泰山娘娘宝卷》等。宝卷研究成绩较为突出的是已故的司徒洛娃先生。她长期从事中国民间文学研究，她的论文《宝卷体裁研究的问题》叙述了宝卷研究史，宝卷的历史分期，宝卷体裁与艺术特点，她还出版了专著《普明宝卷释注》，对苏联科学院东方研究所列宁格勒分所藏的《普明如来无为了义宝卷》作了释注。她已对列宁格勒分所藏的孤本宝卷《佛说崇祯爷升天十忠宝卷》（简称《崇祯宝卷》）进行了考证、翻译、注释。这部宝卷对明末李自成起义的研究提供了许多史籍中所没有的新史料。

美国虽藏宝卷不多，但有些极珍贵的孤本。① 如果从 20 世纪 20 年代顾颉刚、郑振铎两位先生发现宝卷的学术研究价值算起，到 90 年代陈俊峰等先生又发掘一批珍贵宝卷为止，中外学者在宝卷搜集与研究这一学术领域辛勤耕耘已长达 70 年之久。令人兴奋的是，由中外学者共同开发的这块处女地已经开花结果，尤其是进入 80 年代以后，更是硕果累累。②

美国汉学家欧大年是最重要的西方宝卷研究学者。早在 1976 年，他就出版了《民间佛教：传统中国晚期的异教》（Folk Buddhist Religion: Dissenting Sects in Late Traditional China. Cambridge MA: Harvard University Press, 1976），这是第一本以西方语言系统地介绍明末清初新教派的著作。1999 年，欧大年出版了著作《宝卷：十六至十七世纪中国宗教经卷导论》（Precious Volumes: An Introduction to Chinese Sectarian Scriptures from the Sixteenth and Seventeenth Centuries Cambridge MA: Harvard University Asia Center, 1999），在书中作者没有讨论非宗教宝卷，主要论述 16 世纪到 17 世纪教派宝卷的产生。第一章作者论述了称为“宝卷”的最早文本可以追溯到元代或更早，第二章“一种早期模型：十五世纪文本中的

① 如普林斯顿大学图书馆藏有《销释佛说保安宝卷》。

② 如中国大陆学者喻松青著《明清白莲教研究》（四川人民出版社 1986 年版），马西沙、韩秉方合著《中国民间宗教史》（上海人民出版社 1992 年版），上述两部著作利用大量宝卷资料分析了下层民众的宗教信仰与精神生活；而濮文起撰《宝卷学发凡》（《天津社会科学》1999 年第 2 期）则提出建立宝卷学的构想；车锡伦编《中国宝卷总目》（台湾“中央研究院”中国文哲研究所筹备处 1998 年版）乃是迄今为止最为完整的宝卷编目；台湾学者郑志明著《无生老母信仰溯源》（台湾文史哲出版社 1985 年版）等，亦为宝卷研究方面的佳作；日本学者野口铁郎著《明代白莲教研究》（雄山阁出版社 1986 年版），浅井纪著《明清时代民间宗教结社研究》（研文出版社 1990 年版）等，在宝卷研究方面的成绩较为突出。

救世官政，《皇极宝卷》”，作者分析了《皇极宝卷》，认为这是书名中有“宝卷”二字的最早文本；第三章“罗清无为教派经文”，谈超凡教主罗清（1443—1527）著名的“五部六册”；第四章“1523年的《九莲宝卷》，讨论了一部佚名宝卷。对个体文本进行讨论之后，接下来两章，每章附有大量材料：“十六世纪末宝卷主题”和“十七世纪以来的宝卷”。

欧大年的弟子Randall Nadeau也致力于宝卷研究。他的博士论文《明代流行教派：罗清及其“无为教”》（Popular Sectarianism in the Ming：Lo Ch'ing and his Religion of Non-Action，University of British Columbia，1990）讨论罗清及其著作；Randall Nadeau的《中国流行宗教文学的文体风格：宝卷》[①]，认为宗教性宝卷和非宗教性宝卷都是宗教仪式的一部分，这适用于16、17世纪的所谓“教派宝卷”，也同样适用于19、20世纪的所谓“非教派宝卷”。笔者认为，这一研究超越地域局限，见解一针见血，很有价值。但遗憾的是，作者并没有指出宗教仪式的具体内涵和仪式的社会功能。Nadeau还有另外一篇关于宝卷的文章《宝卷的教化：司命灶君宝卷》[②]。

像欧教授这样多年来一直致力于中国晚明教派思想研究的学者，还有石汉椿（Richard Hon-Chun Shek）和韩书瑞（Susan Naquin）教授，他们的共同特点都是从社会历史角度研究晚期中国社会。石汉椿的博士论文为《晚明宗教及社会：中国十六、十七世纪的教派思想及流行思潮》（Religion and Society in late Ming：Sectarianism and Popular Thought in Sixteenth and Seventeenth Century China），论文中大量使用宝卷资料来论证。石汉椿教授其他有关宝卷的论著有：《太平盛世无叛乱：中国北方的黄天道》，发表于《现代中国》（Millenarianism without Rebellion：the Huangtian Dao in North China. Modern China 8，No. 3，July 1982：305－336）；《晚期帝制中国宗派主义中的道教元素》，收录于《亚洲历史上的千禧年主义》（Daoist Elements in Late Imperial Chinese Sectarianism. In Milt'enarianism in Asian History，ed. Ishii Yoneo，Tokyo：Institute for the Study of the Languages and Cultures of Asia and Africa，1993，pp. 117－142）。

---

① Gentre Classifications of Chinese Popular Religious Literature：Pao-chüan. *Journal of Chinese Religions*，1993，21：121－128.

② The Domestication of Precious Scrolls：The Ssuming Tsao-Jun pao-chuan. Journal of Chinese Religion，1996，22：23－50.

韩书瑞引用了大量来自黄玉梗的《破邪详辩》中收集的教派经文，来重建她提出的领导人信仰观念，见《千年末世之乱：1813 年八卦教起义》(Millenarian Rebellion in China：The Eight Trigrams Uprising of 1813，New Haven：Yale University Press，1976)。韩教授在其《晚期帝制中国的白莲教传播》中讨论了宝卷在明清教派传播中的作用。[①]

加州伯克利大学的姜士彬有《宝卷中的目连：幽冥宝传的表演情境及宗教意义》，讨论目连传说改编的宝卷。白若思博士论文《宝卷文本：14—19 世纪中目连故事的发展及风格演变》[*The Development of the Mulian Story in Baojuan Texts* (14th - 19th *Century*) *in Connection with the Evolution of the Genre*，PhD dissertation，University of Pennsylvania，2010]，从故事演变的角度认为从元代到今天的宝卷，许多都改编自目连传说。另外，英国杜德桥、荷兰汉学家伊维德对《香山宝卷》中的妙善传奇的主题和不同国家相关主题做了比较研究。杜德桥 (Glen Dudbridge) 在其著作《妙善传奇》[②] 中讨论了两种版本的《香山宝卷》[③]。《香山宝卷》中讲述的妙善公主悟道变为千手千眼观音菩萨的传奇引起了学者进行比较研究的兴趣。汉学家伊维德 (Wilt Lukas Klema) 的文章《邪恶的父母及孝顺的后代：论香山宝卷及其相关文本》[④] 将此传说的几种宝卷版本与中世纪法国的女圣徒的传说进行了比较。此文增订后，作为其著作《个人救赎与孝道：观音及其侍者的两种宝卷》[⑤] 的引言介绍。另外，该书提供了《香山宝卷》简本 (1872 年版) 及《善才龙女宝卷》的全文翻译。

伊维德教授还翻译了包括《沉香宝卷》《香山宝卷》《灶君宝卷》《三茅宝卷》等在内的中国宝卷数种。伊维德教授的《孟姜女哭倒长城：

---

① 参见伊维德《宝卷研究的英文文献综述》(增补修订版)，孙晓苏译，《中国宝卷国际研讨会暨中国俗文学学会 2014 年会论文集》，2014 年，第 6—8 页。另见霍建瑜主编《美国哈佛大学哈佛燕京图书馆藏宝卷汇刊》，广西师范大学出版社 2013 年版，序言。

② The Legend of Miaoshan. London：Ithaca Press，1978. 修订本于 2004 年在牛津大学出版社出版。

③ The Legend of Miaoshan. London：Ithaca Press，1978，pp . 44 - 50.

④ Evil Parents and Filial Offspring：Some Comments on the Xiangshan Baojuan and Related Texts，Journal of Central & East-Asian Religious 2001，12 (1)：1 - 40.

⑤ Personal Salvation and Filial Piety：Precious Scroll Narratives of Guanyin and herAcolytes. Honolulu：University of Hawai'I Press，2008.

中国传说的十种版本》[①]，包括《孟姜仙女宝卷》[②] 以及《孟姜女哭倒长城宝卷》的翻译[③]，第一种版本广泛流传于19世纪末及20世纪早期的江南及其周边地区，第二种版本流行于20世纪末的西北部甘肃省张掖地区。此外，还有《沉香宝卷》的全文翻译，见于《中国民间及流行文学哥伦比亚选集》[④]。2013年伊维德教授和白若思合作翻译了《目连三世宝卷》(The precious Scroll of the Three Lives of Mulian)，出版了《逃离血湖地狱：目连和黄氏女的传说》[⑤]。

综上，国外学界的研究可分为两类：一是把宝卷看成是中国的"宗教文学"，所以更多地关注教派宝卷的主题、教义与其他教派的关系等问题。二是中国社会史的学者，把宝卷当做研究晚期中国社会的重要文献资料。

2014年"中国宝卷国际研讨会暨中国俗文学学会2014年会"在扬州大学召开，会议发表了一批综述宝卷研究情况的论文，较为完整地反映了海内外宝卷研究状况及发展态势。这些论文包括：北京大学中文系袁博的《新世纪以来故事宝卷研究综述》，山西大学文学院尚丽新的《北方民间宝卷研究中的问题和展望》，台湾彰化师范大学丘慧莹的《台湾宝卷研究综述》，美国哈佛大学费正清东亚研究中心伊维德提交会议的论文《宝卷研究的英文文献综述》(增补修订版，孙晓苏译)，扬州大学文学院陈安梅的《中国宝卷在日本》等。

车锡伦先生毕其功于一役，花费数十年完成的《中国宝卷总目》，考辨目前海内外公私收藏元末明初以来宝卷，共著录1579种，版本5000余种，宝卷异名1000余种，为中外学术界提供了一部实用的工具书。当然，车氏这部编目仍有不少可商榷处，如一些宝卷的年代断定有可再议处，还有许多宝卷未见著录。近年来车锡伦先生在对《中国宝卷总目》进一步修订。可以说，车目是继郑振铎的《佛曲叙录》、胡士莹的《弹词宝卷

① Meng Jiangntl brings Down the Great Wall: Ten Versions of a Chinese Legend. Seattle: University of California Press, 2008.

② The Precious Scroll of the Immortal Maiden Mengjiang, pp. 112 – 159.

③ "The Precious Scroll of Maiden Mengjiang Weeping at the Long Wall", pp. 181 – 231.

④ "The Columbia Anthology of Chinese Folk and Popular Literature". Ed. by Victor Mair and Mark Bender. New York: Columbia University Press, 2001, pp. 380 – 405.

⑤ Beata Grant Wilt L. Idema. Escape from Blood Pond Hell: The Tales of Mulian and Woman Huang. WA University of Washing to Press, 2011.

目》、李世瑜的《宝卷综录》后的又一部里程碑式的成果。[①]

新学问来自新发现，敦煌藏经洞的发现，迎来了敦煌学的繁荣。从叙事文学的角度看，宝卷是融叙事文学、宗教、仪式、音乐曲艺于一身的文化文本，其中存在许多问题，需要交叉综合研究才能回答。从这个意义上可以说宝卷是一笔尚未充分研究的重要民间文化遗产。

三 宝卷的搜集、整理出版情况

从20世纪20年代开始，宝卷总目的编撰情况：1928年郑振铎的《佛曲叙录》，记录37种宝卷；1934年向达在《文学》第2卷第6号编目70余种；1946年至1947年恽楚材在《宝卷续录》等文章中编目一百数十种；1951年傅惜华的《宝卷总录》编目349种；1957年胡士莹编的《弹词宝卷书目》收录200余种；1961年李世瑜编的《宝卷综录》著录577种宝卷；2000年，车锡伦在傅惜华、胡士莹、李世瑜等宝卷目录的基础上结合新时期宝卷调查情况编写的《中国宝卷总目》总计收录1585种。

20世纪八九十年代，中断几十年的中国民间宝卷研究重新焕发学术光彩。与宝卷研究相伴而生的是中国民间宗教研究和俗文学研究，这两个学术领域的界限逐渐明晰起来。随着研究工作的推进，对宝卷文献的搜集、整理和出版工作也显得愈发重要。从1994年至今，大陆和台湾地区已陆续出版9部大型宝卷文献集成。进入21世纪以后，宝卷文献的搜集整理和出版工作不断推进，成绩斐然。以下为截止到2015年11月公开出版的大型宝卷文献集成所收宝卷的目录。

（一）影印出版的宝卷文献

1. 濮文起、宋军主编《宝卷初集》共40册，山西人民出版社1994年版。

这部宝卷问世后，因为特殊历史原因，后续总集的出版工作未能持续，目前部分图书馆有存。

---

① 车锡伦：《中国宝卷文献的几个问题》，《中国宝卷总目》，燕山出版社2000年版，第19页。

2. 周燮潘、濮文起主编《中国宗教历史文献集成·民间宝卷》共20册，黄山书社2005年版。

《中国宗教历史文献集成》的一部分。《中国宗教历史文献集成》全书共180册，分为《藏外佛经》《三洞拾遗》《清真大典》《东传福音》《民间宝卷》五部分。其中《民间宝卷》部分收入《宝卷初集》的全部宝卷，另加100多种。

3. 王见川、林万传主编《明清民间宗教经卷文献》12册，新文丰出版公司1999年版。

4. 王见川、车锡伦、宋军等主编《明清民间宗教经卷文献（续编）》12册，新文丰出版公司2006年版。

5. "中央研究院"历史语言研究所俗文学丛刊编辑小组编辑《俗文学丛刊》，新文丰出版公司2004年版。其中，第351—361册收中研院史语所藏宝卷。

6. 马西沙主编《中华珍本宝卷》，社会科学文献出版社2012年版。计划共出五辑，每辑十册，目前已出第一、二、三辑，30册。

7. 霍建瑜主编《美国哈佛大学哈佛燕京图书馆藏宝卷汇刊》，广西师范大学出版社2013年版。

8. 车锡伦总主编《中国民间宝卷文献集成·江苏无锡卷》，《江苏无锡卷》主编钱铁民，15册，商务印书馆2014年版。

另有两种大型影印民间信仰经卷资料汇编：

1. 王见川等主编《民间私藏中国民间信仰·民间文化资料汇编》，台北博扬文化事业有限公司2011年版。

2. 王见川等主编《民间私藏台湾宗教资料汇编·民间信仰·民间文化》，台北博扬文化事业有限公司2011年版。

（二）搜集记录整理排印出版的宝卷

1. 郭义等选编整理《酒泉宝卷》上编，甘肃人民出版社1991年版。

2. 酒泉市文化馆编印《酒泉宝卷》中编，2001年。

3. 酒泉市文化馆编印《酒泉宝卷》下编，2001年。

4. 酒泉市肃州区文化馆编《酒泉宝卷》第三辑，甘肃文化出版社2012年版。

5. 何国宁主编《酒泉宝卷》第四辑，甘肃文化出版社2011年版。

6. 何国宁主编《酒泉宝卷》第五辑，甘肃文化出版社2012年版。

7. 方步和编著《河西宝卷真本校注研究》，兰州大学出版社1992年版。

8. 段平编选《河西宝卷选》，新文丰出版公司1995年版。

9. 段平编选《河西宝卷选续》，新文丰出版公司1995年版。

10. 何登焕编辑《永昌宝卷》上、下册，永昌文化局印2003年版。

11. 张旭主编《山丹宝卷》上、下册，甘肃文化出版社2007年版。

12. 王奎、赵旭峰整理《凉州宝卷》，武威天梯石窟管理处编印2007年版。

13. 徐永成主编《金张掖民间宝卷》一、二、三册，甘肃文化出版社2007年版。

14. 王学斌编著《河西宝卷精粹》二册，中国人民大学出版社2010年版。

吴方言区搜集整理出版的民间宝卷有：

1. 尤红编《中国靖江宝卷》，江苏文艺出版社2007年版。

2. 俞前主编《中国·同里宣卷集》，江苏南京凤凰出版社2011年版。

3. 梁一波主编《中国·河阳宝卷集》，上海文化出版社2007年版。

4. 中共张家港市委宣传部、张家港市文学艺术界联合会编《中国沙上宝卷》，上海文艺出版社2011年版。

第一章　禳灾救劫与天书传统：宝卷来源的人类学解读

通过对文学史的考察可知，文学作为一种精神现象，起源于远古时代的宗教仪式、神话和信仰。根据几种明代流行的妇女修行宝卷《香山宝卷》版本，笔者认为宝卷的作者问题背后，依然隐藏着文学这种人类文化大传统背后的秘密：神授天意，巫师（萨满）领悟神谕，禳灾救赎世人这一神话观念。

一　《香山宝卷》作者问题的人类学阐释

（一）《香山宝卷》的作者问题

《香山宝卷》又名《观世音菩萨本行经》（图1－1），演妙庄王三公主妙善立志出家修行、自割手眼救父、成道为观世音菩萨的故事。[①] 这是中国佛教观世音菩萨的出身传说。该宝卷的影响在于它使妙善成道故事在民间文艺中广泛传播开来，对观音信仰的传播起了很大的作用。对这部宝卷的创作年代问题海内外郑振铎、车锡伦、塚木善隆、杜德桥等诸学者都做过考证。

郑振铎先生在《中国俗文学史》中论述《香山宝卷》作者问题时认为“受神之感示”只是个神话：

> 相传最早的宝卷《香山宝卷》为宋普明禅师（受神之感示）所

---

① 妙善公主修道故事成型于北宋时期。明正德初年刊的罗清《五部六册》中《正信除疑卷》第十二品、《泰山深根结果卷》第二十四品都言及《香山卷》。靖江讲经中的《观音宝卷》应该也是源于早期的《香山宝卷》。但它在内容、情节等方面已多有变化，有着强烈的地方色彩。《靖江宝卷·圣卷选本》收有此卷，题名《香山观世音宝卷》，分四册，篇幅在8万字左右。

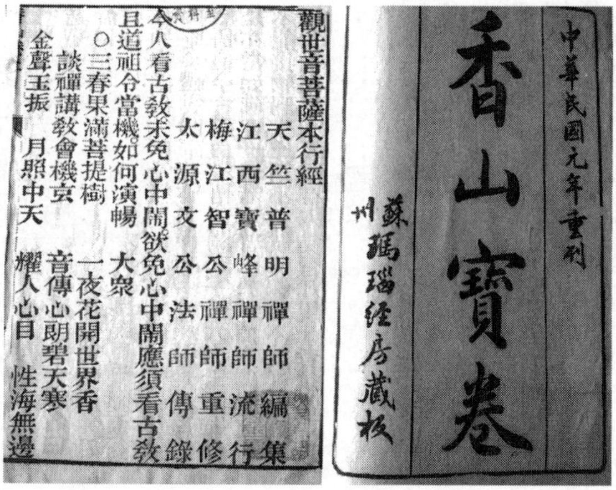
觀世音菩薩本行經
天竺普明禪師編集
江西寶峰禪師流行
梅江智公禪師重修
太源文公法師傳錄
今人看古教未免心中鬧欲免心中鬧應須看古教
且道祖令當機如何演暢 大衆
〇三春果滿菩提樹 一夜花開世界香
談禪講教會機京 音傳心朗碧天寒
金聲玉振 月照中天 耀人心目 性海無邊

中華民國元年重刊
香山寶卷
蘇州瑪瑙經房藏板

图 1－1 观世音菩萨本行经

作。普明于宋崇宁二年八月十五日，在武林上天竺受神之感示而作此卷，这当然是神话。但宝卷之已于那时出现于世，实非不可能。①

车锡伦曾经总论："清及近代的民间宝卷辗转传抄，其作者、改编者均无法考实。这些宝卷的作者和改编者主要是宣卷艺人或喜爱宝卷的'奉佛弟子'，编写宝卷的宣卷艺人也不署名。"② 但针对《香山宝卷》车先生认为今存最早的《香山宝卷》刻本是清乾隆三十八年（1773）杭州昭庆大字经房刊本（以下称"乾隆本"），卷首题"天竺普明禅师编集、江西宝峰禅师流行、梅江智公禅师重修、太源文公法师传录"。通行刊本是经"简集"的同治七年（1868）杭州慧空经房刊本及各地的重刻、重印本，即《观世

图 1－2 民国三年上海文益书局石印《香山宝卷》

① 郑振铎：《中国俗文学史》，商务印书馆 1998 年影印版，第 308 页。《香山宝卷》卷首题"天竺普明禅师编集、江西宝峰禅师流行、梅江智公禅师重修、太源文公法师传录"字样。

② 车锡伦：《中国宝卷研究》，广西师范大学出版社 2009 年版，第 37—38 页。

音菩萨本行经简集》(以下称“简集”本)。[①]

妙善成道的传说故事出现于北宋时期。其出现和最初流传的经过大致如此：北宋元符二年（1099）十一月初，翰林学士兼侍读蒋之奇(1031—1104）被贬官外放为汝州守。蒋到汝州后，十一月底，应宝丰县香山寺主持怀昼之请到香山，怀昼向他展示了一卷《香山大悲菩萨传》。据怀昼称，此卷乃长安终南山一比丘在南山灵感寺古屋的经堆中发现的，是唐代南山道宣律师问天神，天神所传大悲菩萨应化事迹。这位终南山的无名比丘给了怀昼此卷后隐去不见。

车锡伦据此推断，怀昼所述《大悲菩萨传》出现的过程，是编造的“神话”。实际情况可能是：怀昼为了扩大香山寺的影响，编了这个“传”。所述故事是否有传说的依据，难以考证。[②]

南宋初年朱弁的《曲洧旧闻》卷六“蒋颖叔大悲传”认为该卷为唐律师弟子义常所书，蒋之奇润色。南宋朱弁《曲洧旧闻》云：

> 蒋颖叔守汝日，用香山僧怀昼之请，取唐律师弟子义常所书天神言大悲之事，润色为传。载过去国庄王，不知是何国，王有三女，最幼者名妙善，施手眼救父疾。其论甚伟。然与《楞严》及《大悲》《观音》等经，颇相函矢。《华严》云：“善度诚居士鞞瑟眡罗颂大悲为勇猛丈夫，而天神言妙善化身千手千眼以示父母，旋即如故。”而今香山乃是大悲成道之地，则是生王宫以女子身显化。考古德翻经所传者，绝不相合。浮屠氏喜夸大自神，盖不足怪，而颖叔为粉饰之，欲以传信后世，岂未之思耶![③]

英国学者杜德桥（Glen Dudbridge）在总结古代文献和今人的研究后，得出的结论是：“1100 年（元符三年）应该是妙善传说在时间上的

---

① 参见车锡伦《明代的佛教宝卷》，《民俗研究》2005 年第 1 期。车锡伦：《中国宝卷总目》，北京燕山出版社 2000 年版，第 307 页，这部宝卷，在清及近现代民间广泛传抄和演唱，有众多的异名和改编本，如《大香山宝卷》《观音宝卷》《观音得道宝卷》《三皇姑出家香山宝卷》《观世音菩萨本行经》《妙善宝卷》等。

② 车锡伦：《中国宝卷研究》，广西师范大学出版社 2009 年版，第 111、549 页。

③ （宋）朱弁：《唐宋史料笔记丛刊·曲洧旧闻》卷六，孔凡礼点校，中华书局 2002 年版，第 169—170 页。

起点。”① 此可为探讨《香山宝卷》产生时间的基础。清乾隆本《香山宝卷》卷首有一“序”，题为“宋太子吴府殿下海印拜贺”，按道理对推知作者尤为关键，其文曰：

> 洪惟佛氏之道，广大而难明，神妙而莫测。惟德在乎利济，惟诚足以感通。无有求而弗获，无有欲而弗遂，斯以功被历劫，而福加庶汇者也。余仰沐慈荫，生于中华，端秉虔诚，奉施《观世音菩萨本行经》于众。广能仁之善化，集正觉之妙因；祝圣寿以延龄，愿苍生而信奉。幽显含灵，咸沾福利。尚冀佛日照临，法云拥护，胜妙吉祥，种种福德，普天率土，万物长春。谨序。

细读题为“宋太子吴府殿下海印拜贺”的序言，其中并没有关于作者的只言片语，却告诫信众“余仰沐慈荫，生于中华，端秉虔诚，奉施《观世音菩萨本行经》于众。广能仁之善化，集正觉之妙因；祝圣寿以延龄，愿苍生而信奉”。这位宋代的“吴府殿下”无考。宝卷正文在开经的说唱之后，有一段文字：先是述一“女大士”（名妙惶）将“此段因缘”交与庐山宝峰定禅师，云为“普明所集”，嘱其流通。“宝峰禅师闻是，发愿流通”，“抄成十本，一字三拜，散施诸方，乃作一偈……”偈后，接着另起一段文字：

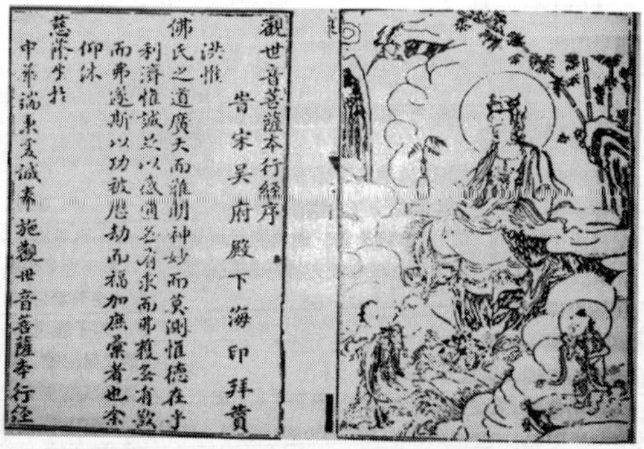

图 1－3　陕西师范大学图书馆藏 清乾隆三十八年杭州昭庆大字经坊刊本《香山宝卷》卷首插图和“序”

① Glen Dudbridge: The legend of Miao-shan. London: Ithaca Press, for the Board of the Faculty of Oriental Studies, Oxford University, 1978; revised edition: Oxford University Press, 2004.

昔普明禅师于崇宁二年（1103）八月十五日在武林上天竺，独坐期堂。三月已满，忽然一老僧云：“公单修无上乘正真之道，独接上乘，焉能普济？汝当代佛行化，三乘演畅，顿渐齐行，便可广度中下群情。公若如此，方报佛恩。”普明问僧曰：“将何法可度于人？”僧答云：“吾观此土人与观世音菩萨宿有因缘。就将菩萨行状略说本末，流行于世，供养持念者，福不唐捐。”此僧乃尽宣其由，言已，隐身而去。普明禅师一历览耳，随即编成此经。忽然，观世音菩萨亲现紫磨金相，手提净瓶绿柳，驾云而现，良久归空。人皆见之，愈加精进。以此流传天下闻，后人得道无穷数。①

从这段文字，我们确知，后人“供养持念者”的《香山宝卷》只是神秘老僧“略说”的“菩萨行状”，普明禅师只是受神的感示而书写，《大悲成道传》赞语中怀昼也只是在南山灵感寺古屋的经堆中发现了该卷。清乾隆三十八年（1773）杭州昭庆大字经房刊本卷首题的天竺普明禅师“编集”、江西宝峰禅师“流行”、梅江智公禅师“重修”、太源文公法师“传录”，都不过是在该经卷多级传播中不断加大力量的推介者，是妙善故事流传过程中的一个个环节。

认真推求，我们发现宝卷作者隐没无考，其来源问题实质叠加了两大系统的叙事：①天书神授（故事来源）叙事系统；②代圣立言（编纂者）叙事系统。因此宝卷编纂者的问题是隐没的，对作者的考证让我们经常陷入循环论证。类似的编创还有很多，山西介休的《空王佛宝卷》② 最初为民间宗教家所编，但民众念诵、传抄这本宝卷，视之为祈福禳灾的重要仪

① 《香山宝卷》，引自张家港文联编《河阳宝卷集》，上海文化出版社2007年版，第32页。

② 空王佛，与燃灯古佛、瓦斯琉璃佛、阿弥陀佛等过去世诸佛一样，是佛教三世佛中的过去佛，佛经上说他具有不可思议智慧、不可思议法力。《大正藏·佛说佛名经》第十卷中说：“南无西南方宝盖照空王佛”，即是空王佛的佛号。《佛说观佛三昧海经》《添品妙法莲华经》等经中记载释无量寿、释迦牟尼佛、阿难等诸佛、大罗汉、大比丘都曾在空王佛所处学习佛法，同时发阿耨多罗三藐三菩提心。阿弥陀佛（即四大比丘西方无量寿）和释迦牟尼佛在人们心目中的地位是很高的，但他们在做比丘、火头的时候，常拜空王佛眉间白毫相，并因此而成佛，可见空王佛法力之高。《空王佛宝卷》有两种版本：一是锦山云峰寺僧一悟等倡印的电脑排印本，底本据极僧（俗名王云山）保存的手抄本；一是介休市博物馆入藏1982年新抄本，底本为民国九年（1920）邑人梁续祖、李本信抄录校正本。参见车锡伦《中国宝卷研究》，第422页。

式。过去民众向神祈福，往往许愿抄传此卷：不会写字的人，可请他人代抄。该卷卷末写道：

> 此经出在明朝，修正禅师夜梦一个僧人言道："有《空王古佛教苦经》一卷，何不传与世人?"修正和尚问道："经存何处?"僧人曰："现在舍身崖下梅花洞中。"修正和尚猛然惊醒，却是一梦。

宝卷后文，修正和尚焚香拜佛后，来到舍身崖（在介休绵山后山），果然见一石洞，取出真经，洞不复见。今存这本宝卷的传本中也说得很清楚：

> 有人听写《空王卷》，寿比南山福星来。劝化大众心良善，逢凶化吉永无灾……
>
> 世上人若供我空王古佛，或念经或念卷保你安宁。
>
> 求福人念宝卷福禄双美，求寿人念宝卷福寿康宁。
>
> 求男儿生贵子状元及第，求财人念宝卷财发万金。
>
> 有天官赐福禄吉星高照，有罪人念宝卷罪亦减轻……
>
> 宅中念过《空王卷》，满院光辉降吉祥。
>
> 家有病人念宝卷，紫微高照保平安。
>
> 时气不正念宝卷，可保人口得安康。
>
> 年月日时颇不遂，念我宝卷转吉祥。
>
> 时运不顺念宝卷，恶运转去好运还。
>
> 坟茔不顺念宝卷，代代儿孙坐高官。

（二）宝卷神授与代圣立言的神谕与劝世传统

人类生存面临不可知的威胁，有难以预测的危险，在中国文化传统中有以谣谶、扶乩预知未来的传统。谣的神秘性、预言性与谶的通俗性、流行性相结合，达到传达神谕或神示，预言人事以及未来荣辱祸福，凶吉成败的目的。《太平经》卷五十《神祝文诀》云，书中的"神祝文"为"天上神谶语也，良师帝王所宜用也，集以为卷，因名为祝谶书也"。①

① 王明：《太平经合校》，中华书局1960年版，第181页。

《太平经》中的《师策文》，《三者为一家阳火数五诀》中又称“天策书”，其内容艰涩，却含有阴阳五行、治国修炼的“纲纪”、神仙思想等内容，被认为是从天师之口传达出的“上天之意”，是绝对灵验的隐语。宝卷脱胎于俗讲，但在流传发展中和久远的中国口头传统叙事框架及程式相结合，在口头讲经中宣示神授，最大限度地利用给定的传统形式，向民众灌输教派思想或民间信仰。

在长期的口传演述中，每一次展演，都是一次新的创作，即便是同一个人，其在不同时期、不同地点的讲述，文本的具体细节也都会有所变化，所以，口传文学从来就没有一个完整的恒常不变的定本。[①] 这个我们从《香山宝卷》的名称就知道了。该卷名称分别有《观世音菩萨本行经》（由《香山宝卷》改编的民间宗教宝卷）、《观世音菩萨本行经简集》《三皇姑出家香山宝卷》及《大乘法宝香山宝卷全集》《观音得道宝卷》《观世音菩萨香山因由》《观音济渡本愿真经》《妙善宝卷》《大香山宝卷》《南无大慈大悲救苦救难观世音菩萨证果香山宝卷》等，存世的各种刻本和抄本多达30种。[②]

妙善故事的“核心故事”，是“舍身救赎”型故事，该型故事在印度、中国普遍流行。从《香山宝卷》各种可资考证的文字我们很难明确知道其书写传统意义上的作者。这一口头传统何时进入宝卷并披上了神谕的外衣？俗世书生蒋之奇成为该故事“前世”来源的唯一见证者，更使故事的渊源神秘化，进而成为一个先验的存在而具备了教化众生的神圣性，由于缺乏相应的文献，我们不得而知。

作为口传文学，其传承人作为积极传统的携带者，不同的传承人对于同一口传文学会发展出丰盈众多的视角。个体按照自己的想象不断扩展和补充一个故事。因之，口传文学的文本与本族群社会情境关联密切。这一点帕里—洛德理论充分地阐明，是传统告诉我们“什么”，告诉我们是“何种类的”和“何种力量”，是传统一直寻求保持稳定，从而保存传统自身，最终保持了一种获取生命快意的手段。[③] 正因为这样，《香山宝卷》

① ［美］约翰·迈尔斯·弗里：《口头诗学：帕里－洛德理论》译者前言，社会科学文献出版社2000年版。

② 参见车锡伦《中国宝卷总目》，北京燕山出版社2002年版，第307页。

③ ［美］阿尔伯特·贝茨·洛德：《故事歌手》，尹虎彬译，中华书局2004年版，第321页。

的开篇的叙事神态和语气都宛如佛陀本人俯瞰芸芸众生，正在训诫的模样。这样的结构程式和语气，分明是一种更古老更传统的范型。笔者见到康熙丙午本（因改本前的“观音古佛原叙”后署“时在大清康熙丙午岁冬至后三日广野山人月魄氏沐”，我们姑且称之为康熙丙午本），其篇首“观音济度本愿真经叙”云：

从来三教经典，垂训教人，字字隐义，句句藏玄，旁喻曲引，告诫不一。无非欲人明善复初，修性了命，以全其本来耳。言虽不同，理则一也！

余自生以来，不昧本性，知人为万物之灵，质列三才之中，不敢自弃，常行济人利物事件，穷究性命根源，幸遇普定仙师，指示先天大道，授以率性复初功用。一日，往朝普陀，舟至南海，预得真武祖师之报，船将到岸，忽狂风大作，波浪汹涌，当时船坏者不少。余蒙神盖佑，紧操舵桨，得达津涯，将船泊乎海岸，散步闲游。①

不同版本序言接着交代有关《香山宝卷》来源的神话叙事，也就是神授宝卷的具体情景。康熙丙午本的“观音古佛原叙”道：

忽至一处，见石门壁立、牌坊森列，篆镌“朝元洞”。行不数里，内有一庵，名曰“灵通寺”。余进步内观，遇一道童，潇洒不俗，谓余曰：“居士遇此风波，实乃上天数定，玄机报应，今适到此，此中有一济度慈航，其赖居士成就此功德，以慰我佛无量度人之心！”谈叙之间，因出《观音济度本愿真经》一册授余。余诚敬捧读，乃知为观音佛祖自叙本行，不忍众生尘苦，领旨下世，托生兴林国里皇宫之中，自幼灵慧不昧，报弃浮华，勤修大道。尔时其父妙庄王迷却善因，不信修真，诬为邪孽，致菩萨受苦花园，火焚白雀，斩绞法场，守死善道，苦难备尝，英灵不昧蒙神引游地府，遍观阴律果报，度狱还阳，逃至香山，修养成真。其后庄王恶盈福尽，上帝降

① “观音古佛原叙”，西北师范大学古籍整理研究所编《酒泉宝卷》上编，甘肃人民出版社 1991 年版，第 5—6 页。另车锡伦认为该《香山宝卷》实际上是清道光年间青莲教教祖彭德源根据《香山宝卷》故事改编的《观音济度本愿真经》。参见车锡伦《中国宝卷研究》，第 46 页。

旨，冤孽寻报；菩萨慈悲广大，显灵救父，劝惺知非从善，颁旨国中，修建丛林，设立斋醮，超度冤愆。后至香山还愿，菩萨元神显化，度转父母骨肉，感化驸马宰相，同修大道，共成正果。善恶报应，始末备载。

而同是康熙丙午（1666）本的另一版本则有“观音梦授经”的神授叙事，而且附了宣卷的斋期及观音古佛原本读法十六则：

南无观世音菩萨。南无佛。南无法。南无僧。与佛有因，与佛有缘。佛法相因，常乐我净。朝念观世音，暮念观世音，念念从心起，念佛不离身。天罗神。地罗神。人离难，难离身，一切灾殃化为尘。摩诃般若波罗蜜。

后附斋期：

正月：初八。二月：初七、初九、十九。三月：初三、初六、十三。四月：二十。五月：初三、十七。六月：初六、初八、二十三。七月：十三。八月：十六。九月：初三。十月：初二。十一月：十九。十二月无斋期，闰月同前。①

阿兰·邓迪斯说：

神话是关于世界和人怎样产生并成为今天这个样子的神圣的叙事性解释……其中决定性的形容词“神圣的”把神话与其他叙事性形式，如民间故事这一通常是世俗的和虚构的形式区别开来……术语神话原意是词语或故事。只有在现代用法里，神话这一字眼才具有“荒诞”这一否定性含义。照通常说法，神话这个字眼被当作荒诞和谬论的同义词。你可以指责一个陈述或说法不真实而说“那只是一个神话”（名词“民间传说”和“迷信”可能产生相同效果），但是……不真实的陈述并非是神话合适的涵义。而且神话也不是非真实陈述，因为神话可以构成真实的最高形式，虽然是伪装在隐喻

① 《观音宝卷》，引自徐永成等主编《金张掖民间宝卷》，甘肃文化出版社2007年版，第1063页。

之中。[①]

从这些我们可以看出，对于《香山宝卷》的来源，不同版本都以“神话”叙述的形式表明其来源的非同寻常。《五公末劫真经》[②] 卷首云：“此经在本朝海洲海宁县有一天台山，其岭上有一僧人，一千余年在山修道，口中念阿弥陀佛，知道五百年未来末劫，虚而闻听。此经救度众生于癸亥年十一月十一日在海边海北寺抄写，此经普劝世人向善，急早回头。”“南无弥勒菩萨化身唐公，南无普贤菩萨化身郎公，南无四洲大圣菩萨化身宝公，南无无尽意菩萨化身化公，南无观世音菩萨化身志公”。此书或为民间预言书之类。

尹虎彬在论述《后土宝卷》时总结道：“化愚度贤主题讲述后土老母脱化一贫婆下凡，这一伪装及其自述身世的荒诞故事，在宝卷中已成为独立的叙事成分，它反复出现，伪装和虚构故事为一特定主题，这也出现在希腊史诗之中。这些主题具有普遍性。”[③]

宝卷作为把佛经译为各种语言，以普渡众生的实践中逐渐发展起来的文类，它利用了中国叙述传统，揭示了人类宗教史上的特有现象，即在绝地通天的时代，巫师们心领神会，认为语言具有无边的魔力，像咒语一样，特别的言说能实现天人之际的沟通，获得谶语天机，所以这种沟通在世界范围内注定存在一种具有地方性、民间性和口头传统的知识，而这种知识的获得是以“天书神授”的形式呈现的。神必须戴上面具或者托人间的代言人巫师传达旨意，所以在民间故事里形成“代圣立言”的神话叙述。

承览神授天书只是极少数高僧大德或神奇人物的专利，大多数世俗人物能做的只是“代圣立言”。许多宝卷篇首就开宗明义阐明是代圣立言，以求改过自新，解除厄难，如《红罗宝卷》开始就写道：

---

① ［美］阿兰·邓迪斯编：《西方神话学论文选》，朝戈金译，上海文艺出版社 1994 年版，第 1 页。

② 《五公末劫真经》刻本，一册。封面题：“民国己巳年戊辰月，五公末劫真经，板存北京杨竹斜街永盛斋。”《中国宝卷总目》，中国燕山出版社 2000 年版，第 279 页。

③ 尹虎彬：《河北民间表演宝卷与仪式语境研究》。参见博士论文尹虎彬《河北民间后土信仰与口头叙事传统》，2003 年 6 月。

盖闻绣象传古之今，载记红罗宝卷启开，正明菩萨降临世界，传于人间，遗古传今，人人诵念，欢喜大小，永无灾厄。诸姓人等听了此卷，要悔心向善，改过自新，能解厄难。大家静坐细听，莫可顺其耳风。①

另《护国佑民伏魔宝卷》（图1－4）上云：

勅封三界伏魔大帝，神威远镇天尊。伏魔宝卷法界来临。诸佛菩萨降来临。随处结祥云诚意方殷，诸佛现金身。

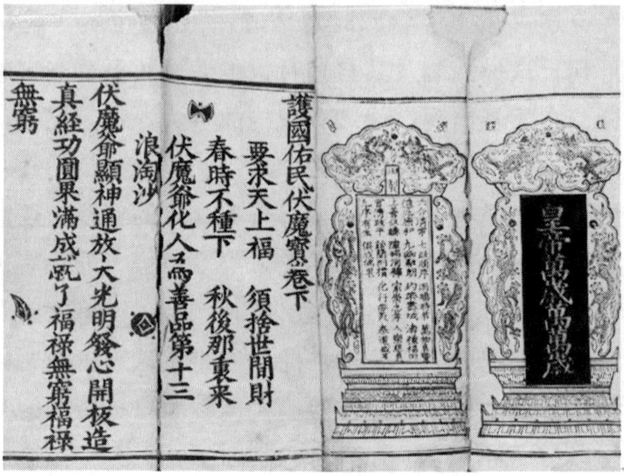

图1－4　明万历刊经折装《护国佑民伏魔宝卷》卷下全图

吕纯阳注曰：伏魔宝卷出于关大帝之手笔，其中尽是三教未发之玄微，吾帝因忠诚。感玉皇上帝命之复宣于世，到而今二百年来，又重刊印，吾常居帝佑，关大帝转奏玉帝。命吾注之，伏其魔以了其心。私欲净尽，天理流行。尽于虚空者，吾人之本然天理之良心也。②

《香山宝卷》“观音古佛原叙”中不仅写代圣立言，而且是“以身施教”，“以事论道”，并且“自度度世”，“将修道之火候功用、玄妙法则，一一流露于常言俗语中，能令阅者一目了然，由浅求深”，真可谓尽心

① 王奎、赵旭峰收集整理：《凉州宝卷》（一），2007年，第2页。

② 《关帝伏魔宝卷注解》，光绪二十二年刊印，吉林北山关帝庙学善堂藏板。

尽力：

书成藏之朝元洞内石室门中，以待后之见者广为流布。不但可为上智训，亦可为中下迪，不但可为文士英俊观，亦可为愚夫愚妇劝。予以改过迁善，广行方便，访求至人，指示经中功用玄妙，亦不难彼岸同登矣！吾昔立下洪愿，济度一切，此经其吾济度之一助也欤！因以《济度本愿真经》名其书，而缀数语于笺端云。时永乐丙申岁六月望日书。①

许多佛经都自誉非常灵验，所谓“道成天上，书遗后世”！人们普遍认为，诵读神圣的经文本身具有治疗疾病和拯救灵魂的功能。所有这些当然是源于大乘佛教对于传播教义的根本关切，它规劝人们宣扬和向别人解说佛经。同时也从一个侧面说明，人类宗教大致都经历过原始宗教时代，早期的宗教领袖就是巫师或萨满，他们具有领悟神谕的特殊本领。②

仅仅从名称来看，许多宝卷自称为“经”，并反复强调其宝卷“至真”（文献中多称为“骨髓真经”）、“至宝”、“至妙”，如《佛说地狱还报经》《弘阳妙道玉华随堂真经》《古佛天真考证龙华宝经》《佛说镇宅龙虎妙经》等。靖江宝卷又有“圣卷”、“草卷”之分。再从卷名前所加的“佛说”二字大致可以想见，普通民众在宝卷创作中代圣立言的心迹。所以传抄、接受者必然惴惴不安、诚惶诚恐。譬如《香山宝卷》康熙丙午本，其篇首“观音济度本愿真经叙”写道：

余得授此焉，敢不成就此一宗功德！无奈经系西天梵字，东土之人识此字者少。余急归家译写，书正刊刻行世，使人触目惊心，改过迁善，广积功德，潜心体会经中妙谛，以经为证，访求至人，指示经中妙义，明止于至善之所，知下手修炼之方。道全德备，极乐西天何难到哉！

噫嘻！壁闻琴声，古经不绝，书守灵威，金简长存！二酉称神仙

---

① “观音古佛原叙”，引自西北师范大学古籍整理研究所编《酒泉宝卷》上编，甘肃人民出版社1991年版，第3页。

② ［美］欧大年：《中国民间宗教教派研究》，刘心勇、严耀中等译，上海古籍出版社1993年版，第213页。

贮书之所，琅环为天设载籍之地。唐李筌得阴符经于嵩岳，吕祖翁藏指玄篇于青城。古人道成天上，书遗后世，非一人矣！今何幸而机缘相遇也，因乐而为之叙云。①

时在大清康熙丙午岁冬至后三日广野山人月魄氏沐手敬叙于明心山房

现存宝卷《目连救母出离地狱生天宝卷》明初抄本中说："若人写一本，留传后世，持诵过去，九祖照依目连，一子出家，九祖尽生天。"清光绪十九年（1893）梅月直隶省大名府大名县西南乡东郭村积善堂重刻《幽冥宝传》前有序，中言：

《幽冥宝训》者，地藏古佛训世之书也。佛以至德大孝主教幽冥，因以己之德，望人之共修其德；以己之孝，望人之共敦于孝。不啻主教幽冥，并欲垂训阳世。是以不惮苦心苦口，刊为善言，传于万世。②

序中宣言此宝卷为地藏菩萨垂示，以图增加其神圣性，获得更多信服。而此卷之价值，作序者指出，"其理正，其事核，其文简明而易晓，其案确实而有据，诚救世之药石，渡人之宝筏也"。因为代圣立言，所以这种神谕性质的文本自然意义非凡。传抄这种宝卷为善行功德，并能驱妖降魔、驱邪祛病，这一观念对后期民间宝卷的传播影响很大。

因为神圣，《香山宝卷》附观音古佛原本读法十六则：

一本愿真经，阐道之书也。当作道德心印金刚法华，读之俱言天道，人道，无不备哉！人世，出世，靡不缕陈，剖露玄机。所关最重，读者须当净手焚香，诚敬开诵。读毕掩卷高供，不得亵视。知此者，方可读本愿真经。

一本愿真经，善恶金鉴也。当作感应篇、功过格，读之善恶昭

---

① "观音济度本愿真经叙"，西北师范大学古籍整理研究所编《酒泉宝卷》上编，甘肃人民出版社1991年版，第5页。

② "中央研究院"历史语言研究所俗文学丛刊编辑小组：《俗文学丛刊》第352册，新文丰出版公司2004年版，第9—12页。

彰，因果显然。天堂地狱，只看所行。苦海无边，回头是岸。诚感发善心，惩创逸志之良济也。知此者方可读本愿真经。

一本愿真经，暗室灯，考金石也。言因果本福善祸淫之理。讲修炼实返本还原之道。解悟此经，一切恶孽、恶念，惕目而警心。旁门曲径，不辟而破矣。知此者，方可读本愿真经。

一本愿真经，不比一切演义传奇俗本，弹唱歌曲。此等书卷，徒悦人耳目，无益身心。此经所论，皆善恶因查。所言皆性命道德，不做那无益之论也。知此者，方可读本愿真经。

一本愿真经，其间与禅贡同者，又非野狐禅这辈，待为拍喝语，自欺欺世，使人无处捉摹者可比。其用心处，或在言中，或在言外，俗语常言中暗藏元机奉动，云为处显露心传，若经明眼，指示头头是道。询佛经中一部俗谛，乃佛经中一部真谛。知此者方可读本愿真经。

一本愿真经，不在口读，不在眼读，而在心读。不在心读，而在身读。何以知故，行并进也。知此者方可读本愿真经。

一本愿真经，言火候甚详。古人传乐不传火，从来火候少人知，经中设象寓言。火候之妙，形容得当。知此者方可读本愿真经。

一本愿真经，既以经名，何以每篇多以话说冠之。摒去一切梵语、奥辞，直以说话说经，令人易知易悟，了了于目，自了了于心也。知此者方可读本愿真经。

一本愿真经，言善功甚详，然亦尝言及者，夫善在人为耳。随心随手，皆可以积功累德也。如若经中所未载，便疏忽而不为，是自阻也。知此者方可读本愿真经。① ……

这种传播教义的虔诚、执着和热忱，通过社团致力于阅读、抄写、刻印和免费散发佛经等具体工作表现出来。宋代的一些虔诚的和尚和俗人刻印的经卷，不仅配有图像以说明经义，而且还加上了偈文和赞词。

正因为早期巫术时代“天人之际”的结构和神圣言说，因之，后世的文学担负着巨大的社会功能。《毛诗序》这样总结：

---

① 《观音宝卷》，引自徐永成等主编《金张掖民间宝卷》，甘肃文化出版社 2007 年版，第 1063—1064 页。

诗三百篇，大抵先圣发奋之所由作，温柔敦厚，诗之教也。诗言志，歌咏言，声依永，律和声，神人以和。不学诗，无以言。味之者无极，闻之者动心。是诗之志也故正得失，动天地，感鬼神，莫近于诗。先王以是经夫妇，成孝敬，厚人伦，美教化，移风俗。……是以一国之事，系一人之本，谓之风；言天下之事，形四方之风，谓之雅。雅者，正也，言王政之所由废兴也。政有大小，故有小雅焉，有大雅焉。颂者，美盛德之形容，以其成功告于神明者也。是谓四始，诗之至也。①

神授天书传统的缔造者，早深刻洞悉到下层民众集体无意识的神灵崇拜和权威迷信的心理沉疴，利用民众期盼“权威话语”并易受其暗示和感染的集体心理，让公众捕获这个征兆或信息，因为受“神灵”的示意更容易赋予这个征兆或信息一个深刻的含义。② 因之在《三岁平妖传》《杨家将传》《女仙外史》《薛仁贵征东》《葵花记》等古代小说中都有“神授天书”的传统母题。兹撮要列举如表1－1：③

表1－1　　古代通俗小说“神授天书”母题概览

序号	出处	仙师	徒弟或受宝者	收徒方式	所传范围及所获赠宝
1	《北宋志传》34回	擎天圣母	杨宗保	夜入圣母庙	天书
2	《杨家府演义》4卷	擎天圣母	杨宗保	打猎时入其庙	仙丹、兵书
3	《说唐演义后传》24回	九天玄女	薛仁贵	入地穴遇	一龙二虎九牛之力、白虎鞭、震天弓、穿云箭、水火袍、无字天书
4	《说呼全传》21回	万花谷王禅	呼延庆	七岁从师	武艺、天书、锦囊
5	《说呼全传》28回、29回	仙姑	赵文姬	梦示姻缘	传授兵法
6	《万花楼演义》4回、23回	峨眉鬼谷子	狄青	水难中救出	兵书、子母钱，北极玄天真武赠人面金牌及七星箭

① 据阮元刻《十三经注疏》本《毛诗正义》卷一。
② ［法］卡普费雷：《谣言》，郑若麟、边芹译，上海人民出版社1991年版，第26页。
③ 参见王立《宗教民俗文献与小说母题》，吉林人民出版社2001年版，第204页。

续表

序号	出处	仙师	徒弟或受宝者	收徒方式	所传范围及所获赠宝
7	《金台全传》51 回	云梦山王禅老祖	金台	猛虎驮来山上	锦囊、兵书、轩辕镜
8	《水浒传》43 回	九天玄女娘娘	宋江	还道村	三卷天书
9	《玛纳斯》		居素普阿訇		梦授《玛纳斯》
10	《三国演义》		于吉	手携藜杖，得神书	阳曲泉水上得神书《太平青领道》

在特殊的地方就有特殊的讲话方式。君权神授的小传统里，文人的书写方式是为了做宰辅，致君尧舜上，是一种被规训和展示规训的文字书写。而在大传统下，从巫术时代开始，就始终有一种为“天下”、“苍生”的圣神叙事，它昭示的是一种更为普遍的人类学意义和原始法制精神。理性时代，故意遮蔽与话语缺位，表面看来是民间宗教教土，利用各种办法使自己书写的文字打上远古集体记忆中“神授”的印戳，编造自己的“秘史”，神化自身，其背后隐藏着知识神授这一远古人类口传文化的神圣大传统。

（三）神授天书与代圣立言传统的来源

宗教大都产生于天灾与人祸对世俗的政治秩序产生颠覆性动摇的紧要关头，是“无情世界的感情”，是对现实困厄的曲折反抗。体现天的意志的圣迹在这时候显现，将那些肉身仍然在世俗污浊中挣扎的信众的精神超拔出来，神谕传统的产生对人类而言同样如此。人类学家普里查德这样写道：

> 每当赞德人的生活中出现危机，都是神谕告诉他应该如何去做。神谕为他揭露谁是敌人；告诉他在何处能够脱离危险，找到安全；向他展示隐藏的神秘力量；给他说出过去和将来发生的事情。没有本吉，赞德人确实无法生活。剥夺了赞德人的本吉无疑就是剥夺了他的生活。①

① ［英］普里查德：《阿赞德人的巫术、神谕和魔法》，覃俐俐译，商务印书馆2006年版，第274页。

神授天书和代圣立言的背后是庞大的神谕仪式叙事传统。在世界文明史上，神谕在早期表现为对王权机制生成的操控作用。从神话叙述学的视角看，神明以神话叙述的模式，介入早期王权的建构过程。① 在弗雷泽看来，国王很多时候拥有祭祀、操控神灵的权力。他能和神明对话，能控制自然。古代近东、中国与古代埃及的统治者一般是祭祀王的形象。首先，他是介于人神中间，感知神明意图的唯一合法的沟通媒介。② 其次，他有为国家和民众祈福禳灾的职责。国王除了在意识中担任沟通人神的角色以外，还要在固定的时间内举行祈福仪式，在国家危难之际，担当祈福禳灾的头领，甚至还要成为解除灾异的替罪羊。③ 研究表明，在整个世界的秩序和结构之中这也是一种比较普遍的社会现象。

王权神授以降，神授器物和神授教义成为神授的第二个阶段。摩西或汉谟拉比在圣山上接受神谕，颁布法律。中古汉译佛经中，据说龙树出家后得读大乘经典，妙理有所未尽："独在静处水精房中，大龙菩萨见其如是，惜而愍之，即接之入海，于宫殿中开七宝藏，发七宝华函，以诸方等深奥经典无量妙法授之。"④ 然而，佛经中的神授经典被佛教宗教化了，偏重于佛教教义的宣传。而这些也与中古时期中原的道教一拍即合，与道教以符水等方法消减"末劫"到来时民众苦难的法术相融会，从而演化为"天书神授"的系列传说和小说表现模式。

我们细读《金刚科仪宝卷》结束时咒语式的"结经发愿文"，也许会豁然开朗：

> 伏愿经声琅琅，上彻穹苍；梵语玲玲，下通幽府。一愿刀山落刃，二愿剑树锋摧，三愿炉炭收焰，四愿江河浪息。针喉饿鬼，永绝饥虚；麟角羽毛，莫相食啖；恶星变怪，扫出天门；异兽灵魑，潜藏

① ［美］亨利·富兰克弗特：《近东文明的起源》，郭子林译，上海人民出版社2009年版。

② 吉拉尔认为，国王是人类替罪羊潜意识所建构的牺牲机制中首选的替罪羊。成为替罪羊之后，国王便获得了神性。参见 Rene Girard. violence and the Sacred. Translated by Patrick Gregory. Baltimore: The Jones Hopkins University Press, 1979, pp. 145－149.

③ Nanno Marinates. Minoan Kingshinp and the Solar Goddess: A Near Eastern Koine. Chicago: University of Illinois Press, 2010, pp. 33－49.

④ ［日］高楠顺次郎：《大正新修大藏经》第50册，新文丰出版公司1992年版，《龙树菩萨传》，第184页。

地穴；囚徒禁系，愿降天恩；疾病缠身，早逢良药；盲者聋者，愿见愿闻；跛者哑者，能行能语；怀孕妇人，子母团圆；征客远行，早还家国。贫穷下贱，恶业众生，误杀故伤，一切冤尤，并皆消释。金刚威力，洗涤身心；般若威光，照临宝座。举足下足，皆是佛地。更愿七祖先亡，离苦生天；地狱罪苦，悉皆解脱。以此不尽功德，上报四恩，下资三有。法界有情，齐登正觉。川老颂曰：如饥得食，渴得浆，病得瘥，热得凉；贫人得宝，婴儿见娘；飘舟到岸，孤客还乡；旱逢甘泽，国有忠良；四夷拱手，八表来降。头头总是，物物全彰。古今凡圣，地狱天堂，东西南北，不用思量。刹尘沙界诸群品，尽入金刚大道场。①

这段结经发愿文也见于《目连救母出离地狱生天宝卷》，明代许多教派宝卷也沿用它（文字有异）。民间宗教经卷《转天图经》宣传天干劫运思想，再三强调子丑年末劫来临时：

末劫子丑年，白骨压荒田。岁后排年名子丑，见人如家狗。

子丑之年人吃糠。如说子丑年，百姓横罗灾。

子丑之年，必有大难。子丑之年天无光，逢牛多杀戮。

在《转天图经》中，子丑之年就是大难之年，末劫到来，世界横遭灾异，天灾“黑风东起，七天七夜大雨雷电”，“东方复三灾，西北有大难”。接着，妖魔竞起，诸恶鬼神，行其毒气，于是瘟疫四起，遍于国土，干戈相侵，百姓恓惶，以致家家绝烟火，人相食，骸骨满山岗。若要太平世，要在寅卯辰巳过后，“方得天平是世人”。②

神谕（Oracle）一般表现为一种占卜的形式，经过某个中介者，如祭司宣达神明的意旨，对未来做出预言，回答询问。中国的降乩、扶鸾，或者掷杯、求签也是获得神谕的形式。在古希腊，最著名的神谕是德尔斐神谕。传达神意有两种形式：一种是神灵直接现身说明神意，另一种是使特

① 王见川、林万传主编：《明清民间宗教经卷文献》第一册，新文丰出版公司 1999 年版，第 59—60 页。

② 喻松青：《民间秘密宗教经卷研究》，经联出版事业公司 1994 年版，第 82 页。

定的人物处于神灵附体的状态，然后再问请神意。传达神意的媒介人多数是儿童和妇女，成年男人比较少。神谕表现跟日常用语差别比较大时，需要有解说的人。而且还常常采取韵文的表现形式。这种韵文形式已经成了早期口头文艺产生的源头。因为神灵是没有实体的，所以人们可利用一切机会抓住所有现象来猜测神意。“不仅是我们认为比较重要的社会事务（阿赞德人）需要请教神谕，针对日常生活中的一些小事他们也请教神谕。……欧洲人对于神秘力量一无所知，因而不能理解他们在行动的时候必须要考虑的神秘力量。”①

马克斯·韦伯将那种同时具有巨大的世俗权威与宗教信仰权威的人物或其他具体的文化载体称为“卡理斯玛”（Charisma），他进一步指出：“在中国，举凡礼仪书、历书、史书之撰写都可以追溯到史前时期。即使在最古老的传说中，古代经籍亦被视为神奇的东西，因而精通这些古籍的人被看作是神奇的卡理斯玛的持有者。”② 根据人类学研究，上古时代有知识和法力的圣人通常就是部族和部落的酋长③。因此，记述部族历史和酋长首领英雄事迹的文字作品（通常是创世神话、部族神话史诗等）与这些历史描述的对象一样具有神圣性。同时，它们作为对部族与神明之间的沟通方式和历史的记述，也就成为部族的最高文化经典。

有趣的是，在书写时代的次生口头传统编创者们，总是不自觉地认为，他们的编创是神灵通过其教祖和教主传授给他们的。这种观念在基督教、佛教、民间宗教相关联的所有经卷和民族史诗之中都有表现，④ 但其渊源却来源于口头编创时代的集体记忆和集体编创传统。欧大年在《宝卷：十六、十七世纪中国教派经卷概论》中研究了宝卷不同文本中反复出现的情节单元（入仙童的时间、场景、段落），主题包括：教主的自传性陈述，对神预警卷的领悟，教派名称及信众，创世、普度、来世神话、

---

① ［英］普里查德：《阿赞德人的巫术神谕和魔法》，覃俐俐译，商务印书馆2006年版，第275—276页。

② ［德］马克斯·韦伯：《经济·社会·宗教——马克斯·韦伯文选》，郑乐平编译，上海社会科学出版社1997年版，第106页。

③ 弗雷泽：《金枝》第二章《祭司兼国王》，徐育新译，中国民间文艺出版社1987年版，第17页。

④ ［美］欧大年：《中国民间宗教教派研究》，刘心勇、严耀中等译，上海古籍出版社1993年版，第212页。《圣经》是神所默示的，是圣灵感动先知们所写下来的。具体参与写作的有40位左右。使徒保罗说：“圣经全都是上帝用圣灵启示的。”（提摩太后书3：16）

禅定、仪式，道德说教、地狱描绘，社会观念后认为：《混元弘阳佛如来无极飘高祖临凡经》中有宝卷神授临凡之主题，宣扬宝卷系由普渡众生的教主，从神界下凡传授而来，涉及创世、普渡、末世说的神话主题。[①]

在无文字的族群中，具有通神本领的巫师，就是进行疾病治疗和疗救活动的神医。在抄写经卷的治疗活动中，疾病不是个人事件，而是一个社会性事件。所以疾病疗救活动是把个人身心复归到社会或民族群体的一种文化整合活动。自启蒙以来300年间的现代性“祛魅”完成了“文化失忆”和“集体遗忘”，民众的精神家园置换为革命话语及其“叙事”。这种无根局面造成的对传统的漠视和“失语”，其无序和混乱带给的精神弊害将长久地影响着民众的精神面貌。

在文学被看做意识形态的工具的年代里，任何艺术本体性的文艺主张都会遭到政治立场的质疑。然而，人类学的研究已经揭示，早在人类社会分化出政党和阶级之前，口头形式存在的文学及其他史前艺术就伴随并微调着人类历史进程的航向，而这些艺术的产生及其社会功能至今不废。虽然经过多次媒介演进和观念变革的遮蔽和筛选，至今只有主流精英的书写文学占据了文学殿堂的中心位置，但只有回溯文学的原初面貌才能洞见文学这一精神生产在人类文化演进中的角色担当。

《还源宝卷》中，叙述者以第二人称谈到留下这些经卷的原因以及印制和刊行在神话层面的重要意义。

> 因为你，众男女，千变万化。转凡胎，证无为，了死超生。这一遭，在东土，留下宝卷，度善男，和信女，同到家中。信授人，早还家，佛光照彻。不信授，错过了，万劫难逢……今得道，显本性，留下宝卷，留宝卷，十二部，劝化众生。

葛兆光指出：在早期道教的创教神话中，有一种“神授天书”、“赋予书写文字以经典的权威性”的传统。[②] 陶弘景的《真诰·叙录》载：

---

① Precious volumes: An Introduction to Chinese Sectarian Scriptures from the sixteenth and seventeenth centuries, Daniel L. Overmyer, Harvard university Press, 1999. 中译本见［美］欧大年《宝卷——十六至十七世纪中国宗教经卷导论》，马睿译，中央编译出版社2012年版，第227—233页。

② 参见葛兆光《“神授天书”与“不立文字”：佛教与道教的语言及其对中国古典诗歌的影响》，《文学遗产》1998年第1期。

“伏寻《上清真经》出世之源，始于晋哀帝兴宁二年太岁甲子，紫虚元君上真司命南岳魏夫人下降，授弟子琅琊王司徒公府舍人杨某，使作隶字写出，以传护军长史句容许某，并第三息上计掾某某。二许又更起写，修行得道。凡三君手书，今见在世者，经传大小十余篇，多掾写；真授四十余卷，多杨书。”由上可见，很可能后世为完善此说，补叙了魏夫人蒙神授经一段，这符合陈国符先生所概括的共性规律：“道书述道经出世之源，多谓上真降授。实则或由扶乩；或由世人撰述，依托天真。”[①] 而李丰楙先生则认为，按照陶弘景整理的《周氏冥通记》，则《真诰》可看成杨许诸人的冥通记，其“灵媒”（神媒）职能颇类萨满：

> 当时称为真书、真迹、真诰，都是书法能手在恍惚状态将见神经验一一笔录。当时茅山的许氏山堂——静室，为天师道设靖（静）的修道场所，也是仙真常常降临的神圣之地。而杨许也多经历一段时间的精神恍惚（trance），在迷幻中说出、写下一些神的嘱语——按照人类学家的研究，它经常表露其内在最基本的社会文化需求，常借用神诰的方式将神的意旨传达，宣示于信徒。[②]

仙人授天书旨在充分迎合民众对超常知识、能力、寿命的渴求，利用了书面传统与口头传统的差距，以及这一差距所深化的对“白纸黑字”典籍的崇拜。其先是人为地把大家想听到的内容设计好，通过众人在场“展演”式地由灵媒写在纸上“代圣立言”，再用这物化了的直观而实在的“天书”来号召信徒。

宝卷的发展史上，民国时期产生过一种变体叫做“坛训”。“坛训”的“诞生”大致是：压缩宗教宝卷篇幅，仅保留民间宗教宝卷的十言韵文部分（间亦有七言韵文），把“开经偈”等改成“定坛诗”，再利用秘密宗教“扶乩”活动，假托神佛所作谓之“坛训”。由于秘密宗教的“佛堂”经常“开坛”，所以每次开坛必要产生一篇“坛训”，所以坛训的数量非常惊人。[③]

---

① 陈国符：《道藏源流考》，中华书局1963年版，第8页。

② 李丰楙：《西王母五女传说的形成及其演变》，《东方宗教研究》，台湾文殊出版社，1987年第1期。

③ 李世瑜：《宝卷论集》，兰台出版社2007年版，第14页。

再回头看《陈元奘为父报仇》宝卷的宣卷仪式。陈光蕊被强盗杀害，其子被僧人收留，取名“江流”，后为父报仇。民间宝卷中《唐僧宝卷》《江流宝卷》《唐僧出世宝卷》《西藏宝卷》《长生宝卷》等，均演此故事。[①] 该卷在清代南、北方各地均有流传。值得注意的是，这本宝卷在“开卷偈”之前，加上了一段“圣谕十六条”的说唱，说明是在宣卷前以“宣讲圣谕”标榜。江苏靖江“做会讲经”（即“做会宣卷”）时，亦发现类似情况：当地佛头（宣卷人）在“做会讲经”时，先做“请佛”、“报愿”等仪式，之后佛头升座，先诵“叫头”四句，敲一记“佛尺”，然后庄重地说：“圣谕！”如：

（诵）三炷香，大会场，同赴会，赐寿香。（鸣佛尺）“圣谕！”

（唱）佛前焚起三炷香，设立延生大会场，拜请福禄寿三星同赴会，西池王母赐寿香。

接着讲唱“报三友四恩”和一些劝善的说唱，然后才唱“开卷偈”讲唱宝卷。康熙以后，民间教派受到清政府的严厉镇压，每般教案，都严查教派人士收藏的宝卷和经卷。虽然大部分宣卷活动与民间教派没有组织关系，也用“宣讲圣谕”作掩护。[②] 当然从小传统来讲，这一论断是恰当的。但是把宣卷内容看作是“神授”，宣卷本身自然是“宣讲圣谕”，把宝卷作为“天书”是民间宗教教派宝卷的共同传统。

《包公宝卷》正文开头的内容似乎就有无边的法力，“众位神灵下天台”：

包公宝卷才展开，众位神灵下天台。天龙神圣心欢喜，保佑众生永无灾。

人生只有两条路，善恶一字分清楚。为人做事凭天良，不可暗中寻短见。

祸福无门自己招，善恶到头终有报。奉劝世人听真情，消灾免罪

① 张家港文联编：《河阳宝卷集》，上海文化出版社 2007 年版，第 429 页。

② 参见车锡论《中国宝卷文献的几个问题》，载《岱宗学刊》（创刊号）1997 年第 1 期。

福寿根。

念卷之人细心念，一字一句念清楚。听卷之人仔细听，不可过了耳边风。①

篇末有：“诗曰一报天二报地三报神灵，四报祖五报亲六报邻友。七报君八报臣九报日月，十报答孤魂鬼早得超生。众人听了包公卷，以后干事想着干。人活一世如一梦，不论干啥要凭心。包爷三次下阴曹，连累十府十阎君。只要人人心向善，荣华富贵万万年。”②

民间宗教对于天书的多方面持续性神化，既有远古口传时代神圣叙事的集体无意识遗存，又有建构历史和神圣叙事的嫌疑。崇高的佛陀教主，拯救民生的事业和仪式化的环境，形成的近乎宗教的狂热和顶礼膜拜。因之，民间宝卷继承发挥了神授天书的传统。欧大年认为，“不管他们如何使用宗教象征物，是出于祈求神佑的真诚愿望，或是仅仅为了鼓动，绝大多数的这类反叛的核心动机是政治性”③。“对他们来说，宝卷是神灵通过其教祖和教主传授给他们的……同时，还有这样一个悠久的民间传说，书信传自于天，或者由神仙授之于大人物的。”④ 从天书文本实际看，那些描写以秘密结社为核心的民间起事造反作品，因为要近乎真实地呈现信仰与崇拜的力量，的确是将典籍崇拜呈现得充分而直观。而天书，也就因其需要而成为一个有凝聚力、表现力的文化编码。

表 1－2　　三种宗教经卷中的“代圣立言”表述

经典	作者	委托人	载体
圣经	不是上帝亲自编写，圣经是上帝的话语，是上帝借着先知的手写的，它是真理	上帝在西乃山上向摩西口授、委托摩西编写	最初书写在羊皮（绵羊、山羊或羚羊）、小牛皮上，或草纸上。有些经文则保存在瓦卡、石碑、腊板等上面。抄写的工具有芦苇、羽毛、金属笔等。墨水是由木炭、胶和水制成的

① 王奎、赵旭峰收集整理：《凉州宝卷》（一），2007 年，第 174 页。

② 李作宾收藏《包公宝卷》，为《包公错断颜查散》一种。收入王奎、赵旭峰整理《凉州宝卷》（第一册），武威天梯山石窟管理处，2007 年，第 247 页。

③ ［美］欧大年：《中国民间宗教教派研究》，刘心勇、严耀中等译，上海古籍出版社 1993 年版，第 232 页。

④ 同上书，第 212 页。

续表

经典	作者	委托人	载体
佛经	佛陀	领导僧侣为大阿罗汉 Maha Kassapa（大迦叶尊者），Ananda（阿难尊者），和 Upali（优波离尊者）从僧团中选取了五百阿罗汉来重述佛陀所说过的话	印度 Magadha 的国王 Ajatashatru 举办了集会。地点是在 Rajagaha 的 Cave of the Seven Leaves（七叶窟）
古兰经	安拉	610 年安拉在“盖德尔”的吉祥夜晚，命令天使吉卜利勒向穆罕默德开始陆续启降《古兰经》文，632 年穆罕默德逝世，“启示”中止	伊斯兰教认为《古兰经》是安拉“神圣的语言”，是一部“永久法典”

由于远古以来就有“知天命”、“听神谕”预知未来祸福的文化传统，清代中晚期，民间宗教教派改头换面复活以扶乩降神形式“生产”宗教经卷的传统。华北救世新教、悟善社等，大都以千禧年末世观念或三期末劫教门思想相号召，以慈善或救助活动，在民众中启蒙现代意识，力挽社会颓势，试图实现道德重整，现在看来，该活动完全可以理解成“被压抑的现代性”的一个侧面。

在人类学研究对象阿赞德人那里，国王的神谕请教者是一个重要的公众人物，在后来往往会被委任去管理一个省份或者地区。格布德威国王经常让自己信任的儿子，特别是里基塔与甘古拉代表他与神谕说话。神谕判决的过程是以国王的名义执行的，因此国王被赋予了完整的司法权，这种司法权与常识意义的司法体系中获得的权威似乎并没有什么不同。①

如果做进一步的对比还可以发现：西方中世纪史学遵循的，也正是这样一种全力凸显神圣的精英历史，同时又极大地遮蔽底层民众生活史的基本叙事模式。在这个模式中，凡俗尘世的意义只是在于要用它的黑暗可鄙衬托出天国的神圣，所以克罗奇总结“中世纪史学”时指出，其特点就是用一种渗透着神性的叙事模式来记述和解释一切凡俗的事物：

> （借助于史学）神性重又降临凡世，神人同形同性地卷入人类的事务，……超验论把尘世的事物看成外在的和反抗神圣性事物的：因

① ［美］普里查德：《阿赞德人的巫术神谕和魔法》，覃俐俐译，商务印书馆 2006 年版，第 298、301 页。

而产生了一种关于上帝与尘世、关于天国与地上的国土、关于神的国度（魔鬼的国度）的二元论，这种二元论复活了最古老的东方概念和拜火教。①

布罗姆菲尔德和丢恩在研究了18世纪之前还不被人知晓的古代欧洲诸民族的口传文学之后，得出结论。早期社会的口传文学，其根本的意义在于强调一种秩序："无论其形式是多么离奇，那些神话和故事总是预设了秩序和合理性的观念。"② 于是他们以巫觋、先知或预言者的身份成为一个部族的精神领袖，成为神的代言人，成为天（神）和人之间的中介。借助于他们所传布的智慧，他们不仅仅在民众心里灌输了一个社会所必需的种种经验和忠告，而且还控制了对于历史和现实的理解，并以此建构起一个能够最大限度突显自己符号利益的精神秩序。③

二 宝卷与天书传统

在《伊安篇》中，苏格拉底和获得祭神诵诗头奖的伊安讨论，为什么他只擅长吟诵荷马史诗，苏格拉底说："你这副长于解说荷马的本领并不是一种技艺，而是一种灵感，像我已经说过的，有一种神力在驱遣你，像欧里庇得斯所说的磁石，就是一般人所谓'赫剌库勒斯石'"；"神对于诗人们像对于占卜家和预言家一样，夺去他们的平常理智，用他们作代言人，正因为要使听众知道，诗人并非借自己的力量在无知无觉中说出那些珍贵的辞句，而是由神凭附着来向人说话"。④ 在此，苏格拉底一再强调，"迷狂"就是对那曾经拥有，但今已失去的存在于遥远的天国的理念的感示，荷马不是凭借技艺知识，而是靠灵感或神灵凭附。"这类优美的诗歌本质上不是人的而是神的，不是人的制作而是神的诏语；诗人只是神的代

① ［意］贝奈戴托·克罗齐：《历史学的理论和实际》，道格拉斯·安斯利、傅任敢译，商务印书馆1982年版，第160—165页。

② Morton W. Bloomfield and Charles W. Dunn, The Role of the Poet in Early Societies, Cambridge: D. S. Brewer, 1989, p. 108.

③ 朱国华：《口传文学：作为元叙事的符号权力》，载《求是学刊》2003年第1期。

④ ［古希腊］柏拉图：《柏拉图文艺对话集》，朱光潜译，人民文学出版社1963年版，第8—9页。

言人，由神凭附着。”①

由此可知，古希腊文明早期的文艺观认为，诗歌创作的本源在神而不在人，诗人是神灵在人间的代言人，如荷马和赫西俄德，而职业诵诗者伊安则是“代言人的代言人”，由此将诗人的创作活动与巫觋的降神过程联系起来。古希腊的“迷狂”通神状态，在中国传统乡村社会生活中长期存在，并具体化为诵读经卷的仪式治疗的实践。“治疗”过程致力于疏通自然与人事之间的因果逻辑，家户得以纳入“许愿还愿”向内、向外的双重节律中，从而重构社区的完整、家户的抚慰。②

但近代以来，通神并接受神的感示的中国经验，伴随着“西学东渐”和启蒙救亡的两个现代性旋律，成为西方人类学者眼中被妖魔化的“他者”。无论是周锡瑞对义和团运动中“降神附体”的探讨，还是20世纪初华北乡村神灵附体“刀枪不入”式的抵抗，都成为我们以他者目光来建构自我认同的历史中的旧疤痕。这使得我们对“迷狂”、“通神”、“代言”、“神授”等前现代书写问题闪烁其词，讳莫如深，甚至其一度被痛斥为“基本上是神秘的反动的”③。

其实不论是历史传统还是今天的文化孑遗，都清楚地包含了非理性的传统及其文化渊源的叙述，兹以文学传统中“天书”母题为例来展开论述。

（一）“天书”母题所涉及的文化传统

远古的通天巫术、先秦的兵家文化、秦汉神仙方术、中国佛教观世音菩萨的现世传说及此后的隐逸文化等都涉及“天书”母题。汉末魏晋兴起的道教吸收了此前各类叙述中的“天书”母题，对该母题的稳定和成熟起到了决定性的作用。

首先，天书母题涉及早期的圣王仰观天象、俯察地势，对自然规律探索并掌握的神秘体验和收获。神话叙述之中“河图洛书”就是这一类的

① ［古希腊］柏拉图：《柏拉图文艺对话集》，朱光潜译，人民文学出版社1963年版，第11页。

② 马丹丹：《迷狂的家户经验：王屋山巫医仪式的一项考察》，载《北方民族大学学报》2009年第5期，第110—116页。

③ ［古希腊］柏拉图：《柏拉图文艺对话集》，朱光潜译，人民文学出版社1963年版，第356页。

典型。《易》之《系辞上》云："河出图，洛出书，圣人则之。"河、洛均为自然之物，它们怎么会产生出高深莫测的图和书呢？这背后当然只能归于神的示意，而圣人就以此为法则制定出礼法制度。《书》之《洪范》说："天乃赐禹《洪范》九畴。"①

在兵家著作中，得神人指点协助成就人间非凡霸业成为"天书"母题的一个重要发展。《战国策·秦策》载苏秦途穷发愤，"得太公阴符之谋，伏而诵之，简练以为揣摩"，其游说合纵成功颇得力于此；《史记·留侯世家》写张良佐汉亦蒙黄石公所授《太公兵法》。在此基础上又衍生出教授苏秦、张仪纵横术的鬼谷子。而黄石公的亦仙亦隐已初步赋予天书以神格。

其次，道教产生后，假托利用"天书"神授的神秘体验，向信徒暗示和传达道经的天经地义。《抱朴子·辩问》将天书远祧至上古的圣人崇拜，联结仙凡，将石函中首封天书之功归于大禹：

> 吴王伐石以治宫室，而于合石之中，得紫文金简之书，不能读之，使使者持以问仲尼，而欺仲尼曰："吴王闲居，有赤雀衔书以置殿上，不知其义，故远咨。"仲尼以视之，曰："此乃灵宝之方，长生之法，禹之所服，隐在水邦，年齐天地，朝于紫庭者也。禹将仙化，封之于名山石函之中，乃今赤雀衔之，殆天授也。"②

王立认为，这段话已包蕴了后世小说中广为繁衍的诸重要的母题：天书古远、隐埋石洞中、灵禽灵兽传递引导、得天书者不能读懂须求教识者。嗣后经箓派的灵宝经系又具体化为吴王阖闾入一石城，在石室内玉几上得素书一卷，乃是《灵宝玉符》真文，三国时诸葛云蒙太上所遣三圣真人授《灵宝经》，代代传至葛洪。③

北魏道士寇谦之在嵩山修炼时："忽遇大神，乘云驾龙，导从百灵，仙人玉女，左右侍卫，集止山顶，称太山老君"，"吾故来观汝，授汝天师之位，赐汝《云中音诵新科之诫》二十卷。号曰《并进》。言：吾此经

① 屈万里：《尚书今注今译》，商务印书馆1969年版，第75页。
② （东晋）葛洪：《抱朴子内篇校释》，中华书局1985年版，第229页。
③ 王立：《道教与中国古代通俗小说中的天书》，《东南大学学报》2000年第2期。

诫，自天地开辟已来，不传於世，今运数应出”，“其书多有禁密，非其徒也，不得辄观”，书中多载奇方妙术，“上云羽化飞天，次称消灾灭祸”。[①] 泰常八年（423），魏太武帝即位平城欲入主中原时，寇谦之假托太上老君玄孙李谱文降临授神书，他遵命奉持进献，得到信任，天书母题与政治的关系更紧密了。

在西方，圣经叙事中，也存在体现上帝神谕的灵性叙事。这类叙述集中体现在《圣经》中有关神谕、神话、神迹奇事以及直接传达上帝神意、在神与人之间起到中介作用的先知所作的各类先知书中。灵性叙事的关键特点是以上帝的意旨和属性为主导，以上帝之道、神谕——上帝给出的训诫和信息以及先知书等方式，构建起一个个充满神性的叙事体系，借以宣示上帝及与上帝相关的理念和思想。《出埃及记》载上帝将诫命写在石版上，作为立约的证据交给摩西。耶和华在西奈山和摩西说完了话，就把两块法版交给他，是神用指头写的石版。……摩西转身下山，手里拿着两块法版，这版是两面写的，这面那面都有字。是神的工作，字是神写的，刻在版上。耶和华吩咐摩西说：“你要凿出两块石版，和先前你摔碎的那版一样。其上的字我要写在这版上……”[②] 许多情况下，《圣经》被描绘成众先知据上帝的意图，按上帝的吩咐所写：“耶和华以色列的神如此说：你将我对你说过的一切话都写在书上”；“你取一卷书，将我对你说攻击以色列和犹大，并各国的一切话，从我对你说话的那日，就是从约西亚的日子起，直到今天，都写在其上”[③]。

在中国，古老的爻占预言传统是中国先民接收“神谕”的过程中形成的。其核心是以“非常”方式占得先机，掌握命运密码，探得事项原委，预知未知祸福。“探寻”天意的爻占传统失落以后，占爻过程中揣摩爻象之精微变化的暗示心理却积淀为一种感性美学观念和宿命世界观，其共同指向是天启神谕。爻辞只可意会传神而不可言表的做派，也一代代地传承下来，变异为传达天意的谶谣、谶诗、谶图，它们在民众生活中代替爻占发挥着“天书”的功能。前文所举的《香山宝卷》和《空王佛宝卷》正是“神授”的远古传统，叙述“天书”的降临，与人类社会早期

① （北齐）魏收：《魏书》卷114《释老志》，中华书局1974年版，第3051页。

② 《圣经》，中国基督教协会2009年版，第84—86页。

③ 同上书，第778页。

信仰时代倾听天意的非理性精神相嫁接，利用民众集体无意识的神灵迷信之病灶，搭乘汉代谶纬学的风习，认为语言具有一种预示事物的发展与结局的神秘力量，继图谶之后，制作书谶或诗谶，释放巫术文化影响下的巫术焦虑，投合下层民众的"天命"信仰。

还要补充的是，在古代出现人的审判之前，还有一个诉诸于"神判"的更为久远的传统。作为审判和验证是非曲直的证据，往往就来自显示神意或天意的人、话语和事物。能够体现天意的人，就是远古时期天人之际的神职人员或所谓"圣王"。他们通常要充当神判礼仪活动的主持者，神意或天意下达人间的中介者。而其中介方式则以占卜为主，连接着口传文化的智慧传统：依靠谣占、歌诗等体现前文字时代古老智能经验的媒体。从春秋战国之际流行的引诗说理的情况，尚可看出，凝聚着往昔口传文化智慧的诗歌谣谚等。

最后，后世的小说、民间宗教教派假借"天书"母题，作为神话英雄的重要情节。超凡英雄具有接受神的感示、占得先机的先天禀赋，因为神授"天书"的作用而具有非凡的能力。《说岳全传》第六十八回孔明所授兵书"上卷占风望气，中卷行兵布阵，下卷卜算祈祷"。《说唐演义后传》第二十九回九天玄女授薛仁贵的"素书"，"凡逢患难疑难之事，即排香案拜告，天书上露字迹，就知明白"。《五虎平南演义》第四回段红玉"前生乃是终南山金针洞看守洞门一女童，已得了半仙之体，只为一时思凡，托生于段氏之家为女"。金针洞一道人，见她惹了红尘，托生于世，心中不忍，所以特来渡她为门徒。一日，在后园中化作一道人，假诈化斋，却授三卷兵书与段小姐。段红玉得云中子所授天书，"书上所传飞天遁地、六丁六甲、神符、隐形变化、撒豆成兵、各式阵图，多少直言咒语，一一难以尽述"。

后世民间宗教教派白莲教的分支一贯道，借助"天书"，率先"颁发"了"弥勒古佛"降临世界拯救"末劫"的预言：无极创生天地和世间万物按劫或者每个长 129600 年的宇宙世运行，在每一劫，由于上天力量的变动都会造成几次灾难。现在，倒数第二劫已经完成，末劫降至，自上天创生，共有三劫：第一劫称作青阳劫，自伏羲（中国传统神话中的创世者）的时代开始。第二个是红阳劫，开始于周昭王的时代（公元前 11 世纪）：第三是白阳劫，将发生在正午过后不久。在青阳劫期间，燃灯佛掌控世界；在红阳劫期间，释迦佛掌控世界；而在白阳劫期间，弥勒佛将统治世界。在每一劫期间：道和灾同时降临人间。道是来拯救善良者和信徒的，灾是来消灭邪恶的。当道行于天下，灾难将消失，灾由人作恶而来，道也正因此而降临。这一信念代表了“三期末劫”的观念，在晚近的教派神学中十分常见。因此，在19世纪末黄天教的建立过程中：万全县遭遇大旱，佛教僧侣志明激发起大众热情，宣称第三个也就是最后的末劫就要来到，大灾就要降临，狂风会从天而降：横扫一切。无生老母已经预见到这些，早300年派下弥勒佛建立黄天教，来解救生民于灭顶之灾。志明和尚由于修建普明寺，被神话为来历不明的菩萨下界，在万全县做过大规模的道场，大开三期末劫的跨度，黄天教也就随之大振。一直到20世纪40年代，教派成员仍将此预言视作黄天教教义的重要部分。①

（二）“天书”母题与神谕传统

纵观人类原始宗教，早期的宗教领袖巫师或萨满阶层，具有接受神谕的特殊本领，前提是“夺取他们平常的理智”，使其成为社会意识氛围中的“病人”、“疯癫者”或祭司才能成为代言人。正所谓“古者祭礼，嘏传皇尸之命”。②

《格萨尔》诗史的传唱活动较为原始，在某种意义上能为我们考察神谕传统提供借鉴：在艺人以及广大的藏族民众心目当中，《格萨尔》被赋予了神圣的信仰意义，说唱《格萨尔》的“神授艺人”，作为藏族原始宗教祭祀主持人，他们是人与神之间的桥梁和媒介，据说都能通神，且能同鬼神通话，以上达民意、下传神旨；可预知吉凶祸福，除灾祛病；还能从事征兆、占卜、施行召魂、驱鬼等巫术。他们所说唱的故事是神赐予的。说唱过程必须遵循特定的仪式性规程。这一说唱仪式所拥有的社会整合与禳灾祛病作用，类同于北方民族萨满教采用的神圣仪典，全体氏族或部落成员参与祈祷人畜平安、农牧丰收。③

降神并与神灵对话，通过语言实践获得精神疗救与自我救援曾是人类精神生活的重要内容。通神、占卜、治疗、禳灾、招魂的信仰仪式体系是神授天书传统产生的根源。

---

① 《宗教与政治反抗》，引自杨庆堃《中国社会中的宗教》第九章，范丽珠等译，上海人民出版社2007年版，第217页。

② （清）龚自珍：《尊隐：龚自珍集》卷四，辽宁人民出版社1994年版，第219页。

③ 叶舒宪：《文学人类学教程》，中国社会科学出版社2010年版，第143页。

在口头祭祀仪式上，祝嘏（祭祀时致祝祷之辞和传达神言的执事人），后代指祭神的祈祷词。主祭者（工祝巫卜等）代表主人（早期通常是王或巫）向假扮为受祭之神的“尸”发言，称为“告”、“祝”、“祷”；反过来他们还要代表受祭者“尸”即神像发言，将神的福佑之意传达给主人，称为“嘏”、“嘏辞”。①

我国古代礼书文献中关于嘏的记载不在少数。如《仪礼·特牲馈食礼》：“主人坐，左执角，受祭祭之，祭酒啐酒，进，听嘏。”《仪礼·少牢馈食礼》：“尸执以命祝。”郑玄注：“命祝以嘏辞。”贾公彦疏：“谓命祝使出嘏辞以嘏于主人。”明徐师曾《文体明辨·嘏辞》：“按嘏者，祝为尸致福于主人之辞，《记》所谓‘嘏以慈告’者是也，辞见《仪礼》。”《礼记·礼运》亦云：“修其祝嘏，以降上神。”郑玄注：“祝，祝为主人飨神辞也；嘏，祝为尸致福于主人之辞也。”孔颖达疏：“祝谓以主人之辞飨神，嘏谓祝以尸之辞致福而嘏主人也。”②

《文心雕龙·祝盟》认为“祝史陈信，资乎文辞”，祝辞系文学，是与上古时代祝官系统紧密联系在一起的。刘永济《校释》：

> 古者巫祝为联职，《周官·春官》祝之属有大祝、小祝、丧祝、甸祝、诅祝；巫之属有司巫、男巫、女巫。盖巫以歌舞降神，祝以文辞事神。《国语》谓聪明圣知者始为巫观，郑注《周官》谓有文推辞令者，始作大祝。是知二者乃先民之秀特，而文学之滥觞也。③

藤野岩友认为商汤祷词为祝辞体，“通过诘问语气来占卜神意，具有与《天问》共通的性质”受“问卜系文学”传统的影响。在《楚辞·离骚》与《九章·桔颂》等“自序文学”之下标“祝辞系文学”，并与《尚书·金縢》篇周公祈神保佑武王平安的祝辞形式加以对比，认为“作

① 台湾红头小法在执行法术科仪的过程中，也有“格界”这一项仪式，法师在仪式中诵念“格界咒”，旨在请神降临，守护神圣的场域——庙宇，安顿人心，祈求平安。可知“格”字隐含天神降临之义。“格物致知”是代表儒家认识方式的关键词，但其本义难明。“格”的本义迄今仍然保留在台湾汉人文化的宗教法事中。

② 郑玄、孔颖达：《礼记注疏》，李学勤编《十三经注疏》，北京大学出版社1999年版，第1419页。

③ 詹瑛：《文心雕龙义证》，上海古籍出版社1989年版。

为自序文学的《离骚》，其文学形式来源于对神的祝辞”[①]。

希伯来《圣经·旧约》中的14卷先知书，专门使用“天启体”、“异象体”等独特体裁，以“上帝独白”的第一人称陈情达意，其内容乃是“上帝从天上传来的启示”，意在对听众（信仰上帝的犹太教信徒）造成强大的精神威慑力，达到最佳的表意效果。在异象体中，读者首先看到一幅含义晦涩的幻觉或梦境，随后又看到上帝、天使或先知对它所作的解释。这些启示文学是希伯来文学中最晚出现的文类，发展、繁盛于公元前2世纪至公元1世纪。“启示”一词译自希腊文apokalyptein，原义是“以神谕方式揭开隐蔽的真理”。这一内涵规定了启示文学的基本特征：大量描写各种奇异怪诞的异象，在“传达上帝启示”的名义下隐蔽地宣传作者的政治见解和社会主张。

通过“神谕”，阿赞德人掌握神意，这成为他们精神生活的重要组成部分。通过“附体”、“代言”等形式获得与祖先或神灵的沟通神力，掌控侵扰家宅或家庭成员身体的“祟”，从而将“疾患”过渡到健康和平安的状态，消除家庭危机。“不仅我们认为比较重要的社会事务，（阿赞德人）需要请教神谕，针对日常生活中的一些小事他们也请教神谕”，“欧洲人对于神秘力量一无所知，因而不能理解他们在行动的时候必须要考虑的神秘力量”[②]。

通神信仰传统使后世文学长期以来承担着“神人以和”，“正得失，动天地，感鬼神”，“言王政之所由废兴”，“美盛德之形容，以其成功告于神明者”[③]的巨大的社会功能，并和社会政治意识形态如影随形。

同样通神心理活动成为和艺术感受巅峰体验合二为一的一种精神状态。“游于艺”在某种意义上认定艺术是和游戏、迷狂、巫术出神活动相表里的感性精神活动，它使人进一步摆脱一切世俗的、功利的、工具的羁绊，恢复自我的天性，使心灵朝着更为开放更为广阔更为纯净更适合想象的自由驰骋的方向张扬。

除了“模仿说”和“实用说”之外，通神信仰隐约在西方“迷狂

① ［日］藤野岩友：《巫系文学论》，韩基国编译，重庆出版社2005年版，第3—4页。

② ［英］普里查德：《阿赞德人的巫术神谕和魔法》，覃俐俐译，商务印书馆2006年版，第275—276页。

③ 毛亨、郑玄、孔颖达：《毛诗正义》，李学勤编《十三经注疏》，北京大学出版社1999年版，第1297页。

说”及其理论中能窥见一斑。柏拉图在《斐德诺篇》（*Phaedrus*）中论及诗人的灵感时说：

> 这是由诗神凭附而来的。它凭附到一个温柔贞节的心灵，感发它，引它到兴高采烈神色飞舞的境界，流露于各种诗歌，赞颂古代英雄的丰功伟绩，垂为后世的教训。若是没有这种诗神的迷狂，无论谁去敲诗歌的门，他和他的作品都永远站在诗歌的门外，尽管他自己妄想单凭诗的艺术就可以成为诗人。他的神志清醒的诗遇到迷狂的诗就黯然无光了。[①]

柏拉图认为疯症有两类：“一类产生于人的弱薄，另一类神圣地揭示了逃离世俗风尚束缚的灵魂。”由此我们知道：西方式的纯粹理性权威尚未建立时，人们对待疯狂的态度是何等宽容和尊敬。把疯症划分为神圣的和非神圣的两类，这多少表明远古时期神灵附体类迷狂的传统仍被认可的事实。原型批评中提及的“集体无意识”、“原始意象”、“原型”等概念，也隐约指向巫术时代的文化大传统及其对后世小传统的影响。

在“失落的天书”背后折射的是：现代理性文化以文本为中心，严重地脱离文学发生的鲜活生动的第一现场，当今人们对文学的理解偏离了久远的文化大传统而祛魅化和扁平化。文学因之丧失了原初的鲜活语境，抽离了发生学上的意义和功能，成为了纯粹的书写文本，而文学诞生之初的救疗和禳灾的功能则被集体遗忘，“天书”母题背后的神谕传统也鲜有人提及，只有在少数的研究和观察中，学者能见微知著地寻绎出文学当初元编码所释放出的能量，像测量红移来推断宇宙大爆炸最初几秒的情景一样，从遗存至今的大量的“天书”母题中，我们能捕获有关文学起源和原初功能的信息。[②]

---

① ［古希腊］柏拉图：《柏拉图文艺对话集》，朱光潜译，人民文学出版社 1963 年版，第 118 页。

② 叶舒宪最近提出“N 级编码体系理论”，认为一万年以来的文化文本和当代作家的文学文本之关系，可归纳成“N 级编码体系理论”。从“大传统”到“小传统”，可以按先后顺序，排列出 N 级的符号编码程序。无文字时代的文物和图像，充当着文化意义的原型编码作用，可称为一级编码，主宰这一编码的基本原则是神话思维。汉字的形成，是二级编码或次级编码，其中发挥的是音、声、意、形之间引比避联类的关联性创造力。三级编码指早先用汉字书写下来的古代经典。今日的作家写作，处在这一历史编码程序的顶端，被称为 N 级编码。谁善于调动程序中的前三级编码，尤其是程序底端的深层编码，谁就较容易获取深厚的文化蕴含，给作品带来巨大的意义张力空间。

（三）“天书”母题的来源是萨满文化

“天书”传统的目的在于“代圣立言”，其信仰源自于萨满文化。人类学中专门研究萨满教的专家哈利法克斯（Joan Halifax）归纳说，萨满巫术的基本特征有如下四个方面：一种对幻象的追求，或者分解与复原的体验；出入上中下三界的能力；进入迷狂出神状态的能力；医疗能力以及在社群与非常态的世界之间沟通的能力。[①] 另一位专家维特斯基（Piers Vitebsky）则强调萨满教是一切人为宗教的基础：它不是一种独立的宗教，而是一种跨文化的宗教感觉与现象。在万物有灵信念支配下，萨满文化以崇奉氏族或部落的祖灵为主，兼有自然崇拜和图腾崇拜的内容。崇拜对象极为广泛，有各种神灵、动植物以及无生命的自然物和自然现象。没有成文的经典，没有宗教组织和特定的创始人，没有寺庙，也没有统一、规范化的宗教仪礼。巫师的职位常在本部落氏族中靠口传身受世代嬗递。萨满的意识及其主题出现在人类的整个历史、宗教和心理之中。其传统可谓深厚无比：从我们的旧石器时代的先祖那里就已经开始了。[②]

后世，“迷狂”背后是深刻的社会知识系统，远古时代“民神不杂。民之精爽不携贰者，而又能齐肃衷正，其智能上下比义，其圣能光远宣朗，其明能光照之，其聪能月彻之，如是则明神降之，在男曰觋，在女曰巫”[③]。遗憾的是，黄帝的继承者“颛顼”对天地间的秩序进行了一次大整顿。他命“重”（颛顼帝的孙子）两手托天，奋力上举；令“黎”（颛顼帝的孙子）两手按地，尽力下压。于是，天地之间的距离越来越大，以至于除了昆仑天梯，天地间的通道都被隔断。颛顼还命令“重”和“黎”分别掌管天上众神事务及地上神和人的事务。此后，天地间神人不经“重黎”许可便不能够随便上天下地了！《书·吕刑》对此事的记载是：“乃命重黎，绝地天通，罔有降格。”使人神不扰，各得其序，是谓绝地天通。自此以后，天人之间的沟通，需要神在人间的“代理人”，而且必须是出入于“迷狂”、疯癫的非常之人。

---

① ［苏联］开也夫：《俄罗斯人民口头创作》，连树声译，中国民间文艺出版社1964年版，第6页。

② Piers Vitebsky. *Shamanic Voices: A Survey of Visionary Narratives*, New York: Arkan, Penguin, 1991, p. 6.

③ 邬国义：《国语注译》，上海古籍出版社1994年版，第529页。

人类早期的诗是巫师这一掌握神灵、祖先和神秘世界对话权力的沟通者，以祝、咒、颂等形式在丰穰祭祀仪式上所奏音乐的组成部分。苏联学者开也夫便在专论民间口传文学时为咒语开辟了章节，他写道："咒语——这是一种被认为具有魔法作用力的民间口头文学。念咒语的人确信：他的话一定能在人的生活和自然现象里唤起所希望的结果。"①

诗的语言形式，如果撇开它与音乐的联系而单独来看，在相当程度上同咒语、祷词之类的有韵的言语形式有关。特别是在考察原始社会的时候，这类具有宗教性用途的韵语形式更普遍地显示了同诗歌起源的密切关联。比如在南美土著雅玛那人（Yamana）中，成熟的诗歌尚不存在，但他们已经拥有一系列程式化的祷词，应用在各种需要的场合。当天气变坏时，他们会说："天父垂怜，以佑我船。"当灾害降临时，人也会向神发问，为什么要降灾下来："我父在上，何以罚我？"

埃杜里·匹格米人（Ituri Pygmies）也拥有一系列程式化的祷词，同雅玛那人的那种简单形式十分相近。当一位未生育的妇女去打水时，她会对森林之灵祷告：

> 赐我以孕，噢，巴里！
> 赐我以孕，我能生子。

《梨俱吠陀》第十卷中有很多具有咒语性质的祷告诗篇，有的是为了抵御疾病，有的是为了占卜和预言，有的是为了求雨与生殖：

> 一对青蛙一个迎接另一个，
> 在大雨倾泻中尽情欢乐。
> 青蛙们淋着雨，四处蹦跳，
> 斑纹蛙与黄身蛙的鸣叫缠合。②

这些祷词不仅有自身的结构和语音上的协调，而且还常运用反复，和

① ［苏联］开也夫：《俄罗斯人民口头创作》，连树声译，中国民间文艺出版社1964年版，第95—96页。

② 林太：《〈梨俱吠陀〉精读》，复旦大学出版社2008年版，第182页。

一切原始歌谣一样，《诗经》颂诗、《旧约》、《阿达婆吠陀》中这种祝、咒、祷等神谕之词俯拾皆是。[①]

到了战国时代，伴随着祝咒通神之词，由建鼓、悬鼓、鼙鼓、有柄鼓和鹿架鼓等伴奏着巫舞。由近世东北流行萨满教推断，这些祝祷之语词往往在禳灾祛祟除疫的仪式上，和着音乐节奏，歌舞颂扬神灵："凡人患病辄延男巫，亦有女觋至家。左执鼓，以铁丝贯钱数十，横丝鼓之两耳，击鼓作咒以疗病。"[②] 叶舒宪先生以四重证据法释读夏禹"神鼓"和凌家滩"玉签"文化象征意蕴的实践为我们理解古人祭祀活动中"尚声"行为提供了认识论和方法论上的指导。在他看来："无论是单独发布声音信息的信号鼓，还是仪式性奏乐体系中的一种乐器，其最初的根源都在于神鼓信仰背景和史前社会宗教领袖沟通神鬼的仪式性活动。"[③]

在世界文明史上，早期神谕"天书"表现为以神话叙述的模式对王权机制生成的话语操控作用。摩西或汉谟拉比在圣山上接受神谕，颁布法律。上古时代有知识和法力的圣人通常就是部族和部落的酋长。[④]

在西方，神的使者就是古希腊神话中的信使 Hermers，维科称巫为"神学诗人"：

> 诗性玄学就凭天神的意旨或预见这方面来观照天神。他们就叫做神学诗人，懂得天帝在预兆中所表达的天神语言，他们是在"猜测"(dirine)，称他们为占卜者（diviner）是名副其实的。这个词来源于divinari，意思就是猜测或预言。他们的这门学问就叫做缪斯（Muse）女诗神，……因为精通这种玄秘的神学的人，能解释预兆和神谕中的天神奥义的古希腊诗人们就叫做 Mystae（通奥义者），贺拉斯显出博学，曾把 Mystac 这个词译作"诸天神的传译者"（《诗艺》，391）。每一个异教民族都有精通这门学问的西比尔（sybils，女巫）。[⑤]

---

① 叶舒宪：《诗经的文化阐释：中国诗歌的发生研究》，湖北人民出版社 1994 年版，第 46—47 页。

② 马伯英：《中国医学文化史》，上海人民出版社 1994 年版，第 166 页。

③ 叶舒宪：《〈容成氏〉夏禹建鼓神话通释：五论"四重证据法"的知识考古范式》，《民族艺术》2009 年第 1 期。

④ ［英］弗雷泽：《金枝》第二章《祭司兼国王》，徐育新译，中国民间文艺出版社 1987 年版，第 17 页。

⑤ ［意］维柯：《新科学》，朱光潜译，商务印书馆 1989 年版，186 页。

中国早期的巫师，被称为“格人”，“格人”以占卜的方式能至知天命，成为“格知”。“格”与“告”属于神话学上的“还原性认体”，皆从“口”，原生形态是神圣仪式中的“口”，意为通告预知。① 这与“格天”感通意义相符。《尚书·君奭》“成汤既受命，时则有若伊尹，格于皇天”②，就是指君受命于天，凡所作为，皆感通于天。《尚书·尧典》：“归，格于艺祖，用特。”

通神、占卜、禳灾、招魂、治疗等活动，大都是通过叙述实现的。世界范围内早期剧场的戏剧表演，都带有与神灵沟通的功能。德尔斐每年在传说中阿波罗的生日那天发布神谕，后来发展到除了冬季的三个月以外每个月的第七天都会发布神谕。在发布神谕过程中，皮提亚处于一种迷狂的状态。预言不只在词源学上与疯癫相关，而且只能通过迷狂来实现。③ 苏格拉底说，迷狂确实是上苍的恩赐，德尔斐的女预言家和多多那圣地的女祭司在迷狂的时候为希腊国家和个人获取了那么多福泽，我们要对她们感恩，但若她们处于清醒状态，那么她们会所获甚少或者一无所获。然而，我要指出这样一个事实，那些为事物命名的古人并不把迷狂视为羞耻和丢脸，否则的话他们就不会把这种预见未来的伟大技艺与“迷狂”这个词联系在一起，并把这种技艺称为迷狂术了。早期人类把迷狂术视为一份珍贵的礼物，是神灵的恩赐，这种技艺也就有了这个名称，而现在的人没有这个审美力，给迷狂术这个词增加一个字母，变成了预言术。④

因为神灵没有实体，人间的代理人巫师最初的职能就是讲故事，利用一切机会抓住所有现象来实现和神的精神交往，来排遣我们“绝天地通”以后的焦虑和无助。在叙述言说领域的“天书”现象可以说是萨满教巫

① 叶舒宪：《文学人类学教程》，中国社会科学出版社 2010 年版，第 183—204 页。

② 屈万里：《尚书今注今译》，商务印书馆 1969 年版，第 143 页。

③ 在献祭仪式的同时，皮提亚要在神庙内焚烧月桂枝叶熏蒸身体，还要和其他男祭司用灵感之泉举行沐浴仪式。一般来说，请求的问题是由男祭司代问，有时候是男祭司直接询问求神谕者想要问的问题，有时候是求神谕者将要问的问题写下来交给男祭司转问皮提亚。旁边的预言家将皮提亚的回答翻译成某种文体，一般是六步格诗句，有时候也会是谜语或散文，记录员则把这些诗句记录下来交给求神谕者。

④ ［古希腊］柏拉图：《柏拉图文艺对话集》，朱光潜译，人民文学出版社 1963 年版，第 116—117 页。引文参考了王晓朝《柏拉图全集》第二卷，人民出版社 2003 年版，第 157—158 页。

师的“面具”的置换变形。神的形象本身是古老的禁忌，人只能同他的替身沟通。而神在人间以“天书”降临的面目显现，这一点，我们从爱斯基摩社会中的萨满身上能找到答案：“萨满在仪式庆典或为人治病时都佩戴面具。蕾根据19世纪欧洲观察者们的描述，认为巫师在治病或应付那些由于人的不当行为而招致的灾难时，尤其要佩戴的面具。……萨满就戴上面具，和有关的神灵商谈，或恳求他们宽恕。”①

从人类学角度，无论是讲故事、念咒语，还是歌唱和演戏，远古原始歌谣以紧锣密鼓的音乐节奏、癫狂出世的形体舞蹈、迷狂出神的精神状态调动精神信仰力量来改善生存环境乃至身体状态的功能，至今都是不言而喻的。如果说叙事的移情更能够通过幻想来转移痛苦和补偿受压抑的欲望，那么“唱咒语治疗”的疗效，则更侧重在调动人类语言自身的仪式性和法术性力量，以及灵性语词沟通神圣治疗场的巨大潜力②。白马藏人在做了噩梦，身体出现“无名疼痛”、疲倦失神、抽搐痉挛、恸哭不止等症状，或家中乃至村寨中有不好的事情发生，如夫妻失和、诸事不顺、疫病传染等都会请仪式专家做敲鼓敬神仪式。仪式上，由巫师唱诵经典祭歌。

“天书”母题也体现出在人神分离以后，巫师逐渐丧失了“降”、“陟”技能，世俗化为知识分子后集体无意识对权力话语的操控意向。他们企图通过话语操控，重操王者师的“旧业”。《史记·留侯世家》描写黄石公“出一编书，曰：读此则为帝王师矣”。张良亦称：“今以三寸舌为帝者师，封万户，位列侯，此布衣之极，于良足矣。愿弃人间事，欲从赤松子游耳。”③ 而黄石公、留侯正是天书母题积极入世角色的始作俑者，岂是偶然的巧合！

---

① ［英］罗伯特·莱顿：《艺术人类学》，李东晔等译，广西师范大学出版社2009年版，第208页。

② 叶舒宪：《文学人类学教程》，中国社会科学出版社2010年版，第256—266页。

③ （汉）司马迁：《史记》卷55，中华书局1959年版，第2035页。

第二章　禳灾叙述与功德信仰

宝卷是受俗讲和变文影响的口头传统，这一口传文学背后同样隐藏着人类远古以来天人相通，智慧神授的口传文化的神圣大传统，所以宝卷在某种意义上和古老的神话、信仰、宗教仪式及民俗活动有着紧密的血缘关系。为祈福纳吉、风调雨顺，宝卷故事中有“祈福禳灾”、“因果报应”、“灵魂不灭”、“积德行善”、“祈求长生”、“功德圆满”等神话思维模式的叙述。

中国传统的农业社会与现代工业社会最大的不同在于传统社会的时间观念及其背后的神话思维和信仰。传统社会是以神圣仪式为节点的时间观念。人们相信时间循环往复，相信永恒的复归，相信世界周期性的毁灭。只要看看历代人对黄金时代（三代）的仪式性叙述，以及“回归初始之完美”的努力，只要看看中国历代皇帝登基改元的美好期盼，就可知道它与近代以来的线性科学时间观念截然不同。

加拿大文艺理论家弗莱通过对一本小说或一个剧本的原型分析发现并揭示出这背后的秘密：文学叙述是一种重复出现的象征性交际活动，这里面包括重复出现的程式化的原型情节、结构或神话意象，比如，通过仪式、惩罚替罪羊或驱逐恶人等。[①] 无独有偶，荣格也认为文学形象归根到底是神话意象。无论什么时候，只要重新面临那种在漫长时间中曾经帮助建立起原始意象的特殊情境，这种神话情境就会发生。[②] 偏巧的是，中国文学的萌芽神话，其中最重要的一类就是灾异与救世主题的神话，最典型的有“女娲补天”、“后羿射日”、“大禹治水”、“精卫填海”，从这里可

---

① ［加］诺斯罗普·弗莱：《批评的解剖》，陈慧、袁宪军译，百花文艺出版社 1998 年版，第 107 页。

② ［瑞士］荣格：《心理学与文学》，冯川、苏克译，生活·读书·新知三联书店 1987 年版，第 120—121 页。

以看出早期文学叙述成为面对生存的民族经验与记忆。后世以口传为主的宝卷的宣卷、抄卷、印刷等传播形式背后的民族深层心理动机也和这种神话叙述民族经验记忆紧密相关。

一　宣卷、抄卷与禳灾

在艺人及广大藏族民众心目当中，口头说唱《格萨尔王传》是一件很大的功德，说唱行为被赋予了神圣的信仰意义，整个说唱过程必须遵循特定的仪式性规程。说唱仪式所拥有的社会整合与禳灾祛病作用，类同于北方民族萨满教采用的神圣仪典：全体氏族或部落成员参与祈祷人畜平安、农牧丰收。

与书写文化相伴随的是口传文化时代功能性口头传统，民众口头说唱宣卷仪式不仅是一种逐疫禳鬼、拔邪除祟的民间宗教仪式，而且是人们通过仪式想象和语言实践，获得精神的自我救援与自我确证的精神信仰的组成部分。宝卷的抄写、印刷消灾避难也同样是中国古代民间宗教生活的重要组成部分。说唱背后更深刻地蕴含了传统知识和信仰的精神图景。民间各教派都把经卷视为神授信物，蕴含无限神力，故经常为信徒举办法会上供活动、诵念经文，借此向神明祷祝、许愿还愿、祈福消灾、希冀病愈。“一般民众信佛教以忏悔、作功德为主，传抄、念诵、供养佛典也就成为他们平日宗教活动的重要内容。不少经典都有传抄、念诵供养本经将获得多少功德的宣传内容。”①

（一）宣卷

宝卷的传播主要是文字和口头两种形式，文字传播不同于民间口耳相传的小曲小调、民歌民谣和传说，它是一本本用文字记载的完整故事。口头念卷作为一种民间文化习俗和民间说唱文化，恰恰是宝卷流传最基本的方式。由于受佛教“功德说”和教派“渡劫说”的影响，人们就把抄、颂、藏宝卷作为一种积德行善和规避“灾殃”之举，竞相念诵、传抄，也正是在这样的借抄、传颂中，才使宝卷得以保存并流传下来。

和纯粹的说唱文学略有不同的是，宝卷宣卷活动常伴随着民间信仰

① 方广锠：《佛教典籍百问》，今日中国出版社1989年版，第113页。

仪式。无锡等地仪式的程序极为严格：说唱首先是给先人听，宣卷则能让亡灵“感知”；说唱观众仅为现场被动娱乐者，而宣卷法会的信众，其本身要参与和佛；说唱只要用眼看用耳听，宣卷的信众要看、要唱、要听还要折纸工；说唱环境只要有场子室内外均可，宣卷法会则要安设佛坛焚香点烛、摆设供品、跪拜叩头；说唱者在表演之前早把本子熟记于脑中，宣卷佛头则个个是“照本宣唱”离不开宝卷。为此，宣卷是一种渗透着宗教信仰观念，按照一定仪轨，用说唱形式来表现的民间信仰活动。

宝卷宣卷兼具民俗学与文学的特性，民俗活动的民间群众基础是口传文学得以代代相传的保证。例如，喜庆宴席上唱的“酒曲”、丧事时唱的“孝歌”，乞子、为儿孙祈祷、禳灾免病有各种“词令”、“禁语”、“咒语”、“吉利词”等，都是在民俗活动中传播。

宣讲宝卷在甘肃河西地区的农村俗称“念卷”或“唱卷”，是深受当地群众喜爱的一种流行于民间的说唱文学艺术。过去，能设局请先生举办宣卷仪式，是家门兴旺和崇尚文化的一种标志。设局的主家要把房前房后、屋里屋外、炕上炕下打扫干净，在炕中央放上炕桌，摆满当地上好的糖茶、油馃子、糖花子等招待客人，恭候念卷先生和听众的光临。夜幕降临，亲朋好友，左邻右舍，陆续来到设局请卷人家。主家笑脸相迎，热情谦卑地迎接听卷人，或端茶倒水，或招呼让座。念卷先生被视为上宾，盘腿坐在炕中央摆放糖茶果品的炕桌前，深受众人的尊崇。

宣卷人在开始前要洗手漱口，点上三炷香，向西方（或佛像）跪拜，待静心后，就开始念卷。听卷者要宁静专心，严禁大声喧哗和走动。中途念卷人休息时，才可以活动。听众中还有几位“接佛人”。所谓接佛人，就是等念卷人念完一段韵文或吟完一首诗后，重复吟诵最后一句的后半句，再接着念“阿弥陀佛”。

河西人对宣卷的仪式高度重视，一方面，民众将宣卷、抄卷、藏卷作为立言、立德、立品的标准，认为“家藏一宝卷，百事无禁忌”。同时，民众的集体意识里认为，家藏宝卷为镇宅之宝，可以“避邪驱妖”。有的当它为风调雨顺、五谷丰登的及时雨；有的当它为惩恶扬善、伸张正义的无私棒；有的当它为忠孝仁爱、信义和平的百宝经。有的家庭儿女不孝、媳妇不贤、家事不顺、人丁不和，用“念宝卷”的方式使家人受到教育，幡然悔悟。宝卷在河西人民群众中根基之深、影响之大、范围之广，可谓“之最”①。

在介休，念卷和抄卷被视为善行功德。民众遇到老人作寿、小儿满月、盖房动土等喜庆事项，便邀请三弦书艺人上门唱书。唱书前先要举行请神、供神的简单仪式。艺人将可唱的书目段子一一写在纸条上，捻做纸捻子，放在碗里，也供在神前。主家烧香、叩头请神之后，从碗里抓出三只纸捻子，艺人即唱这三段书，结束时也要送神。所不同的是，介休念卷前，主家把空王佛像供在房间正中的方桌上，点烛，焚香，叩头，念卷者净手拜佛后即开始念卷。在《空王宝卷》卷首“开卷仪式”中也有说明：“先净坛场，离杂谈，净手，漱口吃素，整衣，燃灯，焚好香，供养佛前。礼佛三拜，正身端坐，合掌念阿弥陀佛（十声），以净三业。”接着为开卷、缘起、杳赞、请佛，结束时，另焚香送神佛归位。这种开卷和结卷的形式，同江浙一带的宣卷相似。②

听卷人随着宣卷人的声调进入情境之中，或悲伤或感动或流泪，与宣卷人一起进入故事情境，在不知不觉中认同了因果报应、劝善惩恶的思想，获得了道德自觉。这样的场景在《金瓶梅词话》中也有描述，如《金瓶梅词话》第七十四回中吴月娘请尼姑到家中宣《黄氏女卷》：

> “后边请三位师父来，咱们且听她宣一回卷着。”又把李桂姐、申二姐、段大姐、郁大姐都请了来。月娘向大妗子道：“我头里旋叫她使小沙弥请了《黄氏女卷》来宣，今日可可儿杨姑娘又去了。”吩咐玉箫炖下好茶。玉楼对李娇儿说：“咱两家轮替管茶，休要只顾累大姐姐。”于是各房里吩咐预备茶去。
>
> 不一时，放下炕桌儿，三个姑子来到，盘膝坐在炕上。众人俱各坐了，听她宣卷。月娘洗手炷了香，这薛姑子展开《黄氏女卷》，高

① 现存河西宝卷多为手抄本。部分宝卷为毛笔抄写，格式工整，字体隽秀。这批宝卷故事大都很长，最短的五六千字，最长的甚至八九万字之多。据当地一些年龄较长的农民讲：过去抄卷一直是他们村里的一种习俗，即便不识字的农家也要请人抄上几本放在家中。在人们的传统观念里，都认为抄卷是一种积功德、积善事的好事。抄得越多，功德越大，罪过越少。在明清时代至新中国成立之前，宝卷抄卷和念卷在河西极为盛行。特别是在武威、张掖、酒泉三地的二十多个县区都有流行的道场和说唱的场合。参见方步和《河西宝卷真本校注研究》导言，兰州大学出版社 1992 年版，第 2 页。

② 车锡伦：《山西介休散文念卷和宝卷》，载《民俗研究》2003 年第 4 期，第 61—62 页。

声演说道：

盖闻法初不灭，故归空。道本无生，每因生而不用。由法身以垂八相，由八相以显法身。朗朗惠灯，通开世户；明明佛镜，照破昏衢。百年景赖刹那间，四大幻身如泡影。每日尘劳碌碌，终朝业试忙忙。岂知一性圆明，徒逞六根贪欲。功名盖世，无非大梦一场；富贵惊人，难免无常二字。风火散时无老少，溪山磨尽几英雄。

演说了一回，又宣念偈子：

[富贵贫穷各有由，只缘分定不须求。未曾下得春时种，空手荒田望有秋。]

又唱几个劝善的佛曲儿：

[一封书] 生和死两下，相叹浮生终日忙。男和女满堂，到无常只自当。人如春梦终须短，命苦风灯不久常。自思量，可悲伤，题起教人欲断肠。

开卷曰：应身长救苦，并本无去亦无来，弥陀教主大愿弘深，四十八愿度众生，使人人悟本性。弥陀今惟心净，主渡苦海，苦海洪波，证菩提之妙果。持念者罪灭河沙，称扬者福增无量，书写读诵者当生华藏之天，见闻受持，临命终时定往西方净土。凡念佛者，断有功无量。慈愍故，慈愍故，大慈愍故，信礼常住三宝，皈命十方一切佛法僧，法轮常转度众生。偈曰：无上甚深做妙法，百千万劫难遭遇。我今见闻得受持，愿解如来真实意。这回是“训诫”多于“故事”。《黄氏宝卷》才展开，诸佛菩萨降临来。炉香遍满虚空界，佛号声名动九垓。

[楚江秋] 人生梦一场，光阴不久常。临危个个是风灯样。看看回步见阎王，急办行妆。乡台上把家乡望，儿啼女哭好恓惶。排铰打鼓作道场，披麻带孝安茔葬。

方才宣黄氏女怎的出身，怎的看经好善，又怎的死去转世为男子，又怎的男女五人一时升天。慢慢宣完，已有二更天气。①

在宣卷结束时，吴月娘、李娇儿、孟玉楼等人安排“精致果菜、细

① “宋御史索求八仙鼎，吴月娘听宣黄氏卷”，参见兰陵笑笑生《金瓶梅》第74回，吉林大学出版社1994年版。

茶食饼”等供尼姑们食用，其余外人则只能在门外候着。用斋之后，等到蜡尽香灭，主家把撤下来的供品分一些给尼姑们，另一些供品则由主家和亲戚分享，同时还要给尼姑一些布施。

在一些重要节日有时也宣卷。如正月十五（供天地爷），端午节（供天地爷），七月十五（盂兰节），八月十五（供太阳、太阴），冬至（供财神爷），腊八（供释迦佛），这些活动是做功德。在这些重要节日里宣卷，目的主要是祈求菩萨诸神降福，也为娱乐。除了这些重要的神佛节日，诸如为父母做寿、祭祖求子、婚丧喜庆、新房落成、祛病消灾、家宅平安、礼佛了愿等，都要进行宣卷活动。

其中在“香山完愿”仪式上主要宣讲《香山宝卷》，但讲经先生也会根据斋主家设坛的特定事由增加相应的宝卷和仪式。比如，若是家里有人生病，就会在宣讲《香山宝卷》时加入“求灵丹”的段落。① 除此之外，还附加宣讲《药王宝卷》《解神宝卷》和《星宿寅卷》等。又如，斋主家有女性不孕、流产或者是婴儿夭折，就会为其举行“斋天狗”仪式，并宣讲《目连宝卷》以及《狐仙宝卷》。因为这两部宝卷里讲的天狗是目连僧的母亲刘青提所变，专门伤害孕妇，损害胎儿。举行“斋天狗”仪式的目的就是请张仙打下天狗并将其送出大门以此保佑孕妇和胎儿平安。

前文已经述及，宝卷从根本上是一种特色鲜明的“口头传统”。口头传统是一种活态的有心理疗救作用的仪式性表演，就像藏民中吟诵的六字真言“唵嘛呢叭咪吽”一样，念诵仪式，可利今生造福来世，亦可洗尽一身罪孽，免受地狱之苦。《金瓶梅》一书中，西门庆正妻吴月娘为乞家道兴盛、儿子平安，多次请薛姑子、王姑子等僧尼，为众妻妾、丫鬟宣讲宝卷。其中有《金刚科仪》《五祖黄梅宝卷》《黄氏女宝卷》《五戒禅师宝卷》《红罗宝卷》。吴月娘等听宣卷每至深夜，听宣卷成为这些妇女最重要的信仰生活和文艺生活。

按照口头程式理论和表演理论，宝卷的“编创”同样也是在“演述

① 常熟、张家港、胜浦等地的讲经宣卷先生在宣讲《香山宝卷》时常常插入一些附加小卷/小品和仪式，如“进白雀寺”、“游地府”等。这些小卷多由讲经宣卷先生自己撰写。宣卷先生根据表演的时长限制、环境和举行仪式的事由可自行加入或删减。有关论述，参见孙晓苏论文 Xiaosu Sun，*Performing Piety*: *Reenactment of the Xiangshan baojuan in the Greater Suzhou Area*, Annual Conference of Association of Asian Studies，Philadelphia，March，2014。

中的编创”[1]，是主体价值能动的表述，因此，表演的文类、行为、事件和角色不会孤立地发生，而是充分调动历史的、个人的、地域传统潜力的体现。对宣卷的功德，部分宝卷中有明确的表述，如《王母消劫救世真经》再三宣扬持诵、抄录此卷的神奇功能：

> 焚香高诵念，万事得成亨，若为父母诵，父母享遐龄，若为儿孙诵，儿孙发聪明，若为家宅诵，家宅福骈臻，若为求名诵，青云有路登，若为求利颂，积玉又堆金，若为求子颂，不久产麒麟，若为求雨诵，指日降甘霖，若为遣虫诵，虫蝗化为尘，若为疾病诵，疾病不缠身……若为枯木诵，枯木复兴荣，若为禾稼诵，禾稼保丰盈。家宅供此经，福患不相侵，行人佩此经，路途免虚惊，舟船载此经，风波永不兴，生前持此经，福禄寿重增；死后念此经，逍遥脱罪刑。抄录一本送，一家免刀兵，抄录十本送，灭罪列仙真，抄录百本送，荣华及子孙，刊刻传天下，天下享康宁。功德难数尽，群众谨奉行，诚心诵此经，天兵护其身。口诵心不遵，天雷剿其形……持诵是经者，衣冠礼至尊。[2]

宣卷的众多“先生”、“佛头”等传播者，被认为是“积极传统的携带者”，由于不同人掌握不同的编创程式，因而在不同情境中形成众多抄本。

（二）抄卷

文本是人类社会集体记忆传承的主要形式。传统社会，中国民众的文化水平比较低，而文本主要是通过语言符号来表现的，很难为民众所理解，故不是民间信仰的主要传承方式。但是作为人类社会集体记忆传承的主要形式，文本仍是民间信仰传承的重要载体。宣卷是口头传承的民间信仰活动，抄写宝卷也同样是基于善行功德观念的宗教性仪式，并且因为对

---

① ［匈］格雷戈里·纳吉：《荷马诸问题》，巴莫曲布嫫译，广西师范大学出版社 2008 年版，第 52 页。

② 《王母消劫救世真经》（下卷），引自王见川、林万传《明清民间宗教经卷文献（续编）》第 6 册，新文丰出版公司 2006 年版。

于个人来说，抄写宝卷比印行宝卷实际上费力更大，故其功德也更大。①

从人类学角度看，对救劫禳灾知识的分享本身也是善行公德行为，这样可以使更多的人脱离苦海，摆脱轮回之苦，所以许多宝卷在叙述中“内置”了分享的驱动力。清代的《王母救劫经》卷首云：

> 佛说这本经出在山西平阳府岳阳县王家庄村。忽然雷声一响，石内崩出弥勒真经一卷，传于天下人民抄写。不许隐藏在家，若有不传者，天降灾殃非轻。今有弥勒在桑树下显身化现，见阎浮众生遭下末劫之苦，又因而现经救世。……抄写经之人，虔心净手斋戒，可免一家之灾。……八月初一日天王下降监察人间善恶，看家中有经无经，有经者可免一家灾难，无经者降下灾殃！②

和宣卷一样，抄卷人在抄卷前都有一定的仪式，这是各地区抄卷的共同特点。河西地区不论读卷还是抄卷，说唱者、抄写者，开始前都要洗手、漱口，点上三炷香，向佛像或西方跪拜，念一段经文或默默祈祷一番，等心静后，才开始读卷或抄卷。抄卷时先要焚香、点灯，叩拜三界诸神、沐手、净身，个别抄卷人还要斋戒。和宣卷相反，抄卷时尽量避免外人扰动，要静下心来抄卷，抄写的过程也是理解领会宝卷真谛的过程。抄卷人在抄卷时一般要连续进行，除了正常休息的时间，多是几天或十几天连续抄写，中间不间断。近几年抄卷的仪式不像以前那样严格，但一般的沐手、烧香等仪式还是传承了下来。③

---

① 有学者按照“书写”和“口传”两种传播方式把中国宗教分为“经典宗教”和“民间宗教”两种类型。基于书写而形成的宗教传统，可以称之为“经典宗教”，这是一种具有浓厚精英意识的宗教传统。基于民众口传形成的宗教传统是“民间宗教”。“宝卷中往往可见叠字叠句的连续复唱，这证明它是民间宗教活动的记录，也证明了它的口头性。”笔者认为，这种区分仅仅是基于表面现象的一种划分。从宗教史的发展来看，宗教都是经过一个非制度化的口头传播到一个制度化的书写传播过程，这个过程中，社会上下层选择和互动中，有更为广泛影响的宗教将逐渐完成经典化、典籍化阶段。参见蒋海怒《书写和口传：论中国宗教的两种类型》，《民俗研究》2005 年第 3 期。

② 《王母救劫经》，引自王见川等《清民间宗教经卷文献续编》第 6 册，新文丰出版公司 2006 年版，第 409—410 页。

③ 岷州地区宝卷手抄本卷末多题有抄写时间，有些为清末抄本。这一地区的宗教宝卷多是明中叶到清初的各民间宗教的宝卷，如《太阳经》《太上玄灵北斗本命延生真经》《普贤菩萨度华亭宝卷》《伏魔经》（《护国佑民伏魔宝卷》），就为清嘉庆年间山东弘阳教所用；《泰山经》《娘娘经》（《灵应泰山娘娘宝卷》）、《伏魔经》（《护国佑民伏魔宝卷》）、《源流经》（《天仙圣母源流宝卷》），为直隶混元教所用；《天仙圣母源流宝卷》也为道光年间静空教所用。这些宗教宝卷的源头多是明中叶“五部六册”出现之后，各教派编写以宣扬各自教义的。

一般民众斥资请人抄写宝卷，写完后用红绸缎包好，妥善保存。在初一、十五及清明、端午等节日时，取出来放置在家里的供桌上，烧香，点灯，叩拜，供奉起来。若有人来“请卷”或作为“母经”抄写，宝卷持有人也视之为骄傲的事，乐于借予他人分享。各种教派宝卷的流通多在教派人员内部进行，如河湟宝卷的流通多在“嘛呢经”会内部进行。每一个地缘村落的“嘛呢经”组织有十几人或更多，这些组织成员互通有无，传抄宝卷。抄写宝卷者多为男性。在有共同的信仰的人内部，宝卷的持有人并不认为宝卷具有私密性，乐意转借他人。车锡伦先生注意到宣卷和抄卷的联系以及南北方抄卷传统的区别：

> 民间宣卷艺人注重师承，各具特色。其所宣宝卷一般不愿公布于世，多为师徒传抄，秘不示人。江苏省苏州市文化局戏曲研究室于1960年前后采集到的260余种、近800册宝卷，基本上都是当地民间宣卷艺人的手抄本，抄本的年代自清道光以下至上世纪五十年代初。①

北方宣卷艺人所用本子大都为抄本。北方的河西地区、山西介休地区的念卷者持有的宝卷多为抄本，南方吴方言区的民间宣卷艺人也是如此。其次，近代吴方言区已有专门的宣卷班子出现，如宣扬社、遐龄社、咏韵社、芝民社等。有的宝卷是以宣卷班子的名义抄写的。如民国壬申（二十一年，1932）万里社顾友萃抄本《天曹宝卷》、民国壬申四明鹤岭社抄本《双奇冤宝卷》、四明鹤岭社旧抄本《双玉镯宝卷》。江苏吴县胜浦镇的宣卷艺人唐炳群，是民国时期当地杨若卿宣卷班的成员，调查者所见当地存有的100余部手抄宝卷，其中绝大部分为唐炳群所抄。②

宝卷的传抄活动和佛教进入中土形成的抄写经书禳灾、治疗疾病，建立功德的文化传统一脉相承。③ 佛教最初传入中国，当艰深的佛教义学在名僧与士大夫阶层流行之际，一些较为简单的善恶报应、因果轮回和功德思想等观念却深入民间、融入中国社会。这些观念与神仙之术、黄老之道

① 车锡伦：《江苏“苏州宣卷”和“同里宣卷”》，载《民间文化论坛》2007年第2期，第59页。

② 陆永峰：《民间宝卷的抄写》，载《民俗研究》2012年第4期。

③ 刘永红：《神圣文本与行为：西北宝卷抄卷传统》，载《青海社会科学》2011年第4期。

等中国本土文化因子结合，加上敬畏字纸的民间心理，形成强大的抄写经书，广结善缘的民间宗教活动。

每一个抄本都拥有独特的抄写风格、人文讯息和精神信仰。牛津大学藏本中有两个抄本未收入车著《中国宝卷总目》，可视为海外宝卷中的孤本。其中，《金牛宝卷》乃1951年抄写本，抄写者为“边德荣”。边德荣抄写此书不仅仅是个人的行为，而是宝卷自明清以来常见的民间生存状态。同样的还有《潘公免灾宝卷》咸丰戊午年（1858）厦门文德堂刻本，有咸丰四年“虞山同人谨志”字样。《白侍郎宝卷》己亥年（1959）科刻，有“泰京宝文印务局”字样，全书为朱字。这些泰国版宝卷说明，至少在清代后期，民间人士或者捐资刊刻宝卷，或者以己之力抄写宝卷，祈求“无量功德”，从而达到消灾渡劫、自我修为的观念和追求，在东南亚华人中间也非常流行。

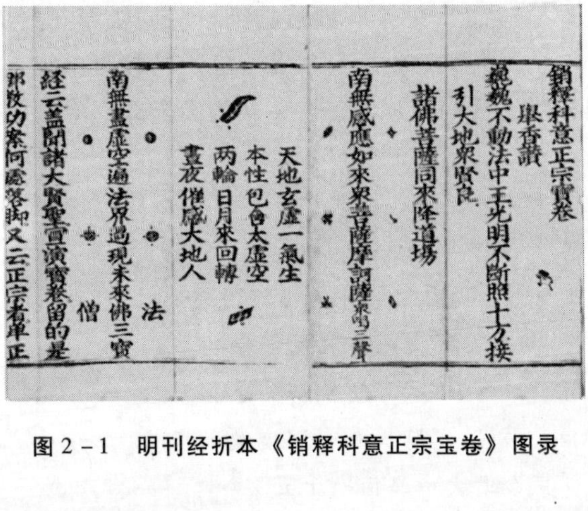

图2－1　明刊经折本《销释科意正宗宝卷》图录

早期的宝卷多为佛教宝卷，传承历史久远的佛教抄经传统直接影响了民间的宝卷抄卷。宋元以后的宝卷抄卷即是继承了佛教抄经传统而形成的一种信仰。现存最早的宝卷《目连救母出离地狱生天宝卷》，传抄者脱脱氏为蒙古族姓，结合此卷抄绘、装帧金碧辉煌的形式，它可能是元蒙贵族之物。卷末说：“若人写一本，留传后世，持诵过去，九祖照依目连，一子出家，九祖尽生（升）天。”① 可见当时民众已经把宝卷的抄卷活动视

① 原为郑振铎收藏，现藏于北京国家图书馆，仅存下册。

为与宗教修持、诵读经书等主要宗教活动一样的修行行为。

从六朝以后各朝代都有非常多的虔诚佛教信仰者，出家僧人和帝王、官吏、宫人、士大夫、平民等在家居士，为了弘扬传播佛法而写经；或者为了祈福、报恩、布施、超荐亡人而写经。例如，明代的明勋法师，未出家前为中书舍人，一日忽患人面疮，痛不可忍。后来由于书写《金刚经》《法华经》《楞严经》，及《三昧水忏》，遂使疾患不药而愈。又如宋代温州参军，书写《金刚经》一卷，恭入佛殿供奉，于乘舟涉海还乡途中，虽遇风难，而能平安抵达到岸。

日本弘仁九年（818）春，日本疫病流行，死者不计其数。嵯峨天皇深感痛心。后因弘法（空海：774—835）大师上奏，以一字三礼竭诚之心抄写《般若心经》，在《般若心经》净书完成之际，立刻有了灵验，疫病即时被控制，全国欢喜之声遍及大街小巷。之后为了解救国家的灾变、民生的疾苦，后光、后花园、后奈良、正亲町、光格等五位日本天皇，亦举行写经。这些抄写的经文与《般若心经》一同被奉祀于大觉寺的心经殿中。从此日本全国人民倾心于《般若心经》的抄写奉祀。

光绪年间抄写的《南无地藏王菩萨救苦经全部》卷末题写：

> 光绪二十年岁次甲午全月朔八日抄写彩画功竣
> 发心善士 刘克一书
> 一报天地盖载恩，二报日月照临恩……
> 十方三界一切佛 文殊菩萨观世音
> 诸众菩萨摩诃萨 摩诃般若波罗蜜
> 善（信）发心 刘陈氏暨合家虔敬
> 随资刘克泰助大十二佰七十五文

《南无地藏王菩萨救苦经全部》（即《目连宝卷》）的卷末先题写抄写者的姓名，再次加上一段《十报恩》，最后题写抄卷资助人和资助费用。资助人也是宝卷的持有人。这种题识形式是明清以来宝卷抄卷的传统形式。

在西北地区的许多地方，抄卷曾经是一种民俗活动，即便不识字的农家也要请人抄上几本放在家中。在人们的传统观念中，都认为抄卷是一种积功德、积善事的好事。抄得越多，功德越大，罪过越少。解放前他们这儿抄卷、念卷的人很多。在明清时代至新中国成立之前，宝卷抄卷和念卷在河西极为盛行。特别是在武威、张掖、酒泉三地的二十多个县区都有流行的道场和说唱的场合，且越是交通不便、越是文化相对落后、越是穷乡僻壤，这种说唱文学传播得越广泛。解放后抄卷、念卷一度被视为封建迷信，念卷和抄卷的人很少了。

手抄传播是宝卷传播并得以保存下来的最简单最普遍的方式。在河西地区的广大农村，由于受佛教功德说的影响，人们就把抄、赠、藏宝卷当成了积功行德的自觉行动。农村群众普遍把手抄传播宝卷当成立言、立德、立品的标准，认为“家藏一宝卷，百事无禁忌”。有的人认为“家藏一部卷，平安又吉祥”。《目连救母出离地狱生天宝卷》（简称《生天宝卷》）中介绍抄写宝卷的好处：“若人书写一本，留传后世，持诵过去，九祖照依目连，一子出家，九祖尽生天。”在此我们不难发现“行为（书写）—报答（九祖照依目连）”的模式，即书写宝卷的人，通过抄写行为，期待于某种“报答”，如《目连救母出离地狱生天宝卷》所说的“九祖照依目连”。车锡伦曾经就此举例说明，“这种以抄传宝卷为善行功德的观念对后期民间宝卷的传播有很大的影响”[①]，他还指出，抄传宝卷的行为所含的是一种善行功德观念，这种观念推动了清康熙以来的民间宝卷的传播。

还有人把家藏宝卷视为镇宅之宝，以“避邪驱妖”。有些人家还把宝卷贡在上房里，当作神圣之物来对待。许多人将抄好的宝卷除了自己珍藏、保存外，也作为礼物赠送给亲朋好友。如果是不识字的人家想藏有宝卷，就会请有文化的人来抄宝卷，来实现“家藏一宝卷”的目的。由于宝卷的种类很多，为了使自家藏有的宝卷数量最多，就得找到更多的宝卷来抄，要是想抄卷，就得向有卷的人去借，以“我有换我无”、“互惠互利”、“有借有还”为前提。河西当地认为宝卷抄卷可以来世修福，放在家里可以“镇妖辟邪”。借用宝卷抄写或念卷都要“请”。抄写的宝卷，持有人一般都妥善藏在家里。持卷人对自己的宝卷都很珍视。每当有人借用宝卷去抄写或念卷，出于传统的信仰，又不能不借，借出去有时难免会弄丢，所以在宝卷抄写完后，有些宝卷在卷末还要加上一些警示性的话语，提示按时归还所借宝卷。如嘉峪关地区搜集到的宝卷《黄氏女卷》

① 车锡伦：《中国宝卷总目》，北京燕山出版社2000年版，第11页。

卷末题有：

卷是《黄氏卷》，有人请着念。
念完就送回，不可瞒眯卷。
若是眯了卷，再请难上难。

中土历来有重抄书之传统。在唐五代，抄写《新菩萨经》《劝善经》可以预言灾祸、修功德、禳灾避疫。日本那波利贞先生认为《劝善经》中预言的各种疾病代表了唐代“庶民大多所患的疾病”①，但那波利贞先生对于其中大多数疾病并未加以判明。另外，马继兴等先生辑校的《敦煌医药文献辑校》也认为这些是“当时流行的十种病名”②，不过与那波利贞一样，都没有进一步阐释病名含义。丙本《新菩萨经》和《劝善经》都将治疗“疟病死”及“天行病死”排在了所有疾病的第一、二位。

清康熙以后，清政府严厉镇压“邪教”，追索它们使用的经卷，并予以销毁，各地秘密布道的教团传抄和刻印的宝卷，留存极少。清咸丰以后，有些教团以温顺、劝善的面貌出现，整理、刻印宝卷。江浙一带曾大量刻印宝卷的杭州玛瑙经房（苏州也有一处玛瑙经房）和慧空经房、上海的翼化堂善书局、常州的宝善堂和培本堂、南京的一得斋及各地的善书局，大都有民间教团的背景。它们刊印的宝卷，经常互相翻版重印，乃至借版印刷，主要是一些宣扬因果报应的修行故事宝卷及祖师传记、劝世文之类的宝卷。这些宝卷的印行，多采用集资助刊、免费发放的流通方式，如民国八年（1919）上海人丰普书刊行所石印《针心宝卷》（即《真修宝卷》）卷末附“宝卷流通八法”：乐善流通、祈福流通、忏悔流通、吉庆流通、赞赏流通、劝诵流通，馈送流通、传播流通。这“八法”实即集资助刊流通，这部宝卷即是江苏盐城的“同善社”出资印的。清末及民国间各地教团也印过不少“鸾书宝卷”；有些教团与明清民间宗教有源渊关系，也翻刻过一些明清民间宗教宝卷。

各教团刻印的民间宗教经卷，“经皮卷套，锦缎装饰”，装帧还特别

① ［日］那波利贞：《唐朝政府的医疗机构及庶民疾病救济小考》，史窗（17—18），1960年版，第14页。

② 马继兴：《敦煌医药文献辑校》，江苏古籍出版社1998年版，第769页。

讲究，与佛经无异。贵官显宦如鲁王府宗支镇国将军、定西侯蒋建元等人，为刻印经卷出钱出力。正统佛教名僧及儒士为经卷作注解，广为宣传者也不少。缙绅中人为经卷作序和刻印效劳者更多。还有一些当时有名经铺，如北京朝阳门内党小庵经铺，北京北城万宁寺陈家老铺，南京三山街第一家经房，苏州陈家经铺等，不仅可以承接刻印经卷生意，一些有名经卷还自刻自卖。在刻印危险性几乎不存在的情况下，经卷广为流传。经卷流传主要有两条主渠道：一是教主大量刻印后，通过组织输送到教徒手里(要钱买的)；一是经过经铺自刻自卖，流传于民间。再就是部分肯花钱的教徒，为治病、求子、超度亡灵等原因做功德而刻经若干部，当然都离不开基层教头的劝导。这样刻印的经卷，一部分由出资人拿去赠送亲友和教友做了功德，一部分为做功德捐赠教内，又由大小教头卖与各地教徒。此外，有的教徒无从获得经卷，就虔诚地传抄。有的因穷而想传教谋生计者，也以传抄作为传教收徒资本。①

和彝族的经书念诵和抄写传统类比一下，我们能更好地理解为什么乡民把宝卷称为“真经”，也能理解为什么六朝以后，在民间会形成佛经与宝卷的抄写传统。彝族的经书主要是由毕摩念诵给神鬼、祖先和人们听的禳灾、祈福、治病的神书。经书的经文均为诗体，多系五言句式，间或有三言、七言、九言、十一言者，朗朗上口，优美动听。行文大多不置标点，不标页码，只有经名、篇名界栏和段落标记。彝族的经书全部为手抄，加之毕摩们在传抄中有意无意删补语句段落，增减文字笔画，经书异文别体现象较严重。②

---

① 连立昌、秦宝琦：《中国秘密社会》第二卷“元明教门”，福建人民出版社 2002 年版，第 132—133 页。

② 大小凉山诺苏毕摩根据仪式活动的需要为其经书分类。如在以美姑为代表的以诺地区，毕摩们大多把经书分为“尼素”、“斯吉”、“枯色”三大部类，形成了独特的仪式经书体系。“尼素”意为有关祖灵仪式的经书，用于安祖灵、洁祖灵、送祖灵等仪式，也被称为“道路上方”类经书。“素吉”意为驱咒禳解的经书，用于诅咒仇人鬼祟、驱鬼招魂治病、祛污除秽禳邪等仪式。“枯色”则属为仪式占卜择日之经书。“素吉”与“枯色”也被称为“道路下方”类经书。在“素吉”部类中诅咒类经书内容丰富，种类驳杂。按诅咒对象可以分为咒鬼经和咒人经。由于诅咒类仪式通常在鬼邪活跃的夜晚举行，该类仪式经书字体较大，以便毕摩在油灯或松明下认读。相传，古代咒鬼经用野兽牺牲的血书写，咒人经用人血书写，祭祖经则用家畜牺牲的血书写。因为咒人经书要用人血书写，又不能藏在家中，而要置于岩洞，须择日取用，不利保存和传抄，加之咒人仪式日渐减少，如今真正的人血咒经已所剩无几。“措者哈穆尼”《食人红舌经》、“乌撒拉且则”《乌撒家的咒经》这些从前用人血写成的用于咒人的经书，也已用于咒鬼仪式。相反，诺苏咒鬼驱鬼的仪式却经久不衰，咒鬼经书也得以丰富和发展。

彝族经书体例简单，由经名、篇章名（有的经书没有篇章名）、正文和抄后记“特依素帕”几部分组成。“特依素帕”记录该经书来源、借抄者、抄写者、抄写时间或说明该经书的价值，有的还注明抄写时的时辰、气候、地点，抄写者的心情、健康情况等。除承袭家传之经书，借一部经书支付一匹马、一锭银子或一条裤子的有偿借抄，是诺苏毕摩在神职活动中形成的一种互通有无的经书积聚与流通制度。彝族部分经书在经文后或经书中配有该仪式的仪式场神枝图和护法神神图。用树枝布置仪式场是毕摩仪式的一大特点，每个仪式都要根据其性质和规模，采伐一种或数种树枝插成仪式场。神枝或代表神位、鬼位，或用于营造特定的祖界、鬼域、森林、湖泊、道路等时空环境。神枝图附在经书后以供布置仪式或教授生徒之用。护法神神图有两类，一类是传说中降鬼镇邪的神人“支格阿尔”神图，一类是飞禽猛兽等动物护法神神图。这些护法神神图主要由线条构成，不上颜色，多附在诅咒鬼祟类经书中，以镇鬼祛邪。诺苏毕摩认为，经书也有魂灵，并具有神秘的法力。经书是毕摩仪式活动的根据，同时也是毕摩们特有的信仰对象。

在长期的仪式实践中，毕摩们不仅创造了一系列祭经、洁经、为经招灵、祭送旧经、迎请新经等有关仪式经书本身的仪式活动，还发展出一套有关仪式经书传承、借抄、抄写、收藏、流通与使用的习俗惯制。

二　宝卷宣卷及编创变异：以“包公错断颜查散”故事为中心

宝卷的传抄和宣卷过程促成了宝卷文本的“编创”，“编创”活动形成了多种文本，这一“变异”过程遵循了一定的传播规律，其特点和谣言“文本”的传播变异规律极为相似。在口头诗学理论中，洛德的主要贡献之一在于他证明了在表演中编创（composed in performance）这一口头文本的独特性和新生性。他对于传统的动态性（the dynamics of tradition）的分析，阐明了何种要素对于故事表演模式的生成是重要的。有的宣卷中，对某一固定的传统文本的机械性记忆、重复占据宣卷主流。有的地方的宣卷随机性和情境性占了主导。但是完全口头编创的和完全固定不变的宣卷只是实际情形的两极，在两极之间存在着一系列新生的文本结构。对于影响口头文学文本的新生性要素的研究，一定会促成一种重要的有关文本性质的新认识，从而把它从与表演相脱离并且固定于书面的看似稳固不变的状态中解放出来，放在一个集中关注艺术与社会之间经验性关系之来源的分析性语境之内。① 仅以笔者所见三种“包公错断颜查散”故事的编创传播变异来说明编创变异规律。

“包公错断颜查散”故事演述的深厚传统和禳灾救劫的意义在于通过沟通鬼神两界的包公，阐明匡扶正义的超验性。包公作为著名的清官，《百家公案》和《龙图公案》都是关于包公断案如神的小说，而“包公错断颜查散”则以更为曲折的故事情节讲述包公三下阴曹后案件真相才浮出水面的原委。因此，柳子戏、京剧、汉剧、徽剧、晋剧、秦腔等都有以该故事为主题的剧目。在剧目中，该故事又被称为“五鼠闹东京”、“包公游阴”、“探阴山”、“铡判官”等，写民女柳金蝉被贼人李宝所害，其父诬陷是外甥颜查散所为，包公错斩颜查散，尸体不倒，包公游地狱又错杀五鬼，结果引出五鼠闹东京。路遇一鬼，得知冤案是阴间的一个判官在搞鬼，后来又铡了判官。

“包公错断颜查散”宝卷有多种，名称分别有《包公立断严查山宝卷》《包爷三下阴曹》《严察山宝卷》《包公三断颜查散宝卷》《包公错断颜查散宝卷》《花灯宝卷》《闫叉三宝卷》《红葫芦宝卷》《包公宝卷》，《凉州宝卷》（一）、《永昌宝卷》（上）、《山丹宝卷》（上）、《酒泉宝卷》（下）、《金张掖宝卷》（三）都有本子收录。② 本书以《包爷三下阴曹》（简称永昌卷）③、《包公宝卷》（简称凉州卷）④、《包爷错断颜查散》（简称张掖卷）⑤ 三种故事为蓝本，探讨故事传抄、说唱传播过程中特定情节传播中的变异特征，省略与强化以及故事中一些“不合理”的人物和细节设置及其模式化趋势的形成，借以说明口头传播的文学故事和谣言传播的内在一致性。

① ［美］理查德·鲍曼：《作为表演的口头艺术》，杨利慧、安德明译，广西师范大学出版社 2008 年版，第 44 页。

② 车锡伦：《中国宝卷总目》，北京燕山出版社 2000 年版，第 10 页。

③ 何登焕编：《永昌宝卷》，永昌县文化局印，甘出准 016 字，总 0156 号，2003 年。

④ 王奎、赵旭峰：《凉州宝卷》，武威天梯山石窟管理处编印，甘出准 063 字，总 561 号，2007 年。

⑤ 徐永成：《金张掖民间宝卷》（三），甘肃文化出版社 2007 年版。

（一）三种“包公错断颜查散”故事变异

首先，口传文学有自身发展变异的规律。如说唱表演者与听众的互动是制约口传文学随意变动的重要因素，规范着口传文学的精神与观念的生存空间。通过对“包公错断颜查散”故事的统计分析，我们发现，无论异文间如何千差万别，但几乎所有异文都有一些共同的“节点”。这些节点是保证该故事被认定为“包公错断颜查散”故事的基本要素，是程式性的故事类型。如“柳金蝉出身富贵”、“凶手害死柳金蝉”、“判官篡改生死簿”、“包公三下阴曹”、“柳金蝉和颜查散结亲”、“颜查散中状元”等。

“柳金蝉出身富贵”，张掖《包爷错断颜查散》中柳金蝉是鼓楼街前柳员外柳郊的女儿，在凉州《包公宝卷》中柳金蝉是“已经病故当朝尚书柳天官的女儿”。而且一个故事往往和一丛民俗事象紧密联系。在南阳民间的道具舞蹈中有包公错断颜查散故事改编的独角兽舞。相传宋朝包拯错断颜查散，颜查散被铡后，冤气不消，死尸不倒，肚子乱鼓，并从脖子里伸出一只脚，表示颠倒了天理，包公惊异，复查此案，终于昭雪了冤案。人们为了提醒当官的不要自以为是，草菅人命，就创造了独角兽舞。表演方法是：一人手提灯笼在前引路，扮演独角兽者双手朝上，抓一只大鞋从一条大裤筒里伸出来，好像脖子上长了一只脚，腰里系一件上衣，做假胳膊假手，肚子上画一个假脸，利用呼吸时的一起一伏，做出各种神怪表情，绕圈表演。寓严肃悲怆的主题于风趣幽默的舞蹈之中，很能引发人们的联想。

“口传的艺术与其说是记忆的复现，不如说是艺人在同参与的听众一起进行表演的一个过程。”① 变异并非随意的改变，事实上，在流传过程中，作品不归一人所有，人人可以改动，所以作品又是一种不断处于变化中的稳定，于是就产生了同一“母题”（motif）的不同“异文”或版本。“包公错断颜查散”故事宝卷的三个版本，就是在基本故事情节一致情况下的“异文”，其中凉州本和永昌本比较接近。在关键情节的语言表述上三种本子非常相似，比如，包公冤杀颜查散后，颜老夫人来到南阳（南衙）府讨说法的一段，凉州本为：

① 叶舒宪：《文化与文本》，中央编译出版社1998年版，第153页。

却说严夫人从梦中惊醒，却是南柯一梦，放声大哭了一场。便叫丫鬟：拿了我的龙头拐杖来，与我同上南阳。此时包公正坐早堂，手下人役报到严夫人来到。包公听说，急忙下堂迎接到大堂，分宾主坐下。严夫人问道：包大人，我的儿现在何处？包公说道：我错断了你的孩子。那严夫人道：人人说你包公是包青天，从此案看来，你做官不清，断事不明，冤屈死好人，难道就罢了不成？带说着顺手拿起龙头拐杖便打包公。包公急忙陪情道：夫人且息雷霆之怒，你在我府中等候，待我三下阴曹查明此事再作去处。

永昌本这样写道：

却说闫老夫人，梦中惊醒，急忙起身，拿了龙头拐杖，来到南阳府，此时包爷正在堂上，人役报道，闫老夫人来了，包爷听言，急忙出来迎接，请到大堂坐下。闫夫人说道："我儿子哪里去了？"包爷说道："你儿子死了！是我错断了此案。"闫夫人骂道："你这包文正。原来也是做官不清，断案不明，屈害好人，乃道（难道：笔者注）饶你不成，说着举起龙头拐杖要打。包爷忙道："夫人且慢，你今晚就住我府，待我三下阴曹回来再做道理。闫夫人只好到城隍庙看儿子去了。包爷当即叫人役抬了铜铡，带了人役三下阴曹去了。

张掖本这样写道：

却说颜查散鬼魂给母亲托梦后离去不提。那颜老夫人从梦中惊醒，暗想：适才我儿来到面前，醒来却又为何不见？不由得一阵阵心惊肉跳。看见天已大亮忙忙起来，手拿龙头拐杖往南衙府而来。那包爷正坐早堂，有人役禀告颜老夫人来到。包爷听说急忙下堂迎接。颜老夫人坐定，开口就问："我儿现在何处？"包老爷一时哑口无言。颜老夫人又说："你枉为青天，做官不清，断事不明，屈死我儿，难道就此罢了不成？"说话间拿起龙头拐杖要打包公，包公赶忙赔情道："老夫人暂息雷霆之怒，你且在我府中等候，待我再下阴曹查明此事，再作去处可好？"颜老夫人听了只得下堂而去。包老爷叫王朝、马汉、卢青、李贵抬了虎头铜铡，一起同下阴曹。

相比之下，永昌本语言明显书面色彩浓厚，张掖本的语言表述就距离较远。凉州宝卷和永昌宝卷两者还都滋生并穿插了“妖龙作怪摄公主，石义救主遭迫害”的情节。

一方面，我们强调情节的生长是随机的、无序的，因人而异。另一方面，在对“包公错断颜查散”故事的考察中，我们发现几乎所有异文的结局都出现了“大团圆”倾向。通过对样本的统计分析就可以看出，无论最终颜查散的被诬陷、屈打成招、死而不倒、包公三赴阴曹等，总是以“团圆”这一理念作为旨归。

其次，口传文学承载着现代人对于传统文化的想象，这种文化想象也是一种精神资源，传承人的讲述是具有主体性的，渗透着讲述人的人身感悟和价值观念，这种变化又必须保持在一定的限度内。可以说是个体性和集体传统的统一。凉州《包公宝卷》中就有先讲国事兴旺、百姓赏灯等情况，再深入正文写柳金蝉落难和石义遭害的故事。正话是话本的主体，写作口语性强，情节起伏，人物详明。和凉州卷相比，永昌卷的语言更富有文人风采，在宝卷中细节描写尤为突出，散文和韵文交替描写，尽详致细。因为两种宝卷的渊源关系较近，所以都有一些可以辨析的雷同细节：比如和包公一起三下阴曹的房官崔爵（凉州本作崔脚），由于劳累饥饿，误食了一顿地府街上的羊肉包子，失去了再还阳的机会，因此接替张洪掌管了阴曹的生死簿。其实，这一“地方性知识”中的还阳禁忌早在《太平广记》中就有记录，僧人告诫：“‘不可食，食之则无由归矣’，少府曰：‘饥甚，奈何？’僧曰：‘唯蜜煎姜可食。’”①

我们知道，每一个讲述者的每一次讲述，都是一次戴着文化传统这一镣铐的创造性的舞蹈，都生产了一个相对独立的文本（异文）。所以，民间文学在流传过程中，一方面不断增多异文，另一方面又趋于模式化。相对稳定的模式，对听众而言是一种心理的“预期”和文化的皈依，对演说人而言是倾听传统的声音并与传统模型的风云际会。任何一次说唱都有意无意因循着传统模式。

民间文学的传承性，实际上指的就是传播的模式相对稳定。落实到文

---

① （宋）李昉：《太平广记》卷一五二，中华书局1961年版，第1093页。

本，就是“叙事范型”或“故事范型”（story pattern）的相对稳定。宝卷中“包公错断颜查散”故事尽管有《包公立断严查山宝卷》《包爷三下阴曹》《严察山宝卷》《包公三断颜查散宝卷》《包公错断颜查散宝卷》《花灯宝卷》《闫叉三宝卷》多种，但基本模式不外乎“错断—蒙冤—伸冤”模式。“在口头传统中存在着某种叙事的模式，围绕着这种核心模式的故事会千变万化，但是这种模式具有伟大的文化传统的支持和生命力。它在口头故事的文本的创作和传递过程中起到组织的功能。”[①] 凉州宝卷和永昌宝卷因为都有王恩谋害石义，红葫芦告状伸冤的情节，我们据此判断，二者系从同一系统发展而来。“在口头传统中存在着诸多叙事范型，无论围绕着它们而建构的故事有着多大程度的变化，它们作为具有重要功能并充满着巨大活力的组织要素，存在于口头故事文本的创作和传播之中。”[②]

故事发展过程中呈现不断孳乳和简化的双向进行，形成繁简版本共存的情况。故事简化表明故事与其所处环境整个生活方式的不相称，表明故事在该环境中或在该故事讲述者所处的时代现实意义很薄弱。[③] 例如，在“包公错断颜查散”故事中柳金蝉冤魂和判官张洪的斗争这一情节，永昌卷中判官张洪让牛头马面将柳金蝉的冤魂游过18层地狱后打入阴山，永世不得超生。于是鬼魂押着柳金蝉先后经过“无间地狱”、“油锅地狱”、“碾磨地狱”、“大锯狱”、“刀山狱”、“血湖地狱”、“炮烙狱”等，最后过奈河桥把柳金蝉押入了枉死城。在地狱目睹冥刑的叙事在《太平广记》中就已经有，卢弁目睹“磨边有妇女数百，磨恒自转，牛头卒十余，以大箕抄妇人置磨孔中，随磨而出，骨肉粉粹，苦痛之声所不忍闻”[④]。该部分宝卷中都以韵文形式详细描写，又穿插进了和故事毫无关系的妖龙摄走百花公主的情节。凉州卷也有妖龙摄走百花公主的情节，但没有柳金蝉游地狱的具体情节。张掖卷中多出了柳金蝉到阴曹阎王那儿状告判官张洪，张洪不肯放行，条件是做了夫妻才肯放行的情节，并有柳金蝉怒骂判官张洪的韵文：

① 尹虎彬：《古代经典与口头传统》，中国社会科学出版社2002年版，第159页。

② ［美］约翰·迈尔斯·弗里：《口头诗学：帕里－洛德理论》，朝戈金译，社会科学文献出版社2000年版，第109页。

③ ［俄］弗拉基米尔·雅可夫列维奇·普罗普：《故事形态学》，贾放译，中华书局2006年版，第164页。

④ （宋）李昉：《太平广记》卷三八二，中华书局1961年版，第3048页。

判官张洪太无行，阴曹地府作弊端。柳小姐，骂张洪，大胆欺心；阎王爷，评道理，你倒欺人。此一去，连判官，一齐告上；把贼子，千刀剐，剜了心肝。我想那，阳世间，欺人毁誉；阴司里，也有那，奸人掌事。有张洪，听得骂，冲冲大怒；这女子，好大胆，敢骂我身。喝一声，休撒野，将她捆住；压在了，阴山下，永不翻身。有判官，使小鬼，再生巧计；将黄蜡，塞住耳，不叫听音。这张洪，压魂灵，扬长去了；哭坏了，柳金婵，有谁知闻。

这一情节由于不合理，在其他两种本子中均没有。从王恩害死石义、妖龙摄走百花公主等情节，我们基本可以判断，张掖本似乎是凉州本和永昌本祖本的删节本或简本，凉州本和永昌本是不同歌手说唱的同一版本底本。其中永昌本更为详尽，并留有公案小说的判词情节的痕迹，我们据此判断，永昌本大致改编自明代的公案小说：

包公又奏了柳员外诬告闫察三一案，是他三下阴曹，得以审明。宋王听了说道："柳员外洞事不明，诬告好人，念他年迈之人，不予降罪。包文正做官清正，官加三级，擢升太子太保，龙图阁大学仕。"包爷谢恩，回到府中，命王朝、马汉将卜子虫，王恩用芦席卷了，在当街大十字铡成三段。事完之后，又命闫察三、柳金蝉完婚。

"包公错断颜查散"情节成为模式化的故事不断地说唱，同样受到记忆规律的影响。颜查散被冤杆这一情节中，凉州《包公宝卷》中"严查山"把表妹的衣物送往舅父家被诬陷为凶手并告到了南阳府。包公对"严查山"动用酷刑，上了"枷床"，严的母亲严老夫人拿着万岁爷赐的龙头拐杖见包公。张掖《包爷错断颜查散》故事情节大体相同，只是对柳金蝉的鬼魂做了专门描写，颜查散上的是"匣床"而非"枷床"。永昌卷上"闫察三"上的是"辖床"。这一细节惊人地一致，但具体又有所不同。包公二下阴曹情节中，颜查散被屈打成招，赴刑场三绞而亡，但尸首不倒，这一细节在三种本子中完全一致，成为推动故事发展的重要情节。在传播过程中这些关键性细节可以说是民族的集体记忆传统所预设的。

在时间信息上，三种宝卷都把时间定在大宋仁宗年间，正月十五看灯之际。凉州本甚至重复了包公故事在《百家公案》《明成化说唱词话八种》中的雷同说辞“文有丞相王颜林，武有狄青等大将保定江山，天下太平，百姓安居乐业”[①] 等程式性话语。

在非关键性的情节中，繁简常带有随意性，颜查散被冤枉这一情节中韵文部分前两句和凉州本都是“关着门儿安静坐，偏从天上掉下祸”。但凉州《包公宝卷》以韵文部分交代的内容详尽，更多情节在张掖宝卷中是以散文形式出现的。张掖宝卷还交代了阴司里有判官张洪，在阳世做官时和颜查散父亲有仇，那李保是他的外甥，为了泄愤早将生死簿改了，今见李保害死柳金蝉，就把李保的名字扯下捻成一个纸团儿，另行写了“颜查散害死柳金蝉”。包公第一次赴阴是十殿阎王前的判官张洪包庇外甥卜虫子，把卜虫子名字换成了“宋仁宗四年，山东鼓楼城放花灯，闫察三害死柳金蝉”。凉州本宝卷，张洪用人皮把卜虫子的名字贴掉。只是永昌卷和凉州卷都没有交代嫁祸严查山（闫察三）的原因，只有张掖卷交代阴司里判官张洪，在阳世做官时和颜查散父亲有仇，所以嫁祸颜查散。张掖卷中多出了柳金蝉到阴曹阎王那儿状告判官张洪，张洪不肯放行，条件是做了夫妻才肯放行的情节，其他两种本子均没有这样的表述。害死柳金蝉的凶手，凉州《包公宝卷》是城南门外寒窑中的卜虫子，出城回家时看见柳金蝉，柳金蝉珍珠汗衫价值不菲，于是动了歹念，骗到家用麻绳勒死金蝉，把尸体扔进白水江。张掖《包爷错断颜查散》中情节变为，城外屠夫李保在大风过后出城回家，听见柳金蝉的啼哭声，李保遂起歹心，假扮金蝉的大舅，和妻子一起用一根猪毛绳勒死了柳金蝉，并把尸体抛下竹桥，再用石头压着。永昌《包爷三下阴曹》情节和凉州卷基本相同，只是卜虫子说自己叫李虎，是金蝉的远房姑表兄，显得更为合情理。对金蝉先是茶水中投毒，再用绳子勒死中毒昏迷的柳金蝉，把尸体扔进白水江前还绑上了石头，这和金张掖宝卷不同。我们明显感觉到，永昌宝卷和凉州宝卷大致是从同一宝卷蓝本传承而来的。

在同等资质条件下，一个故事讲述者对相关、相近的民间故事和说唱传统掌握的信息储存越多，他的故事知识系统中的元故事构成就越丰富，其再现过程中记忆提取的空间就越大，细节引进的可能性也越大。也就是说，越是故事能手，其故事的变异系数也越大。在包公三下阴曹情节中。

---

① 王奎、赵旭峰：《凉州宝卷》，武威天梯山石窟管理处编印，甘出准 063 字，总 561 号，2007 年，第 174—175 页。

凉州《包公宝卷》和永昌《包爷三下阴曹》中，阎王和包公打赌，并抬出油锅："如果查出来，我赴你铜铡，若是查不出来，你赴我油锅。"包公答应。[①] 在张掖《包爷错断颜查散》中则没有打赌情节。包公查明真相后，凉州卷和张掖卷中，包公将判官张洪铡作两段，又要铡阎王，牛头马面一看情况不妙，忙去请东岳大帝，又请来了地藏王菩萨。永昌卷请来了天尊和地藏王菩萨。

张掖卷中由于东岳大帝和地藏王菩萨说情，包公才没有铡阎王，有韵文予以描述，凉州《包公宝卷》和永昌《包爷三下阴曹》本都是散体叙述，较为简略。

二位天尊来说情　包公饶了阎君命
地藏王，东岳帝，齐来说情；
包老爷，才饶了，阎君性命。
二天尊，说完情，起身走了；
十阎君，来谢恩，叩别包公。
有包公，转回身，往前所行；
又来到，阴山下，收了冤魂。
阴还阳，来到了，南衙府中；
忙吩咐，众人役，快拿凶犯。

最后凉州《包公宝卷》和永昌《包爷三下阴曹》结尾都是把卜虫子、土恩问斩。三种宝卷结尾都是包公为媒，柳金蝉和颜查散结为夫妻，后颜查散中头名状元，高官厚禄。

三部"包公错断颜查散"宝卷都交代柳金蝉被风刮走。在凉州《包公宝卷》中柳金蝉是"已经病故当朝尚书柳天官的女儿"，而且被风刮到城外的黑松林，情节非常具体。永昌卷和张掖卷没有了柳金蝉父亲已经病故的内容。卷中却穿插进王恩害石义红葫芦告状的情节。在我们认为的简本张掖《包爷错断颜查散》中柳金蝉是鼓楼街前柳员外柳郊的女儿，这一点和永昌卷相同。张掖卷故事开头紧紧围绕柳金蝉和丫鬟小琴正月十五

① 王奎、赵旭峰：《凉州宝卷》，武威天梯山石窟管理处编印，甘出准063字，总561号，2007年，第218页。

看花灯的准备工作，中间没有王恩害石义红葫芦告状情节和刮风原因的表述。“员外”是一个人所共知的富贵人家的统称，所以两种本子都把柳金蝉的父亲定格在“员外”这一角色上。“黑松林”和被刮的原因“正月十五灯台内单单没有供奉清风洞的风神”以及“王恩谋害石义红葫芦告状”的情节由于过于具体或者怪诞、不合理，不利于记忆，在三种本子中只出现过一次，而且在简本中都没有出现。所以，在细节转换上，长期传播的故事由于记忆的选择，不熟悉的或相对不熟悉的名字立刻转换成更加熟悉的名字。①

（二）“包公错断颜查散”故事变异与谣言

口头传统是“表演中创作”，这一过程中，母题、听众的角色、故事及其组成部件的多重构型、说书者和听众的互动使故事呈现多种变异。“变异的模式包括细节的精雕细刻、删繁就简、某一序列中次序的改变或颠倒、材料的添加或省略、主题的置换更替，以及常常出现的不同的结尾方式等等。”② 这些特点和谣言的传播流变极为相似，以三部“包公错断颜查散”故事为例，具体情况如下：

（1）最初的流传中含有的信息越多，传到下面一站时信息的丢失也越多。情节与结构的稳定必须以相关的共同知识为基础，反之，知识结构的差异可能导致特定知识背景下的故事冲突的遗失。重细节的叙事是很难成为广为流传的故事的，而细节的缺失就为民间故事的不断衍生变异提供了空间。“包公错断颜查散”故事中，在第一次赴阴曹被判官张洪蒙蔽后，包公对颜查散动用酷刑。张掖卷就创造性地增加了颜查散半夜伤心，哭起“五更调”的情节，这在凉州卷和永昌卷均没有。

［哭五更］

一更里来泪汪汪，我今受罪好凄惶。何人杀死金婵妹，人命赖在我身上。皮开肉绽下狱中，今日实在太冤枉。我的天啊！不知何人能知闻？二更里来冷飕飕，浑身上下血淋淋。板子打来夹棍夹，疼痛难

① ［英］弗雷德里克·C·巴特莱特：《记忆：一个实验的与社会的心理学研究》，黎炜译，浙江教育出版社1998年版，第165页。

② ［美］阿尔伯特·贝茨·洛德：《故事歌手》，尹虎彬译，中华书局2004年版，第178页。

忍泪纷纷。家丢老母何人养，几时才得见娘亲？我的天啊！何时才能见娘亲？三更里来夜正深，想起老娘好伤心。今日落入苦海中，浑身疼痛血染襟。老母如今在何处，为何不救儿的身。我的娘啊！为何不救儿的身？四更里来金鸡鸣，饥饿疼痛更难忍。南衙如同阎罗殿，我和老娘难见面。有冤难伸心中怒，身坐狱中叫苍天。我的天啊！身坐狱中叫苍天。五更里来天渐明，不知来日吉与凶。苍天有眼辨真情，水落石出救残身。若是老天有灵验，报答祖宗众神灵。我的天啊！报答祖宗众神灵。

人对故事的记忆是靠高度概括的情节单元实现的，换句话说，人记忆的只是个梗概，细节过于细腻的故事不利于记忆传播。

（2）强化了某些可以使传播消息的结构更加合理的细节或组成部分。源故事中的一些定量的细节在再现时可能会减弱或遗失，如故事发生的地名、主人公的姓名、明确的数字等，但许多定性的细节会得到展开，原本简单的人物行为可能衍生出许多丰富的动态变化。这些变化倾向于更加夸张，并且可能多次反复。比如颜查散被上了“枷床”，在被处死后尸首不倒，这些推动故事不断发展走向高潮的关键性细节，虽然荒诞离奇，但是因为符合乡民的地方性宗教信仰知识传统，所以在所有版本里都得到了有效的保留。强化了某些可以使传播消息的结构更加合理的细节或组成部分。包公在野史里以“日断阳，夜断阴”，并能还魂、赴阴曹地府等本领著称，三种“包公错断颜查散”故事无疑充分展示了包公还魂和赴阴曹地府向掌管生死簿的判官张洪了解案情的能力，其实质是进一步强化了民间包公的固有形象。心理学的规律告诉我们，重复的次数和个人记忆的准确率成正比，对于一个民族的集体记忆大致也是如此，高频率反复出现的形象，就会镶嵌在民族集体记忆中。

（3）降低信息的专指程度，形成一种收放自如的开放性文本结构。柳金蝉是富家小姐，颜查散是贫寒读书人，落难公子和富家小姐的故事结构很具有民族特色。在“包公错断颜查散”故事中被充分地展开，扩展后的结构：柳金蝉父亲是“员外”、“吏部尚书”、“柳天官”等，母亲是“一品诰命夫人”，有御赐的“龙头拐杖”，这个龙头拐杖在民间文学中曾经掌握在“佘太君”、“包公”等这些满门忠烈的人手中。又如杀害柳金蝉的凶手的名字，凉州本和永昌本都做“卜虫子”，而张掖本做“李保”。

在不同的本子里，这类人物的名字可能都互不相同。胡适说包公是“箭垛式人物”[①]，所传播时代清官的断案事迹和包公同时代范仲淹等人的事迹也都以不同方式被包公“吸附”，这是一种集体无意识的社会心理在起作用，而这种典型的吸附现象是民间口头编创的普遍现象。

（4）传播过程中寻求合理化。源故事中那些不为讲述者所属社会群体所认可的表现形式，总会在其后的传播中逐渐趋于合理化。这前后的变化表明作品情节设计和社会心理之间进行“双向理解”。合理化是一种重复再现的过程，巴特莱特认为“其过程表明了一种需要，实际上每位受过教育的观察者都可感觉到这一需要，即一则故事应当有一个一般的情景。开始时，不存在一种简单接受的态度。呈现的每则故事，必须联结成整体，而且，若有可能，也应当考虑到它的细节必须与其他东西相联系。在这种情况下，一些特殊的而且可能是孤立的细节，立即被转换成更熟悉的特征”[②]。也就是说，故事说唱者不会是一种单纯的按原样输入和输出的过程，而是表现为用自己更熟悉更容易理解和记忆的方式对底本情节进行符合情境和自身知识结构的加工。永昌宝卷中柳金蝉被风刮走之前，设计了她和丫鬟在城西郊放风筝的情节。这为下文柳金蝉被风刮走做了情节上的铺垫和提示。

进一步推论可以认为：越是封闭的知识圈、传播者知识结构中共同知识所占的比重越大、来自系统外部的信息量越少，故事就越稳定。反之，越是开放的知识群、个体掌握的信息量越大、传播者知识结构中共同知识所占的比例越小，蝴蝶效应的实际临界点就越多，故事也就越不稳定。“包公错断颜查散”包公二下阴曹情节中，凉州宝卷“严察山”屈打成招，赴刑场三绞而亡，尸首不倒，命王朝、马汉、张龙、赵虎、朱清、黄忠、刘土、崔脚等人抬上狗头铜铡要三下阴曹再断此案。张掖卷和永昌卷中都有把颜查散的尸首暂且存在城隍庙里的情节，张掖卷是等第二天下阴曹查看究竟。凉州卷和永昌卷都是立刻带了八员大将三下阴曹查办案件。

我们必须认识到，首先，民间文学中的文学活动和经典化、文本化的书写文学之间存在对立、差异和张力。文学生态由口头传统进入编纂的书

① 欧阳哲生编：《胡适文集》（第4卷），北京大学出版社1998年版，第369页。

② ［英］弗雷德里克·C·巴特莱特：《记忆：一个实验的与社会的心理学研究》，黎炜译，浙江教育出版社1998年版，第107、112页。

写传统，题材来源、成书过程、编撰者之文学及道德观念、文本体制、时代文化背景、阅读者口味等文学内外因素都对通俗小说情节衍变有一定的影响。社会心理学的研究告诉我们，凡是符合或迎合人们主观愿望、主观印象或主观偏见的情节，最容易使人相信，并乐于被人传播，而且还有可能依据传播者特定的心理倾向被随意进行加工。

其次，倘若将视野略加扩展的话，中国俗文学品种丰富，除小说戏曲之外，尚有版本由简而繁或由繁而简，我们不能简单判断是繁本在前还是简本在前，这不是线性的谁先谁后的问题。我们借助次生口头传统宝卷，能复原文学生态诸多缺失的中间环节，或者调查其他正在“演化”中的口头传统，我们发现过去关于繁简版本孰先孰后的论争本身是因为我们置身于传统的文本文学观念的缘故。真正的情况是繁本和简本或不同系统的版本在最初都同时存在过，并且都曾经被编写或记录为书面传统。但随着时代的变迁，读者、传播成本、主题、文体、音律或说书艺人等因素都在版本选择性演变中起过作用。最终这些因素共同促成了今天的经典化的小说面貌，甚至可以说今天的所谓通行本也是一次时代性的版本选择而已。

（三）传播变异的口头诗学逻辑

故事的讲述作为日常生活中一种特殊的“实践的艺术”，故事讲述者的记忆在某种“恰当的时机”（kairos）下被激发，时间或空间的记忆投射到讲述的空间中；而讲述的招数从根本上讲内在于故事结构。换句话说，讲述的招数就是故事结构链条上脱落或添加的行为选择本身；这种带有讲述者记忆色彩的故事讲述，链接过去的某个时间和空间，并将其置于当下时间和空间中，直接参与了当下场域中故事讲述者和听众（包括研究者）的话语建构以及故事文本本身的变异。

可以说，口传的内容、形式、特定的时空，口传活动的参与者，研究者与社会文化背景，共同构成一个特定的演说舞台。文学的过程远远超越了文学的意义而表现为以故事为纽带的作家与读者、编创者与社会的多向互动，这种互动表达了种种特定的社会情境，种种社会关系和文化历史脉络。因之，神话、故事、传说、歌谣、谣言的诗学逻辑有着内在的一致性，同样都是历史文化传统与社会心理环境的产物。一个传说可能被认为是一个固定下来的谣言。更确切地说，它是道听途说中一再出现的某些传闻中的不同寻常的部分，在经过一段时间的歪曲后，它不再变化，一代又一代地传了下来。所以，传说就是已经成为一个民族口头遗产一部分的谣言。从语言学上讲，这两个概念可以经常交换使用。① 而谣言如果具有广泛和普遍的意义，就可能成为我们民间传说的一部分。鲍曼（Richard Bauman）主张，应关注口承文艺表演的过程、行为，以及叙述的文本与叙述的环境之间的联系。深入思考，我们发现，民间故事的诗学同样适用于谣言、传说和各种舆论的传播扩散模式，因为它们的规则都源于人的记忆、忘却、想象、渲染等集体无意识的精神世界。

古代由说话累积演变而来的白话小说，学术界经常就其繁本系统和简本系统谁前谁后的问题论争不断，从文学的文化生态——口头和书写传统的演变关系视角我们认为：繁简版本的先后问题背后隐含着文学故事成长的一个重要环节——说话的历史真面目。一般认为，说话兴起于宋朝，盛行于民间，是以市民为主要对象的口头编创。它们大多先是老郎说唱，后因民众的喜爱，由书会才人记录编写，于是就有了最初不同版本的说话抄本。从常识推断，在不同的传统中歌手分两类：专业演述者和业余爱好者。一个专业的长期以演唱为生的歌手，和一个业余的歌手，在艺术造诣、演唱水准、曲库大小、活动半径、听众响应乃至文本形态等方面，都有不小的差别。简单说，在笔者看来，对歌手群体的理解，也应当使用谱型的概念：从高度职业化的一端到极为业余的另一端，中间必定有大量的平庸者群体。

许多后代的小说，如水浒故事，其内容自"说话"传播阶段就因口头搬演风格、水平差异而存在不同故事"版本"，由偏重口头传统向偏重书面传统的演化过程中，又产生了许多种过渡形态的"版本"，因之版本情况自然复杂：今知《水浒传》有 7 种不同回数的版本，有繁本与简本之分。繁本有 71 回本、100 回本、120 回本 3 种。简本则有 103 回本、110 回本、115 回本、124 回本等；简本中也有 120 回本和不分卷本。

另外，如现存《三国志演义》刊本有数十种之多，其间的学术关系颇难梳理，后经中外学者的共同努力，终于找到了若干划分版本系统的参照标准，包括刊刻区域、周静轩诗及史书故事的插入等，而其中重要的一条，即是属于情节衍变性质的"花关索"及"关索"故事，日本学者金

① ［美］奥尔波特等：《谣言心理学》，刘水平、梁元元、黄鹏译，辽宁教育出版社 2003 年版，第 117 页。

文京将现存《三国志演义》版本划分为六大系统："没有花关索、关索故事的版本"、"有花关索故事的建阳刊本"、"有关索故事的建阳刊本"、"有关索故事的江南本"、"有花关索、关索故事的版本"以及"毛宗岗本"。[①] 大多数学者认为所谓"花关索"、"关索"故事，非《三国志演义》祖本所原有，乃属坊肆"插增"所致，故目前所知刊印时间最早的嘉靖元年（1522）张尚德序刊本及嘉靖二十七年（1548）叶逢春刊本，均无"花关索"、"关索"之名。再譬如万历时期出版的浙刊《京本全像插增田虎王庆水浒全传》，也以"插增"田虎、王庆故事为卖点，以区别于其他众多的、没有这一情节的《水浒传》版本，而且，从梵蒂冈教廷图书馆所藏插增本残本卷二十一书名题作"新刊全相淮西王庆出身水浒传"来看，[②] 或许，田虎与王庆故事情节乃先后"插增"至《水浒传》之中也未可知。此外，《西游记》第三十六回至三十九回的"乌鸡国故事"、第五十回至五十二回的"莲花洞"故事等情节，也有后来"插增"的痕迹。[③]

古代通俗小说版本有"繁本"与"简本"之分，但是，由于文献传承的偶然性，现存"简本"与现存"繁本"之间，未必存在直接的对应关系，也就是说，不必然存在现在发现的版本中由繁到简或由简到繁的线性关系，甚至在有限存世的繁简本中探讨谁先谁后的问题就是个伪问题，譬如《西游记》的两个明刊简本——朱鼎臣编《西游释厄传》及杨致和编《唐三藏出身全传》与今存繁本明世德堂刊本之间、《水浒传》今存简本与繁本之间的学术关系，便是古代小说研究中迄无定论的疑难问题。

这和口头传播的民族史诗的传播演变情形一样，史诗歌手能够如痴如醉地演唱几天几夜，民族的源流、神话、传说活跃在口头上。他们学习、记忆、"编织"、表演、传授史诗的实践，给我们理解累积小说的繁简版本演变以有益的启迪。口头传统是"表演中创作"，这一过程中，母题、听众的角色、故事及其组成部件的多重、说书者和听众的互动使故事呈现

① 参见金文京《中国古代小说总目白话卷·三国志演义》，山西教育出版社2004年版，第293—308页。

② 参见马幼垣《现存最早的简本〈水浒传〉——插增本的发现及其概况》，收入其《水浒论衡》，生活·读书·新知三联书店2007年版，第51—88页。

③ 参见侯会《从"乌鸡国"的插增看〈西游记〉早期刊本的演变》《试论〈西游记〉"莲花洞"故事之晚起》等文，收入其《〈水浒〉〈西游〉探源》，学苑出版社2009年版，第177—190、209—218页。

多种变异。具体变异的情况如下：

人对源故事的回忆，实际上必须是一次“双重提取”：对记忆表象（特定源故事）的提取；对抽象的原型（元故事）的提取。前者体现为对具体形象和场景的提取，后者体现为对功能和功能间关系的提取。在这一双重提取的过程中，记忆表象是进入故事回忆的关键支点。由于不同个人之间形象记忆的差异，不同的源故事可能成为不同被试进入回忆的关键支点。这一源故事（关键支点）就成了占主导地位的再现情节，也即“砧情节”。从元故事中提取的、砧情节之外的功能就是“接穗”①。如果说故事的再现是一次双重提取，而且是在多个功能间的提取，那么，这一过程就不可能只做多于特定源故事功能数的提取，提取过程也可能发生遗失。也就是说，再现后的故事可能嫁接了一部分特定源故事中所没有的功能，但也有可能会遗失一部分特定源故事中原有的功能。

奥尔波特（G. W. Allport）和波斯特曼（L. Postman）对信息的传递做了一个有趣的实验：一个人面对一张描绘日常生活场景的照片，凝视几秒钟，然后将其所见转述给第二者，第二者再转述给第三者……最后共7—10人加入其中。试验结果是惊人的。在开始时的那幅照片和第8个人所叙述的内容之间相差很大。整个信息的传递环节中，描述的内容可以以故事、谣言、传说等不同形态存在，他们之间有几个共同的传播特点，即源头信息的失落、强化、吸收。② 弗里指出：“变异的模式包括细节的精雕细刻、删繁就简、某一序列中次序的改变或颠倒、材料的添加或省略、主题的置换更替，以及常常出现的不同的结尾方式等等。”③ 对民间文学的变异，需要在民间叙事传播演变的过程中加以把握和认识。笔者认为在不同时代“接力式”的传播中为实现叙事的话语参与，减少传播成本，获得尽可能多的增殖以参与价值建构，也存在着与谣言传播类似的传播

① “嫁接”原指一项生物技术。将一株植物上的枝条或芽等器官接到另一株带有根系的植物上，形成新的植株的过程，叫嫁接；这个枝或芽叫接穗；带根系的、承受接穗的植株叫做砧木。在故事嫁接中，一般来说总是存在一个占优势地位的、属于故事主体的基干情节（砧情节），另有一个或多个黏结于砧情节的、占从属地位的功能（接穗）。区分主次有利于我们确认故事的类型。

② ［法］弗朗索瓦丝·勒莫：《黑寡妇：谣言的示意及传播》，唐家龙译，商务印书馆1999年版，第95页。

③ ［美］约翰·迈尔斯·弗里：《口头诗学：帕里－洛德理论》，朝戈金译，社会科学文献出版社2000年版，第99页。

特征。

三　宣卷、抄卷与功德信仰

杨庆堃提出，使用结构功能的方法分析中国社会，我们可以分辨出宗教的两种结构。一是制度性的宗教，有自己的神学、仪式和组织体系，独立于其他世俗社会组织之外。它自成一种社会制度，有其基本的观念和结构。另一种是弥漫性宗教，其神学、仪式、组织与世俗制度和社会秩序其他方面的观念和结构密切地联系在一起。弥漫性宗教的信仰和仪式发展为有组织的社会体系，同时它是作为社会组织整体的一部分，在分散性的形式中，道德宗教发挥着多种功能，以组织的方式出现在中国社会生活中。这样看来，在中国形式上有组织的宗教不够强大，并不意味着在中国文化中宗教功能价值或宗教结构体系的缺乏。[①] 在中国文化传统中，道德替代宗教，几乎所有的活动都和德行好坏紧密联系起来。道德修养不够，书法成就也不会高，正所谓“身正则笔正”；道德修炼不够，也很难掌握正确的成仙之道；长生不老药也要派发给贤德者。所谓：“人无大功于天地，不能治理天地之大病，通阴阳之气，无益于三光四时五行天地神灵，故天不予其不死之方仙衣也。”[②]

有禳灾祈福功能的宝卷，其内容自然多涉及抑恶扬善，兴教化、劝操守的内容，这带给人以情感愉悦或心灵感悟。在广大农村，群众普遍把宝卷的伦理当成立言、立德、立品的标准，传抄、收藏宝卷成为解除困厄，禳灾除祟的重要功德，认为“家藏一宝卷，百事无禁忌”。

清代中叶以后，也许涉及叙述的道德化转向，差不多每一部宝卷都涉及道德教化，无论是佛教的，还是民间教派的，或世俗的，都会在卷中劝人行善修道，宣扬其教化主题，这已经成为绝大部分宝卷的常态与习惯。如民国十二年（1923）上海文益书局石印出版《绘图金不换宝卷》扉页题“为善最乐，劝世良言”[③]。《立愿宝卷》中言，“却说宣卷一门，原是

① ［美］杨庆堃：《中国社会中的宗教》，范丽珠等译，上海人民出版社 2007 年版，第 35 页。

② 王明：《太平经合校》，中华书局 1960 年版，第 138 页。

③ “中央研究院”历史语言研究所俗文学丛刊编辑小组：《俗文学丛刊》第 358 册，新文丰出版公司 2004 年版，第 358 页。

劝人为善的意思"[1]。宣卷之目的即在于劝人为善。该卷卷末载居易居士《跋》又言：

> 有守善子见之作而曰："善哉！《立愿宝卷》乎！近世善书，充栋汗牛。善堂星罗棋布，博施济众，尧舜犹病。乃朝廷所不能为者，而善士能为之。刑罚所不能化者，而善书能化之。"[2]

这里，比较全面地揭示了作为善书的宝卷的教化意义所在：首先，通过宣卷艺人参与日常民俗活动，宝卷中的忠孝节义伦理就能到达朝廷王化较难触及的乡野；其次，宝卷是在刑罚等正式制度之外的非常正式制度，它通过感情、心灵的影响力，来教导民众弃恶从善，做社会的善民、顺民，所谓"善恶到头终有报，明有王法暗有鬼神"。以下是清末民初吴方言地区的手抄宝卷的结卷偈：

> 后生三子俱科甲，顶立四家三姓门，状元夫妇同修道，起造庵堂佛装金，功成圆满升天去，度其亲戚共先灵。(《魁星宝卷》)[3]
>
> 修行后来功德满，一齐得道上天庭，张家抚养银官大，年方十六中魁名，年到四十为宰相，也是前生积德深，后来四姓归天去，同到西天佛国行，大终莫做亏心事，皇天不负善心人。(《红袍宝卷》)[4]
>
> 弟兄五位身高中，在做朝中食禄人，代代状元并宰相，尽是护国大忠臣，善有善报从古说，天理昭彰不差分，忠孝节义四个字，常想四字不亏人。(《贞烈宝卷》)[5]

明代出现了一批妇女修行宝卷，最著名的是《香山宝卷》，后在《香

---

① 王见川、林万传：《明清民间宗教经卷文献》第11册，新文丰出版公司1999年版，第844页。

② 同上书，第952页。

③ 《魁星宝卷》，清光绪三十四年（1874）蔡文茂抄本（现藏中国社会科学院文学所），第34b页。

④ 《大红袍》，民国三十二年（1943）李子忠抄本（现藏中国社会科学院文学所），第56a页。

⑤ 《贞烈宝卷》，光绪十三年（1887）丁亥腊月二十七日"华缘绮"抄本（现藏中国社科院文学所），第49a—b页。

山宝卷》的影响下出现了《刘香女宝卷》《红罗宝卷》《何仙姑宝卷》《黄氏女宝卷》等，同时也出现了《韩湘子宝卷》（图 2－2）等男性修行宝卷。

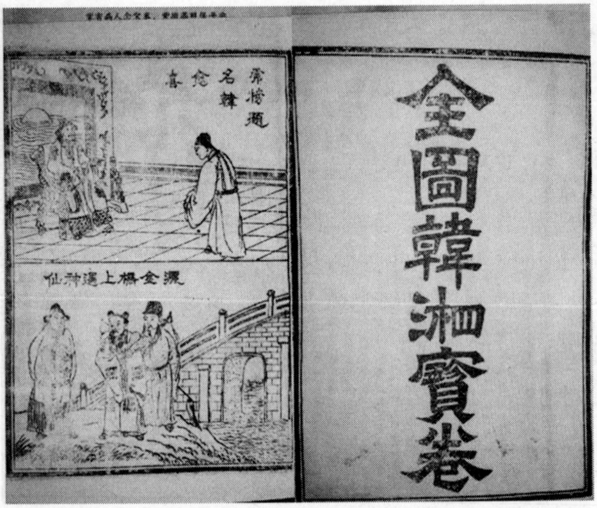

图 2－2　全图韩湘宝卷

宝卷这种口耳相传，具有灵性价值的文学，凝结着民间的情感、精神和生命，具有深邃旷远的哲理和现实价值。在一定意义上，口传文学的传播过程，就是人的情感意识和道德思想不断完善社会不断整合的过程。维克多・特纳认为象征符号一个很重要的特点是它的意义的两极性，即意义的“理念极”和“感觉极”，前者指向社会秩序、法律、道德规范，后者指向情感。宣卷仪式之所以将“应该做的”转换成“想要做的”就是因为仪式是一个具有转换功能的机制，“它将这种应尽的规范和责任周期性地转换成想要做的规范和责任”①。在民间社会，留存在口传文学中的行为规范，是每个民族社会为每一个成员制定的一套行为模式。在某种层面上，那些具有代表性的宝卷在世代相传的过程中形成了本民族的精神寄托和具有内在约束力的族群文化现象，同时其中也隐含了一整套民间话语下的价值规范体系，对参与其中的民间社会力量产生着潜移默化的影响。

① ［美］维克多・特纳：《象征之林》，赵玉燕等译，商务印书馆 2006 年版，第 28—29 页。

在传统的中国社会，一直存在着“两种秩序和力量：一种是‘官治’秩序或国家力量；另一种是乡土秩序或民间力量。前者以皇权为中心，自上而下形成等级分明的梯形结构；后者以家族为中心，聚族而居形成大大小小‘蜂窝状结构’的村落自治共同体，连接这两种秩序和力量的是乡绅精英阶层”①。与此相对应，传统中国社会的社会评价也由两块组成，即以皇帝、乡绅、族长和家长为代表的权威评价和以普通基层民众为代表的民众评价。民众评价首先要由众多个人组成“民众”。我们这里所说的“民众”，是指与“权力精英”相对的一群人。美国社会学家米尔斯认为：“权力精英就是那些处于能作出重要影响的决定位置的人，那些可以改变一般人的一般环境的人。”② 而与此相对应，民众是由“那些在社会中占人口大多数的、处于无权状态的社会最低层的人所构成”③。雷德菲尔德（Robert Redfield）《乡民社会与文化》中，将民间的、非体系的观念和思想称作“小传统”。与之相对，那些借经典著作和重要思想家得以保存和表述的文化被称作“大传统”④。雷氏的“大小传统”分野，与中国传统文化中的士大夫文化和乡野文化相对应；在凸显“经史传统”的国学传统中，这一区分则表现为具有典型意识形态特点的官修史传与稗官野史的分道而行的“二元叙事”；在文学传统中则表现为以说唱等为代表的口头文化传统和以诗词为代表的精英文化传统的分野。

由此可知，民众就是处于无权状态的社会大众，他们不能通过权威机制发表自己的意见，单个的个人在社会上发出的声音总是很微弱的（这里的个人不包括民众领袖），他们联合起来，以故事、传说、谣言、口述史、歌谣等形式展开意向性言说，才能形成强大的力量，从而影响社会的发展进程。正如古斯塔夫·黎朋所说，“‘民众’是一群人的聚合，由个人聚合而成的民众具有完全不同于组成它的个体特征的新特征”。具体地讲，“无论组成群体的是什么人，无论他们的生活方式、他们的职业、他们的性格或他们的智力是否接近，他们已转化为民众的这一事实会使他们具有一种集体心理，使他们以一种与他们独处时完全不同的方式去感受、

① Vivienne *Shue. Sketehes of the Chinese Body politic*. Standford University Press, 1998, p. 178.

② 谢立中：《西方社会学名著提要》，江西人民出版社2001年版，第194—195页。

③ 同上书，第201页。

④ Robert Redfield. *PEASANT SOCIETY and CULTURE: an Anthropological Approach to Civilization*, The University of Chicago Press, 1956.

思考和行动”[1]。

在河西宝卷中，继母阴狠毒辣，善于挑拨是非、颠倒黑白的形象受到最后“判决”：忠孝节义，行善者终获嘉奖升入天堂；作恶者打入地狱。相对于子女的苦尽甘来，继母必须为曾经的不善不忠、胡作非为付出惨重代价。首先是惩罚肉体的罪恶，或剐刑，或天灯，触目惊心：

> 焦氏叛夫杀子，逆理乱伦，宜加为剐刑，以为天下继母之戒。焦榕不务正业，通谋害人，理应偿命，加以杀刑；苗全见利忘义，背叛小主，参与谋害，发远恶之州郡充军；锦衣卫判案不明，轻视王法，削职为民；发官银赎回桃英，抄收焦榕的家产为李氏产业，玉英、桃英、月英、恶奴发落归家。都察史备本复奏，圣天子大怒，说：“焦氏女、连恶奴即日斩首。”玉英听毕，急上本呈奏：“民女之弟恶奴，虽系继母所生，尚年幼无知，况且他为我父一线不绝之嗣，乞赐宽容。”天子准奏，下诏刑部，除斩罪犯。打扫战场磨快刀，处斩泼妇和赖焦。刑部官奉圣旨监杀人犯，羽林军压人犯前护后拥，把焦氏和焦榕绑赴法场，大快民心。众百姓齐来观赏。正是诗曰：刽子手持钢刀双目圆睁，监斩官坐法场八面威风。
>
> 众校尉护法场惊天动地，那凶犯只吓得软如稀泥。
> 平日里做恶事心毒手狠，今日个到杀场火祸临身。
> 到午时并三刻时辰已到，刽子手举钢刀就下无情。
> 把焦氏上剐床碎身粉骨，后继母害儿女终有报应。
> 一刹时那焦榕人头落地，设计谋常害人也害自己。
> 杀凶顽除民害人心大快，刑部官离法场去见君王。
>
> 却说：刑部官监斩犯人已毕，具本奏上万岁爷，皇上龙颜大悦，褒奖玉英说：“节孝双全，才貌兼美，身陷囹圄，呈疏上奏，为兄弟李承祖伸冤昭雪，可算英雄贤圣。”皇上当殿宣布：“玉英姐妹三人，听旨加封。”[2]

---

[1] ［法］古斯塔夫·勒庞：《乌合之众：大众心理研究》，戴光年译，新世界出版社 2010 年版，第 23 页。

[2] 《李玉英伸冤宝卷》，引自张旭主编《山丹宝卷》下册，甘肃人民出版社 2007 年版，第 51 页。

那妖婆，被官府，下在狱中；断明情，挂高杆，天灯而死。[①]

接着是死后地狱中的罪恶。宝卷中多次提及阴森恐怖的地狱场景，并历数各种恶行，读来胆战心惊，深具劝诫意味："行至又杀地狱处，只听哭悲好心酸！不孝公姑磨前子，为人刻薄心毒谗。"[②]"十七层来抽肠狱，都是折子害损人。亲生儿女如珠宝，别人养的都是糟。狼心狗肺害人子，抽肠扒肚不容情。"[③]"寒水地狱：这些人在阳世不守本分，有欺凌儿女的后娘，死后在阴司要受这等牢狱之苦。"[④]由于缺少民法典有效的个人权利的调整和保障，所以受到虐待的儿童的权利，都通过刑法刑罚的残酷执行来体现正义，虽然这种剥皮抽筋式的刑罚能给人以"以血还血、以牙还牙"的痛快感，但是快感之余，我们发现这种"复仇式"的社会法制治理的死板、僵硬和乌托邦色彩。

作为民众自愿认同的传统，叙述蕴含的道德伦理被普遍信仰，合法性信仰对既定政治体系而言是一种巨大的支持力量。借助这种力量，统治者不仅可以大大降低为制定和实施政策法规所需的人力与物力耗费，而且，即使统治者在特定范围内决策失误，也有可能得到社会成员的一定程度的理解或默许。因此，"一个合法性信仰对于维持支持来说是必不可少的，至少对于那些历史非常悠久的政治系统来说是必不可少的"[⑤]。如雷蒙德·弗思所说，仪式是用一套程序把信仰和愿望联系在一起的。宣卷仪式正是与家族兴旺仪式的愿望联系在一起的具体表现。该仪式按照一定的程序，通过这一连接，使族群建立一套记忆网络，成为集体和公开地予以陈述的事件。因为在人类学研究的视野范围和意义范围内，仪式首先被限定在人类的社会行为这一基本表述上，而且社会只有在行动时才能使影响为人们所感知。也只有当构成社会的个人聚集起来，采取共同的行动时，社会才能是一种行动。同一阶层共同体的习惯具有结构上的亲和力，不需要

① 《白长胜逃难宝卷》，引自徐永成主编《金张掖宝卷》，甘肃文化出版社2007年版，第671页。

② 《香山宝卷》，引自郭仪、高正刚、谭蝉雪整理《酒泉宝卷》，2001年内部印行，第33页。

③ 《唐天子游地狱宝卷》，引自张旭主编《山丹宝卷》，甘肃人民出版社2007年版，第320页。

④ 《黄氏女宝卷》，引自刘大翔主编《酒泉宝卷》，2001年内部印行，第225页。

⑤ ［美］伊斯顿：《政治生活的系统分析》，上海三联书店1992年版，第311页。

借助任何集体性的“意图”或是自觉意识，更不用说（相互勾结的）“图谋”，就能够产生出客观上步调一致、方向统一的实践活动。正是共同族群一致、统一的社会行为实践活动，为民族文化的实践记忆提供了展演的舞台。

宝卷传抄和疗救以仪式展开劝善行动，一旦产生便有了自己的发展逻辑，是对于村落各个家族之间的社会生活与精神空间的一次仪式性勘定与确认，如此年复一年，在村民的意识中，一次又一次强化了家族之间的生活空间与精神空间的界限，因此这种仪式行为也是家族的一种空间建构。[①] 仪式不仅是信仰内容的模型，而且是为宗教观点的信仰建立的模型，在仪式的表演中进一步坚定了道德信仰。[②] 另一方面，仪式所营造的民间信仰氛围使得信仰对于信徒成为无意识。一个生长在浓厚的民间信仰氛围中的人，不可能想象会有其他的意识形态存在，他所信奉的宗教对于他成为毋庸置疑的真理。而凭借这种信仰，他又会更积极地投身于热烈而极富感染力的宗教仪式中。他在出生时就被投入一个体系完备的社会催眠术中，而长大后他又会变成一个技艺精湛的催眠师。社会催眠是无处不在的，意识形态、生活方式甚至每一种语言所营造的独特语言氛围都是“先天存在”的催眠术，人是不可能脱离催眠的。和其他社会催眠术一样，宗教是通过嵌入社会肌理成为一种社会无意识而发挥作用的，这种社会催眠术的独特之处在于它的体系的完备性。

不仅如此，宝卷故事所结构的场景，宝卷仪式的展演场域，这些构成了乡土记忆的组成部分，我们自己的记忆脱离不了客观给定的社会历史框架，正是这种框架，才使得我们的全部感知和回忆具有了某种形式。过去的许多方面，一直到今天都还在影响着我们的情感和决定。审美经验是可以跨代传递的，这种传递一直延续到儿孙们的神经处理过程的生物化学中去。过去未能如愿的未来希望，可能会突然和出人意外地具有行为指导作用和历史威力。一方面，生活导向、意愿和希望这三类东西的跨代传递和不同时性，各种各样没有清算的账，构成了回忆结构的主要方面；另一方面，宝卷中展示的民间信仰、民俗活动、各路神灵表演仪式中的情景、声

① 刘晓春：《仪式与象征秩序：一个客家村落的历史、权力与记忆》，商务印书馆 2003 年版，第 152 页。

② ［美］克利福德·吉尔兹：《文化的解释》，韩莉译，译林出版社 1999 年版，第 139—140 页。

响、气味和触觉印象等，它们本身就承载着历史和回忆，人们在日常生活中跟他们打交道的实践，构成了回忆结构的客观方面。①

《葵花宝卷》② 是明清宝卷的一种，它和元末明初高则诚《琵琶记》以及《葵花记》的蒙古文译本《娜仁格日勒的故事》存在改编关系。故事情节包括高彦真相府勒赘、孟日红割股救姑、孟日红赴京寻夫、孟日红被梁相毒酒害死、返魂重生、受神书宝剑、剿寇立功、考察梁计等内容。宝卷故事情节与民间信仰、集体记忆和社会实践相表里，卷末以杨氏的眼光，让乡民“目睹”了地狱的“最后审判”。

有杨氏，跟鬼使，往前所行；进地狱，不由得，胆战心惊。
行善人，都从那，金桥通过；作恶人，一个个，跳进奈河。
这一旁，明晃晃，刀山地狱；那一旁，有恶人，下在油锅。
这一旁，有几个，推碾上磨；那一旁，见一个，大锯分身。
这一旁，见几个，巧言令色；说花言，并巧语，扒舌挖眼。
这一旁，妇女们，抛米撒麦；在阴司，吃长蛆，理所当然。
这一旁，在阳间，打翁骂婆；到阴司，受磨难，罪过不免。
使大斗，并小秤，瞒心昧己；到阴司，一个个，永不翻身。
血池狱，尽都是，妇人所坐；她眼睛，流血泪，罪过不轻。
有一人，背牛头，他不认赃；有小鬼，逼得他，上了刀山。
在阳间，不务业，挖洞扒钱；到阴司，一个个，受着五刑。
这一旁，酆都城，遍地饿鬼；那一旁，望乡台，盼着家乡。
这杨氏，下地狱，心中悲凉；鬼使说，你恨的，却是何人？
我只恨，我的儿，名叫彦祯；上京城，一去后，不顾娘身。
全不念，为娘的，养育之恩；未报答，三年乳，劳苦之情。
有马面，在这里，押定她身；戴枷锁，受五刑，好不难肠。
有杨氏，游地狱，权且不表；再表那，孟日红，婆媳相逢。

① ［德］哈拉尔德·韦尔策：《社会记忆：历史、会议、传承》，季斌、王立君、白锡堃译，北京大学出版社2007年版，第4页。

② 车锡伦《山西流传民间宝卷目》收录山西宝卷《佛说高彦真赴试孟日红寻夫葵花宝卷》，又名《孟日红卷》。另外在车著《中国宝卷总目》收录的《葵花宝卷》版本有：(1) 清光绪二年(1876) 浙越剡北孙兴德公堂喻氏重刊，杭城玛瑙经房印本，二册。(京都大学藏) (2) 清光绪九年 (1883) 抄本，二册。(胡士莹藏) (3) 民国八年 (1919) 抄本，二册。(东北) (4) 清末抄本，二册。(山东大学藏)。参见车锡伦《中国宝卷总目》，北京燕山出版社2000年版，第135页。

孟日红，她到了，幽冥地府；观地狱，不由人，心惊肉怕。
这阴司，和阳间，大不相同；黑洞洞，不知道，东西南北。
只听得，那一旁，狼嚎鬼叫；又不见，奴婆婆，她在何方。
叫了声，鬼大哥，多行方便；你叫我，婆媳俩，早来相见。①

如民国七年（1918）上海文益书局石印本《回郎宝卷》附《七七宝卷》末言：

今劝善男并信女，吃素念佛做善良。为善之人光明现，不落地狱返故乡。七宝台前成正果，龙华会上结善良。童男童女来引路，堂堂大路往西方。阎罗天子来拱手，判官小鬼皆送往。灵山会上点名字，轮回簿上点名忙。有人宣得七七卷，十王殿上放毫光。在堂大众增福寿，过去爹娘往西方。为人要免轮回苦，早做好人好心肠。佛在云头多看见，要救好人上天堂。②

世人在念卷、抄卷和做会仪式实践中受了宝卷的感染，能够结善缘、成正道。而宣扬、传布宝卷之人，犹如济世之良医，授人玫瑰，手有余香，自然也积累了无限功德，得成善报，可以“十王殿上放毫光”，当场的听众也因为宝卷的“神圣”，可获得福报。宝卷以宣卷、传抄等仪式实践，在时空中调动各种精神资本，使尽浑身解数，其劝善之意可谓殷切。

---

① 《葵花宝卷》，引自徐永成等主编《金张掖民间宝卷》，甘肃文化出版社 2007 年版，第 113—114 页。

② “中央研究院”历史语言研究所俗文学丛刊编辑小组：《俗文学丛刊》第 357 册，新文丰出版公司 2004 年版，第 134—135 页。

第三章　宝卷禳灾传统与叙述程式

祛祟禳灾仪式上，与劝善密切相关的民间宗教宝卷成为神圣空间中的语言叙事，为了消除“污染”，人们定期地宣卷，不断强化神圣空间的存在。在世界各民族的史诗、歌谣等口头叙述中，民间程式化的叙述本身具有仪式性和功能性。这种程式无论是语言表述或修辞表达的程式，故事情节的套路雷同这类程式，还是意象性程式，这种韵散结合的说唱会在禳灾治疗仪式上使用，作为一种特殊的治疗韵词，在表演与特定的事件、行为、角色和文类之间，存在着密切的、有机的联系，而由这些因素之间的相互关系所决定的结构，无疑将成为表演民族志的核心内容之一。表演者（宣卷人）就成为仪式专家，“该仪式为帮助病人摆脱疾病之苦而举行”[①]。弗雷泽在《金枝》中专门强调了世界各民族的污染转移和禳灾现象，这为进一步思考中国宝卷宣卷仪式的功能意义的历史传统提供了借鉴。

宝卷是一种口头说唱。通过对口传文体叙事，特别是对成千上万诗行的大型叙事的研究，史诗学者们发现，民间口头诗人通过大量程式、典型场景和故事范型（story pattern）作为现场创编故事的“记忆单元”[②]。弗里按照“以传统为本”的学术立场和理念，将这些单元按照南斯拉夫的民间传统的观念统称为“大词”。晚近的几十年来，西方史诗学界帕里和洛德提出的“程式”、“典型场景”和“故事范型”，弗里等提出的“大词”、“演述场域”、“传统性指涉”、“演述中的创编”，劳里·杭柯提出的“超级故事”、“大脑文本”，格雷戈里·纳吉提出的“交互指涉”、

① ［美］理查德·鲍曼：《作为表演的口头艺术》，杨利慧、安德明译，广西师范学出版社2008年版，第37页。

② 参见［美］约翰·迈尔斯·弗里《口头诗学：帕里－洛德理论》，朝戈金译，社会科学文献出版社2000年版。

“创编—演述—流布”三位一体命题，以及“荷马的五个时代”的文本演进模型等分析工具专门用于口头史诗研究。[①] 这些新术语的发明和使用，背后深藏着一套复杂的人文学术理念，这套理念既有认识论和知识论的根由，也有人类学田野工作的方法论影子，还有来自语文学研究的传统。

可以说，口头诗学的研究对古典学、民俗学、民族学、人类学等人文学科产生了广泛而深远的影响。至此以后围绕口头诗学理论，在国际上掀起了引人注目的口头诗学研究流派。代表人物有格雷戈里·纳吉、瓦尔特·翁、约瑟夫·达根、约翰·迈尔斯·弗里等。其中约翰·迈尔斯·弗里从史诗研究逐步走向更为广阔的口头诗学领域。

从口头诗学的多样性角度看，笔者认为，宝卷只是一种文字产生后的次生民间演述传统。表演理论的创始人美国学者理查德·鲍曼在探讨表演的基本交流手段的功能时曾说：

> 当表演者在表演之时，每一个言语共同体都会利用特定的结构、源于该共同体在该文化上成为惯例的、具有文化特殊性的方式资源的一套与众不同的交流手段来设定表演框架，从而使发生于该框架内的一切交流，在该共同体内部被理解为表演。[②]

同时，他把表演者在表演时使用的中介或交流手段大致归纳为七种：特殊的代码、形象的语言、平行式、特殊的辅助语言特征、特殊的程式、求助于传统和表演之否定。[③] 虽然这些交流手段都是从真实的表演现场归纳出来的，但是，把它们用在静态文本的分析上，在一定程度上复原那些仅以手稿形态遗存的口头传统，未尝不是拓展表演理论的一种有意义的尝试。宝卷是次生口头传统，口传文学是集体智慧和个人生命体验的结晶，主要以口耳相传的方式代际传承，是一种与生活情景同在的活的传统、与生命相依的动态文学，具有鲜明的本土色彩和民族特点。口传文学的文本、传承人和民间信仰机制是构成口传文学生态语境的重要部分。

---

① ［美］约翰·迈尔斯·弗里：《口头诗学：帕里－洛德理论》，朝戈金译，社会科学文献出版社 2000 年版；Lauri Honko：Textualising the Siri Epic，Academia Scientiarum Fennica，Helsinki，1998；格雷戈里·纳吉：《荷马诸问题》，巴莫曲布嫫译，广西师范大学出版社 2008 年版。

② ［美］理查德·鲍曼：《对表演的设定》，翟胜德译，《民族文学研究》2000 年增刊。

③ 同上。

包括史诗在内的口传文学的文本与本族群社会情境关系十分密切，很难确定一个唯一的定本，同一题材的神话或史诗在长期传承中，也会因为传承人的知识背景、身份地位以及传诵情境的变化而发生改变。大多数口头史诗都包括的谚语、赞辞、祷告语、咒语、挽歌、仪式描写等，它们都独立地存在于口头传统之中。族群生命的感悟与此地的人生境遇丝丝相扣，更增加了原始文本的丰富性与现实性，由此形成口传文学生命力的活跃、弥满。

笔者更倾向于认为，口头文学在一定意义上会抵抗文字的遮蔽，保留了前现代文学作为文化文本的治疗和禳灾功能。宝卷这类表演形式，它的语言、结构、音乐、图像等程式性的表述，其最重要的功能是让这种表述富有韵律和节奏感，更好地让民众感受到神谕的神圣和静穆。从人类学的角度出发，祝祷等功能性宗教活动几乎是人类早期韵文诞生的温床，在面临灾异和瘟疫的特殊场合，禳灾仪式需要反复地赞颂神灵，预言祸福，祈求平安的节奏和故事叙述，宝卷在明清民众的日常生活中是一种禳灾和记忆的叙述形式，程式化正是这类叙述的共同特点。

一　语言程式

宝卷卷首一般都是定场诗（压座文），用以赋比起兴或预示故事情节，如“池塘水满今朝雨，叶落庭前昨夜风。今日不知明日事，人争闲事一场空”。然后即以白话“却说……”开头，往下讲唱。这是念宝卷的一大特色和亮点。其次是交代和介绍故事发生的时间、地点和主题内容，以后逐步展开情节。宝卷演唱方式为一人唱，一人（或众人）和，以烘托气氛。和者称为接卷，就是等念卷人念完一段韵文或吟完一首诗后，即接唱。接词一般是固定的如“数落莲花，莲花落”、“南无阿弥陀佛”等，就如同歌曲中的衬词衬腔。或朗，或诵，或说，或念，或唱，举手点头，变换表情，绘声绘色的表演，加上生动的故事情节，足以使听者心驰神迷，如痴如醉，高兴处捧腹大笑，心酸处女人们大都赔上些眼泪。

白话是念卷人为了叙述故事情节，交代事件发展过程，铺叙人物关系，点明时间、地点而采用的一种“表演”手法，相当于戏曲中的“道白”，是“讲”或“说”的。韵文的主要形式是七字句和十字句，包含着念卷人为了寄寓善恶褒贬，推演故事情节，抒发爱憎情绪，烘托渲染气氛而采取的表现手段。结尾一般都是千篇一律的劝善诗，类似于变文中的“偈语”，有总结主题的作用。

下面我们以《张四姐大闹东京宝卷》（见图 3－1，又名《张四姐宝卷》《天仙宝卷》《月宫宝卷》《包公宝卷》）为例，看宝卷的篇首：

图 3－1　绘图张四姐大闹东京宝卷

四姐宝卷才展开，王母娘娘降灵来。
天龙八部神欢喜，保佑大众永无灾。
善男信女两边坐，听在耳中记在怀。
各位若依此卷行，多做好事少凶心。
做了好事人人爱，做了坏事火焚身。
写了一部开颜卷，留于世上众人听。

却说这宝卷出在宋朝仁宗年间，那时风调雨顺，国泰民安。东京汴梁城有一秀才，姓崔名文瑞，父亲崔员外，家豪大富，骡马成群，金银广有。不幸父亲去世，家中又遭天火，房屋财宝皆化为灰烬，母子二人只得讨饭为生，夜里在古庙安身。那些平日和他要好的朋友，一见文瑞如此光阴，也都远远避开。①

另有《酒泉宝卷》收录的《张四姐大闹东京宝卷》卷首云：

却说大宋年间，仁宗天子在位，东京城内有一秀才姓崔名叫文瑞。自幼读书，取中秀才。父亲去世以后，家道破败，母子二人苦守清贫。怎奈又遭天火，房舍焚烧殆尽。文瑞无奈，便带领母亲移居古庙之中。沿街讨饭且来度日：

母子寄居古庙中，饥寒交迫受苦情。
早间无有下锅米，晚上摸黑无油灯。

① 《张四姐大闹东京宝卷》，引自徐永成主编《金张掖民间宝卷》，甘肃文化出版社 2007 年版，第 41 页。

日里沿门去讨饭，夜间庙堂吱艰辛。

不说文瑞饥和冷，再表四姐姓张人。

却说张四姐乃是玉帝亲生之女，姊妹伙里排行第四，故名四姐。那文瑞也本是天上的金童，因罪贬降凡间受苦，他与张四姐应该有几载姻缘。这一日四姐正在斗牛宫里闲散，忽然观见下界怨气冲天，仔细看时原是金童凡间受苦，思想一会自语道："我不免偷下凡间，与他成就这段姻缘，岂不甚好。"①

《包公宝卷》又名《包公错断颜查山宝卷》《颜查山实卷》《阎察山宝卷》《红葫芦宝卷》，参见《阴阳宝卷》。②《金张掖民间宝卷》中《包公宝卷》的卷首：

包公宝卷才展开，劝化世人莫贪财。

因为贪字把人害，后来还把命债偿。

为人做事凭天良，要知财色把人埋。

奉劝世人及早醒，善恶到头终有报。

却说这部因果宝卷出在大宋仁宗年间。正月初九日皇王驾坐金銮殿，文武官员齐奏："今天下太平，风调雨顺，百姓安居乐业，请万岁降旨，元宵佳节大放花灯，与民同乐。"天子龙颜大喜，传旨军民人等家家挂起万年红灯，由包拯管理灯山。众臣谢恩下殿去了。正是：

万岁要挂万年灯　君民同乐太平春

宋仁宗，坐天下，风调雨顺；放花灯，闹元宵，正月十五。

包文正，十字街，晓谕军民；大小户，街门前，红灯一盏。

奉钦命，开封府，总管灯山；有王侯，并公子，休要生事。

各里巷，挂红灯，喧闹不止；京城里，众百姓，全都知闻。

---

① 《张四姐大闹东京宝卷》，引自西北师范大学古籍整理研究所《酒泉宝卷》，甘肃人民出版社 1991 年版，第 309 页。

② 《包公宝卷》的版本已知的有：（1）甘肃武威旧抄本，一册。卷名《包公错断颜查山宝卷》（方步和）；（2）甘肃安西旧抄本，一册（方步和）；（3）新抄本，一册（段平）；（4）新抄本，一册。卷名《阎察山宝卷》（谭蝉雪）。参见车锡伦《中国宝卷总目》，北京燕山出版社 2000 年版，第 10 页。

却说鼓楼街前有一户人家，主人姓柳名郊，见大街小巷灯山齐备，便来到家中领了夫人和女儿金蝉外出看灯。不多时来到灯场，只见人山人海，围得水泄不通。柳金蝉小姐看灯正在入迷之时，忽然狂风大作，将柳员外一家三人刮散。金蝉小姐被刮到树林之中，醒来后四周不见一个人影。①

另《凉州宝卷》（一）收录的《包公宝卷》卷首诗曰：

包公宝卷才展开，众位神灵下天台。
天龙神圣心欢喜，保佑众生永无灾。
人生只有两条路，善恶一字分清楚。
为人做事凭天良，不可暗中寻短见。
祸福无门自己招，善恶到头终有报。
奉劝世人听真情，消灾免罪福寿根。
念卷之人细心念，一字一句念清楚。
听卷之人仔细听，不可过了耳边风。

话说此一段因果报应，出在大宋仁宗年间，乃是包公错断严察山三下阴曹、王恩害石义红葫芦告状的两段奇事。当时四帝仁宗在位，真是有道明君，风调雨顺，国泰民安，文有丞相王颜林、包拯，武有狄青等大将保定江山，天下太平，众百姓安居乐业。②

将以上两组宝卷的卷首对比后我们知道，即使同一宝卷的不同版本，其程式的选择也是不同的。

宝卷中这些涉及具体场景的程式性套语，最直接的意义是为讲经者在宣讲相似的情景时提供一些现成的思路和文句，当他在面对某一特定的情景时，相关的文句就会自然地浮现在他的脑海里，让他可以信手拈来，对这一情景作固定的描绘。因为当表演者表演时，表演的内容转瞬即逝，除了记忆之外，没有什么东西能够让听众回忆表演者前面表演的内容，而程

① 《包公宝卷》，引自徐永成主编《金张掖民间宝卷》，甘肃文化出版社 2007 年版，第 865 页。

② 《包公宝卷》，引自王奎、赵旭峰整理《凉州宝卷》，武威天梯石窟管理处编印，2007 年，第 174 页。

式就是帮助听众获得记忆的一个保证，它能够帮助听众抓住业已讲述的大部分内容，而且减轻听众在聆听过程中由于信息过度紧密而带来的压力，关键的是这些程式有利于表演者和听众都顺着表演的结构和内容流畅地走下去。

宝卷中这种重复使用的套语强化了口头传承的记忆。除了便于创作和表演以外，更重要的意义还在于，它通过大家（讲经者与听众）共同遵循、接受的格套，从内容到形式，确立了宝卷的鉴赏和接受视野，让民众人在心理上对其产生期待和眷恋。常见的套语格式有：刀枪改作农用物，兵书改作劝世文。老兵回转种田地，小兵抄写“上大人”。一天下太平：“出入安童骑骡马，扫地梅香耳坠金。屋上瓦垄赛乌云，草积堆上九霄云。走出犬儿如麒麟，千中意来万称心。”一富贵和顺：“连痛三个紧痛阵，安家生下后代根。三朝烧过解污纸，满月堂前取乳名。”一公子出生：“马点山东龙驹马，兵点山西御林兵。老者不过三十岁，少者二八正青春。残兵败将总不要，个个拿龙捉虎人。”这就是所谓的套路和程式，它是民间艺人们在表演实践中提炼凝结而成的，使之便于记忆，便于讲唱，也便于传承。当然，这种套式的重复并非简单雷同，不影响也不排斥具体情节的曲折离奇、一波三折。而且，共性的程式与个性的离奇相映成趣、浑然一体，产生巨大的艺术魅力。部分列举如下：

(1) 光阴似箭，三载过去，钱秀英倒有了六甲怀孕在身，是东斗文曲星到钱氏腹中投胎。(《三茅宝卷》)①

光阴似箭。日月如梭，转眼数载，刘佑天子想到……(《血汗衫记》)②

光阴似箭催人老，日月如梭朝夜行。公子不觉修到廿七岁，地府里阎君又无情。(《报祖卷》)③

光阴似箭，日月如梭。刁婵梅病久，薛奶奶有几文余资，亦贴了不少。(《十把穿金扇》)④

光阴似箭，三载过去，钱秀英倒有了六甲怀孕在身……十月怀孕

① 尤红主编：《中国靖江宝卷》上册，江苏文艺出版社2007年版，第6页。
② 同上书，第332页。
③ 陆爱华演唱本。
④ 尤红主编：《中国靖江宝卷》下册，江苏文艺出版社2007年版，第814页。

满足，瓜熟蒂落。(《三茅宝卷》)①

(2) 一夜五更不必表，金鸡三唱天又明。天刚放亮，弟兄两个起身洗脸，用过早茶点心，辞别父母双亲。(《三茅宝卷》)②

(王灰狼) 又喊王福："你不要走，把铁锤、钢印寻出来，陪我弄盅酒，吃了夜饭就动手。"——主仆做作大半夜，金鸡三唱天又明。(《张四姐大闹东京》)③

霍氏说："明天不割韭菜，把黄瓜摘上街去卖。"一夜话语休提表，金鸡三唱天又明。(《九殿卖药》)④

(3) (鬼使误抓了土地) "不是的，我是八老爷。""啊，是八老爷，我们弄错了。"这叫——东厨老爷撕灶星，灯草拼命吸油瓶，海水冲到龙王庙，自家人打了自家人。(《三茅宝卷》)⑤

(沈氏) 心想，不好了呱，不得了了呱，这个冤家弄错了。如果把我的世云药死末，这不是——海水冲倒龙王庙，自家人揪了自家人。(《血汗衫记》)⑥

王素珍听了大吃一惊——真是海水冲倒龙王庙，自家人打了自家人。(《十把穿金扇》)⑦

毛风听到马飞雄这样一讲，随即走上前去，一把抓住他的双手说："好汉，我们真是——灯火菩萨掼油瓶，东厨老爷撕灶星，海水冲到龙王庙，自家人打了自家人。"(《十把穿金扇》)⑧

(4) (穆桂英) 随手用刀柄对四姐身上一梗，四姐就势来了个鹞子翻身，运足力气，用鱼刺对外一撑——捆仙索切得碎纷纷。(《张四姐大闹东京》)⑨

只见王素珍将桃木人往上一举，发出吱吱的叫声，将捆仙索收了对桃木人上一捆，随后发出轰隆隆几声——捆仙索炸得碎纷纷。《十

① 《中国靖江宝卷》上册，江苏文艺出版社 2007 年版，第 6 页。
② 尤红主编：《中国靖江宝卷》上册，江苏文艺出版社 2007 年版，第 117 页。
③ 同上书，第 350 页。
④ 赵松群演唱本。
⑤ 尤红主编：《中国靖江宝卷》上册，江苏文艺出版社 2007 年版，第 125 页。
⑥ 同上书，第 330 页。
⑦ 尤红主编：《中国靖江宝卷》下册，江苏文艺出版社 2007 年版，第 826 页。
⑧ 同上书，第 843 页。
⑨ 尤红主编：《中国靖江宝卷》上册，江苏文艺出版社 2007 年版，第 359 页。

把穿全扇》)[①]

此圈能破一切法宝，抛在空中，有车轮大小，放出五彩霞光——咯炸一巨声，捆将索炸得碎纷纷。(《十把穿金扇》)[②]

(5)(陶文彬言)我落难之人家不远，不是无名少姓人。(《十把穿金扇》)[③]

呆子说："问起我家乡名和姓，不是无名少姓人。"(《十把穿金扇》)[④]

金花起来银花落，莲花底下说根情。若要问我名和姓，不是无名少姓人。(《七殿攻文》)[⑤]

(6)千岁，自古说，冤有头，债有主，烧庙堂万岁不下旨，赵震敢去领兵放火？这个账现在记到万岁头上，不为枉也！(《香山观世音宝卷》)[⑥]

(张四姐)说道："众位安童兄弟，梅香姐姐，你们要晓得，冤有头，债有主，我的丈夫是你们的主人和王福这奴才陷害的，与你们无涉。"(《张四姐大闹东京》)[⑦]

陶文灿、陶文彬兄弟二人亦站起来："冤有头，债有主，报仇之日已来临。"(《十把穿金扇》)[⑧]

(7)(成宗皇帝)问声："众位文臣武将，谁能去广陵高邮擒妖治水？"——三百文臣二百武，总像泥塑木雕个。(《大圣宝卷》)[⑨]

(仲康王)连问数声，无人答应——三百文臣二百武，总像泥塑木雕人。(《地藏宝卷》，见图3-2)[⑩]

① 尤红主编：《中国靖江宝卷》下册，江苏文艺出版社2007年版，第822页。
② 同上书，第850页。
③ 同上书，第775页。
④ 同上书，第788页。
⑤ 陆爱华演唱本。
⑥ 尤红主编：《中国靖江宝卷》上册，江苏文艺出版社2007年版，第244页。
⑦ 同上书，第353页。
⑧ 尤红主编：《中国靖江宝卷》下册，江苏文艺出版社2007年版，第838页。
⑨ 尤红主编：《中国靖江宝卷》上册，江苏文艺出版社2007年版，第192页。
⑩ 赵松群演唱本。

图 3－2　陕西师范大学图书馆藏光绪辛丑刊《地藏宝卷》

万岁一听，龙思大乱，和众臣相商："哪位爱卿将妖精来拿住？官上加职重封赠。"——文武站在金銮殿，总像泥塑木雕人。（《梓潼宝卷》）①

弘治皇帝问文武班中有哪位卿家出阵，捉拿叛逆王素珍？那两班文武——眼不眨来气不伸，总像泥塑木雕人。（《十把穿金扇》）②

（8）玉主端坐灵霄殿，左眼不跳右眼跳，心血来潮不安宁。掐指一算，晓得一半：啊呀，应化童子转世失落红尘，只知勤读诗书，不知吃素修道　等他再读二年整，稳是新科状元身。（《二茅宝卷》）③

玉主掐指一算，晓得崔文瑞在书房攻读七载，已具才高八斗，学富五车——等他再读三年整，稳中头名状元身。（《张四姐大闹东京》）④

西天佛祖早已算到，六鸭道人在金家出世，年方十二岁，来家用功苦读：等他读到三年整，稳中头名状元身。如果有勒状元职，哪肯

① 赵松群演唱本。
② 尤红主编：《中国靖江宝卷》下册，江苏文艺出版社 2007 年版，第 823—824 页。
③ 尤红主编：《中国靖江宝卷》上册，江苏文艺出版社 2007 年版，第 30 页。
④ 同上书，第 339—340 页。

吃素办修行?(《地藏宝卷》)[1]

二　结构程式

在发展过程中，宝卷这类次生口头传统的韵文部分形成“三、三、四”格式的十字句。这几乎是所有宝卷的主要唱词格式，现存早期的明代宝卷中就已经使用这种格式。十字句在各地戏曲中，尤其是在梆子、皮黄腔系中被广泛应用。至于十字句在宝卷和戏曲中孰先孰后尚待考证，但可以肯定的是：同样的十字句结构并没有一个相同的曲调模式。不仅各地戏曲音乐各异，各地宝卷音乐的十字句佛调也没有统一的曲调。这样的句式，一方面铿锵有力，节奏感强有利于回忆和记忆，同时语言上的套语和结构上的固定程式形成模块式的拼接结构，可以在表演中灵活拼接，易丁口耳相传。[2] 宝卷的结构可分为主要部分和从属部分，主要部分在宝卷中的篇幅较多，从属部分所占篇幅是很少的。主要部分由散说与韵文构成，从属部分则由开头、过渡和结尾三部分构成。

(一) 卷首的引入程式

宝卷的演唱有一定的固定格式。先唱“开卷偈”，如《落碗宝卷》卷首：

诵念宝卷如诵经，善男信女仔细听。
今人留传古人事，古事就是今人例。
父是天来母是地，同胞兄弟同根蒂。
孝顺还生孝顺子，忤逆养的忤逆儿。
善恶到头终有报，明有王法暗有神。[3]

《包公错断颜查散》开卷偈云：

① 赵松群演唱本。

② ［美］沃尔特·翁：《口语文化与书面文化》，何道宽译，北京大学出版社2008年版，第26页。

③ 《落碗宝卷》，引自徐永成主编《金张掖民间宝卷》（二），甘肃文化出版社2007年版，第467页。

包公宝卷才展开，劝化世人莫贪财。
因为贪字把人害，后来还把命债偿。
为人做事凭天良，要知财色把人埋。
奉劝世人及早醒，善恶到头终有报。①

如《孟姜女哭长城宝卷》开卷偈云：

长城宝卷初展开，众位乡亲都听来：
声声悲泣离群雁，就像孟姜哭声哀！

散说即“道白”，是宝卷的核心部分。主要叙述故事情节，交代故事发生的时间、地点、人物、经过、结果等，是“讲”或“说”的部分。常常以“却说”引出。如《孟姜女哭长城宝卷》的散说片段：

却说：孟姜女哭长城是个惊天地动鬼神的伤心故事，大家静心听我从头说来。当年秦始皇统一中国，天下风调雨顺，国泰民安，多年的骚乱平息了……

以《包公宝卷》的过渡为例：

人撞人忽听得天崩地裂，
子叫父父叫子喊天叫地。
却说正月十五大放花灯，灯台内供奉着天地君亲师，上从玉皇大帝，下至十殿阎君，三百六十正神都有神位，单单清风洞的风神没有设供奉。姐妹三人心中大怒，走出清风洞，驾云一直向东京而来。
清风大姐头里走，
黄风二姐随后跟。
黑风三姐性子怪，

① 《包公错断颜查散》，引自徐永成主编《金张掖民间宝卷》（三），甘肃文化出版社 2007 年版，第 865 页。

腰里缠着个风皮袋。

一挤一捏风出来，

一阵黑风大是凶。

却说一阵黑风，刮得大是凶猛，刮散了灯场，刮得小伙子栽跟头，刮得娃娃们满天飞，刮得白杨树倒栽葱，把京城里刮得乱咕咚咚的。霎时间，将那柳金蝉刮到城外的黑松林里。

金蝉昏迷不醒，风过之后，睁眼观看，黑暗迷昏，不知东南西北，真是吓煞人也。

诗曰：

金蝉刮在深林中，

谁人搭救女孩童。

柳金蝉在林中昏昏沉沉，

爬起来辨不清南北西东。[①]

（二）卷中的过渡程式

过渡是指在散说与韵文之间、韵文过渡到散说之间，用“正是”或“真是”引起的感叹诗，格律为“诗赞体”，五言句较多，其次有四言、六言、七言等句式，句数长短不限，为一段体结构。其表现形式可以是“说”出来的，也可以是“唱”出来的，常用曲调有：《灯盏词儿》[②]《五字佛》《耍孩儿》等。如《孟姜女哭长城宝卷》选段：天寒地冻，缺衣少穿，千千万万的民丁生活在苦难中，真是：

始皇修长城，万民不得生，

怨声载满道，江山难安宁。

韵文以不同的句式、句数，重复或概括前面散说部分的故事情节，是“唱”出来的，是宝卷中的唱段。常用曲调有：《十字调》《哭音调》

---

① 《包公宝卷》，引自王奎、赵旭峰整理《凉州宝卷》，武威天梯石窟管理处编印，2007年，第176—177页。

② 西北师范大学古籍整理研究所、酒泉市文化馆：《酒泉宝卷》上编，甘肃人民出版社1991年版，第336—340页。

《浪淘沙》《耍孩儿》《莲花落》《哭五更》《七字调》《十字佛》《七字佛》等。[①] 其句式以十字句最多，七字句、五字句次之，句数的多少不固定，多者可达三十句，少者只有四句。如《孟姜女哭长城宝卷》的韵文片段：

父母叫，范其郎，放声大哭，
娘望儿，儿叫娘，十分伤痛；
你到了，山海关，日夜受苦，
丢掉了，圣贤书，功名难成。

如《还阳宝卷》的七字句：

太师一想：包拯从来未曾拜望别人，何故今日到来？连忙来到房内与夫人商议。太师曰："夫人，南衙包文正拜望老夫，勿知何事？"夫人曰："太师爷，莫非就是包黑子？前日与大儿作对，如有弃官出家修行去了。"太师曰："正是。"夫人曰："此人勿睬他，等他来，三碗酸酒，一块烂肉送脱只，下次就勿来哉。"太师曰："夫人说哪里话来，你有所不知。"

皇上敕封包铁面，竖起眉毛杀气生。
倘又心内一勿对，两目圆睁怕煞人。
他身今日来拜望，好好款待姓包人。
吩咐厨房来办酒，酒筵丰盛待包卿。
忙开正门来迎接，太师远远出来迎。
包公出轿墙门进，八个家将随后跟。
两人来到高厅上，和茶三盏饮完成。
包公面上无情色，勿慌心处也慌心。[②]

［哭五更］很常见，如《落碗宝卷》：

① 车锡伦：《中国宝卷研究》，广西师范大学出版社2009年版，第180—199页。
② 《还阳宝卷》，引自张家港文联《河阳宝卷集》，上海文化出版社2007年版，第353页。

一更鼓儿天，一更鼓儿天，定僧哭得好难肠。说是叫亲娘，不言不语在何方？手脚拿绳绑，手脚拿绳绑，不能翻身把天望。说是叫艾姐，不知你到哪里去？

二更鼓儿起，二更鼓儿起，想起爹爹泪悲啼。说是今夜晚，怎么不见娘的面。父亲已死去，父亲已死去，母亲丢儿把家离。说是丢下儿，夜晚家中受孤凄。

三更鼓儿深，三更鼓儿深，母亲艾姐影无踪。说是绑着儿，四肢酸麻无力气。埋怨我的娘，埋怨我的娘，你和艾姐出了门。说是丢孩儿，在家依靠哪个人？①

就韵文与散说部分比重来说，韵文多于散说。

《财神宝卷》（图3－3）②，将民众对财神信仰的现实寄托发挥全极致，却以九字句为主：

财神宝卷众人听，信者人人百福增。

财主租债不讨送上门，穷人三餐茶饭就均匀；

网船缯缯鲤鱼百十斤，樵夫斫柴拾若元丝锭；

种田番泥转土变黄金，读书三场考逼中头名；

医生不消一贴病除根，和尚合堂菩萨尽装金；

道士日里打醮夜禳星，尼姑畏念七卷法华经；

宣卷日日去吃爊面斤，喜娘剃面伴亲忙煞人；

图3－3　山东民间木刻年画接财神

① 《落碗宝卷》，引自徐永成主编《金张掖民间宝卷》，甘肃文化出版社2007年版，第479页。

② 《财神宝卷》，民国无锡蒋记抄本，一册。封面题卷名《财神宝卷》，“蒋记”。

开店日日生意长千金，杀猪交到五更就动身；
肉店斩下肉来不要秤，药材麦冬切碎当人参；
裁缝做件衣裳真配身，豆腐豆腐衣变脑然巾；
木匠雕龙刻凤会腾云，铁匠铁墩打打变乌金；
养牛耕田赶水快如云，聋声老虫相打听得清；
瞎子眼睛一迸像铜铃，哑子咿哑咿哑喊出声；
驼子背心低下就长平，矮子身体发长摇鞭能；
坍子登时变得猢狲精，麻子面上麻点尽长平；
痴子痴鬼唬得井里奔，坍眼一双秋波俏眼睛；
歪嘴樱桃小口红嘴唇，跷脚走起路来一集平；
摭手湾和顺转做营生，痨病病体一减八九分；
蛊胀肚皮宽爽长精神，大疯麸皮擔擔六七升；
膈气三碗冷饭物榖吞，鬎鬁头发出得拖脚跟；
磕充眼睛勿闭到天明，老太牙齿活洛重生根；
老人老运昌通福寿增，娘娘勤俭帮夫趟黄金；
小儿关煞开通易长成，小姐出阁必定做夫人；
今朝银子堆到屋头顶，财神宝卷宣完成，
门阑吉庆保太平，天增岁月人增寿，春满乾坤福满门。

开头部分的表现形式可以是“讲”或“说”，也可以用《七字调》《七字佛》曲调唱出来。

从蒋员外安排胡家三鬼到青龙山落草，转入蒋府招亲，言“此话丢开容后表，再讲蒋府忙招亲”①。

后又有陶文彬辞别蒋家，转入叙其首位妻子生子一事，言“陶文彬出行是祸是福暂不表，再讲首妻王素珍”②。

王素珍、方翠莲在九龙山安身，下言陶文灿要到湖广借兵，言：“花开两朵，再讲那陶文灿，自从落在珍珠山上……”③

① 尤红主编：《中国靖江宝卷》下册，江苏文艺出版社2007年版，第784页。
② 同上书，第792页。
③ 同上书，第826页。

白花仙姑救活陶文彬，下述康凤父女召集众人要抢回陶之灵柩，言：“弟子讲经，不能等他九十九天，只能花开两朵，各执一枝，回头再讲康凤父女二人回到襄阳……”①

陈翠娥家童吓走陶文彬，下述陶文灿被请，言“按住蒋林、陶滚追赶陶文彬不提，再讲文灿海红星”②。

官兵围困清江城，下述陶天浪四人前往救援，言“不讲清江城里多悲惨，再提陶天浪等四个人”③。

《大圣宝卷》中，说到李清明出外躲债，下述张员外为要债过桥，言“不提李清明躲债，再讲员外上桥”④。

张员外为儿子向先生赔礼，下述先生独自怄气，言：“员外回转高厅不提，再讲先生看看茶杯里的热气……”⑤

水母与巡海夜叉成婚，生下胡立、胡鬼两妖精，下述鲇鱼精危害人间，言“此话丢开，再讲北海鲇鱼精”⑥。

（三）卷尾结语程式

指宝卷的结束部分，格律和韵文基本相同，七字句，四句式或三句式的一段体。内容分为两类：一类是总括全篇主题，宣扬听卷的好处，教育人们与人为善。如《孟姜女哭长城宝卷》结尾：“仇报仇来冤报冤，仇冤到头总结算，为人做事要公道，伤天害理不能干。听完此卷心地开，想听别卷明天来，千古兴亡多少事，宝卷件件有记载。”另一类则是总括全篇主题，自谦自己念卷不好，希望下次听新卷。如《救劫宝卷》结尾：

> 千辛万苦都说遍，救劫宝卷到此完。
> 念卷之人识字浅，语句不通白字满。
> 今天夜里大家散，下次听我念新卷。

① 尤红主编：《中国靖江宝卷》下册，江苏文艺出版社2007年版，第865页。
② 同上书，第889页。
③ 同上书，第895页。
④ 尤红主编：《中国靖江宝卷》上册，江苏文艺出版社2007年版，第143页。
⑤ 同上书，第172页。
⑥ 同上书，第192页。

结尾部分表现形式和引子部分、过渡部分相同。《落碗宝卷》的结尾程式如下：

观音老母道法高，不度无缘度有缘。显出金身空中站，点化五神上天台。

观音母，站云头，显出金身；高叫声，五位神，细听分明。
你一家，受苦难，各有前缘；刘自明，卷帘星，降落凡尘。
刘自忠，义庚星，仁义为重；牡丹星，就是那，李氏妇人。
刘定僧，上界的，金童托身；艾姐是，玉女星，来到人间。
狗咬星，马保珠，不得长久；破败星，变成了，马氏妇人。
包明公，文曲星，安邦定国；铡了他，下地狱，永不翻身。
我今天，度化你，五人上天；平地里，起祥云，升在空中。
云头上，显真身，得归神位；祥云散，功果满，回了天官。
劝世人，男和女，多多行善；须知道，老天爷，报应分明。
诵完宝卷功果满，善男信女记心间。
为人在世多行善，荣华富贵万万春。①

可以看到，靖江宝卷在情节切换时，常有提示性的话语出现，以点明这种切换。其基本形式为“……不表，再讲……”、“不提……，再提（讲）……”两种。另外，“花开两朵，各执一枝”这一古代小说、戏曲中经常出现的话语也经常使用。

表 3－1　　宝卷结构程式表

项目	开头	散说	过渡	韵文	尾声
格律	诗赞体，七字句，二、四、六、八、十、十二句式的一段体	散叙若干段落	诗赞体，四、五、六、七、八、九、十字句。句数长短不限，为一段体结构的感叹诗	介于散叙与诗赞体之间。五、七、十字句。句式为四句至三十句不等的一段体	诗赞体，七字句为主。句式为三句式或四句式的一段体
表现形式	或说或唱	说、讲	或说或唱	唱	或说或唱

① 《落碗宝卷》，引自徐永成主编《金张掖民间宝卷》，甘肃文化出版社 2007 年版，第 490 页。

续表

项目	开头	散说	过渡	韵文	尾声
常用曲调	《七字佛》《七字调》		《傍妆台》《耍孩儿》《雁儿落》《画眉序》《刮地风》《五字佛》	《七字调》《十字调》《哭音调》《浪淘沙》《耍孩儿》《莲花落》《哭五更》《七字佛》《十字佛》	《七字佛》《七字调》
功能	点明宝卷名称，祈求菩萨保佑禳除灾异	叙事故事	抒发情怀，引发感慨，发表评论。具有承上启下的作用	概括前面散说部分的故事情节。引发听众兴趣，拨动听众心弦，活跃气氛	总括全篇主题

三　音乐程式

远古时代，宗教、祭祀的通神功能是音乐的首要功能。如《周易·豫卦》："先王以作乐崇德，殷荐之上帝，以配祖考。"《周礼·大司乐》论及上古"六乐"，也是以"致鬼神祇"为其发端。然后，"《云门》以祀天神"，"《咸池》以祭地祇"，"《大韶》以祀四望"，"《大夏》以祭山川"，"《大濩》以享先妣"，"《大武》以享先祖"。这里的天神、地祇、四望、山川、先妣、先祖，或者指向自然神，或者指向祖先神。从中看出，音乐无一不是为了汇通神灵。《尚书·舜典》对舜时一次乐舞活动的记载："帝曰：'夔，命汝典乐……诗言志，歌永言，声依永，律和声。八音克谐，无相夺伦，神人以和。'夔曰：'於！予击石拊石，百兽率舞。'"① 在这段话中，诗、歌、声、律、舞都是夔所"典"的乐，即都是乐的组成部分，但围绕着与神灵的切近程度，却又分出了不同的层级。

叶德均先生在《宋元明讲唱文学》中认为，唐以后的民间讲唱文学按照韵文的文辞和音乐可分为"乐曲系"和"诗赞系"两大类。……讲唱文学中也有少数兼用诗赞和乐曲两类韵文，如多数的明清宝卷和一部分清代吴音系的弹词。元代虽确有宝卷，但没有作品流传，不知是不是纯诗赞体。但明清的宝卷除诗赞外，也用［挂金索］、［五供养］、［耍孩儿］等曲调。明代词话虽然有用［西江月］、［鹧鸪天］等词调的，但仍以诗赞为主。清代吴音系弹词就有不少兼用南北曲调的［珍珠塔］。这说明诗

① 屈万里：《尚书今注今译》，台北商务印书馆1969年版，第18页。

赞和乐曲两系讲唱文学彼此不是孤立的，而是有时也会交织为一体。①

宝卷的科仪部分主要包括念功课、拜愿、请佛、念饭、上茶、念疏、忏悔、送佛等程序。其音乐主要以声乐形式呈现，有时以铃作伴奏，佛头们称之为“念”。但从声音形态上来看，蕴含丰富旋律的居多。目前从收集到的科仪卷来看，可沿袭佛教音乐常用的分类习惯，将其按照唱词的文学形式划分为赞、咒、文、偈四种。

“观音赞”

唱诵：张正洋及信众
时间：2011年4月5日
记谱：李萍

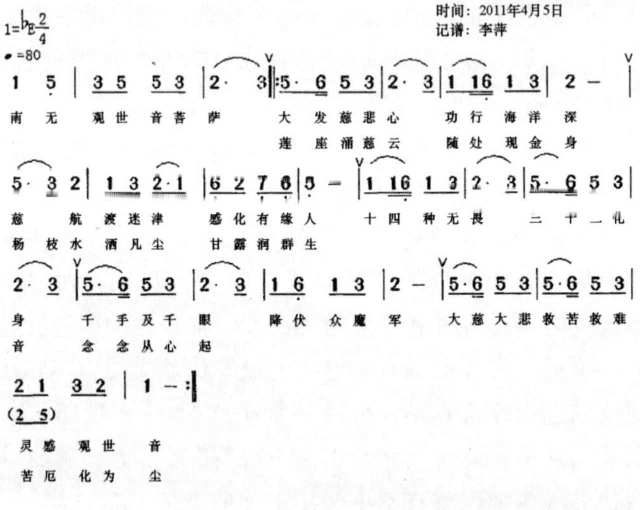

赞：《国语·周语上》：“内史赞之”引申为相礼，如赞礼、唱赞、佛

① 叶德均：《宋元明讲唱文学》，《戏曲小说丛考》，中华书局1979年版，第626—628页。

教唱赞以赞叹和供养佛之功德，佛法之宏伟。《道教义枢·十二部义》训“赞”以“表事”、“颂”以“歌德”。宣卷信徒把参插于诵经念咒和斋事仪式之间的演唱称为“赞”，以赞叹阿弥陀佛，赞叹诸菩萨、诸天、诸神祇。

赞大多是表达对神佛的赞颂之意，都是长短句句式，经常是一字多音腔，音乐较为舒缓。在“课诵”、“宣卷”与“中堂法事”中均有“赞”，有些“赞”的内容来源于课诵佛经，有的“赞”则与特定的仪式内容相关，如“中堂法事”之“三解结”开始之前即有“‘三解结’赞”。

这是河阳宝卷中的“拜星宿赞”：

> 地人涌现，玉局高身，天师稽首礼！
> 能诵真经，福寿永安宁，人慈延寿天尊！
> 星主诰，志心皈命礼。
> 大罗天阙，紫微星君，尊居北极之高，位正中天之上，复号金轮炽盛，道称玉斗玄尊，璇机玉英齐七政，总天经地，衔日月星辰，约四时而黄道之垣，万象宗师，诸天统一，大悲大愿，大圣大士，万星教主，无极元皇，中天紫微，北极长生大帝，长生保命，保命文佛，金轮炽威文佛！（三称）①

《香山宝卷》“开卷”时唱“观音赞”：“观音大士，悉号圆通。十二大愿誓弘深，苦海度迷津，救苦寻声，无刹不现身。”有些则是呼应宣卷主题的内容，如《香山宝卷》“结卷赞”：“香山宝卷，佛祖流传。众生罪业广无边，礼卷悉冤延，功德无边，赐福寿永长年。”又如《延寿卷》的“结卷赞”：

> 延寿宝卷，福禄星官，消交集福保平安，诸佛齐喜欢，上寿完满，增益麻姑算。

《灶王宝卷》的“结卷赞”：

① 《辰星拜赞》，引自张家港文联《河阳宝卷集》，上海文化出版社2007年版，第1325页。

杜王宝卷，普劝世人，为人切莫自私心，慈悲度凡人，念佛千声，四季保太平。

“赞”有五句赞、六句赞、八句赞、十句赞等句式结构。各句式结构中的字数是相对固定的，各句式的衔接要求押韵，“赞”句式的框架特征，其历史渊源与我国唐宋词格有密切的关系。

在无锡宣卷佛事中，“赞”的内容用法和顺序是按照斋事之性质与仪式之不同而有定规的，大致可分为以下三个阶段：

(1) 仪式之前，时有之后唱赞；朝课诵起始《炉香赞》，止《韦驮天尊》赞；请佛节起始《杨枝净水》赞；三解结节起始《十二夜叉》赞；斋佛节起始《戒定真香》赞；斋灶节起始《东厨司命》赞；蒙山施食仪节起始《吉祥会启》赞；庆王节起始《十王赞》；顺星节起始《点起银灯》赞；等等。

(2) 宣宝卷之前，时有之后唱赞如：《灶皇宝卷》之后《普劝凡人》赞；《延寿宝卷》（金本忠）之前《开卷香赞》。

(3) 诵念经文之前，时有之后唱赞如：大悲经起始《观音大士》赞；消灾经起始《佛光主照》赞；金刚经起始《专谈海岸》赞之后《佛法广无边》赞①。

河阳科仪卷《朝真斗》中有“赞”：

巍峨大梵，雷祖皇皇，四头八臂现神光！

救劫降祯祥，一炷信香，回向法中拜送先天斗姥天尊！

自皈依道，当愿众生形神俱妙，与道合真。

自皈依经，当愿众生嬉游圣城，飧听法音。

自皈依师，当愿众生人天普度，流焕法轮。

朝真已毕，四季平安。斋主增福寿，合家保安宁。志心称念朝真，完满功德。

阿弥陀佛！②

① 参见曹本治《中国民间仪式音乐研究》，上海音乐学院出版社 2007 年版，第 340—341 页。

② 《朝真斗》，港口小山村虞关保抄本。参见张家港文联《河阳宝卷集》，上海文化出版社 2007 年版，第 1351 页。

关于宝卷中的七言体的起源，我们发现宝卷韵文中七言体的渊源可能与商周祈福禳灾青铜铭文有关。我们知道，西汉时期就已出现“七言”。《汉书·东方朔传》云：“朔之文辞，此二篇最善。其余有……八言、七言上下。”注云：“八言、七言诗，各有上下篇。”汉代还出现了以“七言”名篇的作品，如《后汉书·杜笃传》载笃“所著赋、诔、弔、书、赞、《七言》、《女戒》及杂文，凡十八篇”①。汉代铜镜“规矩宜孙镜”之镜铭（镜歌）出现了较为完整的七言形式：“令名之纪七言止，炼治铜华去五宰，铸成错刀天下喜，安汉保□世毋有，长□日进宜孙子。”②再如西汉晚期“连弧纹铭文镜”之镜铭（镜歌）：“日有憙，月有富，乐毋事，宜酒食，居而必安毋忧患，芋（竽）瑟侍，心志藿（欢），乐已茂兮固常然。”③

白川静认为，献给神灵的颂词是有韵律的语言、神圣的韵文的起源之一。④“七言”镜铭其所表达的是献给神灵的“颂词”，表达了自己的“愿景”，与汉代文人七言诗的“抒情”不同，它恰恰要人们摒弃个人的情感诉求，祈求神祇护佑，禳除灾异。这与商周铭文“祝祷”的情感诉求相近，其渊源或可追溯至商周时期神祇祭祷仪式中的祝语或祝嘏辞（神回答的语言）。“祝”本为“告神之辞”。“嘏”则为“祝传神意之语”。其内容和形式缘于“人事”，包含“祈”或“禳”两个方面。

后世构成宝卷主要内容和特色的三、四结构的七言韵文发展为三、三、四的十言韵文。任二北先生的《敦煌曲校录》第一《普通杂曲》，记录着三、三、七言组成的曲调《鱼歌子》：

睹颜多，思梦误，花枝一见恨无路。
畅平生，两风醋，若得丘山不负。

在该书第二《定格联章》中，上述形式似乎被固定下来。如《五更转》中《南宋赞》云：

① （南朝宋）范晔：《后汉书》卷80，中华书局1965年版，第2609页。

② 王勤金：《扬州出土的汉代铭文铜镜》，载《文物》1985年第10期。

③ 徐信印、徐生力：《安康地区出土的古代铜镜》，载《文物》1991年第5期。

④ ［日］白川静：《中国古代民俗》，何乃英译，陕西人民美术出版社1988年版，第107页。

一更长，二更长，有为功德尽无常。世间造作应不久。无为法令体皆亡。

入圣位，坐金刚，诸十国，遍十方，但知十方原贯一。决定得入于佛行。

这种《五更转》不仅在结构上与后世宝卷的三、三、四字十言韵文相近，且被广泛应用到宝卷之中。如《红罗宝卷》就两次出现《哭五更》曲牌：

一更里，好孤凄，儿想亲娘泪双垂。几时绣了放回归。子母才得团圆会。我的佛呵，子母才得团圆会。

二更里，哭嗥啕，儿想亲娘睡不着。连叫亲娘两三遭。

闪杀儿，无着落，我的佛啊。闪杀儿。无着落。

从以上的对比中，人们已经可以确定宝卷曾受唐曲的巨大影响。但只有在唐宋《大曲》中，我们才发现真正的三、三、四字的十言韵文。如《苏莫遮》：

大圣堂，非凡地，左右盘龙。唯有台相倚。面慈悲，心欢喜，西国神僧远远来瞻礼。瑞彩时时岩下起。福祚当今，万古千秋岁。上东台。过北斗。望见扶桑。海畔龙神斗。雨雹相和惊林薮。雾卷云收。现化千般有。吉祥鸣。狮子吼。闻者孤疑。便往罗延走。才念文殊两三口。大圣慈悲。方便潜身救。

《逸周书·周祝解》两则“七言体短语”皆载于“周祝”篇中，其渊源应是祈福纳吉的祈禳之辞。“七言体短语”都是从“凶”的角度入手，借助强调事物向着相反方向变化的必然性而提出警示，具有预警的意义。笔者认为，宝卷的七言体和梆子腔的板腔体一样，都脱胎于商周铭文的祝祷题材，包含着禳灾祈福、驱邪纳吉的宗教内涵。

咒：早在印度吠陀时代，即有读诵真言咒语来祈福禳灾的传统。佛教在印度长期发展过程中，逐渐渗入民间信仰，进而摄取其咒术密法，产生了真言咒语的使用。初期的“真言咒语”，只作为守护、消灾、治毒所杂说的片断咒语，向来被称为“杂部密教”，杂密，意思为不纯或不系统的密法，简称为“杂密”。如《杂阿含经》所说，被凶恶毒蛇咬伤时，所持念的明咒，即属此。密宗的内容极为庞杂，生老病死都有专门的词语，入灭一词便是其中十一。佛教分为三部，即杂密、胎藏界、金刚界。杂密部多为仪轨、咒语，讲究神通与法术是密宗最早的雏形，保留了密宗所有法术和奥义。

到了佛陀入灭后三百年间，上座部所隶属的犊子部，除经、律、论三藏外，诸多真言密咒亦被结集，汇编成为“明咒藏”。其后，在南传《巴利藏》中，有说护身等偈颂的经典，名为《防护藏》，至今仍盛行于锡兰、缅甸等南传佛教国家。到了4世纪左右，出现了专说咒法的独立经典《孔雀明王经》，认为口念真言，内心统一，建立方圆之土坛供养诸尊，严修仪轨，即可产生不可思议的功德。

咒语的念诵调，仪式中主要运用到的咒有两种，即大悲咒和十小咒。大悲咒念诵的是“伽梵达摩”所译的《千手千眼观世音菩萨广大圆满无碍大悲心陀罗尼经》。据《大悲心陀罗尼经》载，《大悲咒》是观世音菩萨为利乐一切众生而宣说，其利益功德广如大海而叹莫能尽；无论是消障除难、得善遂愿，还是究竟的觉证解脱，《大悲咒》都能因其不可思议的大方便威神之力广为利乐，因而有不在少数的佛门四众，寄于虔心持诵《大悲咒》以自利利他、护持佛法。十小咒包括：

(1)《如意宝轮王陀罗尼》，出自《如意轮陀罗尼经》，也是观世音菩萨的法门之一。

(2)《消灾吉祥神咒》，出自《佛说炽盛大威德消灾吉祥陀罗尼经》。

(3)《功德宝山神咒》，或云出自《大集经》。

(4)《准提神咒》，出自《佛说七俱胝佛母准提大明陀罗尼经》。

(5)《圣无量寿决定光明王陀罗尼》，是元代人所译，没有经本，是阿弥陀佛法门之一。

(6)《药师灌顶真言》，出自《药师如来本愿功德经》。

(7)《观音灵感真言》，元代人所译，没有经本，也是观音法门之一。首句即为六字大明咒。

(8)《七佛灭罪真言》，出自《陀罗尼杂集》。

(9)《往生净土神咒》，即《拔一切业障根本得生净土陀罗尼》。

(10)《大吉祥天女咒》，出自《金光明经》。

由于锡派宣卷佛事中之咒大都在早课诵里：《楞严咒》《千手千眼无碍大悲心陀罗尼》《如意宝轮王陀罗尼》《消灾吉祥神咒》《功德宝山神咒》《准提神咒》《圣无量寿决定光明王陀罗尼》《药师灌顶真言》等。咒主要运用于开始的科仪活动中。这些咒文的念诵，与上述念诵经腔中之经文腔是类似的，急促而字字相扣。①

如河阳宝卷中"九星都咒"：

九曜顺行，元始徘徊；华精莹明，元灵散门。流盼无穷，降我光辉；上投朱景，解滞豁怀。得驭飞灵，作霞腾身；紫微入门，万事令我先知。②

根据车锡伦的统计，明清教派宝卷使用小曲的情况相对集中又很分散。使用十五次以上的曲调有二十四种，尚不足所用曲调的九分之一，其中［驻云飞］、［要孩儿］、［金字经］、［皂罗袍］、［清江引］、［浪淘沙］、［傍妆台］、［挂金锁］、［桂枝香］、［山坡羊］、［绵搭絮］等曲的使用次数都在三十次以上，是教派宝卷中最常用的曲子。［驻云飞］使用次数达五十五次，出现在三十三种宝卷中。它们都是明代最流行的小曲。

在定格联唱中，宝卷使用最多的是以"五更"为序组曲，用以唱述修炼内功，或表述某种思念情感。除了专用的"五更"（包括［哭五更］、［闹五更］、［五更］、［五更禅］、［喜乐五更］等）外，也有不少是用其他曲调组曲。这类组曲，有的在调名中标出，如［五更要孩儿］、［五更梧叶儿］、［五更绵搭絮］、［五更皂罗袍］、［五更浪淘沙］、［五更黄莺儿］、［五更红绣鞋］、［五更哭皇天］等；有的不在曲调名上标出，如用［朝天子］、［彻夜禅］、［粉蝶儿］、［锁南枝］、［海底沉］、［阿兰佛］等

① 参见曹本治《中国民间仪式音乐研究》，上海音乐学院出版社2007年版，第355页。

② 《辰星拜赞》，港口钱泾村王进良己卯年抄本。参见张家港文联《河阳宝卷集》，上海文化出版社2007年版，第1326页。

曲调唱五更。以下举《清源妙道忠孝二郎宝卷》第七品［海底沉］曲所唱“五更”为例：

一更里，在山中，行者翻身，压了自己本来人。几时才得还家去，母子相逢。

二更里，杨二郎，问着王母，要他生身父母在那厢：你今指与我，救我亲娘。

三更里，二郎爷，把脚一叠：我今去拿孙行者，送在老君炉内炼，他也难说。

“九”在民间教派中是常用的一个极数，如“九莲”、“九转”。这种观念也被用在组曲上，于是有［九更懒画眉］（《普静如来钥匙通天宝卷》第四十六品）、［九九红莲词］（《销释木人开山宝卷》第十品），它们是九支［懒画眉］和［红莲词］的联唱。

教派宝卷中出现小曲“套数”的体式，大致是在明万历末年以后的宝卷中。那些在教派宝卷中只使用一两次的曲调，也多出现在这一时期的宝卷中；套数和多曲联唱的出现，与之同步发展。

另外宝卷中还有受民间谚语影响的连缀一年12个月的曲调，表现一年到头一直在从事的事情，如《丁郎寻父宝卷》：

正月十五闹元宵，家家户户挂红灯，人家过节喜又喜，丁郎寻父不见人。

二月里来是春风，东岳庙里把香焚。我母于氏面貌美，年七一见起坏心。

三月里来桃花香，年七有妻十八房。现有美丽他不爱，一心要爱我的娘。

四月里来去采桑，诚实君子遭了殃。年七设下害人计，谋害父亲霸占娘。

五月里来五端阳，年七假意拜兄长。他用金银和绸缎，上门送礼心不良。

六月里来热难当，燕子双双绕东梁。但见我娘不搭理，羞得贼人脸发黄。

七月里来起坏心，年七杀人赖父亲。苦打成招贪官恶，下在监中受难辛。

八月里来月儿圆，月儿圆来人不圆。三番五次逼母亲，母亲自己挖眼睛。

九月里来菊花开，丁郎梦见那神来。给我托梦到湖广，寻父来到武昌城。

十月里来送寒衣，胆惊受怕有谁知。年七差人来害我，吊在树上受灾星。

十一月来冷难禁，滴水落地冻成冰。千山万水寻不见，冻死丁郎一场空。

十二月来棉花成，丢下母亲离家乡。我今寻父不得见，又想母亲受孤清。[①]

四　图像程式

绘图记事曾经是文字出现之前人类最为有效的叙事手段。根据逻辑推演，图画记事源于实物记事。实物记事的优势在于直观而不言自明，缺点在于若对象太多、太大或过于复杂便无法以实物表达。面对这样的困境，古人自然地会想到用线条画出有代表性的特征来表示事物，这就产生了基本上能够自我说明的图画。

如果追溯看图讲说的历史传统，其应该源自远古巫师的解说岩洞壁画。在人类早期阶段，绘画和雕塑是信仰的表达或巫术的工具，神话理论家认为，当时的人们常赋予描绘动物更多的神话和集体记忆的功能，于是那些遍布世界各地的岩洞壁画成了民间传统的档案馆，成了族群认同的地方，成了召唤图腾祖先和追忆大事的圣地。[②] 所谓“古代神祠，首崇画壁”，远古以来的神祠图绘壁画传统源远流长。[③] 由此可知，后世著书立说，图文并茂是古老的叙事传统。

① 《丁郎寻父宝卷》，引自张旭主编《山丹宝卷》上册，甘肃文化出版社2007年版，第358页。

② ［法］埃马努埃尔·阿纳蒂：《艺术的起源》，刘建译，中国人民大学出版社2007年版，第50页。

③ 刘师培：《古今画学变迁论》，刘申叔遗书影印本卷一三，江苏古籍出版社1988年版。

一千五百多年前，晋代著名诗人陶渊明《读〈山海经〉十三首》有“流观山海图”的诗句，晋郭璞曾作《山海经图赞》，在给《山海经》作注时又有“图亦作牛形”、“在畏兽画中”、“今图作赤鸟”等文字，可知晋代《山海经》尚有图。而且，在《山海经》的经文中，一些表示方位、人物动作的记叙，明显可以看出是对图像的说明。①

据说绘图本《山海经》就是巫师讲说的蓝本。宋朱熹《记山海经》一文中说：“予尝读《山海》诸篇，记诸异物飞走之类，多云东向，或云东首，皆为一定而不易之形，疑本依图画而为之，非实纪载此处有此物也。古人有图画之学，如《九歌》《天问》皆其类。”②

熟悉艺术史的人都明白，带有巫术神秘目的和重大仪式功能的刻绘活动是人类绘画艺术的起源。先民们进行刻绘的日的是为了实现或纪念自身对外部世界的征服，刻绘创作是一种具有强大魔力并具有仪式性的行为。正是在这种动机和观念的驱使下，为了使自己的刻绘收到最大的效果，先民在创作时总是试图将自己的愿望表达得更为清楚而不一定是更优美，刻绘含义的清晰表达成为先民对刻绘效果的首要追求，其直接的效果是图绘的叙事功能得到强化。袁珂先生曾自述：“我小时在四川看见端公（巫师）打保符，法堂的周围总要重重叠叠悬挂很多奇形怪状的鬼神的图画，端公手拿师刀令牌，站在堂中，一壁舞蹈，一壁便把这些图画的内容唱了出来。”③ 这也许就是先秦巫师对图画讲唱形式的余绪。历史学家吕子方

---

① 如《大荒东经》记王亥“两手操鸟，方食其头”，《海外西经》记“开明兽……东向立昆仑上”等。

② 《记山海经》，朱熹《朱子语类》卷一三八，中华书局1986年版。

③ 袁珂：《袁珂神话论集》，巴蜀书社1988年版，第148页。目前所能见到的《山海经图》是明清时代绘画与流传的图本。就笔者所见，有以下10种版本：1. 明《山海经图》，胡文焕编，格致丛书本，明万历二十一年（1593）刊行；全本共133幅图，其中有23图的神怪异兽未见于《山海经》。2. 明《山海经（图绘全像）》一八卷，蒋应镐、武临父绘图，李文孝镌，聚锦堂刊本，明万历二十五年（1597）刊行；全本共74幅图。3. 明《山海经释义》一八卷，一函四册，王崇庆释义，董汉儒校，蒋一葵校刻，明万历二十五年（1597）始刻，万历四十七年（1619）刊行。第一册《图像山海经》，共75幅图。4. 明《山海经》一八卷，日本刊本，四册，未见出处；全本共74幅图，是蒋应镐绘图本的摹刻本。全书附有供日文读者阅读的汉文训读。5. 清《增补绘像山海经广注》，吴任臣（志伊）注，佛山舍人后街近文堂藏版；图五卷，共144幅。6. 清《山海经》，毕沅图注，光绪十六年（1890）学库山房仿毕（沅）氏图注原本校刊，四册，图一册，全本144幅图。7. 清《山海经存》，汪绂释，光绪二十一年立雪斋印本，图九卷。8. 清《山海经笺疏》，郝懿行撰，光绪壬辰十八年（1892）五彩公司三次石印本，图五卷，共144幅。9. 清《古今图书集成·禽虫典》中的异禽、异兽部。10. 清《古今图书集成·神异典》中的山川神灵。

指出，楚国先王庙壁画上的故事主要是《大荒经》，屈原是看了这些壁画才写出《天问》来的："屈原宗庙里壁画故事的脚本就是《山海经》，而且主要是《大荒经》。这不仅因为《天问》的内容许多取材于《山海经》，更重要的是，他看了描绘《山海经》的壁画故事才写出了这篇著名作品来的。"① 根据当代人类学家的研究，先民讲诵开天辟地或自己先祖的历史，是一个非常神圣的原始宗教仪式，仪式或在先王庙，或在宗族祠堂举行，实际是一种面对图画的讲诵。《天问》的写成当与此形式有关。所以，有的学者分析《天问》的文体，认为是一种讲唱体。② 方孝岳先生说："单就《天问》这篇的体裁来讲，有些地方和荀卿《成相》的句调一样，出于'成相杂辞'，和《逸周书·周祝解》的体裁相似。"③《九歌》本是祭祀天地山川诸神的巫歌。饶宗颐先生曾说："古代巫术必须借重于图画，《九歌》里的太一及鬼神，西汉时即被作为绘画的题材，用来致祭。""'太一'是有图的，在祭祀时悬挂出来。"④ 他还说："我怀疑《远游》和《九歌》之类都是因图而制文。"⑤

据文献记载，最晚在商周时期，把历史上的著名人物或重要故事图画于庙堂，供人瞻仰或引以为警戒，就已是一个惯例。据传大禹时期所铸之九鼎，上面就有各种图像。《左传》宣公三年："昔夏之方有德也，远方图物，贡金九牧。铸鼎象物，百物而为之备，使民知神奸。"⑥ 现代研究者认为，《诗经·大雅》中的《大明》《绵》《皇矣》《生民》《公刘》等篇就是西周宗庙祭典中述赞壁画的诗篇。⑦ 周厉王时《善夫山鼎铭文》曰：

---

① 吕子方：《读〈山海经〉杂记》，参见《中国科学技术史论文集》，四川人民出版社 1984 年版，第 113、160 页。蒙文通：《略论山海经的写作时代及其产生地域》，《巴蜀古史论述》，四川人民出版社 1981 年版，第 176 页。

② Arthur waley. *The nine songs*：*A study of shamanism in ancient china.* London George alien and unwin Ltd.，1955.

③ 方孝岳：《关于屈原天问》，载《中山大学学报》1955 年第 1 期。

④ 饶宗颐：《楚辞与古西南夷之故事画》，参见《选堂集林》，中华书局 1982 年版。

⑤ 饶宗颐：《图诗与词赋》，参见《湖南省博物馆四十周年纪念文集》，湖南教育出版社 1996 年版。

⑥ 夏鼎铸于何时，历史上有两种说法：《墨子·耕柱》："昔者夏后开使蜚廉折金于山川，而铸鼎之于昆吾。九鼎既成，迁于三国。"是说九鼎铸于夏启之时。《史记·楚世家》："昔虞、夏之盛，远方皆至，贡金九牧，铸鼎象物。""虞、夏之盛"，指大禹之时。《后汉书·明帝纪》："昔禹收九牧之金，铸鼎以象物"，《左传》云"夏方有德也"，也当指大禹之时。

⑦ 李山：《诗大雅若干诗篇图赞说及由此发现的雅颂间部分对应》，载《文学遗产》2000 年第 4 期。

“隹卅又七年正月初吉庚戌，王在周，各图室。”宣王时《无叀鼎》铭文曰：“隹九月既望甲戌，王各于周庙，述图室。”这里的“图室”，曲英杰先生《西周王庙考》认为即金文常见的“大室”，因其内有先公图像，故又称“图室”。庙堂画像的具体画面，汉代史籍还有记载。如王逸的《楚辞章句·天问序》：屈原放逐，彷徨山泽，“见楚有先王之庙及公卿祠堂，图画天地山川神灵，琦玮谲诡，及古圣贤怪物行事。周流罢倦，休息其下，仰见图画，因书其壁，呵而问之，以泄愤懑，舒泻愁思”。孙作云《楚辞天问与楚宗庙壁画》认为《天问》所写的先王庙就是春秋末年楚昭王十二年（前504）从郢（今湖北荆州）都迁往鄀（今湖北宜城县东南）所建筑的楚宗庙。《天问》中所问的重要事项，一定见于这座宗庙的壁画。①

中国绘画叙事传统在佛教教义传播中发展到一个空前的高度。随着大乘佛教偶像崇拜的兴起，佛陀的教化事迹进入到绘画之中，如北魏吉迦夜、昙曜译的《付法藏因缘传》卷一载雨舍为阿阇世王：

> 图画如来本行之像：所谓菩萨从兜率天化乘白象，降神母胎，父名白净，母曰摩耶。处胎满足，十月而生。生未至地，帝释奉接，难陀龙王及跋难陀吐水而浴。……阿私陀仙，抱持占相，既占相已，生大悲苦，自伤当终，不睹佛兴。……厌恶出家，夜半踰城。……舍至树下，六年苦行，便知是苦，不能得道。尔时复到阿利跋提河中洗浴。……于是女人便奉菩萨，即为纳受而用食之。然后方诣菩提树下，破魔波旬成最正觉。于波罗捺为五比丘初转法轮，乃至诣于拘尸那城力士生地入般涅槃。如是等像，皆悉图画。②

此处所谓“如来本行之像”，实指八相成道图，“降魔故事”亦在其中。当然，无论“八相”、“四相”还是“十二相”，它们往往是佛传的统称而已，并不代表仅绘制8个、4个或12个佛传故事。

唐代以后的“降魔”壁画在敦煌至今还保存着18幅，其中最大的一

---

① 孙作云：《楚辞天问与楚宗庙壁画》，收入《楚文化研究论文集》，中州书画社1983年版。

② ［日］高楠顺次郎：《大正新修大藏经》卷五〇，新文丰出版公司1992年版，第299页中、下。

幅“降魔”壁画画幅宽12.4米，高3.45米，如此巨大的画面包含着十分丰富的内容。以第9窟为例，这一壁画绘有近50个情节，这些情节的排列不遵循变文的故事顺序，而是根据画面构成的内在逻辑，采取唐代壁画确立的对立式构图先将变文故事解体为若干个人物和情节，再根据构图的需要，将这些解体的故事片断重新组合。这些壁画故事不再依附于文学性叙事，成为画家们创作的独立的图画性叙事。① 在这种偶像式绘画中，中心偶像被表现成一位正面的庄严的圣像，毫不顾及环绕的众人，却凝视着画像以外的观者，尽管偶像存在于绘画体系内部，然而它的含义却依赖画面之外的观者或礼拜者的参与。因而这种结构不是闭合式的。“实际上，这种开放式绘画结构的基础是假定有一位礼拜者试图与偶像发生直接的联系。正是在这一假定的基础上，这种偶像式的构图才成为世界上各种宗教艺术传统中一种普遍的图像形式。”②

后世历代文人面对图画而赞颂的形式是在下层艺人面对画像讲诵的基础上发展起来的。《列女传》有画也有赞，其四言韵语的赞正是对“传”的概括。《说文》：“祠，多文词也。”盖“祠”从“司”声，兼从“文词”之“词”的义。古代祠祀之官，只有祝和巫。《说文》：“祝，祭主赞词者。”“巫，祝也。”古代祝巫，其职责中重要的一项是管理庙主，《大戴礼记·诸侯迁庙》有说明。祝巫面对新庙主的图像，叙其由来，颂其功烈，那么，讲述故事必是题中应有之义。所以，刘师培说：“韵语之文，虽匪一体，综其大要，恒由祀礼而生。”③

从叙述传统的角度看，宝卷绘图叙述是在佛教绘画与中国本土祈禳叙述传统相结合中逐渐形成的。在早期阶段，宝卷宣卷配合图像进行。对此，曾跟随郑和远洋船队航行的郑和文书，中国穆斯林马欢，在他1416年的航行报告中，对爪哇国的宣卷记载如下：

> 有一等人，以纸画人物鸟兽鹰虫之类，如手卷样。以三尺高二木为画杆，止齐一头。其人蟠膝坐于地，以图画立地，每展出一段，朝

① ［美］巫鸿：《礼仪中的美术：巫鸿中国古代美术史文编》，郑岩等译，生活·读书·新知三联书店2005年版，第346—389页。

② 同上书，第360—361页。

③ 刘师培：《文学出于巫祝之官说》，《刘师培中古文学论集》，中国社会科学出版社1997年版，第217页。

前番语高声解说此段来历。众人环坐而听之，或笑或哭，便如说平话一般。①

据笔者推测，爪哇国宣卷可能用的是水陆画。从现存的资料看，至明清时期，水陆法会已成为一种超度水陆亡灵，为生人消灾延寿的寺庙文化活动，广泛流行于社会。每年农历七月十五日，全国各地的大型寺院、道观都要举行水陆法会。水陆法会仪式举行时，大殿内悬挂上百幅水陆画。现存的水陆画多是明清时代的作品。这些画像大多采用工笔重彩画囤法，勾勒、渲染十分细腻，毫发入微，即便是衣服上细小的图案纹样都画得十分精致；人物造型形神兼备，线条流畅，色彩鲜亮，层次、质感、疏密、气氛无不动人心魄。表现出明清时代民间绘画事业的发展和特色。

图 3－4　河阳宝卷《济公宝卷》、《珍珠塔宝卷》宣卷绘图

顾颉刚认为，“元明以来，宝卷多作为影戏的剧本，其体制极为合度，似非偶尔采用者所能做到。因此可知其在变文尚未成为宝卷时代即已与影戏结缘，或者即为宣传者所利用，以之宣传教义，因之两者并盛行焉，亦属意中之事”②，此论颇是。

从事中国绘画叙事起源研究的美国学者梅维恒则认为，在连接东西方的丝绸之路的文化交流中，伊朗语地位关键，至少从 7 世纪开始，粟特语就是西部和北部中亚广大地区的混合语，直到它被另一种伊朗语——波斯语取代为止。中亚重要的佛教王国于阗的民众也讲一种伊朗语，他们和敦煌的汉人有着密切的联系。由于在中亚存在一种巨大的文化混合现象，以

① 冯承钧：《瀛涯胜览校注》，中华书局 1955 年版，第 15 页。
② 顾颉刚：《孟姜女故事论文集》，中国民间文学出版社 1983 年版，第 112 页。

致各种来源的艺术、宗教、文学、语言及其他影响很容易失掉本身的“纯洁性”。因此，中亚的佛教吸收了伊朗的因素，而中亚的摩尼教则吸收了印度的成分。配有图画而散韵相兼的说唱故事的技法源于印度，由佛教化的伊朗族“伯父”和突厥族“伯母”培养长大，最后由中国“双亲”收养，这直接体现在中国的佛教变文和说唱宝卷的特点之中。①

梅维恒的研究并不是唯一的结论。1953 年发掘的沂南古画像石墓被认为其中有“从印度传来的佛教艺术的最早的影响，这种佛教因素糅合于中土原有的图像之中，是佛教艺术在中国萌芽时期的一种特有的色彩”②。直接把佛教图像称为“变”、“变像”的文字记载则首见于东晋。王齐之的《萨陀波伦赞》则谓“因画般若台，随变立赞”，③“随变立赞”是说根据不同的佛教图画来题写赞诗。至若称佛教图像为“变相”，则至唐才蔚为风气。变相的用途归结起来，大致分为以下几种：

1. 和佛经抄写一样，初唐西域甚至以变相作为死者的供养之物，用于追亡祈福。

2. 观想之用。唐善导的《观念阿弥陀佛相海三昧功德法门》云：“又若有人，依观经等画造《净土庄严变》，日月想观宝地者，现生念念除灭八十九亿劫生死之罪。又依经画变，想观宝树宝池宝楼庄严者，现生除灭无量亿劫阿僧祇劫生死之罪。”④ 观想念佛是释家修行方式之一，它通过观看佛的变相来想象佛国土的种种庄严从而导入正悟之途，它在净土宗中极为流行。

3. 醒世之用。《唐朝名画录》云吴道玄所绘景云寺《地狱变相》：“时京都屠沽渔罟之辈见之而惧罪改业者往往有之，率皆修善，所画并为后代之规式也。”⑤ 足见其震撼人心之强。

4. 辅助变文讲唱，针对底层信众，提高说唱效果。有关这种记载，不胜枚举，如房翰《大唐扬州大都督府六合县冶山祇洹寺碑》云：“真仪火已，图像俨然，可以导利迷途，可以发明觉路……令上座怀亮、寺主惠

① ［美］梅维恒：《绘画与表演：中国绘画叙事及其起源研究》，王邦维、荣新江、钱文忠合译，季羡林审校，中西书局 2011 年版，第 77 页。

② 曾昭燏：《沂南古画像石发掘报告》，文化部文化管理局 1956 年版，第 68 页。

③ 《佛藏要籍选刊》第 3 册，上海古籍出版社 1994 年版，第 1107 页。

④ ［日］高楠顺次郎：《大正新修大藏经》卷四七，新文丰出版公司 1992 年版，第 24 页。

⑤ 《文渊阁四库全书》第 812 册，第 384 页。

勖、都师德本、道裕、元逸、惠瑳等，扬枹净域，鼓拽法流，发四蹄之良音，辩百非之妙旨…… 虽佛在虚空，固难闻见，而人瞻影像，或易凭依。”①

有一些学者关注并论述了敦煌变文与河西宝卷在表现内容及说唱形式上的渊源承继关系。郑振铎先生认为：“所谓变文之变，当是指变更和佛经的本文而成为‘俗讲’之意（变相是遍佛经为图相之意），后来，‘变文’成了一个‘专称’，便不限定是敷演佛经之故事了。”② 变文演出，有的辅以图画已是不争的事实。

梅维恒对此怀有极大的好奇心，他说，尽管“变相”的表演本身看来在宋代（960—1277）就逐渐消亡了，但是看图讲故事仍然流传下来。在中国唐代以后还有看图讲唱，甚至这种普通民众宗教与世俗性的配图口头说唱艺术，直至20世纪50年代还没有完全消失。③

翻检大量留存的宝卷印本，我们发现，宝卷叙事直接继承了变文“看图说话”的叙事模式的影响，其中有相当数量的精美插图。在过去公众场合的念卷仪式上，在墙上往往悬挂佛像或地狱图，念卷配以图画，这和变文的演唱几乎是一脉相承的。④

图 3－5　首阳道情宝卷使用的八仙背景图

① 董诰等：《全唐文》，中华书局1983年版，第3576页。

② 郑振铎：《中国俗文学史》（上），商务印书馆1998年影印版，第190页。

③ ［美］梅维恒：《绘画与表演：中国绘画叙事及其起源研究》导论，王邦维、荣新江、钱文忠合译，季羡林审校，中西书局2011年版，第3页。

④ 西北师范大学古籍整理研究所编《酒泉宝卷》上，甘肃人民出版社2001年版，前言。

举例来说，《看蜀女转〈昭君变〉》有："妖姬未著石榴裙，自道家连锦水溃。檀口解知千载事，清词堪叹九秋文。翠眉颦处楚边月，画卷开时塞外云。说尽绮罗当日恨，昭君传意向文君。"其次，《王陵变文》《大目乾连冥间救母变文并图一卷并序》以及《降魔变文》都有配图讲唱的痕迹。王重民在《敦煌变文研究》一文中说："《王陵变》讲到王陵、灌婴奏明了汉王要到楚家去斫营时说：'二将辞王往斫营处，从此一铺，便是变初。'"这表明这篇变文和另外的变图是一致的；变图的第一铺是辞王斫营，变文的起初也是辞王斫营。变文的后题《汉八乌楚灭汉兴与王陵变》一铺，应该是变图的后题。《王昭君变文》也是带变图的，所以有"上卷立铺毕，此入下卷"的话。吉师老《看蜀女转〈昭君变〉》正说明了蜀女一面说唱，一面请听众观看变图……敦煌里面还有一卷《大乾连冥间救母变文并图》，可惜文存而图亡。另有一卷《降魔变文》，则大致完备。这让我们看到当时讲唱艺人所使用的真实变图，实在是变文史的重要的文献。这一变图是一个长卷，包括六个故事……这一卷变图的正面是故事图，在背面相对的地方抄写每一个故事的唱词。这更显示出变图是和说白互相为用（图可代白），指示着变图讲说白，使听众更容易领会，然后唱唱词，使听众在乐歌的美感中，更愉快地抓住故事的主要意义。[①] 谢生保在《酒泉宝卷与敦煌变文》中进一步阐述道：

> 变文配合画图的遗迹，在宝卷讲唱时并没有完全消失。解放前夕，我亲自看到酒泉钟楼寺的和尚，指着大殿《西游记》题材的壁画，给庙会上的香客、游人讲说唐僧取经的故事。谭蝉雪先生在《河西的宝卷》一文中说："武威每年五月为朝莲花盛会，由当地的万元会（商会）主持，城内设四五处，每处墙壁上张挂一幅大布画，上画天堂、地狱、轮回等图，由一人一手拿宝卷，另一手拿一木棍，站在桌上，连说带唱，边指画面，听众自由来往，男女老少围听，名之曰：讲善书。"由此说明变文讲唱时有画配合，宝卷在有条件的情况下，也是配合图画讲唱的。[②]

---

① 周绍良、白化文主编：《敦煌变文论文录》，上海古籍出版社1982年版，第313—314页。

② 西北师大古籍所：《酒泉宝卷》上编，酒泉市文化馆2001年版，第5页。

根据过去的老艺人回忆，清初无锡民间盛行的说唱形式“念十王”，实即以《十王卷》为内容的宣卷活动。其演出时也要悬挂画有十殿阎王、地狱、鬼神的图画，“念十王前先把十王图挂在某村中间的一家门上或壁上，先敲木鱼吸引观众，接着开始宣《十王卷》，开宣时手执一根小竹竿指着图上的十阎王，一个一个说唱，唱十个阎王的职权、唱所有鬼怪的职责、唱何等罪受何等刑罚以及进什么地狱等”①。苏州昆山农村在丧事荐亡法会上宣讲《十王宝卷》，也要在灵堂的东西两面墙上张挂描摹十殿阎王及其所属地狱惨烈景象的图像。宣卷者围绕死者行走，每到一殿的图画之前，就停下来，对图宣说该殿的情状与地狱果报。这种绘图说法和荐亡法会的情境合二为一的演述，“耸人听闻”的说辞与狰狞、夸张的地狱情景相结合，往往会产生撼动人心的艺术效果。

段平的《对河西念卷活动的剖析》一文中载，甘肃高台县的念卷艺人，“还有人在解放前跑去千佛洞临摹来壁画上的天堂、地狱图，挂起来一面念《目连三世宝卷》，一面指着图解说”（图 3－6）。②《苦节图宝卷》③ 又名《苦节宝卷》《张彦休妻宝卷》《白玉楼宝卷》。该宝卷在情节推进中有“苦节图”，看“苦节图”，讲“苦节图”的情节，在主人公命运的变化、故事的情节发展中起着重要作用。

《苦节图宝卷》中的女主人公白玉楼被叔母诬陷遭休弃之后，历尽磨难，上吊后，被金驸马相救收为干女儿。白玉楼九死一生，在金府日夜啼哭不止，身染疾病，饮食不进，身体日益沉重。金秀云小姐对母亲说了，老夫人问：“玉楼，你得了什么疾病？”玉楼说：“母亲，孩儿死多活少，请你给我拿个主意。”小姐说：“姐姐，我倒有个主意，你把自己的苦处给我细说一遍，我绣一幅苦节图张挂出去，若有人看见就知道了你的苦心，你也落个贤良人的名声。”玉楼听她说得有理就答应了，小姐叫随从丫鬟取来丝布一匹，老夫人对玉楼说：“孩儿你将你的苦情说来，秀云与你描画。”玉楼睁开眼睛，泪流满面，把自己的遭遇给她们说了。正是：

---

① 朱海容：《宗教观念与民间说唱艺术融合的奇葩——无锡地区“说因果”调查》，载上海民间文艺家协会编《中国民间文化研究》第 6 集，学林出版社 1992 年版，第 203—204 页。

② 段平：《对河西念卷活动的剖析》，《河西宝卷的调查研究》，兰州大学出版社 1992 年版，第 45 页。

③ 徐永成主编：《金张掖民间宝卷》（二），甘肃文化出版社 2007 年版，第 685—706 页。

玉楼开言道，妈妈你且听。提起奴家事，件件都是苦。
请尊堂，和贤妹，细听在心；画破房，贫寒人，劝把书读。
画贫妇，去讨饭，手提饭篮；你画我，在灶房，拿柴吹火。
门外边，画贼人，手拍双环；画张彦，面带怒，手提笔杆。
画贫妇，苦哀告，跪在面前；再画上，钱氏婆，恶眉恶眼。
不讲情，她还骂，怒气满面；画夜晚，把玉楼，辱骂百般。
她说奴，在外边，与人偷奸；我丈夫，他言说，亲眼看见。
画贫妇，观音堂，卧倒在地；画张彦，饥饿形，来到门前。
画奴家，捆马上，有人后赶；直赶到，江岸边，扶下马鞍。
有玉楼，将贼人，推入江中；波涛翻，用石头，连打二三。
画上了，彩棚下，人有千万；在马上，骑着个，青春少年。
回头看，手接彩，二位家人；画少年，面失色，催马加鞭。
画恶人，打丑妇，头发散乱；画少年，乘着马，站立面前。
画李彪，接银钱，低头含笑；再画上，假男子，当堂改变。
多亏了，老爹爹，来救此难；老夫人，心发酸，低头言道。
我女儿，真金子，不怕火炼；守节志，全凭着，计谋双全。
虽女流，比得那，古圣先贤；日久后，与张彦，同侣同伴。
白玉楼，听此言，泪流满面；叫母亲，和妹妹，画图几幅。
起名儿，苦节图，万古流传。

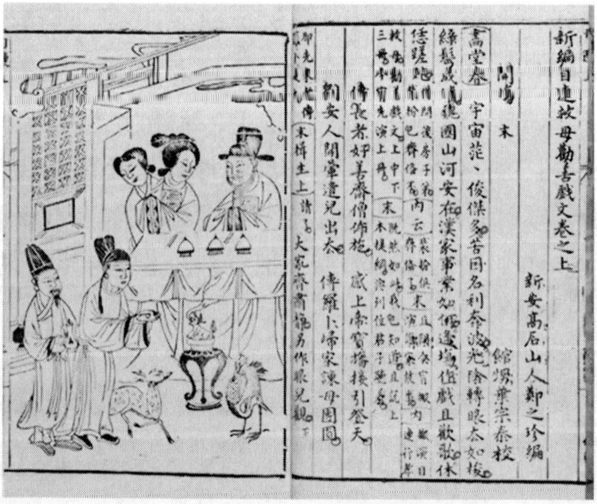

图 3－6　新编目连救母劝善戏文宝卷

图像是宝卷宣卷仪式中的重要叙述程式，图像的使用，让禳灾仪式更具在场的直观特点，增强宣卷空间的神圣性，促成其社会功能的实现。

第四章　禳灾仪式中的知识、信仰与族群记忆“共同体”

从内容上看，宝卷是一种劝善禳灾的民间说唱文学。它分布广泛，卷帙浩繁，其口头表达方式也是即时的、熟悉的、人际互动和参与式的。由于贴近乡民的人生世界，所以成为一种日常生活的内容和表征，带有明显的民族志性质。作为口头传统的延续，它与族群的集体记忆、知识结构以及口头社会储存、组织、获得知识，传递认同，维系知识传统，并在这个过程中维持文化的延续性紧密相关。

一　宝卷中的知识与信仰

作为民间的精神遗产，宝卷对天灾人祸的禳除目的、方式，建构了我们的生活状态和我们道德的出发点，让我们的生活有了自己的一部分道德特性。[①]“宝卷”虽通俗，却寄托着民众的喜怒哀乐，也唯其通俗易懂，寓教于乐，才深深地植根于群众之中，流传百代，经久不衰。

宝卷成为精神信仰的支柱，部分经常表演的宝卷被视为经典，这从宝卷的名称就可看出来。部分宝卷直接被称为“经”、“真经”、“妙经”、“宝经”，在教派纷呈、宝卷众多的情况下，强调宝卷至真（文献中多称为“骨髓真经”）、至宝、至妙，如《佛说地狱还报经》《弘阳妙道玉华随堂真经》《古佛天真考证龙华宝经》《佛说镇宅龙虎妙经》等。近现代江浙民间宣卷中某些宝卷用“古典”（或作“故典”）、“古迹”、“妙典”，如《西瓜古典》［即《西瓜宝卷》《显应古迹》（即《显应桥

---

① ［德］哈拉尔德·韦尔策：《社会记忆：历史、会议、传承》，季斌等译，北京大学出版社2007年版，第11页。

宝卷》)]。这类名称来自民间俗语，亦即古老的经典故事。个别宝卷偶用“妙典”，则显示其内容的秘、妙，如江苏靖江佛头做“延生明路会”演唱的《铺堂宝卷》，亦称《铺堂妙典》。从这些命名可以看出，宝卷在民间知识谱系和信仰中的地位。宝卷反映的民间的精神世界丰富多彩，蕴含深厚，涉及民间精神生活的诸多方面，表现着底层民众的思想、情感与心理诉求。这里，主要就宝卷中比较突出的几个方面的知识来进行论述。

（一）日常生活的知识

河西宝卷中反映社会生活的各个方面，如《烙碗宝卷》《丁郎寻父宝卷》《蜜蜂记宝卷》等，这类宝卷数量很多，质量也好，是最基本的一类。宝卷中有市井生活记忆，几乎所有招商客店伙计招揽生意时，无不先把本店说得天花乱坠，把对门贬得一塌糊涂：“斜对门的饭店屋子矮墩墩，烟熏眼睛不得睁。堂尘掸掸有半寸深，筛子大的棉絮像硬衬。臭虫、扁螂刷刷有半升，客官到他店里去住宿，咬得你一夜睡不成。”① 天长县是个繁华之地，商贸异常发达，都有哪些行当，一个曲子道个明白：

一本万利是钱庄，二龙戏珠是典当。
三阳初开南货店，四时八节水果行。
五颜六色绸线店，六谷仓仓粮食行。
七星灯笼古董店，八挂灯笼是混堂。
九江推来瓷器碗，十字街上卖茶汤。
日落西山夜黄昏，下住招商店堂门。②

日常生活中，可能和各色人等打交道，有官有吏有书生，有僧有道有尼姑，有善良本分的市民，也有恶棍小混混，更有那青楼女子、梨园角色以及形同乞讨的卖艺人。“十字街上行人多，挤挤攘攘推不走。老者倚杖街边走，少者孩提背上驮。这边敲锣做把戏，那边喊看武少林。东边敲板

① 《三茅宝卷》，引自尤红主编《中国靖江宝卷》上册，江苏文艺出版社 2007 年版，第 20—23 页。

② 《牙痕记》，引自尤红主编《中国靖江宝卷》上册，江苏文艺出版社 2007 年版，第 947 页。

来相面，西边鱼鼓唱道情。”①

靖江宝卷《三茅宝卷》《十把穿金扇》中，有大段的对城中店铺的描写，有石灰店、乌煤行、米麦行、银匠店、皮匠店、茶店、酒店、铁匠店、丝弦店、饭店、混堂、古董店、绸线店、珠宝行、典当行等，一一写来，铺陈出街市的热闹情形。《三茅宝卷》中又说到饭店伙计夸言其店中舒适周到：

> 我家早上洗脸铜盆花手巾，早茶百合煨莲心。搭粥菜是扬州酱菜共瓜丁。上茶吃的是癞宝馒头秤半斤，糖炒豆沙作包心，一咬油沙直冒你要当点心。中午米饭冬春刮见心，磨菇煨香菌，粉皮绿豆饼，山药拌面筋。要吃荤点心，青龙心对玲珑心，狮子心对野兔心，鹿肝心对凤凰心。如若客官不对胃，另杀北海活麒麟。晚上是，快刀切面细细柔，干子卜页做浇头，大蒜叶子做香头。如若客官嘴里淡，加上酸醋麻酱油。②

从上午到晚上，一路铺写下来，生动形象而又夸张有趣。饭店菜肴的丰盛、伙计的能说会道都跃然纸上，犹如一幅情致盎然的民间趣味的风俗画。《大圣宝卷》中说到张员外为儿子聘请先生启蒙，招待先生：

> 二人携手同行，步入高厅，分宾主坐下，香茶解渴。员外吩咐厨房备酒。一刻辰光，佳肴关酒，端到高堂。花生摆成蝴蝶样，瓜子摆坐菊花芯。山东石榴像玛瑙，南洋桔子赛黄金。酒是多年陈大酒，菜是鹿肝凤凰心。③

这里铺排了各种佳肴，来烘托酒宴的隆重与张员外家的富贵之气。《报祖卷》《三茅宝卷》中，都有大段的对民间结婚场面的铺排，两者文字大致一样。现以《三茅宝卷》为本，举宝卷中对金宝家迎亲的仪仗为例，来看一下其铺排特点：

---

① 《三茅宝卷》，引自尤红主编《中国靖江宝卷》上册，江苏文艺出版社2007年版，第33页。

② 尤红主编：《中国靖江宝卷》上册，江苏文艺出版社2007年版，第11页。

③ 同上书，第165页。

前锣铳，后鼓手，喇叭涨号。有笙箫，和细乐，不得绝声。青道旗，黄道旗，遮天蔽日。掩云伞，百脚旗，八面威风。

香亭一座前引路，四角红灯耀眼明。

有沙灯，和信灯，前面开路。

有硬牌，和掌扇，后拥前呼。

硬牌上，写的是，金殿接本。

掌扇上，写的是，边关总兵。

沙灯上，写的是，当朝一品。

信灯上，写的是，相府迎亲。

漏筛叉起高高举，上插狼牙箭三根。

福星高照当中贴，又挂四盏状元灯。

催亲官，骑白马，催亲结事。

有兵丁，带铁索，锁捉闲人。

捆绑校尉好几个，八个中军赛阎罗。

红黑帽子十六顶，喝道就像响雷阵。

抬轿的扮作阿罗汉，护轿扮作吕洞宾。

安童身上批（按：当作“披”）红纱，梅香头上戴金花。

三十六盏天灯高高挂，七十二盏杨柳雪花灯。

大红轿衣衬燕青，珍珠玛瑙亮晶晶。

轿帘上面绣龙凤，五光十色耀眼睛。

轿子生来四角平，轿子顶上放光明。

三寸须头四面挂，六尺红头绳锁轿门。

大明红烛用一对，还用一对老寿星。①

宣卷人对迎亲仪仗的方方面面作了铺陈。说到了音乐、旗帜、灯火、牌扇、催亲官、兵丁、轿夫、随从仆婢、彩轿、香烛等物事，涉及迎亲的仪式、人员、装饰等方面，向听众完整铺排了迎亲的整个场面。铺陈中所透露出来的喧闹、热烈、隆重非凡的喜庆气氛，对听众有着强大的感染

① 尤红主编：《中国靖江宝卷》上册，江苏文艺出版社2007年版，第18—19页。

力，可以令其有身临其境之感。

古时的达官贵人、富商大贾的府第无不建有私家园林，因大多建于宅后，所以称之为“后花园”。中国古典文学中的爱情故事主角相约的地点往往就是这“后花园”。“后花园”的规模、格局视主家的地位、财富而定。《三茅宝卷》说到金福与妻子王氏同游花园，王氏到花园一看，百花齐放，绿草茵茵，好不欢欣：

三公子，王氏女，花园玩耍：
桃花红，李花白，柳绿松青。
栀子花，和海棠，争相斗艳，
玫瑰花，开出来，血点鲜红。
十姊妹，并蒂莲，成双作对，
丁香花，茉莉花，香气扑人。
墙头长了虎尾草，盆里栽的万年青。
观音莲对垂杨柳，罗汉松对马尾松。
王氏抬起头来看，长春花紧靠月月红。
迎春花开赛黄金，木香花开满天星。
牵牛花开口朝上，山茶花开像红云。
……
东园内，栽的是，“俞任袁柳”，
西园内，栽的是，“苗凤花方”。
南园内，栽的是，“滕殷罗毕”，
北园内，栽的是，“顾孟平黄”。
有石台，和石凳，“澹台公冶”，
金鱼池，银鱼缸，“雷贺倪汤”。
数九天，落几夜，“费廉岑薛”，
风刮动，树枝摇，“柴瞿颜充”。①

这里，一一描写了二十多种花木在春日里争奇斗艳的情形。铺陈之

① 《三茅宝卷》，引自尤红主编《中国靖江宝卷》上册，江苏文艺出版社2007年版，第38—39页。

下，为听众生动地描绘出了春天花园中，百花盛开，姹紫嫣红，一派生机盎然、热烈悦目的景象，有春意袭人之感。类似的描写也见于《大圣宝卷》之中，其文字大同小异。[①]《东厨宝卷》中丁香小姐带领丫鬟走进花园，“只见东园红泼泼，西园白雪雪，有红有绿，有黄有白”，却是另一番景象：

东园桃花红似火，西园李花白如银。
地棠花开似黄金，木香花开满天星。
鸡冠花，千菊花，愁眉不展，
垂杨柳，飘荡荡，水仙芙蓉。
绣球花，滴溜圆，圆得好看，
西番莲，水荷花，耀日增光。
看不尽，园中景，山清水秀，
听不尽，黄莺叫，百鸟争鸣。[②]

《梓潼宝卷》中，写到陈梓春两次观灯，所见灯市热闹、辉煌情景，都采用了铺排的手法，极力渲染之。如其第一次在灵台县城观灯，取其中一个场景：

陈梓春哪肯不说冒失鬼话！“安童，你看，那个长毛绕狮狗，相住两个毛芋头；那条绕狮狗跳上趴下啃芋头。”安童说：“叫你不要说冒失鬼话。相公呀！那不叫狗儿啃芋头，是叫狮子衔花滚绣球。”

绣球灯，在前面，滚来滚去。
狮子灯，后头跟，眨眼铜铃。　看一盏，猕猴灯，毛头贼脸。
挑担水，过仙桥，脸红到耳根。　牡丹灯，红芍药，姊妹相称。
牛车灯，转起来，木龙戏水。　磨子灯，轰轰响，不得绝声。
春季里，山楂灯，红光灼灼。　梁山伯，祝英台，同上杭城。
夏季里，开荷花，红花绿叶。　唐明皇，杨贵妃，也扎成灯。

① 《大圣宝卷》，引自尤红主编《中国靖江宝卷》上册，江苏文艺出版社2007年版，第174页。

② 《东厨宝卷》，引自尤红主编《中国靖江宝卷》上册，江苏文艺出版社2007年版，第496页。

秋季里，开菊花，桂香十里。　刘知远，打瓜精，独坐龙廷。
冬季里，开腊梅，雪景好看。　小秦王，争江山，胜负难分。
正月元宵节，城中闹花灯，　人人都喝彩，个个荡新春。①

这里铺写了各种彩灯，状貌写神，极好地烘托出元宵节放灯时流光溢彩、灯火通明的热闹、华美景象。可以让听众充分了解元宵节时各种各样彩灯的形制、特点，令人有身临其境之感。《十把穿金扇》中，说到陶文灿、陶文彬等人在登州，夜观灯市：

四人迈步把街坊上，只见密密层层人挤人。高子攀住矮子望，矮子搬砖垫脚跟。胖子轧得火冒冒，瘦子只喊骨头疼。癞子轧得汗放放，冒失鬼只当叉高灯。一众小姐忙看灯，手拉手儿不离身。生怕被少豪来冲散，半夜三更难回家门。

这里也是铺写各类观灯之人的兴奋、哄闹之状，将灯市的热闹、欢乐气氛充分烘托了出来。这一宝卷中对灯市的描写，也多用铺排，且文句与《梓潼宝卷》有不少相似之处。

铺排作为宝卷中常用的手法，在渲染气氛、调动现场听众的情绪方面，有着良好的促进作用。它也是故事歌手展示其表演技艺的重要手段之一。

宝卷中还保存了许多流行于民间的中医知识与药方，颇为引人注目。如《三茅宝卷》中，说到郑大先生为刘驸马治病，多次言及民间药方，如下面两则：

头疼肚痛请到我，我来替你开药方。
川芎治头疼，肚痛用砂仁。紫苏能发汗，补药用人参。
牙痛毛病请到我，我来替你点药名。
金铃果子一点红，长在草上像灯笼。人家说它没用处，拌和冰片治牙虫。②

① 尤红主编：《中国靖江宝卷》上册，江苏文艺出版社2007年版，第267页。
② 同上书，第122页。

这里说到了一些民间关于医药的常识与偏方。类似的情形如《地藏宝卷》中，说到佛祖化身为僧人，为仲康王之母看病：

我再配几种药，一吃就可根除：

当归补虚气，薄荷又代凉。胸闷用寿柏，顺气广木香。川芎治头痛，肚痛用砂仁，橄榄去心火，补药用人参。国母将二服药剂吃完成，毛病没得半毫分。[①]

其内容与《三茅宝卷》多有接近。再如《血汗衫记》中言及红花草之药用价值，言“籽可榨油用，花红入药名。主治妇女病，祛瘀又调经”[②]，也是属于常识性的内容。

靖江宝卷中言医药者，有服用药酒、上药铺、请名医等，以《九殿卖药》为最多。此宝卷中说到卢功茂为人治病，记录了大量中医药知识。如以下几例：

（1）你要眼药方，空清共牛黄。荠粉与细末，一点千里光。

（2）川芎治头痛，肚痛用砂仁。紫苏能发汗，补药用人参。

（3）肚里疼毛病请到我，我来帮你点药名。

花椒共胡椒，红糖共生姜。再用两支葱，医好你个肚里痛。[③]

《九殿卖药》在很大程度上可以说是靖江民间医药知识与经验的集中展示。《药王宝卷》还收录了许多古验方，有的至今仍有临床价值：

治牙痛：端尖果子一点红，长在草上像灯笼。人人说它没用处，拌和冰片治牙虫。

治火眼：你要眼药方，明沙共牛黄。加上青鱼胆，一点千里光。

治头痛：川芎治头痛，离魂用砂仁。紫苏能发汗，补药用人参。

---

① 赵松群演唱本。

② 尤红主编：《中国靖江宝卷》上册，江苏文艺出版社 2007 年版，第 299 页。

③ 《九殿卖药》，引自尤红主编《中国靖江宝卷》，江苏文艺出版社 2007 年版，第 369—370 页。

治哮喘：贝母一钱重，百部加天冬。橄榄去心火，化痰用橘红。

治肚痛：川椒共红糖，葱白加生姜。再用川楝子，煎汤治肚痛。

治积食：水泻使君子，腹胀嚼山楂。肚中积饮食，仁曲大麦芽。

治流火脚（民间秘方）：一束陈稻草，二张青黛皮，三支芭蕉根，四把井底泥。要得消肿快，再加冬瓜皮。

至于宝卷后文讲到卢功茂悬壶济世，使用“七世追魂丹”、“三世还魂草”一直追到鬼门关，起死回生的本事，更多的是“浪漫主义”的想象和渲染：

卢功茂一看，眼睛发暗。这个人病重哩，怎抬得来的，哭得来的。伸手对被窝里一摸，身子挺硬，像块冰棍，手对外缩总缩不及，放趟子就对后堂上跑。“霍氏，不得了□，人家抬一个呆货来□!”“不要慌，让我去望望。”霍氏来到前堂，把死尸盖的被褥掀起来一望，这小子眼珠落膛，脸上蜡黄；皮肉还能推得转，鬼使捉他还不曾走多远，可以追得打转。哎，她毕竟是仙女临凡，追魂不难。她转身到药柜里找呀找，找到一种三世还魂草；翻呀翻，还有七世追魂丹；两药煎成汤，一直追到鬼门关。把陈龙的牙关撬开——

灌上一口汤，眼睛有点光。

灌进二口汤，睁眼看爹娘。

灌上三口、四口汤，轻轻说话响琅琅。

员外喜得心花放，院君叩头谢上苍。

陈员外儿子得救，喜不自胜。回去请了一班道士一班僧人，诵经拜忏，超度先祖，重谢神明。

又作金字大红匾，“妙手回春”谢先生。①

靖江宝卷中这些有关中医药的叙述，一方面保存了民间的中医药知识，另一方面向听众传授了医药经验。《三茅宝卷》中郑大先生来到驸马府拜见千岁娘娘。公主娘娘请他帮驸马爷瞧病，驸马爷得的是头疼、肚痛病，郑医生说“头疼肚痛请到我，我来替你开药方”：

---

① 《药王宝卷》，引自尤红主编《中国靖江宝卷》，江苏文艺出版社2007年版，第371页。

川芎治头疼，肚痛用砂仁。

紫苏能发汗，补药用人参。

郑大先生跟手把药配起来，用紫铜吊子煎起来，随手一灌，驸马吃了一半，病好了呱。一班鬼使一看：“啊依喂，这个先生厉害哩。”促狭鬼说：“等我来。”用手一捺，驸马的牙齿一突。

驸马爷又牙痛，郑医生道：“牙痛毛病请到我，我来替你点药名”：

金铃果子一点红，长在草上像灯笼。

人家说它没用处，拌和冰片好治牙虫。

用它一塌，驸马牙齿一点总不痛。淘箩鬼说：“我来。”淘箩底是圆的，放在他肚子上几转，痛得他浑身冒汗。驸马说：“不好了，我肚子又痛起来了。”“驸马，你熬住点痛。肚痛毛病请到我，我来替你开药方。”

花椒拌大黄，红糖共生姜。

再用两枝葱，服用葱姜汤。

接着驸马又浑身是水疱疖子，郑先生“痒疮毛病请到我，开箱倒笼来点药名”：

申药和硫磺，山楂共槟榔。

香附蜻蜓蛇床子，搽搽擦擦一扫光。

接着又是脚膀发肿了：

流火破了皮，冒失鬼郎中不会医。

一把龙胆草，六钱海蜇衣。

要得消肿快，绑块冬瓜皮。

马脚合，□铃□，既不圆，又不方。

人家说它没用处，手心拍拍敷烂膀。[①]

许多宝卷涉及命理知识，如《落碗宝卷》写道：

一日，刘自明忽然心惊肉跳，坐卧不安，让弟弟到街上请来一位算命先生，员外把生辰八字报出，那先生算了一番说："老员外今年五行相克，流年不利，眼下就有百日牢狱之灾。"刘自明听说大吃一惊问："可有躲避之法?"先生说："员外要想躲过此灾，须在你家后花园中盖几间小房，躲进里面让你兄弟端茶送饭，千万莫要撞见黑头阴人，等过了百天便可保你平安无事。"[②]

《吴彦能摆灯宝卷》中，宋仁宗那日三更天做了一梦，自思不妙，便许下了灯山大愿，命丞相吴彦能高挂皇榜，招天下能工巧匠制作灯山。摆灯山是传统社会祈求风调雨顺的祈福禳灾活动，它的仪式和盛况对今天的人来说已经相当陌生，尤其宝卷中所谓的"上摆三十三天，中摆人间花鸟走兽，下摆地府龙宫海藏"，今人更是闻所未闻。通过《吴彦能摆灯宝卷》，我们大致能窥见其中摆灯还愿的过程：

能工巧匠不得闲 一座灯山摆半年
灯山卷，才展开，诸神下界；李太白，摆灯山，巧夺天工。
头一层，摆列上，玉皇大帝；有三山，和五岳，四大金刚。
斗牛宫，蟠桃会，件件齐备；儒佛道，各样人，云露皆生。
再摆上，众神仙，都来赴会；牛郎星，织女星，天河两岸。
天宫灯，摆完了，灯光普照；又摆起，人间的，飞禽走兽。
百鸟灯，摆起来，凤凰为首；孔雀灯，鹦鹉灯，花样百出。
海鸥灯，能腾空，飞云驾雾；白马灯，驮三藏，西天取经。
喜鹊灯，连声叫，喜满人间；鸢子灯，爱富贵，不入贫门。
家鸡灯，到五更，报晓时辰；野鸡灯，只顾头，不顾其身。

---

① 尤红主编：《中国靖江宝卷》上册，江苏文艺出版社 2007 年版，第 122—123 页。

② 《落碗宝卷》，引自徐永成主编《金张掖民间宝卷》（二），甘肃文化出版社 2007 年版，第 467 页。

鸭子灯，在水面，成双配对；鸳鸯灯，并对飞，排列成行。
百鸟灯，摆全了，分解明白；走兽灯，又摆齐，麒麟打头。
青龙灯，并白虎，两边排定；狮子灯，文殊坐，百劫不侵。
白豪灯，同站立，煞是好看；白猿灯，和梅鹿，偷桃祝寿。
狼虫灯，与虎豹，出入山中；牛马灯，在人间，耕种田地。
猪羊灯，天生下，祭神供奉；龙宫灯，五百盏，翻江倒海。
飞鱼灯，鳖鱼灯，不计其数；畔鱼灯，在水底，不敢翻身。
中鱼灯，青龙灯，共有三百；人鱼灯，走昆仑，四足如风。
堂灯，地狱灯，摆得分明；各样灯，全摆齐，分毫不差。①

燃灯所用仪式卷一般统称为“灯科”（有时也误写为“登科”），有《灯科经》《人灯科经》《交灯经》《十土灯科经》等卷子，其中《十王灯科经》共1300多字，如时间允许，在丧事中可念诵一个上午，是当地一本重要的荐亡经卷。

诚心口（供）献一口灯，只因四季保平安。
今日今时灯点起，交与我佛受分明。
一盏灯来天地灯，天地恩泽天下通。
皇王有道家家乐，天地无私处处春。
二盏明灯日月灯，日月昼夜不停住。
八方九州都照到，十二时辰轮流行。
三盏明灯三官灯，三官世间长查巡，
天官赐福地官赦，水官解厄保灵应。
四盏交灯四海灯，四海龙君行雨神。
恶风暴雨九霄外，甘露清风因时霖。
五盏交灯五帝灯，青龙朱雀玄武神。
性有中央戊巳士，青黄赤白在池中。
六盏交灯南斗灯，南斗六郎住寿星，
人能持念南斗经，增福延寿万万春。

① 《吴彦能摆灯宝卷》，引自徐永成主编《金张掖民间宝卷》（一），甘肃文化出版社2007年版，第183—184页。

十盏交灯十帝灯，十帝阎君阴曹中。
人能持念嘛呢经，死后无罪再托生。
十一世上三位神，三位菩萨默佑神。
大慈大悲常施恩，救苦救难观世音。
十二世上二星君，轮流传唤查善根。
善报善来恶报恶，其中也有十二神。
除前十盏十五盏，二十五盏记分明。
一百单八一架灯，但有灯来就有神。
二十四师统令神，二十四盏报神恩。
二十八宿转帝君，此中照类也有灯。
三十六雷云雨神，二十九盏均受分。
不多不少一架灯，一百单八都有神。
处心到处天地动，向神默佑地方宁。
一架大小齐康太（泰），六畜平安四季顺。

河西宝卷《红匣记》通过玄奘母亲的信，把书信格式的知识传授给乡民社会：

父母大人钧鉴：

音容久违，见字如面。昔蒙开鸿恩，喜得佳侣；钦命知州，父妻同荣；然夜长梦多，路远添乱。遵圣命之如期，时日不待；置慈亲手不顾，母颜常违。岂知祸从天降，贼发江内；杀夫夺妻，情殊可恨，窃官殃民，罪不容诛，怅然已十八载矣。当时儿本应殉节成仁，然忍辱偷生者，一为舟险被贼乘，身已不洁。二有三月身婴，儿女未卜，倘猝死，不唯报信复仇无人，亦徒悬父母思儿之心也。幸天不绝吾嗣，麟儿果降；佛常护后辈，法门成人。今母子聚首，欣慰倍加；高堂久望，资书奉达。望双亲鉴谅，并转达上听，以救女于水火之中。专此，顺颂。

女满堂顿首泣上

《三茅宝卷》则把相府的告示写法和盘托出：

金相府告示

当朝一品，同缘钱氏，终年所生三子。长子习文，接本御史；次子习武，边关总兵；三子金福，一不习文，二不学武，懒读诗书，好做道人。被父责打，送进马房，受刑不过，黑夜盗库金银，买嘱安童，带妻逃走，不知去向。送信者赏银五百，送人者赏银一千。若藏金家儿、媳，一旦查出，满门抄斩，鸡犬不留。各各遵照毋违！[①]

（二）有关乡村社会节日和时令的记忆

节日是民间社会一年中的特殊时间，民间重要的礼仪、祭祀活动常举行于此时。节日中，那些在家居、祠堂或寺观举行的群体性活动，是民间维系家族、群体关系，承传传统伦理道德观念与信仰的重要方式。同时，节日也常常是民间心灵释放的主要方式，它常常伴随着众多的歌舞戏乐表演。民间对情感宣泄和娱乐自我的要求，通常在节日中获得集中的满足。因而，节日富有社会文化内涵。它可以在很大程度上反映出一个民族、一处地方的生活实际与心灵追求。拥有共同的民俗节日便会拥有共同的社会认同，所以节日生活及其历史成为一个地方重要的文化记忆，不管你是否喜欢这种传统，也不管你是否认识到这个事实。[②] 宝卷中即存在着大量关于民间节日生活的描述，这无疑是族群认同和自我认同的关键，也是产生审美共同感的物质基础。

《大圣宝卷》中，对民间节日风俗多有描述。如卷中说到张员外请王先生来教张长生，有言：

真是人生苦海，不得一时闲。眼睛一眨，就忙到腊月廿四夜。到了廿四夜中过点，刺秸棚搭在野场边，赤豆饭供到佛前面，点一对白烛烧灶香，低下头来祷告天：灶王老爷你上天好话多说点，丑事瞒住点。

多求五谷并猪羊，三十夜接你回来过新年。腊月三十这一天，冬

① 《三茅宝卷》，引自尤红主编《中国靖江宝卷》上册，江苏文艺出版社 2007 年版，第 73 页。

② 引自［德］哈拉尔德·韦尔策《社会记忆：历史、会议、传承》，季斌等译，北京大学出版社 2007 年版，第 11 页。

青柏枝封屋檐。贴上门对糊喜笺，囤子打到野场边，儿女共分守岁钱。

一夜连双岁，五更分二年。穿红又着绿，老少贺新年。

初一敬天地，初五接财神，初七望参星，月半看龙灯。

正月十三灯兴起，十八日子落花灯。到了正月二十日，员外想到接先生。①

这里，从腊月二十四说到正月十八，涉及了岁末年初春节期间整个民俗事象，腊月二十四的送灶神、除夕守岁、正月十五元宵节，都在其中。虽只是只言片语，从中也可以了解旧时靖江民间的节日风俗的大概。如送灶神时用青竹、柏枝、芝麻秸秆扎成送神的轿子，俗称刺秸棚。家家户户都要煮赤豆饭以供奉灶神；正月初七晚，民间观看参星在月亮的哪一边，以卜年岁吉凶等，都有着强烈的地方色彩。

灶神也称灶王、灶君、灶王爷、灶公灶母、东厨司命等，在中国民间诸神中，灶神的资格是很老的，商朝已开始在民间供奉。《礼记·曲礼》载："天子祭五祀。"灶神在周朝为五祀之一，和门神、井神、厕神、中溜神共同负责一家人的平安。灶神是中国民间诸神中掌管着人间生、杀、祸、福之权的神，人们对其产生敬畏感，又由敬畏而"媚灶"、"谢灶"，巴结、贿赂灶神，以达到让他"上天言好事，下界保平安"之功利目的。旧时，差不多家家灶间都供有"灶王爷之神位"，两侧是"上天言好事，下界保平安（或回宫降吉祥）"，横批为"一家之主"的对联。《张四姐人闹东京》中也有类似的记述，卷中言：

崔家的新房是腊月廿三完工。到了廿四晚夜点，刺秸棚搭到野场边，小豆饭供在灶神前。今夜送他上西天，卅夜接他回来过新年。格呗，按照风俗是廿四送灶，廿五发酵，廿六蒸馒头，廿七炒蚕豆，廿八炒花生，廿九掸堂尘，卅夜吃馄饨，年初一敬财神。囤子打到野场边，拿菩萨接下来过新年。②

① 尤红主编：《中国靖江宝卷》上册，江苏文艺出版社2007年版，第164页。

② 同上书，第341页。

《张四姐大闹东京》虽然写到敬灶神，但主要侧重于过年，将腊月廿四到次年年初一，靖江民间过年前后的生活习俗都罗列了出来。送灶，蒸馒头，炒蚕豆，炒花生，掸堂尘，吃馄饨，敬财神，其中很多风俗在靖江民间今天仍有保存。对于听众而言，这说的就是他们自己的生活，其亲切感是不言而喻的。

《梓潼宝卷》中，说到光明王改年号逍遥，又令天下于正月十五前后兴灯。宝卷用了大量的篇幅来写陈梓春观灯经历，按照方位分别铺写了北草场、西门、南门、东门、孔庙各处的灯市。

如《梓潼宝卷》中说到各种各样以虫子为形象的彩灯：

蜻蜓灯，飞蛾灯，飞来飞去。　蚊子灯，飞过来，会丢冷针。
蜢子灯，细个子，轻烟缭绕。　牛虻灯，一出门，钢钻随身。
织布娘，十八岁，雪白粉嫩。　壁虎子，做媒人，螳螂招亲。
算命虫，排八字，七子坐命。　合过婚，算过命，好去成亲。
蟑螂虫，灶蜥子，忙把酒办。　蜒蚰虫，忙上灶，慢斯囫吞。
蓑衣虫，爬得快，帮搬台凳。　蟋蟀虫，跳出来，接待新人。
刺毛虫，摆銮驾，穿红着绿。　尖嘴灯，在树上，鼓乐吹笙。
知了灯，叫起来，喇叭涨号。　蜜蜂灯，搓团圆，蜜甘鲜甜。①
屋漏更加连夜雨，行船又遇顶头风。
院君病症难调治，思进夫妻苦伤心。
求签问卜全无用，告庙求神总勿灵。
几日勿吃汤和水，忽然一命就归阴。
三魂渺渺归阴路，也作南柯一梦人。
夫妻二人哀哀哭，家人使女泪纷纷。
去报亲戚都来到，开丧出殡上丘坟。
诸亲六眷齐回转，只有夫妻痛伤心。
父亲刚死娘又死，夫妻守孝在家门。
夫妻守孝身勿出，一场天火到来临。

思进夫妻在家一门守孝，乃知夜间发起天火来哉，红光直透天空。

① 尤红主编：《中国靖江宝卷》下册，江苏文艺出版社 2007 年版，第 887 页。

也是五百年前结，半夜三更被火焚。[1]

（三）宝卷与民间宗教信仰

民间的宣卷及其仪式总是同信仰活动结合在一起，作为承载民间信仰的说唱活动，宝卷包含一套信仰体系。中国的民间信仰缺乏超越性的出世情怀，大都为了实用和功利目的，民众对于宗教的信仰并非为了追求精神上的超脱，而往往是为了现实中风调雨顺、祈福纳吉，消除现实的灾异和疾病的需要。所以“灵验”的神明拥有众多的信徒，而“不灵验”的神明则会面对信徒的质疑。类似土地神、观音等与人民生活息息相关的神明便拥有大量信徒。

宝卷中列举了保佑乡民日常生活的各种神灵，凉州宝卷《十二月念佛》中把一年十二个月份里应该祭拜的民间神灵一一列举：

正月里念佛是新春，西方古佛把话传。
观音老母来点化，遍地里开的是金莲花。
二月里念佛龙抬头，妙善公主要苦修。
满朝文武留不下，白雀寺里出了家。
三月里念佛在清明，永洛太子苦炼心。
观音菩萨把凡下，五龙捧手仙菩萨。
四月里念佛四月八，文殊菩萨把凡下。
领得赤旨来得快，劝告男女快回心。
五月里念佛五端阳，辞官不做的汉张良。
辞朝别军归山早，口吹玉箫步九霄。
六月里念佛热难当，普贤菩萨下天堂。
劝回男女快修道，逍遥逍遥真逍遥。
七月里念佛七月七，天上的牛郎配织女。
王母设下朝阳会，七月七日来相逢。
八月里念佛月儿圆，韩湘子修行上终南。
钟离洞宾来点化，八仙会上成祖甲。
九月里念佛九重阳，花月三娘受灾殃。

---

① 《还阳宝卷》，引自张家港文联《河阳宝卷集》，上海文化出版社2007年版，第345页。

黑云洞里深受苦，沉香子碎山救亲娘。
十月里念佛十月一，白莲师父游地狱。
十八层地狱都游遍，善人恶人不一般。
十一月念佛地成冰，唐僧西天来取经。
沙僧拉着白龙马，悟空八戒保三藏。
十二月念佛正一年，阎君爷打开两道门。
善门打开没人进，恶门紧闭人硬钻。
人有存心天睁眼，不怕疾病把身缠。
人有忠心天知道，一家大小各平安。①

明万历末年《护国佑民伏魔宝卷》又提到了“护国佑民”的“家宅六神”:②

伏宣《伏魔宝卷》者，修当非轻。沐手拈香，诚信敬意，齐声和佛。后请诸天菩萨、罗汉圣僧齐来赴会。天灵皇、地灵皇，八卦觉照，太上阴阳；燃灯古佛、中天玉皇、北方真武、泰山娘娘、阿难迦舍、东海龙王、三官大帝，普放金光；马赵温岳护持经堂；当庄土地、本县城隍、门神护法，家主灶王、家宅六神、本营家堂，齐来赴会，同授明香；东岳天齐、幽冥地藏，万神拥护，普降吉祥。

上述文字是宣卷开始的“请神”仪式文。举行请神仪式时，宣卷人需要报出每位神主的名称。所以，这里出现的每一位神主都是存在于民间信仰生活中的。虽然这本宝卷没有详细列出“家宅六神”的称谓，但在清代民间宝卷中，却有专门演绎“家宅六神”的《六神卷》。《六神卷》对“家宅六神”的解释都十分详尽。其一为清光绪二十四年（1898）积善堂吕蓉初抄本，此本与谢万瀶抄《家堂宝卷》合订一册，收于题为鹅湖散人所编的《古今宝卷汇编》。卷首云：此本名为“六神宝卷”，即门神、奥神、宅神、财神、灶神、井神，所以为之“六神”。不论大小人

① 凉州宝卷《十二月念佛》。

② 经车锡伦先生考证，这本宝卷是明黄天教悟空编，于明代万历四十五年（1617）完成。参见《民间信仰与民间文学：车锡伦自选集》，博扬文化事业有限公司1998年版，第348页。本引文据明刊经折本的复印本。

家，俱有六神掌管门庭，保佑人口平安，各家须恭敬祭祀。

民间宝卷中，神佛救难模式也十分常见。如《抢生死牌宝卷》说到杭州陈子平、陈子安兄弟两人本相处和睦，陈子平受继室尤氏挑拨，与弟弟分家。陈子平向山阴县知县马忠讨债，因后者抵赖，失手将其打死。陈子安不忍哥哥就死，欲替代之。知府沈清令二人抢生死牌。陈子安抢得死牌被斩。宝卷到了这里安排了观音菩萨来救助。观音命仙童将仙草置于陈子安尸首口内，并摄其魂魄至仙山，以备来日还阳。陈子安妻子钱氏忧伤成疾，临死将子女廷玉、月波托付陈子平。其魂魄也被观音摄至仙山。尤氏屡次加害侄儿、侄女，幸得家仆陈方、秋桂救护。观音送陈子安夫妇魂魄回家，并暗中守护其儿女。尤氏母子被雷神打死，陈子安夫妇还阳。后陈廷玉得中状元，皇帝封赏诸人。①

《香山观世音宝卷》中，妙善公主多次遇难，几乎每次都是由神佛相助，才得以渡过难关。如其父妙庄王要她在石板上栽活五百棵枯松，是韦陀菩萨下凡，让城隍、土地等相助而成。她在白雀寺里无力挑水，又是玉皇大帝让水龙太保下凡相助。《方四姐宝卷》中当四姐面对公婆的刁难无法解决时，南海观音出现助其渡过难关；《绣红罗宝卷》中每当花仙哥有难，二郎神总能及时救其脱难；《白虎宝卷》中观音保丧失生的希望，欲撞树自尽时，有白发仙翁救其性命。河西宝卷中保存了大量神仙救助凡人的故事，在这类故事中，几乎在每个主人公面临苦难时，都会有神仙出现降下福祉，救其脱离苦难。宝卷迎合了广大民众渴望福禄寿喜的心理，从幻境中送来的虚幻的幸福，给民众带来了心理的平衡，鼓起了人们生活和斗争的勇气。

《紫荆宝卷》中也出现了诸如土地神和南海观音等神仙，但却并非为了宣扬佛家或道家思想，其中所信奉和传承的却是广泛流传于民众之间的民间信仰。土地神本来就产生于民间，是民间信仰中普遍信奉的神灵，而宝卷中出现的南海观音也不同于印度佛教中的观世音菩萨，民间流传的观音形象吸收了许多广传于民众间的儒、道思想，已经是隶属于民间信仰的神灵。

宝卷与佛教关系密切，宝卷的仪式完全脱胎于佛教的仪轨，音乐都是

---

①《抢生死牌宝卷》，民国上海文益书局石印本。《俗文学丛刊》，新文丰出版公司 2006 年版，第 357 册，第 205 页。

佛教音乐中的一部分。在卷中的宣讲也处处教人“持斋念佛”修行，可佛祖则不管人间的事，有的宝卷中的佛祖也由玉皇大帝调遣，有时则是玉皇求到佛祖的名下，如《土地宝卷》中最终还是请佛祖来收伏大闹天宫的土地佬儿。

地藏是佛教中一位大慈大悲的菩萨，曾经发愿：“地狱未空，誓不成佛。”可他在宝卷中变成了掌管地狱的地藏王，变成了惩办恶人的正义之神。在《地藏宝卷》中，这位地藏王化为疯僧，将陷害岳飞父子的秦桧夫妻捉进地狱，而在《阎罗宝卷》中的阎王是宋代名臣范仲淹，而且他们的手下有判官、小鬼。地狱由此成为了专门惩罚恶人的处所，就像封建社会的监狱。

观音菩萨却是一位仁慈化身的女神，在宝卷中她总是以宽厚、慈悯的情怀，满足虔诚人们的种种要求：为无子者送子，为落难者解围。在《渔篮观音宝卷》中，玉皇要惩罚金沙滩的恶人，是她主动要求，化为渔婆前往劝化。宝卷中人神的关系复杂，演唱最多的是与平民百姓生活密切的神，如灶王、宅神、财神、土地爷等。

前期的宝卷大都以“无生老母”为最高神，以“真空”为彼岸世界，以“入教避劫”作为摆脱现实灾难（“末劫”）的方法。后期的宝卷，则据民间信仰架构出一套天庭、地狱、人间的神鬼体系，并据“善有善报，恶有恶报”的果报信仰和赏罚，来维护着社会的和谐和秩序。

玉皇大帝是宝卷中经常出现的居天庭的最高神，他是民间信仰和国家观念合流的产物。他的手下有天兵天将，同时又指挥人间、地狱的各路神鬼。宝卷中修仙成正的贤人，最后都得到他的封赏；作恶的人，则由他下令惩罚，俨然是封建国家的皇帝。

在日常生活中，宝卷的宗教信仰体系，除了受历史传统的因素影响外，对封建国家官僚运作体系的“想象”，还包括功利目的和现实需求，按照在生活中所占权重排列如下：

（1）治病求医，常常是有了难以治愈的疾病，或无钱买药治病；

（2）求生子孙，多数是女性，尤其是多次生育女孩者；

（3）求发财，多数为男性，因为他们承担了更多的经济压力；

（4）禳灾避祸，祈福纳吉，消除罪孽，保佑平安。

民国曹允源等纂《吴县志》卷52（下）“风俗”一节，江苏按察使裕谦把吴方言区的宣卷看作是巫觋活动，他在道光十九年（1839）十二月所作“训欲示谕”中说：

苏俗治病不事医药，妄用师巫，有“看香”、“画水”、“叫喜”、“宣卷”等事，唯师公师巫之命是听。①

又，清同治九年（1870）序刊毛祥麟《墨余录》卷二“巫觋”云：

吴俗尚鬼，病必延巫，谓之“看香头”。其人男女皆有之。……其所最盛行者曰“宣卷”，有《观音卷》、《十王卷》、《灶王卷》诸名目。但语悉如盲词，和卷则并女巫搀入。又凡宣卷必俟深更，天明方散，真是鬼域行径。②

吴方言区民间的信仰是一个庞杂的系统。除了佛、道教正规的寺庙、宫观外，更多的是散布于各地农村的庙宇、庵堂，它们供奉着各种各样的“菩萨”和“老爷”（民间对神佛的俗称）。浙江嘉善县农村“道士先生”请神用的一本《发遣》（清光绪年间手抄本），其中召请的各种神佛多达三百余种。在这些菩萨、老爷的寿诞日或其他民俗节日，要出会敬神或举行其他祭祀活动。民间在日常生活和生产活动中逢到喜庆或厄难，也要请有关的菩萨、老爷来降福祛灾。从事通神的人员，除了佛教的僧尼、道教的道士之外，更多的是民间的“祝司”（江苏吴县、吴江）、“道士先生”（浙江嘉善）、“骚子先生”（又称“奉香人”，浙江海宁、海盐）、“太保先生”（浙江平湖，上海金山，松江）等，也有相当多的火居道士、野和尚及巫觋（巫婆、神汉）。③

观音菩萨在靖江宝卷中与太白金星一样，是经常出现的一位神灵。她在靖江宝卷中的表现，除了其神通与慈悲以外，还有她对徒弟的尽心回护，有时候不免有护短之嫌。如《大圣宝卷》中，普贤下凡，要收张长生为徒。观音菩萨想自己做张长生的师傅，又不好点破。于是普贤首次下

① 曹允源：《吴县志》见俗（二），苏州文新公司排印线装本，1933 年卷 52 下“风俗”（二）第 144 页。

② 《笔记小说大观》，广陵古籍刻印社 1984 年影印本，第 21 册，第 36 页下。

③ 车锡伦：《清及近现代吴方言区民间宣卷和宝卷概况》，载《温州师范学院学报》（哲学社会科学版）2003 年第 3 期，第 29 卷。

凡，观音先让善才变作蛮汉、推车汉为难之，后更亲自下凡，化作讨饭婆，将普贤阻挠到了半夜，使之无功而返。鲇鱼精在高邮为祸人间，张天师本可以将其收服。观音生怕他抢了自己徒弟的功劳，于是亲自将鲇鱼精踩入青沙底，使张天师找不到它。最后，只能由修成正果以后的张长生来立此功劳。与此相似的情节也出现在《梓潼宝卷》中。太白金星为了让三元兄弟来收服赖元精，也采取了相似的做法。神佛有时候也争一些人间的闲气。

河西宝卷《张四姐大闹东京》中，“大闹东京不安宁，三番五次要交兵”，包公被迫前往天庭追寻四姐是何方星宿，“包公睡在阴阳床，到了天宫来查访”，基本把民间知识信仰中的天界空间交代了一遍：

太白星，领包公，去见玉帝；张玉皇，忙升言，就问丞相。
我差你，文曲星，下去天官；与宋朝，仁宗爷，治国安民。
为什么，要来到，灵霄宝殿？莫非是，仁宗爷，亏了你心？
包丞相，听得问，忙往上奏；奏玉皇，东京城，出了妖精。
她损了，许多员，忠良善将；又杀了，无数个，百姓庶民。
不知是，上天的，何星走脱；只闹得，东京城，不得安宁。
请玉皇，细细地，查看一遍；走脱了，哪一位，收她回官。
升天入地都找遍，不知四姐是何神。①

却说玉皇大帝传旨，命十二功曹前去查看三十三层天门众神，九曜星官，二十八宿，十二元辰，五方五斗，三官大帝，四海龙王，上中下八洞神仙，诸神俱在官位，并未走脱一神。玉帝再命王母娘娘斗牛官中查看。②

又讲到王母娘娘下凡，要带着张四姐回到天庭，张四姐一开始不肯，有言：我到东土已三载，看惯了山也秀来水也清。

父慈子孝兄弟敬，男耕女织相互亲。

---

① 《张四姐大闹东京宝卷》，引自徐永成主编《金张掖民间宝卷》（一），甘肃文化出版社2007年版，第55页。

② 《张四姐大闹东京》，引自西北师范大学古籍整理研究所《酒泉宝卷》上，甘肃人民出版社1991年版，第329页。

人间处处是春色，丢不开凡间好光景。[1]

吸引张四姐，让她眷恋，以至于不愿回到天庭的正是人间浓浓的情爱。所以接下来张四姐一定要王母娘娘允许将崔家母子和家宅一起搬上天，才愿意回去，显示出对人间真情的万分看重。其回到天庭后，玉皇大帝最初也要处置张四姐：

哎，玉皇大帝也像天下父母的心一样，听到孩子在外面惹了祸，恨不得一刀要把她剁煞得；等到孩子到了面前，吓得两滴眼泪往下一挂，又赶紧抱到怀里："不要哭，再哭我当真要打呱！"玉皇大帝见四女跪在面前，两滴眼泪一抛，怒气也就消了一半。[2]

民间信仰中必然包含了一些民间的禁忌活动。这是千百年来人们的生活经验：

一禁约，怨寒暑，呵风骂雨，天与神；地与祇，敬礼宜诚；
一禁约，逆父母，不敬翁姑，兄与弟，夫与妇，俱宜和亲；
一禁约，虐子女，打骂婢妾，待媳妇，待卑幼，当存慈心；
一禁约，轻尊长，不祀先灵，妯与娌，姊与妹，宜有恩情；
一禁约，敲锅灶，掷毁器皿，遇米谷，见字纸，敬情宜勤；
一禁约，贪口腹，妄杀生命，牛与犬，雁与鲤，永勿煮烹；
一禁约，露身体，歌唱哭泣，厨房中，新产妇，更宜回避；
一禁约，提屎尿，灶前打骂，厨灶下，小孩童，不宜放置；
一禁约，毛与骨，入灶烧焚，秽柴草，乱头发，供宜检弃；
一禁约，猪圈厕；遭进厨房，臭秽气，能除尽，神明欢喜；

宝卷同样记录了大量的民间禁忌和受天地惩罚的行为。

老天爷，尽收的，为恶不善；为恶的，行善的，报应分明。

① 尤红主编：《中国靖江宝卷》上册，江苏文艺出版社 2007 年版，第 362 页。
② 同上书，第 363 页。

一收那，淫荡女，不敬天地；坏三从，抛四德，又欺公婆。
二收那，杀耕牛，杀牲害命；吃耕牛，罪过大，不存良心。
三收那，忤逆男，不孝父母；吃嫖赌，败家财，不务正业。
四收那，抛五谷，不惜米面；视米面，如沙土，到处抛撒。
五收那，使大斗，巧用机关；用小秤，害穷人，情理难通。
六收那，偷花鬼，占人妻女；搅家庭，乱社会，寡廉鲜耻。
七收那，糟字纸，不敬斯文；轻知识，弃礼义，道德沦丧。
八收那，做官人，以公报私；不忠君，又欺民，天理不容。
九收那，弄是非，挑唆他人；既说白，又道黑，祸害好人。
十收那，做公婆，替儿嫌妻；好媳妇，不当人，良心丧尽。
人变畜，畜变人，轮流倒转；阴曹府，受苦罪，再经一番。①

却说阴曹地府将这些十恶不赦之人打入十八层地狱受罪。阳间犯罪银钱转，阴间给钱不要。富贵人家银钱万贯，也难买转十殿阎罗的刑法：

鬼卒奉令捉恶人，把魂提到阴司城。
金钱万贯不顶用，生前造孽死后定。
田产妻子一场空，争权夺利为谁人？
你在阳世不回心，来到阴间痛烂心。
早知阴间王法重，阳世应当做善人。
魂灵缥缈一路行，阴间地府哭五更。

［五更调］：

一更里来到鬼门关，前后儿观看。奈何桥上人不断，让我心惊又胆战。阳间里犯罪钱买转，阴间里难展。牛头马面两边站，叫我越看心越难。

二更里来到阴司城，珠泪儿滚滚。生死路上乱哄哄，都是阳世罪孽。小鬼打我浑身疼，叫苦儿连天。这样的苦刑真难忍，快叫我脱离

① 《救劫宝卷》，引自徐永成主编《金张掖民间宝卷》（二），甘肃文化出版社 2007 年版，第 682 页。

这惶惶地。

三更里来到森罗殿，阎王爷开言。善恶簿上载得清，罪过儿欺天。口不要巧来舌不要辩，你自己观看。孽镜台上看分明，罪过儿太重。

四更里来到六步桥，后悔也迟了。阎君大怒定不饶，剥皮又煎熬。阳间作恶罪不小，使奸者弄巧。害人作恶把罪造，叫我今日何处逃？

五更里来到刀山根，粉骨儿碎身，遍身骨肉血淋淋，叫我疼痛实难行。今日受罪想生前，善恶报应者分明。这样的苦刑谁知道，后悔也枉然。①

从以上我们可知，宝卷的宗教信仰体系，是以民间信仰为基础，仿照封建国家的模式想象出的一套民间信仰体系，其信仰是适于功利目的及现实生活的需求。因此，本文认为，宝卷正是中国民俗文化、民间信仰、民间社会环境所共同孕育而成的一种口头说唱文学形式。哈布瓦赫认为："现在的一代人是通过把自己的现在与自己建构的过去对置起来而意识到自身的。"② 事实上，尽管宗教性记忆试图超离世俗社会，但它不是在保存过去，而是借助过去留下的物质遗迹、仪式、经文和传统，并借助晚近的心理方面和社会方面的资料，也就是说，现在重构了过去。民间信仰是中国传统社会具有特色的宗教形态，在任何时代，它都"立足现实"需要而建构了精神信仰。

（四）儒家伦理与人生修行

研究宝卷这种次生口头传统的情节后我们发现，虽然说唱部分韵律整齐，但同一故事的下同版本彼此不同。也就是说，每一次说唱时编创了不同结构的文本。即使同一个人的演唱也因为时间、地点、听众反应、环境

---

① 《救劫宝卷》，引自徐永成主编《金张掖民间宝卷》（二），甘肃文化出版社 2007 年版，第 684 页。

② ［法］莫里斯·哈布瓦赫：《论集体记忆》，毕然、郭金华译，上海人民出版社 2002 年版，第 43 页。

场合等因素而有所变化。[①]

无论宝卷的结构因口头说唱产生怎样的变化，但其主题更多地集中在身心修炼。儒家修炼的标准是成为君子，成为大善人；佛家修炼成来世；道家修炼成仙。宝卷中的主人公历经磨难，功业积累，到达修成正果之日，也就是他还原归本，恢复其神灵之位，并受封神号之时。这一步在宝卷中也多有固定的模式，也是一种格套。

如《地藏宝卷》中，金藏宝功成果满之时，是“西天佛祖早已晓得，一阵仙风来到昆仑山石屋之外，执指一指石屋倒塌”。金藏宝肉身死去，也即脱去凡胎，恢复神性，认出佛祖。后者乃言其“修道有功，现已修成正果，我来封你一封”，“藏宝前来听封尊，地藏能仁你当身”。

《东厨宝卷》中，玉顶仙女托生的陈氏老母最后功成，玉皇大帝令太白星君接引其上天，言“陈氏老母听封尊，东厨司命你当身”。下册九灵灶君也是躲在灶膛里被火烧死后才得封赠的。

《三茅宝卷》中，元阳真人修炼成真，玉主令黄鹤驮其上天，来到御宰台前，拜见玉主。“玉主一看笑颜开，这等善人哪里来！元阳你吃尽苦中苦，我今朝要封你神上神。元阳前来听封尊，三茅祖师治乾坤”[②]，接着又加封其应化真君、接本章童子。之后，又有元阳度其两位哥哥修道，令他们在夹墙里撞死，脱了凡胎。后兄弟三人一同受封。元阳将两个哥哥带到御宰台前，玉皇封赐，“还阳前来听封尊，大茅祖师你当身。回阳前来听封尊，二茅祖师你当身。元阳前来听封尊，三茅祖师你当身”[③]。

《大圣宝卷》中，张长生（裕缘僧）功满，观音老母将其“度到通天银河脱过凡胎换仙胎，带到御宰台参拜玉帝”。玉帝封赐，“魏岳村上裕缘僧，魏岳禅师你当身。泗州市里罚誓愿，泗州大圣受皇恩。白云仙山修正果，国世皇菩萨受香烟”[④]。

《香山观世音宝卷》中，妙善公主功成果满，太白星君宣玉帝诏书，“照得兴林国妙善信女，苦修得道，……确系功满业成，应得封赠：妙善

---

① ［美］沃尔特·翁：《口语文化与书面文化》，何道宽译，北京大学出版社2008年版，第45页。

② 尤红主编：《中国靖江宝卷》上册，江苏文艺出版社2007年版，第68页。

③ 同上书，第130页。

④ 同上书，第194页。

前来听封赠，救苦救难观世音”[①]。另外，卷中善才童子得道，也是妙善让土地引众仙化作江洋大盗，杀上山来。善才为保护师父妙善，而舍身跳崖。死后即脱去凡胎，得正果。

宝卷中有大量的劝善说教。对于中国人来说，善并不只是平面的伦理道德之劝诫语词，它是中国人谋求在社会关系中生存的至上伦理。正因为对“善”的关怀是中土民众及中国文化灵魂深处的事，宋元以后，取材于民间故事的宝卷日益流行，民间宗教、秘密宗教常以“宝卷”的形式创作、制定宗教经卷，如明代的白莲教、罗教、弘阳教、闻香教等，其中明至清道光以前的宝卷，多为民间宗教的经典，处在封建朝廷要取缔的异端之列，清同治以后的宝卷，又恢复至宝卷出现之初的形态，多以劝善和演讲佛门故事为内容，在思想信仰上呈现出三教合一的特征，在伦理思想上表现为佛教伦理、儒家伦理、道教伦理的糅合。

宝卷的宣卷者以劝善、教化世俗为主要职责之一。《血汗衫记》开篇中言，“面对善人讲经典，劝善降福免三灾”，“是宝卷必是劝人行善”。“宝卷是部劝善文，字字句句劝善人”[②]。末又言“写下一部某某卷，留在民间劝善人”[③]。《落碗宝卷》中，良善之人刘自明被马氏母子害死，包公祷告天地，默念真言咒语，刘自明能死而复生，最后和母亲等五人还一起得到观音老母的度脱。[④]《三茅宝卷》中亦言“《三茅宝卷》，一部劝善书”[⑤]。《张四姐大闹东京》开讲有言：

仙是凡人塑，人是天赐咸。人仰天赐福，仙慕凡间人。

开讲一部《月宫卷》，表一表仙与凡人闹纷争。世人之间有善恶，善恶之人两边分。

善人往往遭磨难，十磨九难大器成。恶人总有恶来报，作恶没有好收成。[⑥]

---

① 尤红主编：《中国靖江宝卷》上册，江苏文艺出版社 2007 年版，第 259 页。

② 同上书，第 299 页。

③ 同上书，第 338 页。

④ 《落碗宝卷》，引自徐永成主编《金张掖民间宝卷》（二），甘肃文化出版社 2007 年版，第 488—490 页。

⑤ 尤红主编：《中国靖江宝卷》上册，江苏文艺出版社 2007 年版，第 3 页。

⑥ 同上书，第 339 页。

在宣扬劝善之后，更明确地指出了行善的意义与其劝善的主要内容。如此种种，反映的都是宝卷的创制者自主地承担起了劝人行善、教化世俗的责任。

靖江宝卷中所宣扬的理想社会是“国正天心顺，官清民乐安，妻贤夫过少，子孝父心宽”，“父慈子孝弟把兄敬，家家安乐户安宁”，“天子多英明，端坐在龙廷，八方多清净，处处罢刀兵。三阳初开泰，六合正同春。风调并雨顺，五谷和丰登”①。为了实现这一目的，于众人而言，必须有善心善行来保证之。于宝卷本身而言，则需要很好地承担、完成其劝善的职能。

靖江宝卷中的劝善体现着民间的伦理道德观念，其以“善有善报，恶有恶报”观念为支撑，核心内容仍然是儒家传统的忠孝观念，糅合了民间的修道观。《九殿卖药》中，吕洞宾刁难卢功茂，出千两黄金要顺气汤、消毒丸、和气子、养命丹、长生草、不死方、归家子、义沉香八味药。霍氏答言：

> 平：你家父母有气慢慢劝解是顺气汤，兄弟和合叫消毒丸。
> 妯娌和睦叫和气子，田中五谷叫养命丹。
> 生男育女是长生草，茶店里说合道理叫不死方。
> 送老归山归家子，当年黄氏女不肯重婚改嫁叫义沉香。②

河西宝卷《何仙姑宝卷》中通过吕祖师和何仙姑的对话，告诫芸芸众生，克服不仁、不义、贪嗔、嫉妒、怀怨、狠毒、骗害、破人婚姻、占人田产、瞒心昧己、大斗小秤、行凶作恶等诸样杂病，一心向善：

> 吕祖师又问：“何为十六条大病？”姑娘答道：“世上之人不敬天地十恶病，不孝父母忤逆病，不怕王法恃强病，兄弟相争不睦病，妯娌不和搅家病，六亲疏失无义病，乡邻不和生分病，不信佛法毁谤病，借债不还缠杀病，倚富欺贫势利病，背后说人坏心病，欺善怕恶

① 赵松群演唱本。

② 尤红主编：《中国靖江宝卷》之《九殿卖药》上册，江苏文艺出版社 2007 年版，第 373 页。

小人病，全无慈悲刻薄病，忌贤妒能嫉妒病，暗笑旁人奸巧病，损人利己瞒心病，可是一十六条大病。”①

吕祖师又问：“这些大病可否用药医治？”姑娘答道：“有药调治。”那吕祖师问：“要用什么药医？”姑娘答道：“慈悲是药，忍耐是药，方便是药，积德是药，济困扶危是药，爱老怜贫是药，平等公道是药。”吕祖师又问：“此药出在何处？”姑娘答道：“要向十字街前去买，饶人铺内去寻。要至诚老实人一个，好肚肠一条，慈悲心、孝顺心一片，温柔八两，道理三分，忠贞忍耐全用，阴阳方便不拘多少，醍醐甘草三分。智慧刀上断，宽心锅内炒，乾坤磨里磨，三思筛里筛，以波罗蜜为丸，要做菩提子大，在本地八卦玄炉炼成。用顺气汤，吃在宽心腹内，只要一百单八颗，每日三服。有人服得此药，就是长生不老灵丹，能除一切病根。”吕祖师又问：“此药可用药引子？”姑娘答道：“要用好舌头一个做药引子。”吕祖师问：“这般妙药可有发物，可要忌口？”姑娘答道：“全凭忌口药才灵验。不可用草裹井、暗中箭、笑里刀、两头蛇、心中毒，平地起风波。此病若还不除，还有几味补药。除此病根忍一声，祸根从此无处生。饶一着，不可与人争强弱；耐一时，火坑化作白莲池；退一步，便是人间修行路。若能全忌此口，消除病根永不发也。”②

这可以看作是民间止于至善的人生格言：乐善好施、一心行善、与人为善、广结善缘的社会道德伦理观念的又一次展示。

宝卷以劝善为目的，善恶的标准是什么？这在许多宝卷中都有说明，如《灶君宝卷》（图4-1）中说：

善者烧香并念佛，持斋吃素诵经文。敬重佛天共三宝，斋供僧尼俗道人。

孝顺公婆并父母，敬重邻房叔伯亲。弟兄竭力相谦让，夫妻和睦不相争。

---

① 《何仙姑宝卷》，引自徐永成主编《金张掖民间宝卷》（一），甘肃文化出版社2007年版，第328页。

② 同上书，第329页。

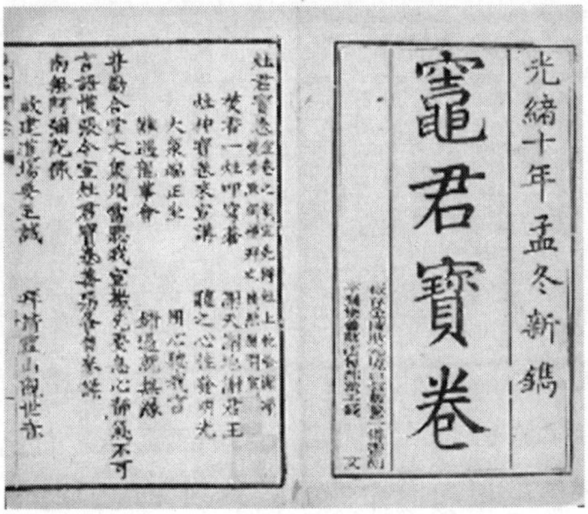

图 4－1　《灶君宝卷》书影

翁姑姐妹常侍奉，官法遵依不敢轻。常行善心皈三宝，日日时时发善心。

佛殿钟楼廊庙坏，并不推却逆半分。修桥铺路行方便，发心布施造完成。

渴施凉茶开泉井，厨中粥饭救饥人。十二时辰行方便，更兼老少济贫人。[①]

且说灶君上天奏本，玉皇批准，孝顺父母者，加寿一级；敬重公婆，无灾无悔；兄弟和睦，家道兴隆；伯母同心者，丰衣足食。朱笔批准，照牌而行便了。[②] 在台北本《灶君宝卷》后面附有《灶君慈训》，把劝善惩恶落实在日常生活的方方面面：

吾乃灶君是也。（谢谢灶君慈悲）。免礼今逢到处判善恶，因贵官疝气冲天，吾特驾结善缘。吾来说，目前社会上做事乱作，有的杀鸡、鸭、鹅……罪过！

本来杀牲之罪过………大家晓得否？（……）吾虽然无金身在灶上，但灶就是吾之身。今天说“过”，灶上不能放秽物……因为灶就

① 尤红主编：《中国靖江宝卷》上册，江苏文艺出版社 2007 年版，第 209 页。

② 《灶君宝卷》，引自张家港文联《河阳宝卷集》上，上海文化出版社 2007 年版，第 81 页。

是吾之身。吾每天要亲送功过簿到南天呈玉帝，如有大功或者大过，才由南天转理天，所以每家不能做坏事，在外有日察神看视，夜间有夜察神看视，一切顺天者昌，逆天者亡。如今三期未劫，吾助阳子，吾助道。（谢谢灶君慈悲）口以上。吾退。

宝卷所阐述的这类“善行”归纳起来就是：敬天地、尊神佛、尚礼仪、守国法、孝敬父母、家庭和睦、敬重邻里、救济贫困、广行善事。它们是封建社会中平民百姓世代相传并遵循的道德、行为准则。在宝卷中，它们又通过那些善恶果报和宿命论的故事来体现。这种信仰教化模式，也使宝卷的形式、故事结构形成较为固定的模式。

宝卷真不愧是“劝世文”，不仅以大量篇幅宣扬“仁、义、礼、智、信”和“仁、义、廉、耻”等以仁爱为本的中国古代核心价值观，同时也不遗余力地劝诫人们要重视“酒、色、财、气”等感官欲望的危害。圣卷、草卷、科仪卷均有，而“酒、色、财、气”的说教仅见于草卷，且频率甚高，18 种之中有 9 种草卷的开卷偈为之反复言说，表述稍有变异，主旨十分突出，那就是劝世人要理智地对待“酒、色、财、气”。

酒字三点水，色字刀在头。
丢啦色共酒，省得结冤仇。
气是米做底，财是贝做旁。
丢啦财共气，何等不风光？
酒色财气四重墙，迷失众生在中间。
若能跳出墙头外，不成那个佛来也成仙。
收留闲文归经典，开宣宝卷劝善人。①

《仁义宝卷》刘自忠说：“我劝你把酒戒了，再过几天灾过躲满，与你再饮酒不迟。”刘自明听说，心中大怒，便说：“刘自忠，你今这样无礼，还在我面前成精作怪。”刘自忠笑着说：“哥哥呀！我怕你饮酒闯祸，只是为弟一片好心，非是为弟抱怨你。”刘自明说：“你怕我饮酒闯祸把

① 《和合记》，引自尤红主编《中国靖江宝卷》上册，江苏文艺出版社 2007 年版，第 1311 页。

你连累了，我和你分开各立门庭，你看如何?"说罢，就把亲朋邻居请来，按为两股均分。[①]

酒字三点水，色字刀在头。
为了酒共色，世人结冤仇。
酒是穿肠毒药，色是削骨钢刀。
财是下山猛虎，气是惹祸根苗。
见酒不醉量为高，见色不贪是英豪。
见财不爱真君子，忍气吞声祸自消。
收留闲文归经典，开宣宝卷劝善人。[②]
酒字三点水，色字刀在头。
丢了色共酒，何等不风流。
饮酒不醉量为高，见色不贪是英豪。
非礼之财不可取，忍气吞声祸可消。
耐字没得忍字高，忍字头上有张刀，
为人要有几个忍，不犯法律哪一条。[③]
禹恶旨酒怕性乱，修性戒酒五气聚。
法身菩提牟尼宝，饮酒发散黍米珠。
昔日有个婆罗女，头上竹簪有酒气。
杜康造酒婆罗买，卖酒常过毗卢居。
婆罗竹簪失井内，毗卢门女饮不知。
身内菩提皆散坏，静禅不见牟尼珠。
问佛开示因由事，从人性海再修持。
抛却毗卢归性海，重修十年始还珠。
修身须解败道药，受戒弟子例不知。[④]
莫道为人无灾难，行事差错降灾魔。

---

① 《仁义宝卷》，引自张旭主编《山丹宝卷》上册，甘肃文化出版社2007年版，第455页。

② 《九美图》，引自尤红主编《中国靖江宝卷》上册，江苏文艺出版社2007年版，第1195页。

③ 同上书，第1155页。

④ 《庞公宝卷》，浙省玛瑙经房印造流通，陕西师范大学图书馆藏，光绪乙未刻本，第3—4页。

举动行为都是罪，金神尚且堕螺蛳。[①]
禅师回答长者听，百年富贵梦中人。
一个幻身都是假，骷髅败坏却无根。
金银财宝非为贵，荣华富贵登浮云。
生死到来无可敌，跟了鬼判赴幽冥。
我愿清闲成佛道，不贪财宝与金银。
若受繁华贪快乐，定入三涂地狱门。
万缘放下全无碍，入定巍巍六根清。
一心静后一心清，万法空时万法通。
莫道存丝全不掛，寸丝不掛得安宁。
识破浮生淡在心，避色避空避凡尘。
清净收拾安然坐，石室云山万古春。
见闻觉知无非道，法性明暗色即空。
雪后始知松柏翠，临机方觉佛是心。[②]

无论古今，人性的许多弱点都是相同的，亦即因修炼不到家，关键时刻把持不住而惹下祸根。对此，宝卷说得十分生动形象："酒在船头色在梢，气在船后把橹摇。财是猛虎端然坐，回转总是杀人刀。"[③]"酒色财气四重墙，迷失众生在中间。若能跳出墙头外，不成佛来也成仙。耐字没得忍字高，忍字头上有张刀。为人要有几个忍，不犯法律哪一条。收留闲文归经典，开宣宝卷劝善人。"[④]

酒后向人讨钱财，气从酒中生出来。
一怒就把祸引身，作首歌儿大家听。
好男儿爱兄弟，不以争强丧天理。
哥哥爱弟年纪小，手足为重，手足为重。

---

① 《庞公宝卷》，浙省玛瑙经房印造流通，陕西师范大学图书馆藏，光绪乙未刻本，第6页。

② 同上书，第16页。

③ 《刘公案》，引自尤红主编《中国靖江宝卷》上册，江苏文艺出版社2007年版，第1525页。

④ 《狸猫换太子》，引自尤红主编《中国靖江宝卷》上册，江苏文艺出版社2007年版，第1457页。

念同胞一母生，一家和睦敬乡亲。
为钱为财把气赌，离乱人心，离乱人心。
枕边语莫要听，纲常伦理人遵行。
果然安分守王法，太平世界，共乐人间。
人是树心是根，根伤枝叶焉能盛。
行事先将自己问，莫怨别人，莫怨别人。
做君王理要公，赤心报国包文正。
清廉正直无私曲，忠心耿耿，百姓知闻。
古人训不可轻，贤愚成败靠自身。
恶劳好逸非真爱，酒后进监，受尽磨难。
酒色财气四堵墙，人人都在里面藏。
有人跳出此墙外，便是长生不老仙。
酒肉朋友米面妻，事急还靠亲兄弟。
今世之人若不信，身临大难便知情。①

宝卷故事中的孝行说教也比比皆是。宝卷开卷前的主题无非是要信佛烧香，信佛烧香最后的目的是为了让听众听从神灵或佛的旨意，要“孝顺爹和娘”，要“和睦街坊”，要“安分守已”，要“好好度时光”，要“教训子孙”，莫“恨铁不成钢”。而“十字句”的箴言，更是一篇绝妙的“劝诫文”。靖江宝卷也通过一个个动人的故事，自觉地宣扬着孝道，劝导着听众在日常生活中对孝的信奉与贯彻。

河西宝卷《鹦鸽宝卷》通过一只盗桃养母的小鹦鸽被擒后的心理和言行，歌颂动物的善举和孝行的美好。鹦鸽甚至吟诗一首，曰：“西方路上一只鹅，口衔灵芝念弥陀。扁毛也有行孝意，人不修行奈若何？”《鹦鸽宝卷》中写道：

却说张三网住了一个红嘴绿毛的俊鸟，取掉罗网把小鹦鸽拿在手中。它见了张三两眼落泪，口吐人言求告道：“放我一命吧，那仙果山沙柳树上有我老母亲。”那张三闻听鹦鸽之言，大惊大喜，竟然捉

① 《落碗宝卷》，引自徐永成主编《金张掖民间宝卷》（二），甘肃文化出版社2007年版，第470—471页。

到了一只会说话的鸟儿，便说："灵鸟，你既然会吐人言，那就说出你是何山飞鸟。"

宝卷通过鲜明对比，揭露张三等那些见利忘义、贪得无厌的人类，全卷读来极其令人动容：

小鹦鸽，未开言，眼中流泪；叫一声，张三爷，听我原委。
我在那，仙果山，沙柳树上；老母亲，在山中，又名黄鹦。
父和母，费尽了，千辛万苦；在山中，养成了，三个孩童。
老父亲，打食去，无影无踪；不知存，不知亡，不知吉凶。
每日里，母打食，喂养孩童；喂得我，兄弟们，长大成人。
我哥哥，它两个，飞出窝中；丢下了，我母亲，忘了娘恩。
只有我，生得那，年纪幼小；远打食，近取水，报养娘恩。
老母亲，得了个，想儿之病；有珍肴，和美味，懒得沾唇。
满山的，好仙果，无心食用；要想吃，仙桃儿，才能治病。
因此我，大了胆，来盗仙桃；才落到，三爷的，天罗网中。
望三爷，你今日，饶了我命；我日后，定不忘，你的恩情。
在此间，我死了，不太要紧；窝巢中，饿坏了，我的母亲。①

《延寿宝卷》中，金本中本来注定九岁去世，但因为割己心疗救自己的双亲，阎王为之奏上天庭，延寿十年。宝卷中言：

平：本中九岁行孝道，为救双亲割自身。为人总要行孝道，皇天不负孝心人。

挂：经堂许多人，说话甚聪明，念佛与看经。一点孝心全不起，何必办修行！

万恶淫为首，百善孝为先。为人若忤逆，不值半分毫。

平：为人且肯行孝道，虚空神明总知闻。②

① 《鹦鸽宝卷》，引自徐永成主编《金张掖民间宝卷》（一），甘肃文化出版社 2007 年版，第 245、257 页。

② 赵松群演唱本。

二　宣卷仪式与族群记忆

1925 年法国社会学家莫里斯·哈布瓦赫（Maurice Halbwachs）最早提出了“集体记忆”（collective memory）的概念。他认为，记忆不仅是个人的，更是一种集体选择和遗忘的社会性行为。从社会建构的角度，他认为记忆在本质上是立足于现在而对过去的一种重构，人们如何构建和叙述过去在很大程度上取决于当下的理念、利益和期待，而记忆的建构更受到权力的掌控。[①] 1989 年，美国学者保罗·康纳顿（P. Connerton）则在《社会如何记忆》一书中用“社会记忆”的概念取代了“集体记忆”，他将记忆分为个体记忆、认知记忆与习惯记忆三种，认为社会记忆即习惯记忆，主要通过纪念仪式与身体实践来传递和维持，可见他侧重历史的延续性。[②] 随后，美国心理学家巴里·施瓦茨（Barry Schwartz）将 20 世纪的建构论与延续论这两种角度综合起来，认为集体历史记忆是具有累积和连续性的，在他看来，如果关于过去的信仰经受不住社会变迁的考验，社会的团结与连续就会受损。[③]

总结来说，乡土中国，实践是记忆最有效、最直接的方式，甚至可以说，实践就是记忆。乡民在日常生活中经过长期磋商而形成的村落知识，为村落群体成员所共享：

> “他们平时遇事习惯于在相互磋商中寻找一种‘合情合理’的说法。乡民在日常生活中经过长期磋商而形成的村落知识，为村落群体成员所共享，无形中就在村落社区内具有了‘天经地义’的权威，但这种权威并不为所有村落成员均质性地共享。”因此，那些曾被多次磋商的知识总是显得更加合乎情理，因而也更具确定性；相反，那些未被磋商的知识，则往往是未能得到统一和规范的个性化讲述。[④]

① ［法］莫里斯·哈布瓦赫：《论集体记忆》，毕然、郭金华译，上海人民出版社 2002 年版，第 43—45 页。

② ［美］保罗·康纳顿：《社会如何记忆》，纳日碧力戈等译，上海人民出版社 2000 年版。

③ Schwartz, Barry. 1990. *The Reconstruction of Abraham Lincoln*. In David Middleton and Derek Edwards (Eds.) Collective Remembering. London: Sage. pp. 81 - 107.

④ 张士闪：《京西幡会一个追求“天人吉祥”的联村仪式》，载《民族艺术》2007 年第 3 期，中国人民大学书报资料中心《文化研究》2008 年第 5 期。

宝卷的创造性表现在它能够在多大程度上最有效地利用传统给定的形式，向民众灌输教派思想或民间信仰。从文本的层面来说，宝卷和民间叙事的其他说唱和戏剧形式之间存在着相互借用、传递、标准化、地方化的动态影响过程。对这个过程的认识必须借助于对文化语境的认识来完成。地方性知识就是宝卷的语境。它包括仪式行为、民俗事象，神话、宗教，地方知识、信仰群体、仪式生活、口头传统等。这些地方性的内部知识，无疑会拓展我们对宝卷文本的认识，即宝卷不仅是字传的、语言层面的篇章，也是心理的、行为的、仪式的传承文本，是书写文本或印刷文本不能替代的口头传统。

语言本身是一种文化传承。一个族群、民族的语言是在特定生存环境和历史文化背景下产生的，其语意蕴藏着深层的文化元素，包含着民族的心理趋向和感情认同。作为文化符号和载体的语言，其本身也是“文化传承的基本形式”。换句话说：“语言的内容不用说，是和文化有密切关系的。虽然语言是人社会化的产物，是一种交际工具，是思想的直接现实，是一种信息载体，语言传承是文化传承的基本形式，但是语言并不是唯一的文化传承载体，语言是一种实践的意识。”① 语言要与人的社会实践相结合，在特定的、具体的行为中做深层的文化内涵考察，才能更准确更深刻地发挥其文化传承的功能。

社会记忆有“口头流传实践、常规历史文献、绘制或摄制图片、集体纪念礼仪仪式以及地理和社会空间”的功能。② 记忆与行为、实践、习惯分不开。质言之，记忆是反复性实践行为。乍看起来，“实践”与“记忆”没有明显的关联，但事实上，从学理谱系梳理的结果来看，二者存在着内在的联系和逻辑的关联，即都在“重复某事，习惯行为”上重叠。正是基于其内在的逻辑和关联，我们才保证“实践记忆”这一概念在知识谱系上的“合法性”依据。

事实上，使用“实践记忆”这个词还源于笔者长期对宣卷仪式的观察和参与实践。也就是说，除了一定知识、理论的积累前提外，实践记忆

---

① ［德］马克思、恩格斯：《德意志意识形态》（第1卷），《马克思恩格斯全集》（第3卷），人民出版社1960年版，第34页。

② ［德］哈拉尔德·韦尔策：《社会记忆》（代序），《社会记忆历史、会议、传承》，北京大学出版社2007年版，第6页。

源于生活实际，即在某种生活仪式场景或情境下，感到人类学社会学传统的记忆理论，如社会记忆、集体记忆和历史记忆等不足以涵盖现实生活的“记忆”，或对某一种（类）记忆忽略遗忘和强调不够，而此类“记忆”又确实是现实文化生活中客观实存和必不可少的。从现实生活来看，实践与记忆关联的内在逻辑在于：现实情境对在场的人群产生在场的刻骨铭心的记忆。从某种意义上说，用我们经常说的“言传身教”来讲，正是这种方式对人们所产生的记忆效果。质言之，实践就是人们习惯性地反复做某事，并从中获得某种东西（如记忆、技能等）的行为，它与理论和知识不同，而是一种行为，或者说是一种行为模式。而且实践的这一层含义与记忆的“重复性行为”意思是一脉相承的。

1. 日常生活或仪式实践活动。实践记忆首先强调的是实践活动或行为，即“身体力行”做某事，包括有组织和无组织、有计划和无计划、有安排和无安排、有意识和无意识地做某事，正是人的这种活动或行为，对行为人自身产生影响，获得体验，从而形成对事情和事情背后潜藏的文化的记忆。尤其是一些“文化”活动实践，如特定的宣卷仪式，对人的文化习得，思想、心灵、感情的冲击和触动尤其明显，仪式实践影响的深度、广度和范围等不同，人们的记忆程度也有所不同。有许多用来进行叙述的“储备材料”（Reserven），即许多非口述的和非文字记载的涉及族群和个人的故事，它们以很有意义的方式构成了我们的经验。叙述总在陪伴着我们，但我们却并不确切知道它们是怎样陪伴着我们的，它们是我们的深层回忆的一部分，而这种深层回忆本身，则又是由传统中的许多沉积层构成的。① 宝卷对传统社会人们精神家园中“菩萨保佑”、“天作孽尤可活，人做孽不可活”、“恶有恶报，善有善报”、“状告玉皇大帝”，“阴曹地府和人间没两样”、“阎王好见小鬼难缠”、“包公日断阳夜断阴”等经验的叙写，乡民从中习得伦理道德、生活经验、自我认同与族群认同，并以此作为价值建构的起点。

古今中外，贫富贵贱，起房造屋都是件大事，无不慎重地看风水、择吉日，并严格遵循种种民俗规矩。《月宫宝卷》的主人翁崔文瑞，砖瓦木料买齐备，请“五匠”盖屋，许多细节描写就是乡民生活的原始面貌的

① ［德］哈拉尔德·韦尔策：《社会记忆：历史、会议、传承》，季斌等译，北京大学出版社 2007 年版，第 14 页。

记忆与实践。

众位，何谓五匠？就是起造房屋的木匠、瓦匠、雕匠、漆匠，还有装饰金银的银匠。这些工匠可不问你穷与富，只要有吃有拿，不少他的工钱，一请就到。崔文瑞说："师傅，我家工钱不欠你分文，就是没得人手管你们的饭。"木匠说："没人烧饭，不能叫我做手艺的拿锅子背在背上去做生活。"

"不，我出钱，你请人，

大工开支一百五，小工每天八十文。

在我陆地上砌堂灶，酸甜咸淡自烹调。"

木匠一听哈哈笑，"你这先生办法好。

主家出钱我请人，兴兴旺旺造高厅。

择个吉日逢黄道，把姜太公请来镇邪妖。"

崔文瑞说："师傅，你们好请，姜太公难请哩。他是文王的宰相，况且已去世千百多年，到哪去请他？""小先生，不是请他人，是请他的名。用梅红纸裁成长条，上写'姜太公在此百无禁忌'，贴在宅前宅后，东邻西舍的左右——来往行人口念姜子牙，避凶避恶避妖邪。"开工之后，到了竖柱上梁那天，木匠师傅又叫崔文瑞写——竖柱逢黄道，上梁遇紫微。文星扶玉柱，武曲托金梁。①

建房民俗较为简约，而实际生活远比这隆重繁复，从开工到上宅，有五大程序，十多项仪式。第一，开工；第二，上梁：（1）暖梁（2）封梁（3）祭梁（4）上梁（5）挂万年青（6）抛梁（7）接大斧；第三，封山；第四，装门；第五，贺新房（俗称"宅"）。整个过程在宝卷中都有反映。

包公故事宝卷在河西和江浙宝卷中占据着很大的比例，甚至今天的浙江绍兴宣卷还必须演出所谓"三包龙图"：《卖花龙图》，即《张氏三娘卖花宝卷》；《卖水龙图》，即《花枷良（两）愿龙图宝卷》，又名《包公巧断血手印宝卷》；《割麦龙图》，又名《出世龙图》《包公出世狸猫换太子

① 《月宫宝卷》，引自尤红主编《中国靖江宝卷》上册，江苏文艺出版社2007年版，第347页。

宝卷》等。包公故事无论是以小说还是宝卷的面目出现，都是继正史以后，民间所建构和重塑的历史。民间的集体记忆里，包公故事都发生在宋朝的开封府。可以说，对明君贤臣盛世的集体记忆是包公故事地域和时间锁定的民族心理根源。所以说包公宝卷是一个族群的实践性集体记忆。名成化说唱词话《包龙图断歪乌盆传》中唱：

“自从盘古分天地，几朝天子几朝臣。几朝君王多有道，几朝无道帝王君。太祖太宗真宗帝，四帝仁宗有道君。四十二年真命王，佛补天差治万民。王有道时臣有德，至今朝内出贤人。文官只说包丞相，武官只说狄将军。”①

《仁宗认母》中：

听说文官包丞相，清名正值理条文。……赵王呼他为铁面，两班叫做没人情。日判阳间不平事，夜间点烛断孤魂。三会曾坐开封府，两回朝内现忠臣。……八棒十三依法断，不将屈棒打平人。②

包公故事宝卷《还阳宝卷》中曹太师打死卖花娘子孙氏，便叫家人：

“你们听我吩咐。”众家人曰：“太师有何话来?”太师曰：“这个贱人，今日被我打死，拿这个贱人尸灵与我——”

孙氏三娘三更托梦：“亲夫吓，我去了，你要替我伸冤。”即时勿见。思进醒来，一身大汗。

包公曰：“万岁勿斩老奸臣，将小臣先斩逆旨之罪。”好一个铜肝铁胆勿怕死的忠臣！仁宗大发雷霆叫侍卫绑出朝门斩首。③

《吴彦能摆灯宝卷》中，包公直接审理宰相吴彦能的案子，包公问吴

① 朱一玄点校：《包待制断歪乌盆传》，《明成化说唱词话丛刊》，中州古籍出版社 1997 年版，第 159 页。

② 朱一玄点校：《仁宗认母》，《明成化说唱词话丛刊》，中州古籍出版社 1997 年版，第 142 页。

③ 《还阳宝卷》，引自张家港文联《河阳宝卷集》，上海文化出版社 2007 年版，第 349 页。

彦能：“还有何话可说？”吴贼低头不语，包公命抬来铜铡。吴贼说：“我官居一品，该与你上朝争论。”包公大声责骂：

“我有先斩后奏的尚方宝剑。”吩咐手下把他铡了。包公又问罗氏：“你还有什么冤枉？”罗凤英说：“还有王婆害我孩儿之事。”包公命人将王婆带来埋在土里，放狗咬身而死。正是：

作恶终有报 只是迟与早

这一部，灯山卷，古今少见；莫学那，吴彦能，仗势欺人。

也莫学，贼王婆，坏了心肠；照此卷，做好事，养儿送终。

劝男女，孝父母，恭敬天地；劝女子，顺公婆，妯娌和睦。

住家的，与邻居，平和相处；不要争，不要闹，和颜悦色。

互相帮，互相助，做事心诚；人行善，终有报，只分前后。①

仁宗错判，竟然要处决包公：“喝叫侍卫来拿下，顿时绑出午朝门。四个朝官来押出，法场去斩姓包人。龙图绑在法场上，无人保奏姓包人。包公暗告天和地，昏君斩我不分明。怨气一直冲上天，惊动上苍玉皇尊。玉皇身坐灵霄殿，敕差天将太白星。”就在这关键时刻，太白金星出场了：

玉皇大帝在灵霄殿上，晓得文曲星包文正被仁宗天子绑在法场，速令太白金星同了六丁六甲，风伯雨师，三十六天罡，七十二地煞，齐到午朝门法场，五爪金龙盘住包公，天兵天将奉命下界。监斩官庞洪老奸臣来到法场，奉旨监斩包拯，喝令刽子手立时开刀。刽子手提刀斩下五爪金龙，把包公托起空中，金星拂尘一拂，刮地狂风，飞沙走石，昏天黑地，众兵立脚勿住，个个心惊胆寒，连金銮殿也在动。文武百官失色，仁宗天子也觉惊慌，只听得半空中：

天神天将高声喊，仁宗嘉祐好昏君！

上苍差下包文正，他是擎天柱一根。

除奸判断无私曲，亦胆忠心护国臣。

---

① 《吴彦能摆灯宝卷》，引自徐永成主编《金张掖民间宝卷》（一），甘肃文化出版社2007年版，第198—199页。

若是斩了包文正，铁打江山坐勿成。
好好放了包铁面，一国江山定太平。
仁宗天子亲听见，胆战心惊汗一身。
屈斩爱卿包丞相，御笔赦书出朝门。
旨意赦书即便出，法场去赦姓包人。

仁宗写好赦书圣旨，着吏部名文彦传到法场。“圣旨到，刀下留人！”龙图放绑，穿了朝服谢恩。

龙图得放喜欢欣，犹如死去再还魂。
天将上界朝玉帝，依旧青天日光明。
包公来到金阶下，二十四拜谢皇恩。
仁宗卿笔来封职，封为正直大忠臣。
勒赐金凳相对坐，御酒三杯赐包卿。[①]

案情扑朔迷离伏脉千里，谜底悬念一直到最后才能解开，叙述者通过对叙事时间、速度和叙事视点的精当调节和把握，展开一个多层面纵深立体的人生图景，创造出的是一种间离效果独特的审美接受活动。这看似虚构的情节，实际是乡民日常生活或仪式实践活动，通过这种想象的模拟的实践，不断地演绎和证明着公平正义的超验性特征。

宣卷仪式的展演实践，实际上是通过一种形式化的操演语言以回溯过去，将历史记忆表现出来，将实践需要推演出来，一方面满足心灵的需要，另一方面成为习得过去的鲜活教材。哈布瓦赫论证说：“仪式可能是宗教中最稳定的要素，因为在很大程度上，仪式是建立在物质性操作基础上的，这些物质的操作不断地再现，并且在时空上，由仪式的牧师的身体来确保一致。”[②]

2. 潜移默化的习得。如康纳顿所说：“研究记忆的社会构成，就是研究使共同记忆成为可能的传授行为。”[③] 换句话来说，实践记忆成为群体的共同记忆，其文化（记忆）传承方式或行为的基础是什么呢？康纳顿

① 《还阳宝卷》，引自张家港文联《河阳宝卷集》，上海文化出版社 2007 年版，第 356 页。

② ［法］莫里斯·哈布瓦赫：《论集体记忆》，毕然、郭金华译，上海人民出版社 2002 年版，第 196 页。

③ ［美］保罗·康纳顿：《社会如何记忆》，纳日碧力戈译，上海人民出版社 2000 年版，第 40 页。

认为："所有的习惯是感情意向：通过经常重复一些特殊动作而形成的嗜好，是我们自己固有的和本的部分。"他进一步解释说："习惯一词使我们得以指称由一连串征集合起来形成一种实践的某种活动：这是一个习得活动，因为受到先前活动的影响；即使它在不属于明显占支配地位的活动的时候，也以某抑制的形式保持作用。"康氏强调"习惯一词表达了练习和反复动作的强化效果"。"通过练习，身体开始能协调越来越大范围的肌肉活动，越来越变得自然而然，直到无意识，动作'不由自主地'发生于是出现了一套从头到尾流畅进行的固定习惯动作。"①

质言之，在康纳顿看来："习惯是一种知识，是手和身体的记忆，在培养习惯的时候，恰恰是我们的身体在解放。"② 实践记忆的潜移默化性习得，正是在这种反复的身体行动和文化实践中，"自然而然，直到无意识"，甚至是不由自主地获得或发生文化记忆更具影响力。另一方面，历史记忆是人们（集体）对过去选择性的一种记忆，在某种话语或权力支配下规约人们要记住什么和遗忘什么。

实际上，无论是哈布瓦赫的集体记忆、康纳顿的社会记忆，还是阿斯曼的文化记忆，都是一个群体对过去历史的记忆，这种记忆首先是一种习惯记忆，它通过仪式、教化文本来传承历史，在具体社会环境中建构历史，与民间信仰研究的内在理路十分契合。对民间信仰的集体记忆在漫长的历史长河中，在生产生活中逐渐形成，业已成为民众基本的知识、思想和信仰系统。即使在社会环境不利于民间信仰流行的年代，它仍然在民众的生产生活中发挥作用。表面看来，这种不言而喻的背景消失了，实际上却深深地烙在民众的习惯记忆中，以较为隐蔽的方式，影响着民众的日常生活，即在民众那里，民间信仰业已成为日常生活的习惯，民众生活中的行为、活动都习惯性地传承着民间信仰。一般来说，民间信仰主要通过仪式传承，此外家庭教育和文本也是重要的传承方式。新中国成立后有相当一段时间，宣卷活动被禁止。但从行动上可以看出宝卷对乡民伦理道德潜移默化的影响。宝卷里经常写明清时代外出经商的商人住店他们吃什么。《白鹤图》铺陈其食谱如下：

---

① ［美］保罗·康纳顿：《社会如何记忆》，纳日碧力戈译，上海人民出版社2000年版，第125页。

② 同上书，第117页。

早晨起来枣子米粥甜津津，搭粥小菜盐豆共瓜丁。

还有麻团和烧饼，白面馒头称称有半斤。

脂油白糖做夹心，吃到嘴里甜到心。

中午吃得还要好，冬春米饭刮见心。

素菜蘑菇共香蕈，百叶炒面筋。

粉皮跳跳绿豆饼，冷切猪肝热炒心。

红烧鲫鱼、白煨蹄筋，恐怕老先生不带劲，还有龙肝凤凰心，山中走兽活麒麟。

饭后开水来一瓶，还有香茶好龙井。

夜晚吃得还要好，夜晚钢刀切面细柔柔。

干子百叶做浇头，五香粉丝做香头。

大蒜叶子做寀头，恐怕客官嘴里淡，还有镇江酸醋好麻油。①

农村社会的长期实践中，总结出三大苦累差使：“看娃、打铁、磨豆腐。”磨豆腐首先要推磨，这恐怕是农业社会留给人们的最为煎熬的实践记忆。没有畜力或者畜力不便的狭小空间，人不得不年复一年、日复一日地干这苦差使。正因为推磨是件苦活累活，白雀寺的长老尼僧才故意罚三公主妙善到磨坊做苦役：

“再罚她舂碓推磨，看她此关如何得过?!”长老尼僧依还又来到懒梳亭。“皇姑，眼下时当四月，二麦枯黄，既要割麦，又要栽秧，这几天寺里的经忏总停下来不拜了，要忙收割栽插。你力小不能下田，就在家忙点细粮，舂舂碓，推推磨，农忙一过，决不再要你做。”“师父，我听你吩咐，我去做也。”“哎，不是嘴答应，要限时定量的。舂、磨、筛、拣，不能偷懒；一作三石六斗，总你一人动手。头铺二铺擀面，三铺四铺作酱，多余时间才有你相。”

公主急得泪汪汪，揩揩眼泪进磨坊。

三公主来到磨坊里一看，人说油坊里的榨磨大，它比榨磨还大三成。跑到石碓房一望，生铁碓臼熟铁碓跳，半爿头石磨绑在碓跳上，

① 《白鹤图》，引自尤红主编《中国靖江宝卷》上册，江苏文艺出版社2007年版，第1087页。

像一只石狮伏在上面，走上去用脚使劲往下一踩，碓跳动也不动，似有千斤能重。哭泪叫声：师父哎——

春碓推磨我做不动，尼僧要拿我赶出门。

韦驮天尊闻声赶忙去对牛头、马面说："你们身大力不亏，去帮三公主舂碓；推云判官没事做，去帮三公主推磨；夜叉小鬼，你们通夜不眠，去帮三公主筛粮。"这下，大家来帮忙，挑起小麦上磨坊：

磨子口里粉粉碎，箩筛下面白如霜。

麸皮筛得碧波清，头铺二铺做点心。

三铺四铺做烧饼，五铺六铺擀面吃。

七铺八铺洗面筋。①

远古以来，人对未知领域进行想象，认为有一种力量掌握着人的生活和命运，人们的富贵贫贱、吉凶祸福、生死寿夭、穷通得失无不取决于这种力量，所谓"生死有命，富贵在天"。与此相应，不同时代的人们想提前预知自己的命运祸福，力争"时来运转"，于是算命先生成为自古迄今江湖上人数众多、历久弥新的一个行当。靖江宝卷中的算命先生均由神仙变化而成，这给原本就高深莫测的算命先生涂抹上了一层神秘的色彩。《三茅宝卷》叙述了抽签占：竹制的卜具，贮于寺庙神案上的签筒里，每一签都刻有号数，另备纸片，写有诗语（亦称签诗），放于柜中。求签时，问卜者向神灵磕头祷告，诉说欲求何事，默想摇动签筒，捡起先落地的那根，也可从筒中任抽一签，按号取签诗，问卜于庙中僧、道，或自己解读。签分九等（上上、上中、上下；中上、中中、中下；下上、下中、下下）。签诗文字无标点，可作多种解释，以适应不同的求签者的心理需要。《三茅宝卷》的算命叙述得更为详尽：

安童说："千岁娘娘，不要哭。郎中先生说的，医到他的病，医不到他的命。最好请个瞎先生来算算看，他的命根可牢，可有药医。"公主说："好的，你去请。"

"……驸马是铁公星，山头上开门独家村，校场上旗杆独一根。

① 《香山观世音宝卷》，引自尤红主编《中国靖江宝卷》上册，江苏文艺出版社2007年版，第227页。

千岁，驸马无哥无弟是独子。”“对的，是独子。”“驸马六岁行根，儿子多大?”“先生，你照命算。”“戌时生得真，没得后代根。千岁，你属底高?”“我和他是两条黄牛合张犁——同耕（庚)。”“两造同庚好，夫妻倒不绞。说你不要见恼，你们命里子孙没多少。”

刘驸马，大流年，五十二岁，

乙丑年，甲申月，壬戌时生。

夫妻俩，同年庚，不绞不克，

到后来，只好是，你送他终。

去年有点小灾星，直到如今未太平。

今年又得罪小道人，派他死绝流年在命根。

“先生，你帮他排排流年星宿看，可有救星?”“好。正月罗纪，二月太岁，三月太阳，四月血神，五月灾煞，六月文昌，七月白虎，八月飞廉，九月岁破，十月月德，十一月五鬼，十二月勾绞星过年。嘿嘿，千岁，我不是没双眼睛瞎嚼，驸马的领头星宿不好。罗呀罗，要挨磨；纪呀纪，只口气。倒要当点心哩!”

正月二月星宿好，三月四月总太平。

五月六月交好运，秤称银子斗量金。

“七月里不好了哇。七月是白虎当堂坐，非灾即是祸。”

八月里，飞廉星，飞来之祸，

有道人，进府门，要募金银。

九月里，岁破星，失时倒运，

小道人，要你家，独修东灵。

眼下又交勾绞星，绞得驸马不安宁。

公主说：“驸马流年星宿不好，再请先生帮起堂文王课。”“好，你到家神面前烧二支香，朝门外作三个揖。”公主依瞎子烧了香，作了揖。

元阳真人拿课筒在香头上绕三绕，又“笃笃笃”摇三摇，念道：“天何言哉，地何言哉，求之则诚，祷之则灵。奉请伏羲文王鬼谷先师，袁天罡、李淳风先师问卜：信女皇亲公主，为夫驸马，行年五十二岁，七月十五戌时降生。奈于即刻得染寒热疼痛等症，未知祸福凶吉。谨此，祷祈八卦大神，八八六十四卦大神，抑或命根短限，抑或鬼使作祟，有凶断凶，无凶断吉，赐予仙方灵散，驱邪祛逆。掌卦神君、翻课童子断定凶吉。”瞎子拿课筒里的卦筹对外一摊，假意用手一摸，“啊呀，是单单册内三爻兑卦，册册单外三爻艮卦。艮为山，兑为泽，合成一卦。”元阳将课筒又摇三摇，将课钱对下一倒，是“三爻”两字，又摇三摇对下一倒，是两个字“三爻”——

单单册来册册单，驸马不得过难关。

单单册来册册单，查查“鹿马”看如何。

公主问：“‘鹿马’怎样查法?”“用八仙台子放在堂屋正中，每个台角上摆一只碗。一碗棉花一碗米，一碗泥土一碗水。摸到棉花有衣裳穿，摸到米有饭吃；摸到泥土要下坑，摸到水要变鬼。”安童把台子摆好了。四样东西放好了，元阳用手摸呀摸，瞎头闭眼用手对水碗里一戳。公主问□：“先生，你查下来鹿在哪里，马在哪里?”“千岁，我告诉你。

马在刀上走，鹿在滚汤锅。

妙药医不好，一命见阎罗。”

虎追病马过竹桥，纸造舟船浪里漂。

滚汤锅里煮冰片，驸马有命总没毛。

公主闻听这一声，只是啼哭泪纷纷。

安童呀，你拿出铜钱五十文，好让先生转家门。①

在《东厨宝卷》中，太白金星变身为算命先生，下凡以算命拆散大刚和丁香的婚姻：

“男命算来犯八败，万贯家财化灰尘。

十五岁上交坏运，命中要配克父亲。”

大刚一听，“哎！不错，我是十五岁那年父亲亡故格。我妻子格命呢?”

女命算来真豪富，随身俱带雪花银。

一生穿吃用不尽，真是大官财帛星。

男命生来八斗糠，女命金银八仙缸。

① 《三茅宝卷》，引自尤红主编《中国靖江宝卷》上册，江苏文艺出版社2007年版，第123—124页。

如果没得女命帮，只好乞讨走街坊。

大刚听见这一声，一点不信半毫分。

大刚一听，一点不信，哪家一个男子汉大丈夫总如不到一个女子格，不霉死勒！算命钱一把，先生送走，心里来火，气气闷闷来到绣房。

大刚来到绣房门，红头赤脸不做声。

丁香小姐将言问：相公烦恼为何因。

可是朋友得罪你　我来做个解闷人。

“哎，你不要问我，我倒要问你！不要好像我总过了你格日子！我们今朝就分手，你到娘家去，发天财我不眼热，我哪怕讨饭，也不关你事！”丁香一听，莫名其妙，“哎呀！相公哎！你这发个底高肉头火呀！一则来，我不曾说你格二言两语，二则来为妻这么多年，没有做过不端之事！你怎腾腾空空来了气？如果你嫌我容貌丑陋，也可以另娶一个！”

大刚听见这一声，喝骂无端下贱人。

丁香一听，急得要命，“相公哎，你怎干不讲理格！”

丁香一听放悲声，恨不得哭死又还魂。

“相公啊，你不看金刚看佛面，不看鱼情看水情。

看看一双男女面，容奴在家过几春。

次粥次饭把我吃，等我苦命度朝昏。”

大刚一听心来火，掇起心头火一盆。

我有茶饭把你吃，不如舍把落难人。

大刚写了休书一封，交与丁香小姐，说：“贱人呀！

不要啰唆说废话，快快替我就动身。”

丁香一见无可奈，上房拜见老大人。

“婆婆哦！不是媳妇不养你，只怪你儿没良心。

我在你家蹲不住，大刚把我赶出门。”①

任何一个社会群体都会在实践中形成自己的记忆力，在记忆中促成实

① 《东厨宝卷》，引自尤红主编《中国靖江宝卷》上册，江苏文艺出版社 2007 年版，第 501—502 页。

践。在某种程度上，掌握着一个社会的记忆，便在很大程度上可以控制它的发展，记忆这种属于过去的事物往往为现今的社会存在提供了一种合法性的依据，因此，我们不应忽视它，而是应该去发现它的价值。保罗·康纳顿认同存在一种叫做社会记忆的事物，并且认为关于过去的形象和回忆性的知识，是在仪式的操演中传播和保持的，而仪式的操演和传播，又离不开实践的作用，身体的实践则尤为关键，正是在身体的参与下，通过仪式的操演，那种希望通过仪式被记忆的内容便慢慢成为了社会记忆，经过时间的积累，最终完全成为了社会的记忆，从而对社会产生影响。和德国学者阿斯曼的观点相似，社会集团记忆形成的关键环节在于文本与仪式的经典化。文化记忆的媒介有文字类和仪式类两部分，前者包括书籍和书面文本，后者包括语言和口传文学。①

表 4－1　**社会形态与记忆媒介与社会实践表**

社会形态	文字与读写教育的发展程度	文化记忆的媒介	文化记忆的具体形式	案例
古代社会（古代国家）	文字已被发明，但使用的范围十分有限	仪式为主，文字为辅	公共祭祀与庆典仪式、口传文学、礼器上的铭文碑刻	古埃及、苏美尔、古代玛雅、中国青铜器时代
传统社会（封建国家）	文字的使用和读写教育已达到相当普及的程度	文字为主，仪式为辅	书面文本、学堂教育、纪念性建筑物、仪式和口传文学	战国及秦汉以后的中国、欧洲中世纪、一些伊斯兰教国家
现代社会（民族国家）	读写教育十分普及、大众媒体参与到各种公众活动中	文字以及（大众媒体支持下的）庆典仪式	历史、档案，文物与博物馆、纪念性建筑物、大型公共节日	欧美诸国、日本、中国、墨西哥等

宝卷仪式实践经常可以成为分开和分离社会群体的一种区隔形式，而这一形式又与某一个特定社会的价值体系和概念分类联系在一起，以“裁决”什么群体、什么性别、什么人可以或不可以出现在某一个仪式现场，对初级越轨行为起到一种矫正的作用。它通过个人的罪感和耻感，引

① 王霄冰主编：《文字、仪式与文化记忆》，民族出版社 2007 年版，第 25 页。

起良心的谴责和不安而显其作用；对遵从社会规范并表现优异者，通过加贴正标签而在社会上形成示范效应。

任何仪式实践其实也是一种确定族群范围的认同和记忆。宝卷通过这种区隔让参与仪式的群体之间形成默契和认同。而“历史叙事”与“族群记忆”也因之染上了浓厚的现代国家的权力色彩和现代社会的具体语境。也因为相同的理由，表现出相应的策略性特征：族群的“集体性记忆”与“谱系性失忆”都可以理解为“强化某一族群的凝聚力”。所以，族群认同下的“历史记忆”其实同时意味着同等意义上的“历史失忆”。因为历史的记录不仅使之成为历史构成的一个部分，也使这些被记录的部分成为无数历史发生过的“遗留物”（survives）的“幸运者”和幸存者，属于人类主观因素和族群策略的选择对象。也就是说，如果我们可以从历史文献和各种文本中读到“历史”，认识到“历史”，那么，我们必须同时打一个折扣，那不是真正的历史，只是历史的记录，而且只是被选择的部分历史；因此，这样的历史其实只不过是历史的记忆，与历史上所发生过的“历史”不是一回事。另一方面，任何历史都包含着人的生命陈述，这种“广义叙述”是活生生的，不仅仅是书籍中的记录，因为记录本身只是对事实的一种记忆方式，却不能是唯一的方式。这样，生命史叙事与族群记忆便逻辑性地同构出了一个相关的、外延性重叠的部分，却不是全部。

宣卷仪式把历史传统在现实中一次次唤醒，不是作为回溯一件往事的象征，而是作为与那个事件同质的遗存在一次次回溯中神圣化。最重要的是，通过在神圣空间的操演，凡人的时间幻觉被终止。① 这种仪式抹平时间差别，具有形塑性、会议性和教育性等纽带作用，一则仪式“对于塑造族群记忆起了重大的作用”②，一则对乡民事务共协商和讨论，促进了群体健康和谐发展，使民族文化代代相传，绵延赓续，生生不息。仪式本身就是实践，是民族文化的载体，是社群记忆的起始点，“是社会秩序的推演，对社会结构的构筑有不可缺少的作用”③。由于“仪式孕育和包容

① ［美］保罗·康纳顿：《社会如何记忆》，纳日碧力戈译，上海人民出版社2000年版，第49—50页。

② 同上书，第54页。

③ 王铭铭：《想象的异邦——社会与文化人类学散论》，上海人民出版社1998年版，第145页。

了丰富解释与解读、期许与期待、生理与心理、时间与空间……”，从而使得仪式成为一个具有广大容量和对不同信息语码进行贮存的大熔炉。[①]因此对宣卷仪式丰富蕴含的梳理解读和持续不断操演实践的原因分析，我们可以明晰看到：仪式展演过程中，不仅实现了民族文化的实践记忆，而且证明了实践记忆是族文化保存延续和传承播布的重要表述。

正如本尼迪克特·安德森所说的，被印刷品连接的“读者同胞们”，在世俗的、特殊的和“可见之不可见”当中，形成了民族的想象的共同体的胚胎，[②]宝卷故事及其宣卷仪式也潜移默化地“规训”并塑造着乡民一种“集体认同”，日久天长，便促成了想象的共同的宗族观念和族群意识。

以最为粗泛的认知，宣卷仪式作为“历史—族群记忆”可以被视为一种社会机能和能力，它建立在另一个必要的逻辑前提之上：“族群叙事”（ethnic narrative）（表4-2）。

表4-2 文化记忆的内涵与外延

记忆的内容	族群或文化共同体的过去（远古史和信史）
时间结构	超越世代的绝对时间，可一直回溯到远古的神话时代
记忆的媒体	文字类和仪式类
记忆的形式特点	集体性、公共性、有组织性（如档案与历史、学堂教育、庆典活动、纪念性建筑物等）
维护者	专业人员、政治与文化精英
目的与功能	建立文化主体性与文化认同

三 宝卷体裁、记忆与认同

客观地讲，宝卷不单纯是古代通俗文学文本，它更像一门集信仰、文学、音乐、表演于一体的口头传统。但和一般的说唱艺术不同：其一，宣卷的演释必须伴随信仰仪式，且仪式的程序甚为规严，而说唱和讲故事无

① 彭兆荣：《文学与仪式：文学人类学的一个文化视野》，北京大学出版社2004年版，第123页。

② ［美］本尼迪克特·安德森：《想象的共同体：民族主义的起源与散布》，吴叡人译，上海世纪出版集团2005年版，第43页。

仪式可言；其二，说唱是给现人所听，宣卷有一部分则能让亡灵“感知”；其三，说唱观众仅为现场被动娱乐者，而宣卷法会的信众，其本身就是一个和佛声声的参与者；其四，说唱只要用眼看用耳听，宣卷的信众要看、要唱、要听还要折锭做纸工；其五，说唱环境只要有场子室内外均可，宣卷法会可要安设佛坛焚香点烛、摆设供品、跪拜叩头。为此，宣卷是一种与宗教结合，按照一定仪轨，用说唱形式来表现的民间信仰活动。所以研究宣卷文本，将其与仪式和信仰体系三者视为不可分割的整体来进行探索，应该是有益的。

从社会记忆角度，宣卷这一文学形式是一种杰出的集体记忆的媒介，它不仅使得记忆变成一种民俗文化，同时，宣卷本身也是传承文化的记忆实践。它设计出一个记忆空间，将自己写进一个由文本构成的记忆空间，这个空间容纳了不同历史阶段叠加的文化事象。所以我们有理由自然而然地从宝卷中潜移默化地知道了民俗生活、民间信仰、历史故事和名人掌故。无论古今，城镇优于乡村之处，最明显莫过于市井丰富多彩的文化生活，《三茅宝卷》就以全知视角，自然、生动、形象地展示了出来：

> 十字街上行人多，挤挤攘攘推不走。
> 老者倚杖街边过，少者孩提背上驮。
> 这边敲锣做把戏，那边喊看武少林。
> 东边敲板来相面，西边鱼鼓唱道情。
> 主仆双双到城中，看见一位老年翁。
> 扁担挑得像把弓，贩的胡州大蒜葱。
> 主仆双双站起身，学场到了面前呈。[1]
> 四姐到城西，看见花子敲锣做把戏。
> 山羊耕地猴扶犁，狗子踏碓舂粟米，黄鼠狼抓米喂小鸡。
> 四姐到城南，看到公子小姐舞花船。
> 男的扮吕布，女的扮貂蝉。
> 莺声琅琅唱小曲，调调都唱《喜团圆》。[2]

---

① 《三茅宝卷》，引自尤红主编《中国靖江宝卷》上册，江苏文艺出版社 2007 年版，第 33 页。

② 《月宫宝卷》，引自尤红主编《中国靖江宝卷》上册，江苏文艺出版社 2007 年版，第 344 页。

以上是日常的街头、坊间的文化娱乐生活，倘遇节日，尤其像元宵节举行灯会，那盛况可是今天的人们无法想象的。《梓潼宝卷》描写的虽是唐光明年间山东省中州府灵台县及龙宫元宵灯节的空前盛况，反映的则是明清时期江南一带元宵兴灯的民俗，宝卷这一活在口头的文化文本，承载了重要的民俗文化信息。《十把穿金扇》留下了市井社会商业活动的重要信息：

一是兴隆典当店，二龙戏珠珠宝行。
三阳开泰南货店，四季行里水果鲜。
五颜六色绸线店，六谷满仓粮食行。
七星剑挂古董店，八卦旗下测字忙。
九江装来瓷器货，十字街上茶馆坊。
茶馆店里杯碰杯，酒店里面盅叠盅。
铁匠店里兴兴轰，丝弦店里乒乒嘣。
石灰行里雪雪白，乌煤行里暗通通。
饭店门前摆胡葱，皮匠师傅口衔鬃。
开水炉叫老虎灶，混堂门前挂灯笼。[①]

透过商贸的繁荣，不难看出人流、物流的聚散和通畅。因而，城镇不同于乡村的是，人来自五湖四海，货源于东南西北。清江城里的一家名叫“聚贤堂”的酒楼，居然能点产自山东、辽东、天津、扬淮、通州等地的名酒。“一有十年陈老窖，二有山东高粱烧。三有扬淮干大曲，四有辽东虎骨泡。竹叶青酒碧波清，状元红里浸大枣。木瓜酒、绿豆烧，薄荷酒是通州造。糯米酿浆甜如蜜，请问客官欢喜哪一号？”这些一一罗列的市井生活就要用数来宝等世俗说唱文学来表达。两榜进士、有官无职的王乾，从宾州来到皇城，但见三十六行生意买卖，七十二样店家招牌，店面对店面，招牌像雪片：

① 《十把穿金扇》，引自尤红主编《中国靖江宝卷》下册，江苏文艺出版社 2007 年版，第 885 页。

石灰店里雪雪白，乌煤行里暗通通。
米麦行里摆斗斛，银匠店里口吹风。
皮匠店里忙不住，手拿锥子口衔鬃。
茶店门口碗叠碗，酒店门口盅叠盅。
铁匠店里兴兴轰，丝弦店里乒乒嘣。
饭店门口摆胡葱，混堂门口挂灯笼。①

和皇城相比，天长县另有一番繁华景象，三里听到人说话，二里听到买卖声，看看：

一本万利是钱庄，二龙戏珠是典当。
三阳初开南货店，四时八节水果行。
五颜六色绸线店，六谷仓仓粮食行。
七星灯笼古董店，八挂灯笼是浑堂。
九江推来瓷器货，十字街口卖茶汤。②

中国是“礼仪之邦”，从达官贵人到寻常百姓，待客均十分热情周到。太白金星与张友仁素味平生，且又变作一个脏兮兮、臭烘烘的叫花子，张友仁非但不嫌弃，而且待之如上宾，盛情款待：“端来豆腐烧面筋，还有茄子和瓜丁。韭菜豆瓣炒百叶，粉皮竹笋绿豆饼。”“红烧牛肉满碗装，还有栗子闷蹄鹘。大烧狮子拳头大，再加一碗鲜鱼汤。”“新切面条细纽纽，百叶肉丝做浇头。恐怕老者不对味，另加酸醋麻酱油。”③

在某种程度上我们说宝卷就是社会记忆。20 世纪 80 年代中期，我们对《岳飞传》的记忆，就是收音机上刘兰芳播讲的评书。

作为集体记忆的媒介，宝卷有两个本质特征：第一，在前现代社会对于处在社会文化背景下的个人记忆而言，它是一个重要的媒介框架；第二，只要是有关团体和社会群体的记忆，宝卷作为一个储存（“文化文本”）和传播（“集体文本”）信息的媒介，人们通过媒介记忆，唤醒其

① 《三茅宝卷》，引自尤红主编《中国靖江宝卷》下册，江苏文艺出版社 2007 年版，第 10 页。
② 《牙痕记》，引自尤红主编《中国靖江宝卷》下册，江苏文艺出版社 2007 年版，第 947 页。
③ 《玉皇宝卷》，引自尤红主编《中国靖江宝卷》下册，江苏文艺出版社 2007 年版，第 589 页。

中的文化文本。从一方面来看，在记忆文化中，文学的基本功能是集体记忆的建构和图像增加，而另一方面，它们又保存着对文化记忆的过程和问题的批判性反思。一个特殊的“集体记忆的修辞学”和它多样的模式（经验的、纪念性的、对抗性的以及反思的）意味着文化文本可以根据不同的回忆方式来（重新）构建过去。前文谈到的抄卷活动的变异情况，正是文学在不同情境中记忆储存的建构行为所留下的证据。

文学体裁在文学交流过程中扮演了非常重要的角色，这一点已经为当代文论家所论及。文学体裁作为文化记忆的场所早在20世纪80年代中期，中世纪学学者弗里德里希·欧力就已经指明，还缺少文学体裁作为文化记忆的场所这一理论：“在区分和选择历史记忆时，我们由始至终都不能脱离其与文学体裁的联系，而应该更加强调这种联系。”[①] 不论现在谈到的是历史图像、不同的价值和标准或是集体的同一性，集体记忆的意义（在不同的历史和文化的状况下是可变的）和内容总是通过（同样处于变化中的）记忆的种类而形成和传递的。海顿·怀特指出，人们在选择文学体裁的同时也决定了传递信息的方式。他介绍了19世纪欧洲历史学中传奇故事、悲剧、喜剧和讽刺文学的情节结构特点，并将这些文学体裁模式与意识形态（混乱的、激进的、保守的、自由的）联系起来。[②]

更进一步阐发，文学体裁是记忆的“场所”，对于民间体裁特点明显的宝卷尤其如此。同范·高普和穆沙拉·施罗德说：“文学体裁是文化记忆的贮藏室。”这进一步加深了我们对文学体裁社会同构功能的认识。中国文学体裁从歌谣、史传到小说，无不是记忆媒介作用的结果。在很多方面，把宝卷这种文学体裁理解为约定俗成的记忆场所：它们对于文学、个体和文化记忆都有着非常重大的意义，并且是这三大记忆层面连接和交换的控制中心。[③]

有关宝卷文体与族群记忆的关系限于篇幅不再展开，留待专文论述。

---

① Wesseling, Elisabeth: *Writing History as a Prophet: Postmodernist Innovations of the Historical Novel.* Amsterdam/Philadelphia 1991, p. 18.

② ［德］阿斯特莉特·埃尔、冯亚琳：《文化记忆理论读本》，余传玲等译，北京大学出版社2012年版，第218页。

③ 我们将文学体裁分别看作：①文学记忆的场所；②个体记忆的场所；③文化记忆的场所。参见［德］阿斯特莉特·埃尔、冯亚琳《文化记忆理论读本》，余传玲等译，北京大学出版社2012年版，第216页。

第五章　禳灾与救劫：宣卷仪式与神圣场域

列维斯特劳斯说过，神话存在于概念层次，仪式存在于行动层次。仪式是一个群体对自身社会从结构到形式、从思想到实践的最为集中性的展演。它是具有深厚根基的地方性、族群性传统，既是民众对过去的历史事件、社会生活方式和情感体验方式的一种社会记忆，也与当前人们族群认同意识相呼应。在社会与传统变迁的进程之中，宣卷从现实和历史两个维度与乡民社会建构密切相关。

宝卷、史诗等口头讲唱通常是要在仪式空间中进行的。所以，一些学者不仅从宝卷的文体特征来追溯宝卷的历史，而且还注意到了宝卷中所包含的丰富的仪式内容。尤红主编的《中国靖江宝卷》专门收集整理了《念疏赞》《颂圣赞》《送佛偈》《忏悔偈》《解结科》等仪式卷。关于宝卷的科仪与忏仪的历史源流问题，郑振铎认为：

> 宝卷与变文间确实存在着亲密的关系，但这种关系并不说明着宝卷一定是从变文直接发展而来的。宝卷的浓重的宗教信仰属性，它的仪式性，以及早期独特的韵文格式，都说明着它与佛教中以科仪、忏仪为主的法事活动间的继承关系。①

一　仪式的功能理论

江浙一带的“做会”仪式过程中要宣讲相应的宝卷，宣卷先生因此

① 郑振铎：《试论变文与宝卷之关系》，原载于1927年《小说月报》号外《中国文学研究》专号，后收入《中国文学研究》下册，人民文学出版社2000年版，第289页。

担任做会的执事。做会分“庙会”和“家会”，而以家会为主。做会可以说是“圣灵降临的叙述”，会堂时要迎请供奉各种神佛，做会开始焚香点烛请神佛，然后开始宣讲宝卷；结束时要焚烧神码（供奉的神像）等物送神佛；中间还要应斋主（做会的人家）之请，穿插拜寿、破血湖、顺（禳）星、拜斗、过关、结缘、散花、解结等禳灾祈福仪式。荐亡法会的仪式有请佛、拜十王、游地狱、破血湖（女性）、念疏头、开天门、献羹饭、解结散花、送佛等。

人类学理论认为，个体生活在世俗界域，通过不定期的“渡关”仪式，象征性地进入神圣场域，通过模仿表演旧的死亡，消除“污秽”，模仿表演新的再生，使自己摆脱“夹生”状态，从而获得新生。[①] 弗雷泽通过新南威尔士州的温吉或温吉邦部落的青年人成年礼仪式，揭示了再生的过程：

> 仪式的部分做法是将经受仪式的青年牙齿敲掉一个，另取一个新名字，表示该青年已成人了。敲牙时有一种工具叫做“牛吼”，由一块带锯齿边的平木系在绳子的一端，抡动起来发出很响的吼声。非经受这种仪式的人都不让看见这个工具。妇女不得观看这种仪式，违者处死。据透露，凡经历这种仪式的青年每人都要被名叫杜仁霖（Thuremlin，通常称为达拉莫伦 Daramulun）的神秘怪物带到远处杀死，甚至砍成几段，然后又使之复活并敲掉一颗牙齿。据说该部落人确信杜仁霖的威力，毫不怀疑。[②]

这不仅在一些原始部落存在，在成熟发达的现代社会，过渡礼仪也是民间信仰的核心组成部分。明清宝卷的宣卷活动，在很长的历史阶段，在许多地方实际上自然也是过渡礼仪的核心组成部分。[③]

---

① ［法］阿诺尔德·范热内普：《过渡礼仪》，张举文译，商务印书馆2010年版，第11页。

② ［英］弗雷泽：《金枝》，徐育新译，中国民间文艺出版社1987年版，第978页。

③ 由于过渡礼仪模式在许多民族认为和月亮周期与植物生长和凋谢、动物及人类生死相呼应的人类古老信仰有关。事实上，月亮周期本身是宏大宇宙节奏之组成部分之一，无论是天体运动或是血液循环，万物无不遵从此节奏。在此意义上，这些信仰表现出与现实之极大对应。但我需指出，当无月亮时，不但是个人实际生活，而且包括较大社会或特定群体之生活便出现一种暂停，因此构成边缘期。于是，所论及仪式之目的恰恰是为了终止此暂停时段，以保证所期望的完整生命力的到来，从而使月亏之衰弱为暂时，而非永久性。这正可以解释为何从此类仪式中产生出重续、周期性死亡和再生的思想，为何与月亮各阶段，或只是满月时刻有关的礼仪具有分隔礼仪、进入礼仪、边缘礼仪以及有关出发礼仪之特性。参见［法］阿诺尔德·范热内普《过渡礼仪》，商务印书馆2010年版，第131—133页。

过渡礼仪指与个人生命周期有关的、在人生几个重要转折点上举行的重要仪式，如出生礼、成年礼、结婚礼、丧葬礼等，因此也叫“生命周期礼仪”①。人类学家范热内普认为仪式结构由前阈限阶段（分离期）、阈限阶段（转型期），以及后阈限阶段（重整期）组成。在阈限期，转型状态位于前后两个阶段之间，个人处在悬而未决的状态，既不再属于从前所属的社会，也尚未重新整合融入该社会。阈限期是一个临界边缘，一个模糊时期，以谦卑、遁世、测试、性别模糊以及共同体为主要特征。阈限状态是一个不稳定的边缘区域，其模糊期的特征表现为低调、出世、考验、性别模糊及共睦态。

特纳把人类的社会关系分为两种状态：一种是日常状态，在这种状态下，人们的社会关系保持着相对固定或稳定的结构模式，特纳称之为“位置结构”。“位置”指的是包括法权地位、职业、职务、等级等社会常数，个人为社会所承认的成熟状况（如“已婚”、“单身”等），以及人在特定时间内的生理、心理或感情状态。仪式状态是一种处于稳定结构交界处的“反结构”现象，仪式过程就是对仪式前和仪式后两个稳定状态的转换过程。特纳把仪式过程的这一阶段称作“阈限期”，意指处于“反结构”状态的有限的时空阶段。而宝卷的宣卷仪式空间，就是周期性地让民众处于阈限状态，达到消除污染，维持“洁净”的目的。

在日常民俗活动中，江南无锡、靖江、河阳等民众选择在道场法事活动中做会讲经，根据道场的功能，唱诵不同经卷：有的治病禳祓，有的消罪延寿，有“明路会”，有“庚申会”，有“破血湖”仪式（礼仪），有“醮殿”仪式。其中的仪式过程可谓之“反结构”的“阈限期”。进入到仪式的阈限，阿诺尔德·范热内普这样写道：

> 地界碑或边界标志通过仪式被某一特定群体在特定地域确立后，该群体便拥有了此地域，以致当一陌生人踏上这片地域时就等于犯下渎圣罪，犹如一俗人进入神圣之树林或殿堂等。人们对某特定地域之圣洁观念有时与对“大地母亲”之整个大地之圣洁的信仰相混淆。……象征禁止入内之门演变成城堡后门、城墙大门以及房子出入

---

① “过渡仪式”的概念由德国人类学家阿诺尔德·范热内普（Arnold Van Gennep）提出，后来的学者对它又作了各种不同的解释。

口。神圣性之特质不仅体现于门坎，而且也包括整个门框，变得愈加具体和地方化。与门有关之仪礼形成一个单元。特定仪式间之差异存在于其表现方式：门坎被撣上血或洁净的水；门框用血或香料水洗浴；神圣物件被挂或钉在门框上。特郎布尔在其有关"阈限"的专著中回避了对此之自然观阐释，尽管他写到希腊铜门坎"是精神范畴或外部极限之忍耐界限之古老同义词"。准确地说，对于普通住宅，门是外部世界与家内世界间之界线；对于寺庙，它是平凡与神圣世界间之界线。所以，"跨越这个门界"就是将自己与新世界结合在一起。因此，这也是结婚、收养、神职授任和丧葬仪式中的一项重要行为。因此，我提出将与先前世界分隔之礼仪称为"阈限前礼仪"，将在边缘阶段中举行之礼仪称为"阈限礼仪"，将融入新世界之礼仪称为"阈限后礼仪"。①

特纳认为，仪式的"阈限"有公开性与隐秘性之别。公开性的阈限通常发生在季节性的庆典仪式（如耕种仪式、收获仪式、节日庆典）当中，而隐秘性的阈限通常发生在人生过渡礼仪和为社会地位晋升而举办的过渡礼仪中。在公开性阈限阶段，社会的每个成员都成为"阈限人"(liminars or threshold people)，在仪式过程中表现出社会正常关系的彻底颠倒。然而，仪式一旦结束，人们的社会关系又回到日常结构中。

相比之下，在隐秘性的阈限阶段中，阈限人无贵贱之别，直到阈限期结束后，地位和身份才重新发生变化，使男孩变为成年汉子，使"污染"的危险化为洁净。特纳分析说，阈限过程具有三个相互交叉又相互区分的要素：（1）神圣性的交流活动，如展示唤起回忆或感情的器具与圣物，史诗的演唱，长者的演说等；（2）组合游戏，即将文化分解成因素，然后再以各种可能的方式将之任意组合，使之成为有悖常理的事件，使对现实的扭曲可以赋予仪式以神秘感；（3）共同的情感表达。由此特纳认为，围绕着仪式而展开的"阈限前（日常状态）—阈限期（仪式状态）—阈限后（日常状态）"这一过渡过程，是一个"结构—反结构—结构"的过程，它通过仪式过程中不平等的暂时消除，来重新构造和强化社会地位差

① ［法］阿诺尔德·范热内普：《过渡礼仪》，张举文译，商务印书馆 2010 年版，第 16—17 页。

异结构。在阈限前后的阶段中，“社会结构”存在于社会当中，规定着社会关系和社会地位。到了阈限阶段，人们之间形成了一种“特殊的关系”，使社会结构出现一时的空白，显示出反结构的主要特征。然后，当仪式结束时，社会结构又得以重新恢复，把阈限阶段“特殊的关系”消弭了，从而使日常的社会结构获得一次刷新。换言之，社会生活是由结构和反结构的二元对立构成的，社会结构的特征是异质、不平等、世俗、复杂、等级分明，反结构的特征是同质、平等、信仰、简单、一视同仁。在特纳看来，仪式的本质正在于它的反结构特征，它允许人类在某些时空场合中对日常的结构加以反思。也就是说，在特纳的眼中，仪式活动之外的社会生活基本上是封闭和无人性的，而人性只能在仪式中才得以发现。①

二　宝卷宣卷仪式

在中国传统社会，民间生活是“有神”的存在，一个人从孕育、诞生、成年、结婚，直至生病、老死，都离不开神灵的护佑。晨昏时，为宅神上香；到庙里为无数公共和私人的事情祈祷；为大事小情拜访算命先生指点迷津；参加庙会和宗教节日，按照黄历选择吉日来安排生活中的大事；对超自然力量加诸生活和世界的影响作出反应等，“所有这一切都强化了在传统社会秩序下宗教和日常生活的密切关系……其特有的神学、神明、信仰、仪式无一不对民众的生活产生了系统性的影响”②。

宝卷的讲唱活动都是在传统社会秩序下，有神灵参与的仪式中进行的民间信仰活动，所谓“明有王法暗有神”。前文已经述及，河西念卷活动一般都在每年春节前后及农闲时节，特别是在春节前夕至元宵节期间达到高潮。主家要把屋里屋外、炕上炕下打扫干净，在炕中央放上一个擦洗明净的炕桌，摆满糖茶、油果子、糖花子等年节招待客人的果品，恭候念卷先生和听众的光临。夜幕降临，左邻右舍，亲朋好友，上至耄耋老人，下至少年儿童，陆续来到设局念卷人家，人们互致问候，叙说家长里短；主人家态度谦躬，笑容满面，礼貌周全，忙前忙后，端茶倒水，招呼让座。

---

① 本书此处对特纳关于仪式“阈限”和“结构—反结构—结构”问题的评述，参考Grimes，1995，155—156；王铭铭，1998，238—239；Bowie，2000，169—170。

② ［美］杨庆堃：《中国社会中的宗教：宗教的现代社会功能与其历史因素之研究》，范丽珠等译，上海人民出版社2007年版，第307页。

炕上地下坐满听卷之人。念卷先生被让在炕中央摆放糖茶果品的炕桌上位盘腿而坐，被视为上宾，深受众人的尊崇。念卷先生在念卷开始前要洗手漱口，点上三炷香，向西方（或佛像）跪拜，待心静后，才开始念卷。念卷开始第一道程序是请各路神灵降临：

一炷香，举手中，虔诚谨慎，请到了，上方的，玉皇大帝。
二炷香，举手中，虔诚谨慎，请到了，冥天的，救苦天尊。
三炷香，举手中，虔诚谨慎，请到了，三元的，灵宝天尊。
……
十炷香，举手中，虔诚谨慎，请到了，十方的，十二上神。
请到了，阴司的，十殿阎君，请牛王，和马祖，土地山神；
请到了，灶君娘娘，家宅六神，千千佛，万万祖，请百神；
请全了，诸佛祖，各按方位，守香火，拜佛祖，消我罪证。

念经先念请神经，拜佛先拜观世音，十年寒窗苦受尽，观音度你上天庭。

忠孝宝卷才展开，诸佛菩萨降临来。天龙八部神欢喜，大众念佛永无灾。①

蜜蜂宝卷才展开，诸佛菩萨降临来。天龙八部神欢喜，都为大家保平安。奉劝众人多行善，莫学吴氏丧天良。善恶到头终有报，皇天有眼看分明。②

救劫宝卷一展开，诸佛菩萨降临来。天龙八部神欢喜，大众念佛永无灾。③

回郎宝卷才展开，诸佛菩萨降临来。天龙八部神欢喜，保佑大众永无灾。④

传下来，坐经台。忠孝卷，口难开。——圣谕
上有法令传下来，弟子遵命坐经台。
提起一部忠孝卷，犹如雪天里个梅花口难开。
山外青山楼外楼，世上多少欢乐多少愁。

---

① 《割肉奉亲宝卷》，引自张旭主编《山丹宝卷》，甘肃文化出版社 2007 年版，第 362 页。
② 《蜜蜂计宝卷》，引自张旭主编《山丹宝卷》，甘肃文化出版社 2007 年版，第 316 页。
③ 《救劫宝卷》，引自张旭主编《山丹宝卷》，甘肃文化出版社 2007 年版，第 182 页。
④ 《回郎中举宝卷》，引自张旭主编《山丹宝卷》，甘肃文化出版社 2007 年版，第 53 页。

多少高楼饮美酒，多少流落在外头。
今日不知明日事，人生在世枉着闲气一场空。
忠孝宝卷初卷开，拜请安国星君降临来。
宝卷初卷开，礼拜佛如来。
树从根上长，花从叶里开。
寿香炉内焚，寿烛放光彩。
大众帮念佛，老少免三灾。①

对于民众来说，在人生的关键阶段，请佛头举行宣卷仪式度关。关于仪式的价值和意义，人类学家阿诺尔德·范热内普概括为“个人生命转折仪式”包括（出生、成年、结婚、死亡）和“历年再现仪式”（如生日、新年节日），并将这些仪式统称为“过渡礼仪”。甘肃河西人，每个人自小对宣卷的仪式就高度重视：

农村群众普遍把它当成立言、立德、立品的标准，视为“家藏一宝卷，百事无禁忌”。家藏宝卷视为镇宅之宝，进行“避邪驱妖”。有的当它为风调雨顺、五谷丰登的及时雨；有的当它为惩恶扬善、伸张正义的无私棒；有的当它为忠孝仁爱、信义和平的百宝经。有的家庭儿女不孝、媳妇不贤、家事不顺、人丁不和，用“念宝卷”的方式使家人受到教育，幡然悔悟。宝卷在河西人民群众中根基之深、影响之大、范围之广，可谓“之最”。②

在山西介休，念卷和抄卷也被视为善行功德。念卷由演唱“三弦书”的民间艺人来完成。在农村，遇到老人作寿、小儿满月、盖房动土等喜庆事项，便邀请三弦书艺人上门唱书。唱书前先要举行请神、供神的简单仪式。艺人将可唱的书目段子一一写在纸条上，捻做纸捻子，放在碗里，也

① 《八美图》，引自尤红主编《中国靖江宝卷》上册，江苏文艺出版社2007年版，第1155页。

② 方步和：《河西宝卷真本校注研究》导言，兰州大学出版社1992年版，第2页。现存河西宝卷多为手抄本。部分宝卷为毛笔抄写，格式工整，字体隽秀。这批宝卷故事大都很长，最短的五六千字，最长的甚至有八九万字之多。据当地一些年龄较长的农民讲：过去抄卷一直是他们村里的一种习俗，即便不识字的农家也要请人抄上几本放在家中。在人们的传统观念中，都认为抄卷是一种积功德、积善事的好事。抄得越多，功德越大，罪过越少。

供在神前。主家烧香、叩头请神之后，从碗里抓出三只纸捻子，艺人即唱这三段书，可唱一下午，结束时也要送神。

> 主人家把空王佛像供在房间正中的方桌上，点烛，焚香，叩头念卷者净手拜佛后即开始念卷。在《空王佛宝卷》卷首“开卷仪式”中也有说明：“先净坛场，离杂谈，净手，漱口吃素，整衣，燃灯，焚好香，供养佛前。礼佛三拜，正身端坐，合掌念阿弥陀佛（十声），以净三业。”接着为开卷、缘起、香赞、请佛。结束时，另焚香送神佛归位。这种开卷和结卷的形式，同江浙一带的宣卷相似。不过一般人家念卷都较简单，只要念卷人净手、燃香供佛即可。每次念卷开始先念《空王佛宝卷》，然后再念其他宝卷一般连念数天，夜间休息。①

山西介休尼姑宣卷仪式之由来及其宝卷的宣唱源自变文和讲经文。从敦煌文献中记载的《温室经》《维摩经》等的俗讲仪式，据现存讲经文文本经过归纳，大致有以下一些过程：

1. 鸣钟集众；2. 讲师上堂升座；3. 唱梵（念偈）；4. 焚香；5. 念菩萨名；6. 说押座文；7. 唱释经题；8. 念佛名；9. 开赞（开经）；10. 开经发愿；11. 念佛名；12. 说经文（都讲念讲，法师释经并唱经，重复至经文末）；13. 结束赞呗；14. 回向发愿；15. 念佛名；16. 取散（解座文，散场辞）；17. 布施。

其主体部分，不论演释经义的“科仪”，还是说唱因缘的宝卷，都分为若干形态相同的演唱段落，每个段落除转读经文外，其他形式分五种：

1. 白文、散说、押韵的赋体（具有一定音乐性）；

2. 韵白：七言二句；

3. 流行民间曲调：七言上下句或三、三、四词格；

4. 古老的叹赞：词格，四、四、五、四、四、四、五（后发展为北曲）；

① 车锡伦：《山西介休的民间念卷和宝卷》，载《民俗研究》2003年第4期，第61—62页。另收入车锡伦《中国宝卷研究》，广西师范大学出版社2009年版，第426页。

5. 五言四句偈赞，用念白的方式总结这一段的内容。[①]

宣卷正式开始时，师父首先对着神把卷本放在“经台”，师父居右敲钟和木鱼，徒弟居左敲磬，师徒二人都要跪在蒲团上宣卷，场面非常严肃。宣卷采用一问一答的形式，师父为宣卷人，徒弟为答卷人。

介休的尼姑宣卷过程中，宣卷人和答卷人都用本地的方言来宣答，宣卷期间宣唱人员不得随意离开。听卷的人一般是村里的善男信女或是主家的亲戚，听卷人必须保持安静。宣卷的尼姑念唱结合，音调抑扬顿挫，唱时配有钟、磬、木鱼来进行伴奏，乐音声调古朴。听卷人的情绪随宣卷人的声调变化，在无形中被灌输了因果报应、劝善惩恶的思想。宣卷时，尼姑们是面对“一佛二菩萨”、“龙牌”来宣卷的，听卷人只能看见尼姑的后背。

表 5－1　　两种宣卷仪式比较

序号		河西民间念卷仪式	金瓶梅宣卷仪式	仪式过程
1	打讲经钟	通知在谁家念卷，谁家扫地整炕，烧茶备香	要宣卷了，月娘吩咐把仪门关了	准备活动
2	大众上堂坐定	听众准时到，炕上炕下，围坐整肃	月娘把听卷者都集中到一个房里	
3	法师都讲上堂登高座	念卷先生入上座，挑选接佛人	二位或三位姑子入座，接佛人站两侧	
4	作梵，都讲唱一偈，大众和一偈	念卷先生净手，上三炷香，三叩头	月娘净手，上三炷香	
5	说押座文	念卷头（类似押座文的诗）	姑子说类似押座文的序言	
6	法师唱释经题	念卷先生念卷，听卷人和佛。念卷先生中途不换	姑了宣卷，另一姑了打子儿。一段宣完后，两姑子互换	讲唱活动
7	念佛一声了，说开经了	受教育者要跪着听	子非师徒，互换是表互敬	
8	说庄严了	赞要吟读	无	

① 《中国宝卷的形成及其演唱形态》，参见车锡伦《中国宝卷研究》，广西师范大学出版社 2009 年版，第 83 页。

续表

序号		河西民间念卷仪式	金瓶梅宣卷仪式	仪式过程
9	释题经了	赞后唱词调或韵文	念偈（即赞词），唱佛曲（即词调）	讲唱活动
10	说经本文了	接佛人要接唱阿弥陀佛之类的菩萨名号	接佛人要接唱阿弥陀佛之类的菩萨名号	
11	说波罗密（讲佛故事叫宣）	念宝卷叫念卷或宣卷	念宝卷叫宣卷或宣念卷	
12	各施主发愿	无	无	结束活动
13	回向发愿取散	念卷先生不取钱物，累了可喝糖茶，可吃美食，听众暂歇	休息时，喝茶吃点心，姑子宣卷为的也是布施，但不在宣卷现场	
14	讲讫大众同赞叹	念卷毕，无赞叹仪式，听众先走	无	
15	法师归房	本地念卷先生自回，外地先生有夜宵，住宿	姑子住下，受月娘的良好招待	

江浙一带“做会”时，宣卷先生同时是做会的执事。做会分“庙会”和“家会”，而以家会为主。在家族里，拜寿求子、小儿满月周年、结婚闹丧、节日喜庆、结拜兄弟、遭灾生病、新房落成、家宅不安等都要“做会”。做会的人家称做“斋主”，做会宣卷即在斋主家设“经堂”（或称“佛堂”，即民居正房的客厅，平时亦设有“菩萨台”，供奉家堂和神像）中进行（图5-1）。[①] 经堂中设“供桌”（即菩萨台）和“经桌”。这种做会宣卷的仪轨是：开始焚香、点烛唱《香赞》、报愿、请佛唱《请佛偈》（许多宝卷文本开头有“先排香案，后举香赞”，即指此仪式）；结束时要进行“上茶”、“散花解结”、“念疏表”（或称“疏头”）、“送佛”等仪式，这些仪式都唱相应的仪式卷。中间根据斋主的要求做各种祈福禳灾仪式并演唱相应宝卷，如“拜寿”（唱《八仙庆寿宝卷》《男延寿卷》

① 吴方言区民间盛行观音信仰，在各地的观音寺庙庵堂观音诞日举行的庙会上，多请民间宣卷艺人演唱观音故事的各种宝卷。各地朝拜观音的香客乘坐的“香客船”上的宣卷活动，在明末话本小说《型世言》中已有记述，一直延续到当代。除了佛、道教正规的寺庙、宫观，更多的是散布于各地农村的大小庙宇，它们供奉着各种各样的“菩萨”、“老爷”。在众多的菩萨、老爷的“圣诞”或其他民俗节日，要“出会”敬神或举行其他祭祀活动。现存数十种抄本《猛将宝卷》，就是在各地每年定期的祭祀活动“猛将会”（或称“青苗会”、“青苗社”）上演唱的。

《女延寿卷》等)、“度关”（唱《度关科》)、“安宅”（唱《土地卷》或《灶王卷》)、“破血湖”（唱《斋天科仪》)、“请十王”（唱《血湖卷》或《目连宝卷》)、“禳顺星”（唱《禳星宝卷》或《顺星宝卷》)、“斋天”（唱《斋天科仪》)、“请十王”（唱《请王科仪》)、“醮殿”（唱《十五宝卷》）等。[①] 除了唱各种神道故事宝卷——“圣卷”外，还穿插讲唱“凡卷”（一般文学故事宝卷）。做会一般从上午开始，直到第二天早上结束，所以前人记载民间做会宣卷，“必俟深更，天明方散”[②]。

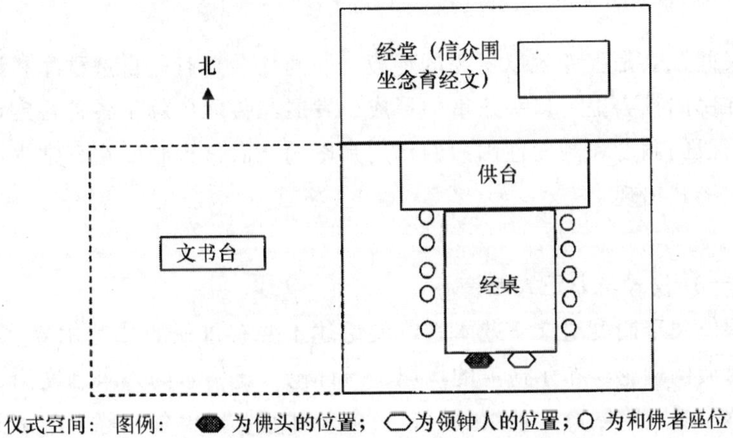

图 5－1　江浙一带宣卷仪式空间示意图

靖江讲经是与“做会”结合在一起的。靖江民间做的“会”是一种带有宗教性的信仰活动。按其组织形式有“庙会”、“公会”、“私会”之分；按其供奉的“菩萨”（靖江俗称各种神佛均为菩萨）分有“大圣会”、“三茅会”、“观音会”、“梓潼会”、“地藏会”、“土地会”、“雷祖会”、“城隍会”等繁多的名目，统称“龙华盛会”或“太平盛会”。

从目前存在的宣卷活动可以看出，河西、介休、无锡、靖江等地宣卷前都有一定的仪式，只是随着社会历史的发展，无锡、靖江等地的专业宣卷团体，其组织程度更高，管理更为完善，商业气息浓厚，所以宣卷仪式

① 车锡伦：《清及近现代吴方言区民间宣卷和宝卷概况》，载《温州师范学院学报》（哲学社会科学版）2003 年第 3 期，第 29 卷。

② 见清同治九年（1870）序刊毛祥麟《墨余录》卷二“巫觋”。

相对复杂。河西等地的宣卷组织形式简单，商业化运营不明显，仪式也较为简单。河西人认为“家藏一宝卷，百事无禁忌”，家藏宝卷被视为镇宅之宝，能“降妖伏魔”。清代上海“或因家中寿诞，或因禳解疾病，无不宣卷也”，从宣卷功能这一个侧面，我们可以看出，和纯粹的文学故事宝卷相比，民间宗教信仰和禳灾仪式才是宝卷的核心内涵，无论是通过礼仪还是禳解仪式，都是乡民最关切的重大事件。

三　仪式与空间控制

民间社会是宝卷赖以生存的环境，民间社会自有其自然秩序和运行规律。在民间社会里，口头故事的形成、发展与传承依赖于各种特定秩序和模式形成的制度和制度性因素的作用和影响。而这种制度在日常生活中常以仪式形式出现。

（一）仪式与非正式制度

国外关于制度对文学艺术影响的论述主要有丹托的“艺术界”，迪基的艺术惯例理论，布尔迪厄的场域、习性论，比格尔的艺术制度论，布达佩斯学派对艺术制度论的批判，以及阿尔都塞、伊格尔顿等人的审美意识形态理论。理论家们围绕具体社会语境中各种制度性机构和因素对文学艺术的影响进行探讨。西方制度学对制度的重新界定和分类，使制度研究从对单纯的成文规则的研究转向了对更为广阔的观念、符号、资本等隐性制度的研究。

德国学者柯武刚和史漫飞把制度分为内在制度和外在制度。这种区分是从制度的产生、制度的影响、制度的内容及性质等方面来定义的。外在制度指因设计而产生的制度，它们被清晰地制定在法规和条例之中，并要有一个诸如政府那样的、高踞于社会之上的权威机构来正式执行。内在制度是靠人类的长期经验而形成的，通过一种渐进式反馈和调整的演化过程而发展起来的，并且，多数特有的内容都将渐进地遵循着一条稳定的路径演变。[①] 道格拉斯·C. 诺斯指出，制度由正式制度与非正式制度的规则构成，制度是一系列正式规则与非正式规则的互动网络。非正式规则是随

① ［德］柯武刚、史漫飞：《制度经济学》，韩朝华译，商务印书馆 2000 年版，第 37 页。

时间演进的，是人们在社会活动和交往中自然演化形成的，包括风俗习惯、伦理道德、价值观念、意识形态等属于文化的规则与约束。非正式的制度始终是人们社会行为有约束力的各种规则，具有正式规则所无法替代的作用。正式制度只是决定行为选择的总体约束中的一小部分，人们行为选择的大部分行为空间是由非正式制度来约束的。非正式制度，又称非正式约束、非正式规则，是指人们在长期社会交往过程中逐步形成，并得到社会认可的约定俗成、共同恪守的行为准则，包括价值信念、风俗习惯、文化传统、道德伦理、意识形态等。在非正式制度中，意识形态处于核心地位，因为它不仅可以蕴含价值观念、伦理规范、道德观念和风俗习性，而且还可以在形式上构成某种正式制度安排的"先验"模式。

所有文化进化或传播过程都先以制度变迁的形式发生。宝卷这种口传文学作为一种精神、观念、情感、价值上的共识和认同，依赖于内生的非正式制度得以传播、传承和发展。非正式制度一方面通过建构一种秩序、规则，规范精神与观念的生存空间，从而达到对审美情感的规范与型塑；另一方面，非正式制度作为一种秩序或规则将依赖于口传故事的价值观念的持续支持，使其以更为缜密的方式延续下去。非正式制度既是口传文学传承的动力也制约着口传文学的发展。某些制度的僵化与落后和历史变迁，使得部分口传文学逐渐被遗忘或是陆续失传；某些口传文学何以能够稳定地传承至今，在某种意义上，正是口传文学与制度的张力，促使文学与制度的变革和发展，形成一种较强的自我调节机制，从而使文学与制度的关系达到一个新的平衡，一个新的协调和互动。尽管"经受文化革命的冲击和所谓现代文明的洗礼之后，原先盛行于民间的带有潜在颠覆性和破坏性的集体民俗活动本身，被权力话语系统无情地颠覆和破坏。然而，在任何一个时代，总会有一些可供民间口头文学演说的空间，这种空间总会在自然的生活进程中营造出来"①。

宝卷的宣卷仪式是非正式制度的表现形式，它包括了传统社会的信仰因素，这种力量有自身的惯性，一经形成，仪式中的思想精神世界，对进入场域的每一个人都会形成引力场，它自发地调整着社会空间的价值取向。

---

① 万建中：《筵席与民间口头文学》，载《民族文学研究》2007 年第 3 期，第 165—167 页。

> 仪式的效用不限于仪式场合。确实，仪式往往会在特定时间、特定地点举行。许多仪式，从个人生命转折仪式如涉及生育、青春期、结婚和死亡的仪式，到按时序重复举行的仪式，都标志开始和结束，这是事实。但是，在仪式上展示的一切，也渗透在非仪式性行为和心理中。尽管仪式在时间和空间上有自己的范围，但似乎也有渗透性。仪式之所以被认为有意义，是因为它们对于一系列其他非仪式性行动以及整个社群的生活，都是有意义的。仪式能够把价值和意义赋予那些操演者的全部生活。①

另外，仪式又是一个确认的时间、地点、器具、规章、程序以及一个特定的人群网络的人际关系的“公共空间”（pulicsPace）。② 从仪式的筹备到集体狂欢，民众的集体记忆被这些实践活动唤起，“实践不是全然有意识的。人在活动的过程中有其目的性，但是他们并不可能完全地‘组织’和‘操纵’活动，而是在活动（实践）中不断习得、复制、创造游戏规则，而且这些规则可以成为大多数人想当然的常识，久而久之变成内化和观念化了的客观结构”③。这种情境场域“与行动者的实践和表达所构成、受结构形塑的系统密不可分”④。

宝卷只有在仪式化之后才能发挥集体记忆的功效：书本知识需要学习传授和反复朗诵才能嵌入大脑；纪念性的建筑物如果不举行定期的庆典仪式（如奠基礼、揭幕礼、周期性的拜谒等）就不会引起任何人的关心和瞩目；管束人们思想行为的经典文本，也必须将其内容转化为可见可感的仪式规范之后才能发生作用。总之，仪式对于一种文化的意义，远远大于我们迄今为止的认识。它不仅和文本相辅相成，而且在很大程度上还具备了超越和驾驭文本的巨大储存记忆的潜能。

道格拉斯的研究显示，仪式同样是一个重要而有效的社会控制手段，

① ［美］保罗·康纳顿：《社会如何记忆》，纳日碧力戈译，上海人民出版社2000年版，第50页。

② 彭兆荣：《人类学仪式研究述评》，载《民族研究》2002年第2期。

③ 王铭铭：《想象的异邦——社会与文化人类学散论》，上海人民出版社1998年版，第295页。

④ ［法］皮埃尔·布迪厄、［美］华康德：《实践与反思——反思社会学导引》，李猛、李康译，中央编译出版社1998年版，第143页。

但是，仪式对社会的控制是有条件而非绝对的。她认为，只有某些类型的仪式在特定的社会条件下，人们对特定的社会价值体系的确认和认同外，仪式的形式也具有类似于“章程”的权威性质。任何一种仪式之所以能够流传并被特定的人群接受，“程序公正”也是一个重要的根据。在这里，所谓“程序公正”并不是指法律意义上的公平，而是指仪式活动中所有的物质、符号、组织、形式等对任何一个人都具有同等的效力。它大致有以下几种基本的意思：首先，仪式把各种复杂的因素和各类物质符号集中在一起，并重新建造起一个特殊的组织形式，以产生出相应的对社会和各种社会关系的控制。其次，仪式中的各种东西，包括那些器具、姿势、形态、时空等已经超出了日常生活中的功能与作用，仪式的“语境”使它们以及它们的组合产生出一种超越现实的控制力，从而削弱官僚体系的作用，而这种控制力的获得经常需要借助神的力量，因而不可抗拒。反过来，日常生活中的某些符号或价值通过仪式活动的“程序公正”被提升到一种认知的高度，久而久之，那些特殊符号的认知价值逐渐凝固下来而演变成人们的观念和习俗。

我们可以这样认为，任何事物（包括物质的、精神的）在某一个特定的社会中都会自然地嵌入到整个社会的认知和价值体系中，并对人们实施控制。

（二）仪式场域与话语操控

从整个历史来看，人类叙事的核心是话语争夺。争夺的结果是正义不断被建构。从“替天行道”的“青天”到“反贪官不反皇帝”的清官信仰，正义从超验的、基于神灵的、基于皇帝支持的、忠于皇帝的，到最终摆脱了皇权却世俗化为琐细的法典约束。

在中国文化里，“大卜”原本只是中性指陈的特定历史名号或空间地理的泛指，在与儒学基本范畴“仁”、“民”、“公”等的语用关系中逐渐凝聚了一种特殊的语义和语境，成为正面价值规范性的“第三方力量”，它代表着儒学的社会理想。同时，作为国家母体，“天下”的公有与民本又是作为社会正义，亦即国家政府根本依据的逻辑前提：“每种传统的正义观中都有一种对最初状态的阐释。”“这种原初状态当然不可以看作是一种实际的历史状态，也并非文明之初的那种真实的原始状况，它应被理解为一种用来达到某种确定的正义观的纯粹假设的状态。”①

因此，儒学所阐释的（公）“天下”始终作为社会范型与原初状态根据入世衡判、作用于国家，始终保持着形上超越的“道”或理念地位，与“国家”确定地区别开来。诸侯争夺易手的只是“国”，“天下”却不是可窃夺占有的实体对象，而是神圣存在。② 而各种民间叙事所建构的正义正是基于对“天下”公理信奉的秩序。宝卷无论是代圣立言还是神圣叙事，不外乎是对“天下”秩序的叙述和话语建构。

宝卷内容和结构程式中隐含了对“天下”秩序的建构。在某种意义上说，权力与抵制从来都是一对孪生兄弟，权力与抵制一直形影不离，换句话说，如果没有抵制也就谈不上权力。就此而言，在一个社会中，只要存在话语控制的地方，那么同时也存在反话语控制的话语。正是基于此，“我们必须诘问我们的真理意志，恢复话语作为事件的特性，最后还得摆脱能指的统辖”③。

正如安德森分析的那样：

> 新教和印刷资本主义的结盟，通过廉价的普及版书籍，迅速地创造出为数众多的新的阅读群众——不仅只限于一般只懂得一点点，或完全不懂拉丁文的商人和妇女——并且同时对他们进行政治或宗教目的的动员。相同的震撼创造了欧洲第一个重要的，既非王朝也非城邦国家的荷兰共和国和清教徒共和国。……事实上，西欧在西罗马帝国瓦解后政治上的四分五裂意味着没有一个君主有能力垄断拉丁文，并使之成为“专属于他的国家语言”。因此，拉丁文在宗教上的权威从未拥有过足以与之相对应的真正的政治权威。④

① ［美］约翰·罗尔斯：《正义论》，何怀宏等译，中国社会科学出版社 1988 年版，第 10、116 页。

② 参见尤西林《人文学科及其现代意义》，陕西人民出版社 1996 年，第 195—196 页。“天下兴亡，匹夫有责”成为中国社会最富感召力的社会道义口号。几千年来，“天下为公”的社会主权观念为儒、道、法、墨、近代改良派、革命党及诸种社会反抗力量所凭借利用，表明了这一观念拥有超出于政治派别或思潮人物之上的全社会、全民族的文化心理力量。

③ ［法］福柯：《话语的秩序》，《语言与翻译政治》，许宝强、袁伟编选，中央编译出版社 2001 年版，第 2—17 页。

④ ［美］本尼迪克特·安德森：《想象的共同体：民族主义的起源与散布》，吴叡人译，上海世纪出版集团 2005 年版，第 40—41 页。

宝卷宣卷和说唱作为一种口头传播媒介，英尼斯在《传播的偏向》一书如是写道："任何一种传播媒介都对知识的扩散发挥着某一方面的重要作用……只有深入考察媒介的技术特性，方能对媒介的文化功能作出准确的评估。"事实上，对媒介技术进行如此细致的研究极有可能导致戏剧性的后果：

> 若某一种传播媒介在相当漫长的时期内被人们持续使用，那么这种媒介便可以于很大程度上决定知识在传播中的属性。最终，宰制性的媒介技术让自己的影响力遍布整个社会，从而使人类的生命力和适应力渐渐在当下的社会文明中变得难以为继。到了这个时候，一种新的媒介会横空出世，其身上势必具备某些旧媒介无法企及的优点，并可以将人类引领至一个崭新的文明之中。①

对口语文化运作最精当的记述是埃里克·哈弗洛克。他感兴趣的重点之一是弄清楚在口语社会里，文化里的"律法"和"民俗"是如何构建、维持和传播的。以宝卷为代表的口语社会往往有一些公共活动即庙会或节日，人们聚会是为了重申他们的忠诚，要强化对自己在世上位置的理解。西方世界古代的大型娱乐竞技场是喜剧、史诗和音乐节等活动的滥觞之源，是集体庆贺节日、假日和英雄业绩的地方。"律法"和"民俗"在庆贺的声音中不绝于耳，诗人、先知、祭司、雄辩家、演员等调动起公众喜庆的情绪。这些庆祝活动在口语社会里承担了文化工作的任务，其奥妙就是哈弗洛克（1986）所谓图像化的形象。

因此，口语社会的关键是形象记忆。经过表演的记忆把口语社会的部件组合成一个整体（想想年关时分很多欠发达地区的集会和庆祝）。传统就在公众不断地重述和重演中得到共鸣，共鸣则常常以诗歌形式进行，有时则是故事的演述。反过来，重述和重演的共鸣就能设定并指明未来。于是，面对面的交往和个人力量的行使，就成为口语文化生存所必需的条件。

记忆把朗诵和表演活动转化为创造和再造社会化自我的承载手段，成

① ［美］伊莱休·卡茨：《媒介研究经典文本解读》，常江译，北京大学出版社2011年版，第178页。

为个人身份进入集体的载体。按照哈弗洛克的构想，个人记忆是由许多提示激活的，在面对面的表演里，在一种记诵的经验中，声觉、视觉、叙事、情景或环境的提示激活了个人的记忆。声音的流泻不是断续分离的，个人的体验不会独立于讲故事的声音、讲故事者的举止和体姿，也不会脱离讲故事的物质环境。相反，听卷的人受到声音、视像、故事留下的记忆、物质环境的提示（巨型的表演场、观众的拥挤等）。这样的刺激、过去的表演在记忆里的复活等产生了哈弗洛克（1978）所谓的共鸣定理：

> 共鸣必须要有行为的重申相伴，共鸣和重申不能太新奇也不能太富于创新；为了适合记忆的需要，重申必须要和以前的表述（或经验）有相似之处，以便诱使脑子从一种状态跳进另一种状态，诱使嘴巴用恰当的发音紧紧跟上。

哈弗洛克在讨论节日时指出，听众“一起鼓掌、舞蹈、唱歌，呼应那位歌唱者的歌声”，于是，口语社会的成员共享重要的经验，即“历史、伦理和政治的经验……大家模仿的精神和习俗”。个人和歌唱者、表演人一道践行社会约定，因为传统在当下得到共鸣，传统为将来所用的合法性也就确立起来了。经过表演的记忆把口语社会的部件组合成一个整体。①

人类对各种媒介的自身局限性的适应，使得口头传播的知识会不断地以各种形式向后辈讲述，不间断地对这些知识进行消化理解并使之与自己的认知相结合。如此，我们才能认定口头传播是时间性的，因其在人类的观念中建立了一种“存留”的意识，即努力将有用的知识不间断地传递给下一代，并与时俱进竭力让这些知识在时间的流逝中保持鲜活。对于那些关于过去、来自过去的知识而言，想要在缺乏持久性媒介的环境中生存下去并保持活力，就必须依赖这种代代相传的毅力。借此，人类才得以让过去和现在联结起来——恰恰是“转瞬即逝”的口头知识才将以口语为主要媒介的古代社会嵌入了绵延不断的历史长河之中。

宝卷说唱在明清的流行，各种力量争相渗透其中，儒教伦理裹挟宝

① ［美］林文刚：《媒介环境学思想沿革与多维视野》，何道宽译，北京大学出版社2007年版，第266—267页。

卷，民间宗教教派利用宝卷，对宝卷一代一代改编使宝卷跨越时间不断地传承延续。明正德四年（1509）刊印《五部六册》，正德甲戌（九年，1514）、正德戊寅（十三年，1518）重刊。明万历年间，《五部六册》大量刻印，不仅后妃太监、藩王贵族出资，由内经厂刻印“豪华本”，且混入《大藏经》，发往各大寺庙；南北各地民间宗教信徒也捐资，由民间书坊仿照经藏之梵箧装，大量翻刻重印。清康熙将《五部六册》列入“邪经”，多次刊印后遭毁版查禁，[①] 但是这种翻刻和宣讲从来都没有因为查禁而绝迹。

四　宝卷宣卷仪式之神圣空间

彭兆荣教授对仪式做过这样一个总结，所谓仪式，它可以被看作一个社会特定的“公共空间”的浓缩。这个公共空间既指称一个确认的时间、地点、器具、规章、程序等，还指称由一个特定的人群所网罗起来的人际关系：谁在哪个场合能做什么，都事先被那个社会规范和框定。[②] 仪式既不是一种简单的物质范畴，也不是人头脑中玄幻的观念，而是一种特殊的非常态实践行为方式。仪式往往以象征的方式和手段表达权威、制造权威。[③]

宝卷中的许多仪式与民俗宗教活动紧密相关，如请神、上香、奠酒、奠茶、点灯、献饭、送亡、度亡、送神等仪式。《香山宝卷》其篇首“观音济度本愿真经叙”云：“从来三教经典，垂训教人，字字隐义，句句藏玄，旁喻曲引，告诫不一。无非欲人明善复初，修性了命，以全其本来耳。言虽不同，理则一也！”[④] 格尔兹把仪式称作是一种“文化表演”，并从仪式的表演解释仪式表现宗教和塑造信仰的实质。他说，对仪式参与者来说，仪式的宗教表演“是对宗教观点的展示、形象化和实现，就是说，它不仅仅是他们信仰内容的模型。格尔兹还认为，宗教调整人们的行动，

---

① 谭松林：《中国秘密社会》（第2卷），福建人民出版社2002年版，第142—143页。

② 彭兆荣：《人类学仪式的理论与实践》，民族出版社2007年版，第194页。

③ 同上书，第62页。

④ “观音古佛原叙”，西北师范大学古籍整理研究所编《酒泉宝卷》上编，甘肃人民出版社1991年版，第5—6页。

使之适合头脑中的假想宇宙秩序（cosmic order），并把宇宙秩序的镜象投射到人类经验的层面上"[①]。

"虚拟"是仪式情境的主要特征。当从仪式情境这一角度来解释仪式现象时，我们可以说：仪式是虚拟的世界。

> 仪式对于仪式行为者来说，同样因为有"意义"才有行为，但其"意义"绝非日常的实用性意义，而是精神领域的意义。仪式行为者正是通过行动、姿势、舞蹈、吟唱、演奏等表演活动和对象、场景等实物安排构拟出一个有意义的仪式情境，并从这样的情境中升温和体验这些意义带给他们的心灵慰藉和精神需求。在仪式的整个过程中，表演活动和场景、实物都是表达或表现意义的手段。一个仪式，就是一个充满意义的世界，一个用感性手段作为意义符号的象征体系。[②]

从宝卷传播仪式的各个层面，包括口头宣卷仪式、传抄仪式，做会仪式，这些仪式和地方文化语境相表里，比如仪式行为、民俗事象，包括口头传统、民间信仰、地方社会、信仰群体、仪式生活等。这些地方性的内部知识，无疑会拓展我们对宝卷文本的认识，即"宝卷不仅是字传的、语言层面的篇章，也是心理的、行为的、仪式的传承文本"[③]。其固定的模式是禳灾洁净模式，该模式概括表现为分离—过渡—结合，通过前阈限—阈限—后阈限仪式完成，象征性地完成了"赎罪"，预防天谴的任务。

除了菩萨圣诞，诸如为父母做寿、祭祖求子、婚丧喜庆、新房落成、祛病消灾、家宅平安、拜佛了愿等，均可做会。[④] 在江苏靖江的宝卷做会

① ［美］克利福德·格尔茨：《文化的解释》，韩莉译，译林出版社1999年版，第129—130页。

② 薛艺兵：《对仪式现象的人类学解释》下，《广西民族研究》2003年第3期，第39页。

③ 尹虎彬：《河北民间宝卷表演与仪式语境研究》，参见博士论文《河北民间后土信仰与口头叙事传统》，2003年6月。

④ 据2010年12月的调查记录，宣卷先生何宝宝（艺名）为当地一户村民新房落成做的法会，"敬神宣卷文书"中说："为敬谢神明，保全全家安康太平，宣唱一个'三包龙图宝卷'，前后三个六本十二回全集，诸做功德。"下文又重复"特发虔诚，特邀儒士四名，在新宅神前焚香秉烛设坛，宣唱一个'三包龙图'一天，上保风调雨顺，国泰民安，男增百福，女纳千祥"云云。注：1. 该地区宣卷先生现在自称"儒士"，2. 该地故事类民间宝卷，大都是上下两本、四回，与清末上海地区"四明宣卷"的宝卷相同。3. 做会（调查）时间，"文书"末签署。

讲经中，专门有祈福消灾的仪式：如“破血湖”、“度关”、“拜寿”、“拜本愿”、“安宅”、“醮殿”、“解结”等。

图 5－2　“破血湖”仪式上宣讲《血湖卷》

“破血湖”又称“血湖会”。由儿女为母亲做。唱《血湖卷》（图 5－2），即《目连救母卷》。卷中有目连喝掉血湖池地狱中“血水”解救母亲的情节。讲唱到这里时，要停下来，儿女们要为母亲喝“血水”。做完“破血湖”，一般是早上六点钟。接下来佛头“收卷”，即把没有讲完的圣卷结束。收卷完，进行“上茶”、“解结”、“念疏表”、“送佛”仪式。

河阳宝卷中有《血湖经》：

太乙救苦天尊说拔罪酆都血湖妙经。

尔是，救苦天尊遍满十方界，会集十方天尊大仙众，说诸因缘。时有妙音真人出班奏曰：臣今下观欲界，酆都罗山，血湖二十四狱，锋刃十八地穴。大铁围山无间地穴，三河四海九江泉曲地穴，孟津洪波流沙地穴，或者熔铜灌门，或者利锯解形。抱铜柱以皮焦，卧以铁床而肌烂。遍体刀割，百节火燃。铁杖铜锤，纵横拷掠。如斯苦痛，无有休息。尔是妙音真人、十方仙众告。天尊曰：善哉善哉！皆缘前生今世，故作误为，悖逆败常。负命久则，堕胎损子。血湖产亡，夭横殒灭。冤仇不解，罪积丘山，沉于地穴之中。血湖血井，血池血峡，受诸痛苦，万劫难逃。今幸遇天尊，发大慈悲，开大法门，普十方一切神仙，宣扬妙法普救群生。救一切罪，度一切厄，出离长夜，得见光明。万罪荡除，冤仇和释。镬汤火炉，变作莲池。剑树刀山，翻成花圃。赦种种罪愆，从慈解脱；宥冥冥之长夜，俱获超升。而作颂曰：天尊大慈悲，普济诸幽冥。十方宣微妙，符命敕泉局。拯拔三度苦，出离血湖庭。泛魂滞魄众，男女总超升。太乙救苦天尊说拔罪酆都血湖经。血湖赦罪天尊。①

“度关”为婴、幼儿做。婴儿的关煞（比如水关、火关等）由算命的人推算。度关时佛头念《度关科》，用米堆成道路，用纸钱（现在用硬币）堆成桥。度关一般连做三年（三次）。

“拜寿”是给父母及长辈做，“拜本命”是给儿童做，均包含祈求健康、长寿的意思。

“安宅”是驱逐邪祟、祈求家宅平安的仪式。

“醮殿”又称“醮十殿”，是儿女为父母做的免罪延寿仪式。先唱《李清卷》，接着唱《十王卷》（图5－3），依次请来十殿阎王和酆都、东岳、地藏等神，向他们祈求灭罪延寿。这个仪式在天亮以前（四五点钟）必须做完，将“十殿阎王”和地狱诸神“送”回去（否则，这些“神君”会留在斋主家中）。

“解结”，佛头手拿红绒线，打好活结垂在下面，念《解结科》。斋主会众交“解结钱”，礼拜菩萨，抽红绒线解开结。即表示解了各种冤结。解结目的是消除宿怨业障。②

做会的场所称作“经堂”。靖江农村的民居一般是坐北朝南，中间一间称“明间”，经堂就设在明间中。靠北的墙上平时挂家堂和“圣轴”（菩萨像）。下面是一长条形“菩萨台”。做会时菩萨台上供“马纸”（即纸马，菩萨像）。这些马纸由佛头折成长条筒状，依次摆在圣轴下。靖江的马纸据说有一百零八种，做会时常用的有二十几种：释迦文佛、阿弥陀佛、观音、文殊、普贤、地藏、泗州大圣、韦驮、三茅、三官、关圣、丰都、十王、城隍、东岳、梓潼、天地三界、东厨（灶神）、家堂（总圣）、

① 《血湖经》，鹿苑奚浦村徐桂根抄本。参见《河阳宝卷集》，上海文化出版社2007年版，第1361页。

② 《江苏靖江的做会讲经》，参见车锡伦《中国宝卷研究》，广西师范大学出版社2009年版，第289—290页。

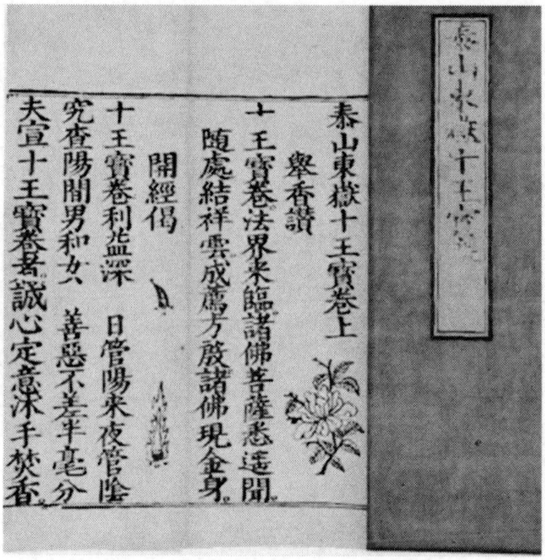

图 5－3 泰山东岳十王宝卷

太岁、雷祖、门神、财神等，外加土地、寿星各两个。菩萨台亦做供桌，设对烛（大的每对重达三斤）、香炉、拜烛（小红烛）、供品（果品）等。菩萨台上右边另设斋主三代宗亲牌位和星斗牌位。星斗牌位是一个斗（或木桶），斗内插一杆秤，秤外边套着会标的牌位（红封套），上面挂一黑头巾，分别表示满天星斗和乌云。斗内还放一面镜子，点一盏油灯，表示月亮和太阳。菩萨台前设“拜垫”，拜菩萨用。经堂中央设经台（方桌）。经台有不同的摆法。一般是偏东或偏西放，佛头靠墙坐，其他三面坐“和佛”人，这种摆法称作“小乘做”，另一种摆法是“大乘做”：两张方桌并放在经堂中央，佛头坐南朝北对圣轴讲经，称作“对圣宣言”。靖江西沙地区做会时还有一种摆法：两张方桌南北联结摆在经堂中央，圣轴朝南悬挂在经台上，佛头坐在北面，对圣轴的背面宣讲，故称“背圣宣言”。佛头讲经时，面前设“龙牌”。龙牌立放，正反面均绘有神像：释迦文佛、文殊、普贤、关圣、四大金刚、韦陀，边上分别是日、月。经台前面也设香炉、对烛。

做会开始前，佛头和斋主、会众一起做些准备工作。佛头扎“纸库”（用芦苇做骨架，扎成宫殿状，糊上色纸），写“疏表”（用红黄纸写明斋主和会众的姓名、肖属、生辰，供在菩萨前）、设龙牌等。会众则折锡箔等。点燃香烛、灯火（做会过程中经堂内香火不断），佛头升座，做“早功课”，念《大悲咒》《十小咒》等。

做会开始：佛头升座，摇铃召集会众入座。首先是“报愿清佛”。佛头唱《请佛偈》，报出马纸上各位菩萨的名号、灵地，率领斋主在供桌前一一叩请。然后焚化当方土地马纸，让当方土地去接菩萨。做私会时，请佛后还有“报祖”，告诉斋主的祖先，后代在此做会。斋主也要在菩萨前叩拜请迎。请佛后佛头即开始讲经。讲经是做会的主要组成部分。不同的祈求，拜不同的菩萨，都有相应的宝卷，如“三茅会”讲《三茅卷》，“大圣会”讲《大圣卷》，“观音会”讲《观音卷》，“雷祖会”讲《雷祖卷》等；为求子嗣和孩子健康成长，做“梓潼会”，讲《梓潼卷》；为求家宅平安，做“土地会”，讲《土地卷》等。与做会相应的宝卷称作“正卷”。正卷之外，应斋主会众之请，可加“饶头”，主要是饶“小卷”，也可讲其他宝卷中的精彩片断。时间多安排在晚饭后，这时听经的人多，佛头讲唱也起劲。

讲经结束，即“上茶”、“念表”、“送佛”。“上茶”又称“敬香茶”。斋主儿子（或孙子）头顶茶盘供品跪在菩萨台前，两边各有一人扶着茶盘。佛头一边唱《上茶偈》，一面将茶盘上的供品（盛在小茶碗内）一一放在每位菩萨的马纸前。《上茶偈》中对每一位菩萨的身世都略作说明，比如：

> 香茶一杯奉上献，释迦文佛请香茶。
> 释迦文佛本姓张，张家头上问玄关。
> 上有甲子正月半，四月初八是圣诞。
> 释迦佛落空不登王位，十九岁上上雪山。
> 灌顶六年苦根留，生老病死到如今。

上完茶后接着由佛头念“疏表”，最后“送佛”。《送佛偈》与《请佛偈》相同，只是改“请”为“送”。送完佛，佛头带领斋主会众将马纸、疏表等拿到院子里焚化，做会就结束了。

清及近现代江浙民间宣卷“做会”活动仪式，佛、道混杂，其用于祝祷仪式的某些宝卷亦称“科仪”，短小者也称“科”，如《斋天科仪》《庆（请）王科仪》《度关科》《发香科》等。其虽与某些佛、道教的科仪同名，但内容有差异。

按伊利亚德（Mircea Eliade）的讲法，这个世界上存在神圣与世俗两种模式，也是在历史进程中被人类接受的两种存在状况。对信仰行为而言，宝卷做会仪式是面向神灵的神圣空间，它是非均质性（non homogeneity）的，有秩序的、洁净的、成熟的空间。而脱离祭祀的世俗空间是均质的和中性的、夹生的空间。而神圣空间正是这样一种均质空间的断裂，并由此确立一个中轴线，建构起不同质的空间秩序。①

前文已述及宝卷宣卷过程中的社会结构可谓之"反结构"的"阈限期"。通过仪式过程，神圣得以回归，社会不平等暂时消除，社会地位差异结构得以重塑。"社会结构"规定着人的社会关系和社会地位。社会结构与反结构在阈限阶段的过渡，人们相互之间的关系调整为"特殊的关系"。当仪式结束时，社会结构又得以重新恢复。"特殊的关系"消弭了，日常的社会结构得以重建。

从宝卷的起源和历史来看，宝卷的这种形式，是受佛教忏法演唱过程仪式化的影响，其主题范围介于俗信和经典佛教之间的中间地带。宝卷具有强烈之神话意识，讲述创世或诸神故事，故事中神明经常救劫、教化、帮助、超度凡人。因此，宝卷的宣卷或讲经仪式，全部被纳入生活的意识形态场域，构成了对日常生活的反思。宣卷仪式在老人作寿、小儿满月、盖房动土等"过渡礼仪"中表演，因之就获得一种超越普通物质性的巨大的意识形态能量的监护。

无锡地区的佛头念卷的过渡礼仪。在由斋主出资举办的私家祈福的仪式上，仪式的内容有以下几个方面。

（1）"拥根佛"。斋主家中小孩逢3岁、6岁、9岁等单数生日，需念"拥根佛"，祈祷小孩岁岁平安，斋主全家人丁兴旺，如大树一般根深叶茂。

（2）"延生佛"。斋主家中若有老人过寿或家逢喜事，念"延生佛"，依靠"念佛"之效力，祈祝老人健康长寿、平安多福。

（3）"七星佛"（又称"太平佛"），斋主家中逢有人生病或者遭灾，就会被认为家中"星宿不好"，需念"七星佛"，以驱邪避祸，

① ［罗马尼亚］米尔恰·伊利亚德：《神圣与世俗》，王建光译，华夏出版社2002年版，"序言"第1—5页。

消灾祛病。

(4)“镇宅佛”。斋主家中乔迁、盖房，需念“镇宅佛”，以告慰土地神，祈福禳灾。

(5)“受生佛”(又称“还受生佛”)。斋主、信众为还前世之阴债，必念“还受生佛”，以求平平安安。在无锡有的人60以后做“受生佛”还掉前世之阴债，有的人在去世后，也做“受生佛”，以免欠阴债。“受生佛”需准备大量祭祀纸品（纸键、纸质“受生笼”等），耗资巨大。

(6)“往生佛”。“往生佛”是为过世的人所做，一般在亡者过世后的“五七”(35天)、“七七”(49天）或一周年时举行，其目的是为亡魂超度，为后代祈福。

当斋主进入仪式状态之时，参与者此时就进入了一种“神圣”的度关仪式存在状态。可以说，在仪式的状态，“神圣”的抽象的性质才成为可感的、显现的。人类学者认为，个人在从一种角色移入另一种角色的过程中，其经验必须由所有参加仪式活动的人在理智上铭记、从情感上感受之后方能得以型塑。① 反过来也可以说，进入神圣，必须选择仪式的方式。一旦某人许下愿信，此人便在进入仪式的同时，也进入了神圣。神圣空间是与外部世界完全不同质的空间。而神圣空间的影响力往往亦是呈辐射状的，离中心愈近，神圣力量愈强烈，愈远则依次减弱。这种观念，直接促成了同一神圣空间梯级结构秩序的形成。与此神圣空间秩序相对应，同时也会产生一系列不同意义层级的仪轨制度。

在社会学意义上，在后现代的知识视野中，我们发现宝卷宣卷等特殊的“神圣空间”里，在说唱结合的叙事时间中，斋主的人生经验随着各类故事主角的命运在“仪式空间”中潮起潮落，空间被时间化，凝结在空间里的是某一集团的历史、神话、信仰的时间流动，这样的时间流逝也使空间结构化。

举例来说，在《天仙宝卷》开头叙述了唐朝年间，董员外家境殷实，妻冯氏，子董永。不知何故，遭了火灾，一份家业化为灰烬，董员外一气

① [美] 乔治·E·马尔库斯、米开尔·M·J·费彻尔：《作为文化批评的人类学》，王铭铭、蓝达居译，生活·读书·新知三联书店1998年版，第93页。

之下命归黄泉，宝卷一开始就紧紧牵动着听众的心思：

却说冯氏被大家劝住，有位老人说：“董大娘，你家有钱没有？早些请人做个棺房，择个日子埋葬，大家好帮你料理发送。”冯氏说：“家中并无钱财，只有个菜园，典出去弄些银钱做费用吧。”邻居说：“既然如此，就备好足用木料，我们帮忙便了。”董永上前叫了一声：“众位爷爷，我这里给您们叩头了，烦劳诸位费心，等我长大成人后答谢你们。”众乡亲急忙把他拉起说：“这孩子真是个孝子。”便择了良辰吉日将董员外埋葬了，冯氏送走众亲邻后，怀抱董永失声痛哭。①

因为诸神需要“富有感性的人的心灵”，其中的人通过启悟会获得“灵感”。这种依靠生命顿悟式的经验获得“觉悟”（类知识和能力）的方式，应该被看作是与理性逻辑的思维方式并行不悖的东方“悟性”生产方式，它虽不属于理性知识，但它同样在创造着对于这个世界的认识。这种在斋主自我，作为他者的空间或灵媒，以及审美式超越性神性存在三者之间瞬间建立起来的一种切实可见的联系。② 而这种观察只有在人类学视野下才可能有所收获。

20世纪关注东方哲学与宗教的最重要西方思想家伊利亚德在《圣与俗：宗教的本质》一书中提出神圣显象的概念。认为现代西方人很难体认到神圣显象了。而在原始人那里，当石块或树木受到膜拜，并不是因为它们是石块或树木，而是因为它们是圣石与圣树。它们是神圣显象，它们显示出了不是石不是树的某种圣性。神圣只能借着世俗的事物来表现，它是因被赋予“躯体”的神圣而显现的。人不会在宇宙中感到孤立，原因是他因着象征符号而迎向一个熟悉的世界。伊利亚德认为，前现代的人和原始人一样，都能直接从自然中领悟到神秘和神圣。“神圣时空体验总是与宇宙的生成和再生神话联系在一起。对这种体验的介入是通过巫术祭祀以及宗教节日的场域达到的。每一个宗教节日和宗教仪式都表示着对一个发生在神话中的过去、发生在世界的开端的神圣事件的再次

① 徐永成：《金张掖民间宝卷》，甘肃文化出版社2007年版，第163页。

② 赵旭东：《“灵”、顿悟与理性：知识创造的两种途径》，载《思想战线》2013年第1期。

现实化。"[①]

中国民间文化传统在某种意义上还保留了万物有灵的关联性思维模式。在宣卷等神圣空间中"觉悟"的过程，人们会理解那些看来是神话式的、非理性的、不可见的以及表面不合逻辑的那些暗示和判断，而这恰恰是在科学、理性以及逻辑推理中所极为缺少的，同时也是我们真实生活场景中不可忽视的一部分。而现代人因为追名逐利、技术科层式的生活方式，心灵变得枯萎了，宝卷宣卷的神圣空间的存在，岁时礼仪体制空间的恢复，诗意生活方式的践行和"重建世界"一样，通过"复魅"，保持着对远去诸神的回忆，而这些恰恰是被理性完全遗忘掉或有意忽略掉了的东西。[②] 这才是今天思考中国传统中神圣空间以及"灵感"的意义之一。

伊利亚德认为，即使那些自认为不信教的人也不能摆脱神话与宗教。因为世俗之人也不可能抹去曾经是宗教生物的后代的历史。也就是说，他的祖先的巫术宗教行为产生的遗传基因，使他成为今天这样的人。在对神圣空间和神圣时间的体验中可以领悟到一种与原初状态合一体验。诸神和神话祖先正是存在于这个原初的状态之中的，也就是说他们正是在这个状态中从事创造世界、组织世界的活动，或者在这个状态中向人类揭示出文明的基础。[③]

若把"圣"看成原始（原生）的形态，"俗"是现代性观念中的派生形态。今天以现代性矢量线性时间观念度量生命及其意义，完全悖反了生命的根本律动，在中国这样一个取法三代，以复古为革新的连续性文明体国家，这种悖反尤其显著，于是放弃世俗、追求初始状态之完美，成为现代性背景下的复魅。"以神圣空间为表现形式的复魅，对现当代中国人来说，还包括了抵抗感官经验主义和虚无主义的意义。"[④]

如果展开分析，返璞归真在历史上和现实中往往都以过渡礼仪的形式实现。人类渴望着恢复诸神生机盎然的存在状态，也渴望生活在一个像刚从造物主手中诞生出来的世界上：崭新、纯静和强壮。正是这种对起源时

---

① ［罗马尼亚］米尔恰·伊利亚德：《神圣与世俗》，王建光译，华夏出版社 2002 年版，第 3—7 页。

② 赵旭东：《"灵"、顿悟与理性：知识创造的两种途径》，载《思想战线》2013 年第 1 期。

③ ［罗马尼亚］米尔恰·伊利亚德：《神圣与世俗》，王建光译，华夏出版社 2002 年版，第 47 页。

④ 参见尤西林《现代性与时间》，载《学术月刊》2003 年第 8 期，第 29—30 页。

完美性的依恋，才从根本上解释了人们为什么要对那个完美状态的定期回归。[①] 这种千变万化“启悟”仪式的核心是象征式的“死亡—再生”的仪式空间。

伊利亚德在《神话、梦和神秘之谜》一书中论述道：

> 无论在任何地方，当我们遇到启悟的神秘仪式，即无论在任何地方，即使是最古老的社会，我们总是看到死亡和新生的象征符号。[②]

韩德逊（Joseph L. Henderson）在《古代神话与现代人》一文中，讨论到启悟仪式时说：

> 无论是出现于部落社群，抑或在比较复杂社会里的礼仪，总强调这死亡与再生的仪式。它给予接受启导者一“通过仪式”，使由生命的一阶段过渡到另一阶段。[③]

所以，象征性的死亡是人虫蛹化蝶式再生的必经阶段。通过仪式性的死亡阶段，才可获得新的生命，进入生存的另一境界。上古时代政教合一、巫医不分已经众所周知，语言叙事的神圣语境毫无例外均属于巫师—萨满类宗教领袖人物的专有职能。这种巫师兼医师的重叠身份也就无疑说明了这样的现象：为什么偏偏在那些部落社会中的巫们能行使叙事治疗的医者的功能。

根据人类学者哈利法克斯（Joan Halifax）的归纳，萨满—巫术的基本特征有如下几方面：

> 一种入社仪式的危机；一种对幻象的追求，考验，或者分解与复原的体验，圣树或宇宙柱，灵光，出入上中下三界的能力，进入出神状态的能力，医疗能力以及在社群与非常态的世界之间沟通的

---

① ［罗马尼亚］米尔恰·伊利亚德：《神圣与世俗》，王建光译，华夏出版社 2002 年版，第 47 页。

② Eliade, Myths, Dreams of Mysteries, trans. Philip Mairet (NewYork, 1975), p. 197.

③ Joseph L. Henderson, "Ancient Myth of Modern Man," in man and his Symbols, ed. C. G. Jung (NewYork, 1968), p. 123.

能力。[①]

遗憾的是，后启蒙时代的世俗化使神圣空间遭遇祛魅。巫术和宗教在启蒙时代被驱逐出人类知识领域，丧失知识话语权。“对广大信众而言，丧失知识体系支撑的话语权力，也就丧失了信仰的话语权力。这也成了神圣空间精神源泉日趋衰竭的原因之一。”[②] 问题是：现代科技的物质进步并不能替代对现代宗教信仰和人文意义的神圣空间的精神需求。在信仰主义衰微的时代，这个贬低过去、抛弃现在、轻视过程的未来就会抽空现代人的生存依托，产生现代性特有的期待性的压迫焦虑和虚无感。[③] 人类真善美的逻辑和意义追求的最终归宿是美。这种美不是世俗计量的美，是先验的、神秘的、宗教意义上的美。真、善诸先验属性不能离开美，存在自身也不可能驱逐美，因为美是它内在之先验属性，“美的真正价值观就是对存在真理的本体价值的展开”[④]。

仪式的神圣空间在一定意义上和先验的美的结构性追求遥相呼应，极大地切合了现代人的心灵世界。事实也证明，现代人难以摆脱世俗的人文的神圣仪式空间，尽管它不断地世俗和解蔽，但似乎没有思想家能依靠知识灌输解决精神家园的所有问题，就像一位高才生同样会被精神病疾病困扰一样，只有悬置知识，才不会挤占信仰的空间。所以我们发现，仪式性地追寻曾经的神圣空间定期地与诸神同在的潜在冲动，和现代人的生活方式相始终：

（1）像新年聚会这样的时间性仪式事件，通过团圆和家族聚会，人们庆祝新的时间周期的开始，这不过是古代的再生礼仪的一种还俗的形式。

（2）电影院中仍在表现古老的母题：诸如英雄与妖怪交战，入社仪式性考验与格斗，英雄的盾牌、战马、生与死、爱与恨的轮回、最后的审判、世界末日以及天堂与地狱的经验，等等。

---

① 叶舒宪：《叙事治疗论纲》，载《西南民族大学学报》（人文社会科学版）2007 年第 7 期。

② 张俊：《神圣空间与信仰》，载《福建论坛》（人文社会科学版）2010 年第 7 期。

③ 尤西林：《现代性与时间》，载《学术月刊》2003 年第 8 期，第 20—33 页。

④ Hans Urs von Balthasar，The Glory of the Lord：A Theological Aesthetics，Vol. I：Seeing the Form，T. & T. Clark，1982，“Foreword”，p. 152.

（3）像追逐伊甸园“香格里拉”等乌托邦运动与救赎少数人的末世论神话以故事、新神话、谣言、游戏等形式长期存在。《达芬奇密码》《不死国的生命树》《阿凡达》《地狱温泉的诅咒》[①] 等新神话主义方兴未艾，一直伴随着人类。

（4）裸体运动和性自由运动与人类堕落之前的天真状态的观念相联系，是对生活于神圣存在中、生活在一个完美无缺世界中的渴望，也可看作是一种对伊甸园状态的怀乡病。

在这里类似于宣卷仪式展演的传统的“节日时间”（巴赫金）、“神圣时间”（洛斯基）乃至“游戏时间”（J·Huizinga、伽达默尔），都具有了现代性批判的意义。[②] 神圣空间中的时间模型是象征性和向着过去的神圣还本逆溯的，而且每次的造访都会经历一个向原始时间的循环回归。而古代时间本身是与自然生命的周期循环同构的，所以在神圣空间中可以找到内心的安宁。这点在现代性焦虑背景中尤为凸显。神圣空间在现代已具有异化的精神疗养的作用，这成为其可以在现代社会继续延存的根本原因。由此，神圣空间信仰也被赋予了诊治现代性危机的现代性人文信仰的深刻内涵。[③]

把这一悖论式精神现象概括为一句话——“人需要神”，需要定期返回过去，使自己重新回归神话状态，这是现代人乌托邦式追求中，赖以存在的精神避难所。遗憾的是，由于身处现代性时间框架中，如今的神圣空间自然今非昔比，因此它对古代时间庇护也极其相对，并不断被现代性时间观念侵蚀而世俗化。在中国这样一个从巫术到宗教连续性的文明体国家，现代神学的启蒙远未完成，现代性的路途探索中的前现代否定和现代虚无，它可能提供的心灵安顿毕竟也只是暂时的、轮换式的。这就不难理解为什么科学技术的发达和一波一波的气功热、特异功能热相混杂，为什么胡万林、张悟本、张必清等大师得到各路社会名流的追捧这一特殊的文化景观，这依然是由现代性的悖论决定的。

① 雷欧幻像作品集《查理九世：不死国的生命树》《查理九世：地狱温泉的诅咒》《查理九世：幽灵列车》等20册，浙江出版联合集团2013年版。

② 车锡伦将宝卷功能概括为信仰、教化、娱乐，正对应了“神圣时间”和“游戏时间”。参见车锡伦《信仰教化娱乐——中国宝卷研究及其他》，台湾学生书局2002年版。

③ 张俊：《神圣空间与信仰》，载《福建论坛》（人文社会科学版）2010年第7期。

第六章　从神话观念到民间信仰：明清宝卷所见西王母信仰探源

明正德以后，《护国威灵西王母宝卷》《瑶池金母金丹忏》《王母消劫救世真经》[1]《王母无极妙道三皇（圣）救世皇经》等有关西王母的民间宗教宝卷把西王母塑造成禳灾、救劫，摆脱“末劫”（万劫不复）的“无生老母”、“瑶池金母”、“古佛”、“无极老母”等形象。[2] 她住在“真空家乡”，是一位无生无灭、不增不减、不垢不净、至仁极慈的女上帝。她把混沌（亦称鸿濛）宇宙分出天地日月、两仪四象、五行八卦，创造了山川河海、草木禽兽和万物之灵——人类，成为一位集创世与救世于一身的至圣女神，拥有无上权威，她甚至凌驾于诸神之上，可以“考察儒、释、道三教圣人”[3]，俨然成为众神之王，“诸祖满天，圣贤神祇，唯有无生老母为尊”（《普度新声救苦宝卷》）。[4] 宝卷《王母消劫救世真经》再三宣扬持诵、抄录此卷的神奇功能：

> 梵香高诵念，万事得成亨，若为父母诵，父母享遐龄，若为儿孙诵，儿孙发聪明，若为家宅诵，家宅福骈臻，若为求名诵，青云有路

---

① 清光绪二十六年（1900）一洞天聚贤堂刊本，一册。

② 参见王见川、林万传《明清民间宗教经卷文献（续编）》影印第6册，新文丰出版公司1999年版。

③ 《护国威灵西王母宝卷》二卷，康熙十六年丁巳刻本。

④ “无生老母”简称老母，亦称古母、祖母，古佛，无生母、老无生、老古佛、收圆老祖、无极老母、无极圣母、瑶池金母、云盘圣母、天地三界十方万灵真宰等；在民间宗教教派领袖和信众中，还将无生老母衍化为“元天三无生”、“治天地无生”、“归天圣无生”、“飞天古无生”、“四明祖无生”（黄育楩：《破邪详辩》卷三）。晚近，又称至圣先天老祖，明上帝无量清虚至尊至圣三界十方万灵真宰、大悲大愿大圣大慈瑶池至阴金母群真统御天尊无生老母明明上帝无量清虚至尊至圣三界十方万灵真宰。参见濮文起主编《新编中国民间宗教辞典》，福建人民出版社2015年版，第581—582页。

登，若为求利颂，积玉又堆金，若为求子颂，不久产麒麟，若为求雨诵，指日降甘霖，若为遣虫诵，虫蝗化为尘，若为疾病诵，疾病不缠身……若为枯木诵，枯木复兴荣，若为禾稼诵，禾稼保丰盈。家宅供此经，福患不相侵，行人佩此经，路途免虚惊，舟船载此经，风波永不兴，生前持此经，福禄寿重增；死后念此经，逍遥脱罪刑。抄录一本送，一家免刀兵，抄录十本送，灭罪列仙真，抄录百本送，荣华及子孙，刊刻传天下，天下享康宁。功德难数尽，群众谨奉行，诚心诵此经，天兵护其身。口诵心不遵，天雷劓其形……持诵是经者，衣冠礼至尊。①

从中看出，先秦以来，西王母的神格不断放大，社会功能进一步强化，最终以“救世主”的身份出现，能将信徒从各种危险和困境中解救出来，又有人祖“娲皇”的创生功能。这给我们带来一个疑问：明清民间西王母信仰是如何形成的？历史源头在哪里？明清民间宗教信仰和远古的原始宗教之间有没有联系？

一　殷墟卜辞中的“东母”、“西母”

在最早的甲骨文卜辞中就有“燎祭东母、西母”的文献，卜辞记录如下：

王占曰：有祟。八日庚戌有各云自东面母。（《合》10405）

贞于西母，彭帝（禘）。（《合》14345）

壬申卜，贞：侑于东母、西母，若。（《合》14335；《后》上二八·五）

贞于东母侑。（《合》14336）

乙酉卜谷贞，寮于东母，九牛。（《合》14337 正）

贞：寮于东母，三牛。（《合》14338）

贞：寮于东母，三牛。（《合》14339）

① 《王母消劫救世真经》下卷，参见王见川、林万传《明清民间宗教经卷文献（续编）》第6册，新文丰出版公司2006年版。

贞：寮于东母，三犬。(《合》14340)

寮于东母……□犬、三豕、三……(《合》14341)

贞：寮于东母□黄［牛］。(《合》14342)

……于东母。(《合》14343)

贞：寮于西母，□犬，寮三羊、三豕，卯三牛。(《合》14344)

贞：侑于东母。(《合》14761)

甲骨卜辞“燎祭东母、西母”的记录中，“东母”、“西母”含义到底是什么，学术界争论较多。陈梦家先生认为：此“东母”、“西母”大概指日月之神。“由天帝日月的神话传说，可推想殷人的帝或上帝或指昊天，东母、西母可能是日月之神天帝的配偶。”[①] 类似的观点还有丁谦[②]、丁山[③]、杜而未、叶舒宪等。

仔细分析卜辞的内容，我们发现其中并没有提及“西母”和月亮的对应关系，“东母”、“西母”称呼前大多有“于”，似乎“东母”、“西母”都是地理位置或者方位。笔者从比较神话的角度，认为它们都是至上太阳母神“王母”分属在东西两个方位上的拟人化称呼。[④]

日出于东方、日入于西方，卜辞以下《尚书》的“尧典”、“舜典”，恭敬地祭祀“日出”与“日入”的时间和空间，卜辞中祭祀“东母”的次数远多于“西母”，应该是更强调对“东面母”的祭祀，“东面母”似乎是对“日出”的称呼。在轴心时代之前，世界文化与宗教的相似性远大于差异性，从世界范围比较来看，卜辞时代对应青铜时代，太阳母神崇拜在青铜时代的埃及、地中海沿岸、克里特和米诺斯文明广泛存在。卢西·古迪森将太阳母神视为青铜时代的主神。[⑤] 在公元前2000年，在安

① 陈梦家：《殷虚卜辞综述》，中华书局1988年版，第574页。

② 凌纯声：《昆仑丘与西王母》，《中国神话学百年文论选》，陕西师范大学出版社2013年版，第539—540页。

③ 丁山：《中国古代宗教与神话考》，世纪出版集团2011年版，第74页。

④ 萧登福认为西王母是掌管日、月“入处”之西方的神祇。参见萧登福《扶桑太帝东王公信仰研究》，新文丰出版公司1982年版，第4页。

⑤ Lucy Goodison. *Death, Women and the Sun: Symbolism of Regeneration inEarlyAegean Religion. BICS Suppl.* 53. London: Institute of Classical Studies, 1989, pp. 173 – 176; M. L. Moss. *The Minoan Pantheon: Towards an Understanding of Its Nature and Extent.* BAR International Series 343. Oxford: John and Erica Hedges Ltd, 2005.

纳托利亚与黎凡特地区，作为圣殿主神的太阳母神就是国王与王后的保护神。[①] 这一观念不仅仅存在于古巴比伦。在乌迦特的巴力史诗中，母神的角色也是类似的，太后是亚舍拉母神的大祭司，亚舍拉可以说是太阳母神。根据怀亚特的观点，太后的地位非常重要，因为未来的国王通过她的宗谱而得以确立。神话般的母系继承权反映了太后的社会地位。[②] 孀居的太后被称为“rbt”，意思是“伟大的女性”[③]。创世之神埃尔的配偶亚舍拉拥有女神的所有特征，因此被称为“践踏亚姆的伟大女性”（亚姆是混沌之蛇），是“诸神之母”[④]。

再回到卜辞中“东母”、“西母”的指代对象问题上，宋镇豪先生不同意陈梦家的“东母、西母可能是日月之神而天帝的配偶”的推断，他把“东母”、“西母”理解为主管太阳出入的女神。他说：“甲骨文反映的日神神性，人化成分很难看到，说东母、西母为日、月之神或司太阳出入之神，未必可以成立。”甲骨文有“己巳卜，王，贞呼弜共生于东”（《合集》20637）之辞，“‘共生于东’，犹言拜求生命于东方。甲骨文祭‘东母’多于祭‘西母’，商代葬俗鬼魂之幽意识以头朝东最多，向西较少，似东方主生，象征生命和再生，西方主死，象征死亡，大概东母为生命之神，西母为死亡之神。燎祭东母、西母，大概是求其保佑商族子孙的繁衍兴旺”[⑤]。

研究早期考古资料，结合比较神话学的视野，人类早期的宗教多数是自然崇拜，“王母”（“东母”、“西母”）作为神名，源于人类自身对太阳的称呼，是人类把创生世界的神想象为自己的“祖母神”或大母神。先

① ［美］南诺·马瑞纳托斯：《米诺王权与太阳女神：一个近东的共同体》，王倩译，陕西师范大学出版社 2013 年版，第 210—211 页。

② Nicolas Wyatt. “Religion ofUgarit: An Overview”, in Wilfred G. E. Watson and Nicolas Wyatt, eds. Handbook of Ugaritic Studies. *Handbook of Oriental Studies*, Part One: The Near and Middle East 39. Leiden: Brill, 1999, pp. 544 – 545; Niels-Erik A. Andreasen. “The Role of the Queen Mother in Isrealite Society”, *Catholic Biblical Quarterly* 45: 179 – 194.

③ Nicolas Wyatt. *Space and Time in the Religious Life of the Ancient Near East.* The Biblical Seminar 85. Sheffield: Sheffield Academic Press, 2001, p. 168. 参见《作为大祭司的国王与王后》，载［美］南诺·马瑞纳托斯《米诺王权与太阳女神：一个近东的共同体》，王倩译，陕西师范大学出版社 2013 年版，第 61 页。

④ Nicolas Wyatt. *Religious Texts from Ugarit: The Words of Itimilku and His Colleagues.* The Biblical Seminar 33. 2d ed. Sheffield: Sheffield Academic Press, 2002, pp. 131 – 132, 152.

⑤ 宋镇豪：《中国风俗通史——夏商卷》，上海文艺出版社 2001 年版，第 641—642 页。

民对于太阳神的崇拜产生得很早，“庙底沟文化彩陶上频繁出现的太阳鸟图像，与大汶口文化和良渚文化所见的同类图形完全相同，说明当时的太阳神观念普遍存在，传播范围很广”①。初民观察太阳的运行规则，太阳反复东升西落形成的东西两个基准方位观念，后来创生意识和古老的空间观念、再生观念结合，东西方分别成为创生之神的太阳“出生”和“消失”的方位。对位于这两个方位的创生母神（祖母神）进行有规律的祭祀，后世演化为有规律的周祭。史前人类将死亡视为再生的准备阶段，在母神信仰支配下，生死转换的重要职能统合在太阳母神身上②。殷人改造太阳神话并虔诚信仰。《山海经》说羲和生十日，商王庙号以十干命名，暗示殷人具有强烈的日神崇拜观念，而且殷墟卜辞所见对日神的祭祀，更将其宗教信仰显露无遗。甲骨文中对日神的祭祀有宾祭、戠祭、侑祭、刚祭等多种方式，对出日、入日的祭祀亦较频繁，祭仪有、用、侑、祼、岁、酒、卯等。“这些祭仪常见于殷代，也用于祭祖神或自然神等其他场合，可知殷代的日神信仰，是多神信仰之一。”③ 从甲骨文的材料看，殷商人对东方神的祭祀更为隆重，要供奉大量的牺牲。牺牲中除了牛、羊和犬，还会用到人祭。常玉芝先生也认为“东母”、“西母”应该分别指东方神和西方神，而且认为“东母”、“西母”是司职太阳出入的女神，又可以引申为司职人类生死的生命之神（图6-1）。④

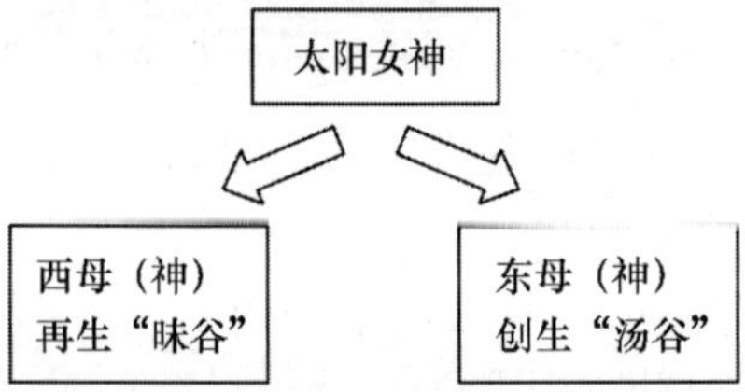

图6-1 卜辞中的“东母”、“西母”与“太阳女神”示意

① 中国社会科学院考古研究所编著：《中国考古学·新石器时代卷》，中国社会科学出版社2010年版，第252页。

② 青铜器上的“王母”之名并非西王母，唐兰认为：“金文罕见王母，此或生存祖母之称。”（唐兰：《西周青铜器铭文分代史征》，中华书局1986年版）太阳对应的为王母神，即西周青铜器铭文“王母”。叶舒宪：《千面女神》，上海社会科学院出版社2004年版，第52—60页。

③ 宋镇豪：《甲骨文“出日”、“入日”考》，引自文化部文物局古文献研究室编《出土文献研究》，文物出版社1985年版。

④ 常玉芝：《商代宗教史》，中国社会科学出版社2010年版，第130—132页。

二 《山海经》中的“西王母”

学者注意到：甲骨卜辞“燎祭东母、西母”的记录中，祭祀“东母”的次数远多于“西母”，这与稍后的神话政治地理著作《山海经》中关于“西王母”的记述有很大出入。《山海经》有关“西王母”的记载有多处，而没有发现有关“东母”或者与之类似的“东王母”或者“东王公”的记录，兹列举如下：

又西三百五十里，曰玉山，是西王母所居地。西王母，其状如人，豹尾，虎齿而善啸，蓬发戴胜，是司天之厉及五残。[①]（《山海经》卷二《西山三经》）

海内西北陬以东者。蛇巫之山，上有人操杯而东向立。一曰龟山。西王母梯几而戴胜杖，其南有三青鸟，为西王母取食，在昆仑虚北。（《山海经》卷十六《海内北经》）[②]

《大荒西经》有：

西有王母之山，壑山、海山。有沃之国，沃民是处。沃之野，凤鸟之卵是食，甘露是饮。凡其所欲，其味尽存。爰有甘华、甘粗、白柳、视肉、三骓、璇瑰、瑶碧、白木、琅玕、白丹、青丹，多银、铁。有鸾凤自歌，凤鸟自舞，爰有百兽，相群是处，是谓沃之野。有三青鸟，赤首黑目，一名曰大鵹，一名曰少鵹，一名曰青鸟。[③]

西海之南，流沙之滨，赤水之后，黑水之前，有大山，名曰昆仑之丘。……其下弱水之渊环之，其外有炎火之山，投物辄然，有人戴胜，虎齿，有豹尾，穴处，名曰西王母。此山万物尽有。（《山海经》卷十一《大荒西经》）[④]

从《山海经》的记载来看，西王母有以下几个特点：

1. “西王母”的居所是西方的玉山，即昆仑丘。

① 袁珂：《山海经校注》，上海古籍出版社1980年版，第50页。

② 同上书，第407页。

③ 《大荒西经》，引自袁珂《山海经校注》，上海古籍出版社1980年版，第349页。

④ 袁珂：《山海经校注》，上海古籍出版社1980年版，第306页。

2. “西王母其状如人”但长相奇特，“豹尾虎齿”。

3. 西王母的打扮也很奇怪，头发蓬乱却“戴胜”。

4. 西王母的本领是善啸，穴处、梯几，有三青鸟为之取食。

5. 西王母的职司是“司天之厉及五残”。

《庄子》《山海经》《淮南子》《史记》等早期文献也没有“东母”或者与之类似的“东王母”及东汉画像石中才出现的“东王公”形象。李凇也提到，东汉中期以前的画像中几乎只有“西王母”①。也有学者据此认为，卜辞中的“西母”与《山海经》中的“西王母”不是一回事。但是陈梦家和张光直两位先生却表达了相反的看法，认为卜辞中“西母”二字，就是战国文献中的神话人物西王母。② 笔者认为《山海经》中的“西王母”接续了殷墟卜辞中的“西母”神格。

如果将《山海经》中的“西王母”与甲骨文中的“西母”两相比照不难发现，首先，都与方位“西”有关；其次，都是女性神。也就是说，《山海经》中“西王母”与殷墟卜辞中的“西母”存在时间上的连续关系。那么为什么《山海经》中缺少了殷墟卜辞中居于重要地位的“东母”或“东王母”的记载？

《山海经》虽号称经，但由于所述多奇怪诡谲之事，常被人以荒诞不经视之。司马迁虽敢于突破《尚书》束缚，将中国上古史推至炎、黄二帝，但面对《山海经》，他也叹曰：“至《禹本纪》《山海经》所有怪物，余不敢言之也。”③ 然而，胡厚宣先生的《甲骨文四方风名考证》，其所用的《山海经》的资料竟与地下出土的三千多年前的甲骨文之记载相互印证，④ 足见这部书绝非简单的虚幻怪诞之书。

殷墟卜辞记载的是商周时代的情况，战国以后祭祀的重心发生了转移。当代的神话研究也认为，神话虽说是集体的思想，它更是神话观念的体现。叙述者利用其所掌握的各种资源建构论述，因此，神话往往会随着叙述者的生活经验变异。也就是说，神话并非是稳定不变的，其内容往往

---

① 李凇：《论汉代艺术中的西王母形象》，湖南教育出版社2000年版，第37页。

② 陈梦家：《古文字中之商周祭祀》，《燕京学报》1936年第19卷，第131—133页。张光直：《中国青铜时代》，生活·读书·新知三联书店2013年版，第384页。

③ 司马迁：《史记·大宛列传》，中华书局1959年版，第3179页。

④ 胡厚宣：《甲骨文四方风名考证》，《甲骨学商史论丛初集》，河北教育出版社2002年版，第271页。

会在社会文化沟通及对话的脉络中，不停地转化其原有意涵。① 在早期文明中，人们认为人类身处的自然世界中既充斥了超自然力量，又被超自然力量驱使，超自然力量甚至可以决定人类的命运。在人类学文献之中，这些力量以“神祇”、“女神”、“诸神”或者“神灵”等各种词汇指代（Swanson，1960：6－31）。② 殷商以前，自然崇拜还普遍存在，人类完全匍匐在超自然的脚下，对创生人类的太阳和世界的东方充满敬畏，因而最为敬重，祭祀的重心在祭天，创生世界的太阳初始方位自然成为重中之重。随着时代的变迁和神话观念的转变，人类的自我意识开始觉醒，人类个体“长生”和“再生”观念的重要性逐渐压倒了宇宙“创生”的观念，对创世、创生的追求逐渐被现实的个体长生诉求取代，象征太阳“再生”、“复生”、“长生”的西方成为战国秦汉以后民间信仰所系，祭祀的重心发生了重要逆转。于是，无论是《庄子·大宗师》《淮南子·览冥训》的内容，还是战国、汉代的画像石的主题，都突出长生不死的神话观念，于是承载卜辞时代神话观念的“西母”逐渐演变为战国秦汉以降的“西王母”，并赋予她掌管“不死之药”的权力。西部方位的崇祀又与华夏民族的迁徙流动方位在时间上形成“层累”，《山海经》中“西王母”形象就是在这一背景下“层累”形成的。月亮本和西王母神话观念没有联系，但由于关联想象思维和故事叙述的诗性特点，汉代以后，西王母是月神的观念逐渐定型。

三　从神话观念到邦国首领

夏人西来，周人是夏的后裔，成书于春秋至汉代的《山海经》，更多地保存了羌戎酋邦的情况。羌和戎在汉文典籍中，有时称氐羌、巴戎、巴氏；因其多居西境而被称为“西羌”、“西戎”或“羌戎”。“羌戎”一名，实是汉文典籍对藏缅语族（藏语支、羌语支、彝语支）各族的统称。羌戎早在新石器时代就因气候变化、民族冲突进入新疆乃至中亚地区，而且远在张骞通西域之前。吕思勉云：“弱水西王母等，则身苟有所未至，

① 李亦园、王秋桂：《中国神话与传说学术研讨会论文集》，汉学研究中心1996年版。

② ［加］布鲁斯·G. 崔格尔：《理解早期文明：比较研究》，徐坚译，北京大学出版社2014年版，第294页。

即无从遽断为子虚，而其地遂若长存于西极之表矣，循此以往，所谓西王母者，将愈推而愈西，而因有王莽之矫诬，乃又曳之而东，而致诸今青海之境。"① 考古学界一般认为，寺洼文化、辛店文化属羌人遗存。特别是河西走廊火烧沟四坝文化墓地是典型的羌文化，那里出土的约100具人骨全是蒙古人种。古戎族及其后裔建立的政权与中原民族政权在历史上为争夺天下有着持久抗衡的历史，二者的战争是商周以后至秦汉时期的主要战争。西周中叶，与戎狄的战争更加频繁。周穆王时，周室尚称强大，因"戎狄不贡，王乃西征犬戎，获其五王，又得四白狼、四白鹿，王遂迁戎于太原"。穆王西征到了什么地方？据古本《竹书纪年》记载："穆王十七年西征，至昆仑丘，见西王母，乃宴。"昆仑丘所在，各家考证不一。《史记·大宛列传》记张骞出使西域了解到的西王母国的情况："条枝，在安息西数千里，临西海，暑湿。耕田，田稻。有大鸟，卵如翁，人众甚多，往往有小君长，西安息役属之，以为外国。国善眩。安息长老闻条枝有弱水、西王母，未尝见。"② 司马迁虽云不敢言《山海经》所有怪物，但最终还是把西王母写进了正史：

> 造父幸于周缪王，造父取骥之乘匹，与桃林盗骊、骅骝、绿耳，献之缪王。缪王使造父御，西巡狩，见西王母，乐之忘归。而徐偃王反，缪王日驰千里马，攻徐偃王，大破之，乃赐造父以赵城。③

而《后汉书·西域传》说得更明白："大秦国（东罗马帝国）一名犁革建（犁轩，指 Alexandria），以在海西，亦云海西国。……或云：其国西有弱水、流沙，近西王母所居处，几于日所入也。"④ 西王母作为远古一位邦国首领，她以巫术活动通天。而在世界观念中，昆仑扮演了天柱的角色。战国秦汉时期西王母神话系统和昆仑神话系统连缀了起来，"西王母居昆仑"便是这一观念的体现。

成书于战国的《穆天子传》记载了前10世纪时周穆王携带丝织品西行至"西王母之邦"的故事。《竹书纪年》有"穆王十七年，王西征至昆

① 吕思勉：《西王母考》，载《说文月刊》1939年第1卷第9期。
② （汉）司马迁：《史记·大宛列传》，中华书局1959年版，第3164页。
③ （汉）司马迁：《史记·赵世家》，中华书局1959年版，第1779页。
④ （南朝）范晔：《后汉书·西域传》，中华书局1965年版，第2920页。

仑丘，见西母，西王母止之曰‘有鸟□人’。西王母来见，宾于昭宫”[①]的记载。笔者认为，西王母在《山海经》中是原始宗教的方位神格叠加上古西亚邦国太阳女神的角色，成为民间宗教至上神。

关于西王母及其地望，中外学者有数十种之多，可以说是中西交通史上一大疑难。民国时期学者先后提出国苏美尔（凌纯声：《中国的封禅与两河流域的昆仑文化》）、迦勒底、波斯（刘师培：《穆天子传补释》）、波斯之德黑兰（顾实：《穆天子传西征讲疏》[②]）、撒马尔罕附近（张星烺：《中西交通史料汇编》[③]）、大秦（杨宪益：《〈穆天子传〉的作成及其作者》）。还有学者提出阿拉伯、兴都库什山、阿富汗喀布尔、哈萨克斯坦、塞种、新疆塔什库尔干等说法。最近，又有人提出西王母形象来自于希腊雅典娜。[④] 温玉成认为，远古昆仑邦国的国王兼祭司，至迟在商代武丁时期，就叫“咸野嫫”即音译的“西王母”。西王母祭司文化，是西戎文化的代表，成为苯教文化的源头。[⑤]

萧兵推断西王母之邦大体在锡尔河中上游，撒马尔罕、塔什干、安集延一带，南缘可达中国新疆喀什以北，包括后来康居东偏和乌孙、月氏之间地带。[⑥] 古代东方社会，母亲或王后拥有极高的社会地位，在埃及，女神伊西斯是这种传统的代表，她是国王荷露斯与哈索尔的母亲，其名字的意思是“荷露斯的居所”。在米诺宗教中，女神是万神殿中统治所有男神的母亲。与此同时，女神是国王神话世界中的母亲，赋予国

---

① 范祥雍：《古本竹书纪年辑校订补》，上海古籍出版社 2011 年版，第 31—32 页。

② 顾实关于穆天子西征路线，有较为具体的说明。他推定，周穆王出雁门关，西至甘肃，入青海，登昆仑，走于阗，登帕米尔山，至兴都库什山，又经撒马尔罕等地，入西王母之邦，即今伊朗地区。又行历高加索山，北入欧洲大平原。在波兰休居三月，大猎而还。顾实认为，通过穆天子西行路线，可以认识上古时代亚欧两大陆东西交通道路已经初步形成的事实。顾实：《穆天子传西征讲疏》卷二，《民国丛书》第三编第 63 册，上海人民出版社 1989 年版，第 130、142、143 页。

③ 张星烺：《中西交通史料汇篇》第一册，《民国丛书》第五编第 28 册，第 78 页。

④ 黄烈编：《黄文弼历史考古论文集》中，《古西王母国考》，文物出版社 1989 年 6 月刊。

⑤ 汉代以来，我国西部广大地区的西羌、党项羌、苏昆、羊同、吐谷浑、匈奴等民族，都信奉苯教，影响极为深远。温玉成：《探究“昆仑邦国”与大夏诸国西迁：公元前 7 世纪大夏、析支迁往新疆》，参见李斌城、韩金科主编《2015 丝绸之路与泾川文化学术研讨会论文集》，2015 年。

⑥ 萧兵：《中亚羌种女王西王母：兼论华夏、羌戎与西域—中亚的血肉之情》，载《淮阴师范学院学报》1998 年第 1 期。

王以权威。[①]

按照金芭塔丝的女神文明理论，史前女神信仰贯穿在整个新石器时代的欧亚大陆北方。进入新石器时代的中亚遗址中，女神崇拜的迹象已经较为明显。母权制的米诺斯文明由一位女神来统治，她的画像散见于印章、戒指、壁画、雕刻中，她显灵为大母神（后来希腊人的瑞亚或德墨忒尔），或显灵为处女布里玛托耳提斯，与神联姻，集母亲与女儿于一身。[②]从西王母所处的西极玉山放眼西望，将进入新疆以西的中亚地区。当地的考古学家们多年的发掘表明，中亚史前社会也曾经历过崇拜女神的文明阶段。[③] 斯蒂芬·休斯顿和大卫·斯图尔特观察到，早期文明的统治者都试图将自身和永恒、神圣的秩序联系在一起，这样，神的权力和神秘性可以确认和强化世俗权威（Houston and Stuart，1996：289）。[④] 如果夏人西来说成立，则“西王母”更大的可能是华夏民族祖先神崇拜与西戎太阳女神攀亲这双重意识作用的硕果。

从《山海经》记载的西王母“虎齿，有豹尾”、“虎齿而善啸”等特点，学者从不同角度认为西王母来自西方邦国，更接近一个萨满教的巫师。

“啸”是招魂巫术中巫师的一种语音咒术，是巫师施咒的一种古老方法。《楚辞·招魂》有“魂兮归来入脩门些，工祝招君背行先些，秦篝齐缕郑绵络些，招具该备永啸呼些，魂兮归来反故居些”[⑤]。这是楚国巫师用咒术来招魂。王逸注：“啸者阴也，呼者阳也，阳主魄，阴主魂；故必啸呼以感之。”古人认为，人死后魄归于地，魂则发扬于上，啸魂，就是以口朝上发出啸声，召唤鬼魂。《异苑》卷九中便有一个先用啸法召唤精灵，再施咒语的例子：

---

① ［美］南诺·马瑞纳托斯：《米诺王权与太阳女神：一个近东的共同体》，王倩译，陕西师范大学出版社 2013 年版，第 204 页。

② ［美］埃里克·沃格林：《城邦的世界：秩序与历史》（卷二），陈周旺译，译林出版社 2009 年版，第 124—125 页。

③ ［乌兹别克斯坦］扎巴罗夫：《中亚宗教概述》（修订版），高永久等译，兰州大学出版社 2004 年版，第 12 页。

④ ［加］布鲁斯·G. 崔格尔：《理解早期文明：比较研究》，徐坚译，北京大学出版社 2014 年版，第 294 页。

⑤ （战国）屈原：《楚辞·招魂》，参见黄寿祺《楚辞全译》，贵州人民出版社 1984 年版，第 158 页。

晋南阳赵侯少好诸异术。姿形悴陋，长不满数尺。以盆盛水，闭目吹气作禁，鱼龙立见。侯有白米，为鼠所盗，乃披发持刀，画地作狱，四面开门，向东长啸，群鼠俱到。咒之曰："凡非噉者过去，盗者令止。"止者十余，剖腹看脏，有米在焉。

孙作云在《敦煌画中的神怪画》中说："此虎齿豹尾的西王母……可能是她的图腾服饰。古代氏族人她们的服饰摹仿她们图腾的样子。所以从以上材料得知，西王母是在原始社会时期，一直到西周时代，是西方甘、青之间的女酋长。"①

四　作为至上女神"西王母"

西王母的特点"戴胜"在《山海经》中表述得最为充分，但却没有引起足够的重视。过去学者有过一些分析：鲁惟一（Michael Loewe）指出西王母戴胜的神性特征，强调其作为君王配偶的身份的标志。② 日本学者小南一郎认为"戴胜"是佩戴象征织机的道具，"戴胜"是用来象征纺织行为的神话性质。认为在神话阶段，西王母的纺织就具有宇宙论的意义。③ 受视野的局限，笔者认为这些分析都有商榷之处。

西王母其神容"状如人，豹尾虎齿，蓬发戴胜"记载见于《五藏山经》的《西山经》，《西山经》在《山海经》中属古老层次，部分内容来源应该追溯到更古老的"荒远时代"④。从比较神话学角度，笔者认为，"戴胜"恰恰是西王母作为至上太阳女神的象征性佩饰，它可能是王权的标志。从世界范围看，在青铜时代 II B 时期（公元前 1700—前 1600），叙利亚有刻有两个斯芬克斯神头戴王室阿提夫冠，守护着带翅膀的太阳盘

① 张光直、孙作云等著名学者不约而同地认为，中国古代文明是所谓萨满式（shamanistic）的文明，该信仰曾经是遍布亚洲北部和中部乃至欧洲北部、北美、南美和非洲最主要的世界性信仰。参见张光直《美术、神话与祭祀》，生活·读书·新知三联书店 2013 年版，第 135 页。

② Michael Loewe. *Ways to Paradise: The Chinese Quest for Immortality*, Unwin Hyman, 1979, pp. 103 - 105.

③ ［日］小南一郎：《中国的神话传说与古小说》，孙昌武译，中华书局 1993 年版，第 56 页。

④ 袁行霈：《〈山海经〉初探》，载《中华文史论丛》1979 年第 3 期。

印章。[①] 另外在一口哈吉亚·特里亚达（Hagia Triada）的石棺（公元前1400）上，两侧挡板上分别出现了佩戴羽冠的女性形象。画面上，她在主持献祭仪式。据研究，这位"女大祭司"就是王后，她所佩戴的羽冠正是王权的象征物（图6－2）。[②] 笔者认为，羽冠和"戴胜"都是王权身份的标志物。《后汉书·舆服志》载，太皇太后象征性地进行采桑劳动时戴胜："太皇太后，皇太后入庙服，绀上早下，蚕青上缥下，皆以深衣制，……簪以玳瑁为擿，长一尺，端为华胜。"[③] 伊文思关于克里特米诺宫殿时代祭司王的洞见与古代东方的传统符合。国王是大祭司，在一些重大国家庆典中主持祭祀仪式，这一点正如我们从埃及、赫梯、乌迦特、美索不达米亚、叙利亚的资料中能够了解到的一样，国王是人类社会与神界唯一合法的沟通中介。[④]

图6－2　佩戴王室阿提夫冠的斯芬克斯叙利亚印章

由于太阳女神原型的集体记忆，创生救世女神"西王母"已经成为汉代民众普遍的信仰。史料多角度记载汉末哀帝建平四年，连年大旱、民不聊生，一场崇拜西王母的群众运动声势浩大，震动朝野。

哀帝建平四年正月，民惊走，持稿或棷一枚，传相付与，曰行诏

① ［美］南诺·马瑞纳托斯：《米诺王权与太阳女神：一个近东的共同体》，王倩译，陕西师范大学出版社2013年版，第21页。

② 同上书，第23—24页。

③ （南朝）范晔：《后汉书·舆服志》，中华书局1965年版，第3676页。

④ Beatrice Teissier. *Eyptian Topography on Syro-Palestinian Cylinder Seals of the Middle Bronze Age.* Orbis Biblicus et Orientalis Series Archaeologica 11. Fribourg: Academic Press Fribourg, 1996, pp. 80－88. No. 142, pp. 192－195. 参见［美］南诺·马瑞纳托斯《米诺王权与太阳女神：一个近东的共同体》，王倩译，陕西师范大学出版社2013年版，第17页。

筹。道中相过逢多至千数，或被发徒跣，或夜折关，或墙入，或乘车骑奔驰，以置驿传行，经历郡国二十六，至京师。其夏，京师郡国民聚会里巷仟佰，设张博具，歌舞祠西王母。又传书曰："母告百姓，佩此书者不死。不信我言，视门枢下，当有白发。"至秋止。[①]

（建平）四年春，大旱，关东民传行西王母筹，经历郡国，西入关至京师，民又会聚祠西王母，或夜持火上屋，击鼓号呼相惊恐。[②]

（哀帝）建平四年正月、二月、三月，民相惊动，欢哗奔走，传行诏筹祠西王母，又曰："纵目人当来。"[③]

也许是集体无意识的孑遗，在社会危机的情境中，民众弃官方祭祀的神灵（如五帝、太一、后土等）于不顾，转而祭祀求援于母神西王母，目前在我国西北还存有汉代以后建造的多处西工母庙、王母宫、土母池，可见后世民众集体意识里面依然把西王母看作"救世主"，西王母显然更具有"救赎世人"的宗教品质。在元明戏曲中，庆寿、献桃、度化成仙是西王母的主要工作，法国汉学家鲁惟一也指出这场群众运动包含某些宗教因素，如象征物（诏筹、博具）、祭仪、崇拜的偶像、有组织的活动等。[④]

以往学界认为西大乘教经卷《护国威灵西王母宝卷》把西王母视为民间宗教中的至上神仅仅是民间教派编纂建构活动。根据史料来看，明清宗教教派多用"无生老母"来称呼西王母，它集体无意识地接续了远古以来的创世母神信仰，其源头来自于史前人类对创世祖母太阳的崇拜。刘宗迪认为，"西王母"之名的本义就是"祖妣"。"西王母"本应作"王母"，所谓"王母"无非就是崇高之母、神圣之母。是全民族的始祖母。[⑤]明清时期宗教宝卷中重新复活了王母、无生老母救劫、解救世人的远古神

---

① （东汉）班固：《汉书·五行志》，中华书局1962年版，第1476页。

② （东汉）班固：《汉书·哀帝纪》，中华书局1962年版，第342页。

③ （东汉）班固：《汉书·天文志》，中华书局1962年版，第1312页。

④ Michael Loewe. *Ways to Paradise*: *The Chinese Quest Immortality*. London: George Allen and Unwin, 1979, p. 100.

⑤ 刘宗迪：《西王母信仰的本土文化背景和民俗渊源》，《杭州师范学院学报》（社会科学版）2005年第5期。

话及其意象，进一步细化坐实了“玉皇王母救世之婆心”。①

《玉皇王母救劫保生真经上中下全部》中有：

> 迄今世界，大劫频临，兵革迭起，水火频仍，年岁饥馑，瘟疫流行，皆因黎庶陷溺沉沦，酿成大劫，莫可逃生。恶气郁结，布满天庭。……大慈大悲，至圣至仁，瑶池王母，愍念众生，红莲生艳，普渡迷津。慈云蔼蔼，法雨淋淋，爰命广法，普救众生。消劫行化，演教传经，尔等大众，急急遵行。②

无生老母最早见于明朝初年刊行的《佛说皇极结果宝卷》，明朝中叶，经过无为教创始人罗清及其传人的继承与发展，最后又经过清初大乘天真圆顿教创始人弓长与其高足木人的经典性总结，终于使这一偶像臻于丰满，其职能也趋之完备。无生老母首先是创世主和人类的祖先。她住在“真空家乡”（又称云城、安养极乐国、都斗太皇宫、无极理天），是一位无生无灭、不增不减、不垢不净、至仁极慈的女上帝。她开始把混沌（亦称鸿濛，威音）——宇宙分出天地日月、两仪四象、五行八卦，创造了山川河海、草木禽兽和万物之灵——人类。与正统宗教不同的是，无生老母既不像佛教中的释迦牟尼那样庄严肃穆，也不像道教中的三清（玉清元始天尊、上清灵宝道君、太清太上老君）那样冷漠高远，而是时时向人间流露出慈母般的爱抚与关怀，更具人情味，因而受到明清时期下层社会广大群众的狂热崇奉。特别是无生老母日夜盼望与皇胎儿女在云城降世时共享天伦之乐的思想，对于“沉沦苦海”、备受苦难生活煎熬的下层民众来说，具有极大的精神慰藉作用，曾鼓动起一次又一次的农民暴动和农民起义，以实现“归根认母”的梦想。明清时代，《无生老母宝卷》、无生老母传说、《无生老母救世血书宝卷》、无生老母庙、《无生老母十指家书》等成为一个叙述文化群，其中《无生老母十指家书》文辞至为感人。谓自开天辟地以来，人造罪无边，六道轮回不休，尸骨堆积如山，不得返本；现正值五魔乱世和大清算时期，也正是天开科场，选善英之良

① 《玉皇王母救劫保生真经上中下全部》，泾川黄有信先生藏，清咸丰四年刊，2004 年重刊本，第 7 页。

② 同上书，第 44 页。

辰，应识破红尘幻景，各安本分，改邪归正，尽早修行，快立功果，俾三灾八难来时能够躲避，将来龙华三会时，了道证果，母子团圆。其全文如下：

一指皇胎家早回，来时欢喜去时悲；
三期莫误龙华会，同登极乐仲元魁。
二指东方儿女来，皇胎子女母婴孩；
至今过了半周载，正午还家三泰开。
三指中华外国娃，午时三刻快回家；
不知何日光天下，为找原来母种瓜。
四指皇胎家早还，阿娘想破慈心肝；
几番教子几番叹，一字血书一字寒。
五指原来返正中，亲来东土唤儿童：
破开世上红尘梦，幻景一时名利空。
六指乾坤雷六合，为娘教子早登科，
功圆果满万缘阁，天榜题名考善额。
七指坤元妇道流，同登海上乐三洲；
阿娘教好闺中秀，考取贤良女德修。
八指南针定卦书，玉龙宝马负鸿图：
先天修补后天数，过去未来三宝珠。
九指宫开天上学，西方佛子唤同胞，
亲来教化修儒道，同步青云好上桥。
十指家书天下闻，儿拆母信便知音，
同来福地洞天隐，何必桃源去问津。①

纵观文献，在“连续性”的中国文明中，原始宗教的创世神与救世神的太阳神“老祖母”、“无生老母”在不同时代角色置换迁转。汉代是中国文学自觉的时代，大量出现的小说、画像砖石、铜镜画有力地开创了史无前例的“造神运动”，后来这一切理性化，经历了周朝及先秦时代的

① 李世瑜：《一心天道龙华圣教会调查资料辑存》，《社会历史学文集》，天津古籍出版社2007年版，第345—346页。

历史化与地方化——西域部族女首领（女帝王）；到西汉时代的历史化与宗教神仙化的多元丰富性演变——作为西域部族女首领与民间女神并行发展；再到东汉及魏晋时期道教介入以后西王母神话传说宗教化、神圣化的加强——道教的改造与利用逐步展开；再到南北朝、唐代其最终完成宗教化、神圣化的使命——西王母成为领道教女仙班的主神。在远古神话、历史传说、道教经籍、小说、戏曲、说唱等多种载体描绘下，从先秦至今，一直在发展演变之中，“西王母”一词，也由地名、邦国名、氏族名转变为神、人王、女仙；其形象从早期的半人半兽，到雍容绝色的贵妇，其职能由原先掌疫厉、刑杀的凶神到握有长生不死药的吉神，再到化育万物、母仪天下的天界女神，并且成为民间信仰中的“王母娘娘”。明中叶民间秘密宗教把这一丰富的文化资源纳入自己的宗教体系中，从而形成了民间宗教中的至上神——“无生老母”。

附录一　一个祭祀禳灾的神话文本：臊子面文化传统论

臊子面是丝绸之路沿线周原一带流行的文化内涵极为丰富的面食，和全国各地的面食相比，臊子面制作及食用有几处与众不同：第一，只有周人的发祥地周原周边的人食用臊子面，第一碗臊子面先不上席，由小字辈端出门外泼两次汤剩下的汤称为“福把子”，要端回家中祭祀主家祖灵牌位，而后众宾客才开席（俗称“泼撒”）。第二，臊子面的传统吃法是，只吃面不喝汤，臊子剩汤回锅循环使用。第三，臊子面的做法是臊子单独制作，长期保存，然后添加进做好的面食中。

为什么传统习俗是只有周原周边的人食用臊子面，第一碗面不上席，而由小字辈端出门外泼两次汤？为什么臊子要单独炸制，长期保存，加入面食中食用？为什么臊子面传统吃法是只吃面不喝汤，汤回锅后要循环使用？

按照《岐山县志》，臊子面的起源于何时“史志无载”。民间关于臊子面得名，概括起来有“长寿面”、“嫂子面”、“文王斩蛟龙制作臊子面”、“竣余”仪式四种。笔者从文献和田野两个方面的考察认为，臊子面起源于周代，前两种说法属后人讹传。“斩蛟龙”、“竣余”仪式两种说法分别揭示了臊子面真相的一个方面。“竣余”仪式只解释了食用臊子面的民俗礼仪，没有解释食用臊子面意味着什么。“文王斩蛟龙制作臊子”说出了臊子面的核心——臊子来源背后的秘密。《岐山县志》载，周原一带人把臊子面叫“蛟（浇）汤面”。在县志中其内容记录在“蛟龙面”条目中，原文如下：

> 臊子面又叫“蛟（浇）汤面”，吃法是只吃面，不喝汤。吃完把汤倒回锅里，吃第二碗又将原汤浇在碗里。

传说在西周初年，周部族在岐山定居，有一次，周文王带领族人出外狩猎，行至渭河畔，见一条蛟龙从水中腾空而起，张牙舞爪，遮天蔽日。原来这条蛟龙经常兴妖作怪，残害庶民，有时，卷起阵阵狂风，吹得飞砂走石，墙倒房塌，吹得牛羊杳无踪影；有时，掀起漫天乌云，大雨倾盆，河水泛滥，淹没良田和村舍，夺去许多人的性命，周文王和族人们早对这条吃人的大蛟恨之入骨，今天又见它出来兴风作浪，不禁怒起心头，一个个剑拔弩张，只见蛟龙在空中翻滚三圈，张开血盆大口，正要发威，这时，周文王一声令下，大伙儿一齐张弓放箭，霎时空中响起“锵锵”的箭鸣声，大蛟的两眼被射瞎，咽喉被射穿，挣扎一会儿，就从空中跌落下来，周文王走近一看，见这条大蛟足有五丈多长，几千斤重，族人们高兴地围住蛟龙唱起来：“蛟龙作恶兮，伤害庶民；渭河泛滥兮，不得安宁；文王积德兮；为民除害；普天同庆兮，其乐无穷！”

据说蛟肉味道鲜美，人们吃了可以驱恶除邪，延年益寿，周文王命部下把蛟龙抬回去，剁成很小的肉块，做成臊子，放在几十口大锅里调成蛟肉汤。部族中所有的人都将面条捞在碗里，周文王亲自掌勺舀汤。人们吃完面，又将汤倒回锅里，这样，万余人都尝到了蛟龙肉。从此，周部族在岐山繁衍生息，力量越来越强盛。①

由于民间传说和神话表述在深层意识结构上的同一性，所以，这一传说揭示了“杀龙”神话与共享仪式之间的“食物”联系。由于书写者的缺位、扭曲和层累性遮掩，神话历史已经面目漫漶，今人往往难解其中堂奥。笔者不揣谫陋，借助文化人类学的比较视野，结合田野调查，解析作为“神话文本”的臊子面文化与远古孑遗的“杀龙”祭祀禳灾的文化传统之间的关联。

一　“屠龙”禳灾与“替罪羊”机制

很多人对文王斩杀蛟龙的民间口述传统不以为然。殊不知，这一口述叙事背后隐含着早期英雄圣王的历史信息。在世界范围内，英雄屠龙是流

① 岐山县志编委会：《岐山县志》“蛟龙面”，陕西人民出版社1992年版，第585、267页。

传最广、影响最深远的母题之一。从最早出现的神话到后代流传的民间传说，英雄的标志行为往往就是杀死“蛟龙”、“黑龙”、“巨龙”。《淮南子·览冥篇》讲述的女娲“炼五色石以补苍天，断鳌足以立四极，杀黑龙以济冀州，积芦灰以止淫水”的伟大功绩。[①] 丁乃通的《中国民间故事类型索引》编号300专门有“屠龙者”一项，给出25例世界各国的“屠龙”故事。[②] 在《世界民间故事类型索引》的AT分类体系中，“屠龙者”的编号为300。据不完全统计，“如今‘屠龙者’已知的例子达到了1100个左右，还有些新的例子在不断汇集”[③]。

早在公元前3000年，屠龙就是苏美尔神话的重要母题。水神兼智慧神恩基、战神尼努尔塔、丰饶与爱情女神印南娜三位英雄都有杀死巨龙的壮举。尼努尔塔屠龙故事收在创世史诗《尼努尔塔的功绩与英雄伟业》中，面对“饥馑遍地，寸草不生。小河之水不再洁净，污染之水无法取用。田地中无水可以浇灌，除了杂草之外，土地上不生长任何庄稼”的困境，为阻止地下恶水继续流出，尼努尔塔用石块堆积在被杀死的巨龙库尔身上，形成一堵阻挡恶水的巨大长城，切断了泛滥之源头。战神尼努尔塔杀死巨龙并处理尸体，田地重新得到净水浇灌，五谷丰登，果实累累。[④] 这意味着生命和世界秩序重新恢复，诸神也欢欣鼓舞。从中可见，苏美尔诸英雄屠龙的母题发生在灾难与禳灾的矛盾情境中。

屠龙母题并不限于美索不达米亚神话，美国神话学家克拉莫尔断言：世界上几乎所有民族在不同时代都有着他们的龙的故事。尤其在古希腊，斩杀蛟龙的诸神与英雄都不胜枚举：“赫拉克勒斯与珀修斯可能是最著名的屠龙者，几乎没有一位古希腊英雄不杀掉龙。随着基督教的兴起，英雄的功绩转向了圣徒，圣乔治与龙的故事即为明证，还有无数而又无处不在的变体。”[⑤]

世界范围内，神话与民间故事广泛流传的英雄屠龙母题叙事的信仰背景是什么？“龙”到底是什么动物？它在这一叙述中到底承担了什么样的

---

① 何宁：《淮南子集释》，中华书局1998年版，第480页。

② 丁乃通：《中国民间故事类型索引》，华中师范大学出版社2008年版，第41—42页。

③ ［美］汤普森：《世界民间故事分类学》，郑海等译，上海文艺出版社1991年版，第27页。

④ ［美］克拉莫尔：《苏美尔神话》，叶舒宪、金立江译，陕西师范大学出版总社有限公司2013年版，第102—103页。

⑤ 同上书，第97页。

角色？

毋庸赘言，生存问题几乎是所有神话、民俗、仪式活动的出发点和归宿。面临极度干旱、地震、瘟疫等令人恐惧的自然灾害；陷入疾病、贫困、意外创伤的特殊困境；经历恐怖、暴力等意外伤害；深陷阴谋、诈骗、诅咒、构陷等境地，这些就像躲在边远（边缘）山区的盗猎者那样，从陌生阃域发出的现实的或想象的威胁和焦虑，使人类从远古以来就形成受迫害的集体想象和深层焦虑，它孕育了通过仪式、禁忌、禳灾、献祭等一系列仪式活动及潜意识等象征性编码体系。

擅长分析人类意识深层欲望的法国人类学家基拉尔，分析了特欧体瓦坎神话、阿兹神话、克里特神话、提坦神话、《约伯记》等以后给出了答案："这些文本中存在的集体迫害现象。"当一个社群遭遇"瘟疫"或者其他灾祸打击之时，"替罪羊"机制就会启动（scapegoat mechanism），责成献祭牺牲。人们往往会在内部寻找那些被"污染"了的存在，或者搜索外部邪恶势力的代理人，驱逐它们，或至少从分类上使之边缘化，由此维系社区或体系内部的"净化"状态。① 在人类早期，存在以临时国王、王子或寻找其他动物作为"替罪羊"献祭的风俗。这种集体迫害的范式能以最小的代价获得群体最大的整合。② 弗雷泽《金枝》中专门有"以王子献祭"部分：大饥荒发生后，禳灾祭祀信仰使国王或他的孩子成为牺牲献祭，在原始信仰中，国王要对气候或年成负责，他理所当然地要为天气失调和庄稼歉收而付出他的生命。亚洲西部的闪米特人，国王在国家危难的时候，有时让自己的儿子为全体人民献祭而死去。比布勒斯的菲罗在他关于犹太人的著作中说道："有一个古老的习俗，在大难临头时，一座城池或一个国家的统治者得把他心爱的儿子交出来献祭给报仇的魔鬼，为全民赎身。这个献出的孩子在神秘的仪式中被杀死。如克罗纳斯（腓尼基人称之为以色列）是腓尼基的国王，只有一个独生子叫做杰乌德（在腓尼基语言中，杰乌德意为'独生'）。在一次战争中，国家受到了敌人极大危害，人们给他穿上王袍，把他献上祭坛。"③ 在尼日尔河的奥尼沙

---

① ［美］杰里·D. 穆尔：《人类学家的文化见解》，欧阳敏等译，商务印书馆2009年版，第300页。

② ［法］勒内·吉拉尔：《替罪羊》，冯寿农译，东方出版社2002年版，第16—55页。

③ ［英］詹·乔·弗雷泽：《金枝》，徐育新等译，中国民间文艺出版社1987年版，第428—429页。

城，为了消除当地的罪过，过去每年总是献出两个活人来祭祀。这两个人牲是大家出钱购买的。凡在过去一年中犯过纵火、盗窃、奸淫、巫蛊等大罪的人都要捐献二十八恩古卡，即两英镑略多一点。把收集起来的这些钱拿到内地购置两个有病的人来献祭，“承担所有这些可怕的罪行。一个承担陆地上的罪行，一个承担水上的罪行”。由一个从附近镇上雇来的人将他们处死。①

动物常常被用作带走或转移灾祸的替罪羊：在南非的卡福人中，当别的疗法无效时，土人有时就采用这种习惯做法：牵一只山羊到病人面前，把屋里的罪过都向羊忏悔。有时让病人的血滴几滴在羊头上，把羊赶到草原上没有人住的地方。人们认为这样就把病转到了羊身上，丢在荒地里了。在阿拉伯，遇到瘟疫盛行的时候。人们有的牵一只骆驼，走遍城里各个地区，使骆驼把瘟疫驮在自己身上。然后，他们在一个圣地把它勒死，认为他们此举去掉了骆驼，也去掉了瘟疫。在世界各地的诸多神话及仪式中，要么是瘟疫受害者全体死亡，要么仅仅是几个甚至只是一个被选中的受害者（替罪羊）死亡。② 像《汤祷篇》所述，世界早期的替罪羊就是祭司王或酋长自己或长子。“昔者，汤克夏而正天下，天大旱，五年不收，汤乃以身祷於桑林……用祈福於上帝，民乃甚说，雨乃大至。”③ 基拉尔引用了原始文化中的仪式为例证，列举尼罗河上游流域丁卡人（Dinka）的动物献祭仪式、非洲部落国王的王权仪式以及巴西西北部印第安人的食人仪式，认为这些在禳解仪式中的替罪羊，是“和平、力量和繁殖力之源”，吃了他们的肉会获得神力。④

早期民间故事、神话中，人类“受迫害的想象”把各种危害自身生存的动物形象，汇聚为一种想象的怪物“龙”，并作为禳解各种灾异的“公共的替罪羊”（I will be a public Tophet）⑤。因此“替罪之龙”被当作

---

① 《圣经·旧约·利未记》，中国基督教协会出版社 2009 年版，第 109 页；［英］詹·乔·弗雷泽：《金枝》，徐育新等译，中国民间文艺出版社 1987 年版，第 812 页。

② ［英］詹·乔·弗雷泽：《金枝》，徐育新等译，中国民间文艺出版社 1987 年版，第 773、426 页。

③ 许维遹：《吕氏春秋集释》（上），《新编诸子集成》本，中华书局 2009 年版，第 200—201 页。

④ Rene Girard. *Violence and Sacred*. London：The John Hopkins University Press，1979，p. 276.

⑤ René Girard. *Job：The Victim of His People*. Stanford ：Stanford University Press，1987，pp. 70 – 143.

具有咒灵的动物，能沟通神人。汉字编码中，龙有被置于神庙中的形象，如“宠”、“庞”和双手捧着的形象“龚”（附图1）。[1]从这个意义上说，“龙”可以理解为史前人类对危害自身生存和农业丰产的各种水生动物的“祭坛想象集合体”。圣王或者英雄杀死这些动物，按照巫术的接触律，英雄的灵力就会转移到这些动物身上，食用这些动物就会获得圣王的神力护佑。在狩猎时代的初民心中，一切动物都是神灵，为了生存，捕杀和吃掉这些神灵成为无可奈何的行为。通过集体分享食用，可以共同承担罪过。为了缓解人类食用神灵的罪过，人类的普遍做法是把这些为人类生存而“牺牲”的动物奉为图腾，猎杀后举行隆重仪式来祭祀，沟通神灵，请求它们饶恕自己。正如R. 斯密斯所说的，祭坛的祭祀活动，最初是由氏族杀死并吃掉其图腾动物，并把图腾动物看做氏族的庇护神，因而在平时是严格禁止伤害的。宙斯之子——英雄赫拉克勒斯一生中共有12项辉煌业绩，其中之一便是斩杀九头巨龙许德拉。在中国历代的叙事中，斩杀蛟龙的周文王可以说是民间话语中多子多福的生殖英雄：“西伯侯有四乳，二十四妃，生九十九子，长曰伯邑考，次子姬发即武王，天子也。”更有意思的是，他又在前往殷商都城朝歌的途中，收养雷公所赐的最后一子“雷震子”，正好“百子”[2]。当然作为酋邦圣王，他最伟大的壮举是即位之后，伐犬戎，伐密须，姬、姜联盟，“三分天下有其二”等。在神话叙事中文王斩杀了罪责的替身“蛟龙”，从而禳除自然灾异。

同一个字庞两种写法

附图1　“宠”、“庞”、“龚”

世界范围内，“屠龙禳灾”神话传说和民间故事广泛存在并相互影

① ［日］白川静：《中国古代民俗》，何乃英译，陕西人民美术出版社1988年版，第138页。

② （明）许仲琳：《封神演义》第十回“姬伯燕山收雷震”，陕西人民出版社1995年版，第78页。

响。周人首领文王屠杀“蛟龙”，用“蛟龙”肉制作臊子祭祀神灵神民分享的民间叙述，也成为这一禳灾祈福仪式链条上不可或缺的一环。

二　周人脤膰禳灾祭祀与臊子制作技术

文献记载，周人先民面临着巨大的生存压力。《诗经·大雅·云汉》云：“天降丧乱，饥馑荐臻。……周余黎民，靡有孑遗。”[①]《诗经·大雅·召旻》亦云：“旻天疾威，天笃降丧，瘨我饥馑，民卒流亡。我居圉卒荒。”[②]《诗经·小雅·雨无正》有：“浩浩昊天，不骏其德。降丧饥馑，斩伐四国。”[③] 据邓云特先生统计，两周八百二十五年间，“最显著之灾害，凡八十九次，其中频数最多者，为旱灾，达三十次；次为水灾，凡十六次；再次为蝗螟螽蝝之灾，凡十三次。此外书地震者九；书大歉致饥者八；书霜雪者七；书雹者五；书疫者一”，其中西周灾情严重，“有极度凶险者”，“迨平王东迁之后，灾害犹复层见辄出，特灾情不如前此之惨重耳”[④]。

为了弭灾求福，人们便向鬼神祈祷，接续远古多种禳灾活动。远古以来世界各地，人们敬献给神灵的祭品种类很多，有可以获取超自然法力的非食用物质，如中国供奉的“六器”（璧、琮、圭、璋、琥、璜），币帛纸钱；印加人供奉的金块银锭、金银神像；埃及人供奉的未加工的金属和半宝石等。然而在所有祭品中，食物类的祭品往往占有很重要的地位。神祇特别依赖人类供给食物。献祭供奉补偿了埃及神祇在创造和维持宇宙中消耗的能量。收到的供奉越多，神的法力越强。因此，埃及神祇最为关心的是供物的分配。逝者被尊为神，因此食物供奉也是维持其生命力的关键。[⑤] 神一旦食用了人的祭品，不仅法力增强还会帮助人们达成愿望，赐福于人，助人长寿。正如《诗经·小雅·楚茨》中所说的“苾芬孝祀，神嗜饮食。卜尔百福，如几如式”、“神嗜饮食，使君寿考”[⑥]。据周代青

① 《诗经》，朱熹注，上海古籍出版社 1987 年版，第 143 页。

② 同上书，第 150 页。

③ 同上书，第 91 页。

④ 邓云特：《中国救荒史》，商务印书馆 1993 年版，第 9—11 页。

⑤ ［加］布鲁斯·G. 崔格尔：《理解早期文明：比较研究》，徐坚译，北京大学出版社 2014 年版，第 338 页。

⑥ 《诗经》，朱熹注，上海古籍出版社 1987 年版，第 105 页。

铜铭文等先秦文献，当时的祭祀落实为祭社和祭祖两大内容。不像美索不达米亚、埃及、印度供养一个庞大的沟通神人的祭祀阶层，中国本土宗教，属于一种分散性宗教，其神学、祭祀与人事的运作系统，无论是其精神内核还是形式化仪轨组织，均与世俗制度和社会秩序有机地整合在一起，这意味着“作为一个整体的社会环境充满了神圣气氛”①。民间故事和神话中的屠龙禳灾叙事及其背后的禳解信仰，在后世完全融入到华夏本土社会的物质和精神生活之中，表现为周天子和诸侯在重大祭祀“脤膰祭”活动结束之后，向大臣赏赐脤膰，并建章立制。②《周礼·春官·大宗伯》载：

> 大宗伯之职，掌建邦之天神、人鬼、地示之礼，以佐王建保邦国。以吉礼事邦国之鬼神示，以禋祀祀昊天上帝，以实柴祀日、月、星、辰，以槱祀司中、司命、飌师、雨师，以血祭祭社稷、五祀、五岳，以狸沈祭山林川泽，以疈辜祭四方百物。……以脤膰之礼，亲兄弟之国。③

执膰与受脤不仅是交通鬼神的重要祭祀仪式。贾公彦疏云：“兄弟之国，谓同姓诸侯，若鲁、卫、晋、郑之等，凡受祭肉者，受鬼神之佑助，故以脤膰赐之，是亲之同福禄也。膰赐之，是亲之同福禄也。”“脤膰”就是祭祀仪式中的供神肉，“脤”（生肉）为祭社而设，“膰”（熟肉）为祭祖而设。祭祀结束，主祭者要将“脤”、“膰”分别赏赐给臣工，这就是脤膰礼。得到赏赐意味着得到神灵的庇护。“脤膰”在文献中又被笼统地称作“胙”，《说文》：“胙，祭福肉也。”脤膰礼在先秦又称赐胙礼，它是先秦礼乐制度的重要内容之一。

赐胙礼起初仅限于王室贵族，后来逐渐推广到异姓贵族以及殷商王朝的遗民。在战前的祭社仪式上，参战的主将也可得到赏赐的祭肉。接受脤肉之后，将领与战士一起分享并尽情狂欢。在脤肉的赏赐仪式上，有专门

---

① ［美］杨庆堃：《中国社会中的宗教：宗教的现代社会功能及其历史因素》，世纪出版集团、上海人民出版社2007年版，导言、第十二章。

② 参见景红艳《先秦脤膰礼源流考辨》，载《文艺评论》2010年第5期。

③ 《周礼注疏》“大宗伯”，李学勤主编《十三经注疏》，北京大学出版社1999年版，第455—456页。

掌管脤肉分发赏赐的职官。翻开《左传》我们发现，对脤膰礼的不重视后果严重：晋厉公三年（前578）三月，刘康公、成肃公作为周天子代表参与晋国主导的诸侯伐秦，结果发生了成肃公“受脤于社，不敬”[①]的错误。

后世分享祭肉的社会阶层不断下移至民间，甚至有“太公分猪肉——人人有份”，称为“分胙”。民间非常珍惜这种难得的祭肉，为了尽可能使更多的人分享珍贵的祭肉，人们设法把胙肉尽可能切碎：“王举，则共醢六十瓮，以五齐、七醢、七菹、三臡实之。宾客之礼，共醢五十瓮。凡事，共醢。”真所谓“脍不厌细”[②]。为了能享受神灵的赐福，精心烹饪保存祭肉成为夏商以来一项重大技术，在长期的实践探索中，使用油（荤油）炸胙肉，逐渐形成了成熟的制作“臊子”的方法。

周人祭祀的祭肉是怎么来的？我们从历史文献中隐约可以读出：像文王畋猎斩杀蛟龙一样，祭肉源于畋猎获取的动物。加拿大考古学人类学教授布鲁斯·G. 崔格尔认为，商和西周时期的中国人祭祀自然神祇和去世祖先的灵魂，神祇依赖于供物维持体力。提供丰厚的祭物既是上层阶级的主要职责之一，又是战争和畋猎的主要理由。畋猎的主要目的就是为祭祀提供牺牲。[③]甲骨卜辞里多次提到畋猎，而王室和贵族的游猎行为不是一般意义上的生产，商周时代已经处于相当高度的农耕文明，猎获动物主要是要献给祖先神，并特意刻辞记录其旨。这些献给祖先神的牺牲扮演着沟通王和神灵的角色。[④]

从人类学的视野看，上古的祭享仪式中，最尊贵的祭物是人牲。在饥荒、瘟疫、军事失利或者国王染病等公共危机之时都会以人牲献神。弗雷泽也指出，在古巴比伦，撒卡亚的节日里死刑犯会顶替国王五天，五天一满，就剥去他的皇袍，鞭笞被吊死或刺死。[⑤]关于中国殷商人为献祭祖先

---

① 杨伯峻：《春秋左传注》，中华书局1981年版，第860页。

② 《周礼注疏》“醢人”，引自李学勤主编《十三经注疏》，北京大学出版社1999年版，第141页。

③ ［加］布鲁斯·G. 崔格尔：《理解早期文明：比较研究》，徐坚译，北京大学出版社2014年版，第341页。

④ ［日］白川静：《中国古代民俗》，何乃英译，陕西人民美术出版社1988年版，第162页。

⑤ ［英］弗雷泽：《金枝》，徐育新、张泽石、汪培基译，中国民间文艺出版社1987年版，第413页。

神和自然神的方法，据姚小遂研究统计：杀人牲的方法竟有11种之多，其中“刏人牲血法”，在祭祀时刺伤人牲，使其出血献祭神灵。记录这种牲法的“”字，于省吾认为像血滴形状，表示杀牲取其血以祭祀。①“作册般甗”铭文中有“人方无敖”在俎板上被切成肉块或醢酱置于俎上祭祀鬼神的记载。② 近年考古发现，在陕西神木高家堡镇石峁村的石峁遗址中已经发现奠基活动或祭祀活动的人头骨多达48个。③

遗憾的是，这种以人为祭的古老文化大传统，在后世多次被误读、扭曲和利用。中国古文献中多次提到商纣曾脯醢侯伯、鬼侯、鄂侯、梅伯、伯邑考等多人。后世这一祭祀传统被曲解为周人讨伐商纣残暴无道、丧失天命的主要罪状之一。王晖教授对出土的殷墟卜辞的考证，真正还原了远古以来的文化大传统：“商纣俎醢诸侯绝非商纣个人的劣迹败行，而是一种文化传统及礼俗观念的反映。”“周武王克商之后，就袭用过殷礼，以人为牲祭祀先王百神。”④

三　周原一带小麦的种植与祭祀中心的确立

前文探讨了周人制作食用臊子的神话观念动机，即为什么要吃的问题。另外，从技术演进传播上讲，距今3000多年前，有没有小麦，能否制作出面条也是个问题。换句话说，小麦面条的制作工艺那个时候有吗？为什么臊子要和面结合呢？从文献和考古两方面的材料看，面食的制作原料和制作工艺在周代之前已经具备，并开始走向成熟。

从目前的考古资料看，小麦和大麦进入黄河流域时间至少为新石器时代的晚期。甘肃民乐东灰山新石器遗址出土了大量炭化大小麦籽粒，经过碳14测年为距今4230±250年（实验室编号为BA92101），陶寺遗址、陕西龙山遗址以至洛阳皂角树二里头遗址等都有炭化大、小麦或小麦秆的遗迹的发现。⑤ 这与周先祖引进种植小麦的年代基本吻合。

---

① 姚小遂：《商代的俘虏》，载《古文字研究》第1辑，中华书局1979年版，第3页。

② 罗振玉：《三代吉金文存》上册，中华书局1983年版，第495页。

③ 孙周勇、邵晶：《石峁遗址的考古新发现及有关石峁玉器的几个问题》，参见叶舒宪、古方编《玉成中国：玉石之路与玉兵文化探源》，中华书局2015年版，第61页。

④ 王晖：《商纣俎醢侯伯新证》，载《史学月刊》2004年第2期。

⑤ 甘肃省文物考古研究所、吉林大学北方考古研究室：《民乐东灰山考古》，科学出版社1998年版，图版226；第122、190页。

由于小麦传入较晚，种植面积小，产量低，因此极为珍贵，被视为“周所受瑞麦来麰”①。《诗经·周颂·思文》篇有“贻我来牟（麰），帝命率育。无此疆尔界，陈常于时夏”②，周人认为大、小麦是上天所赐，所以就以“来”命名（附图 2）。③

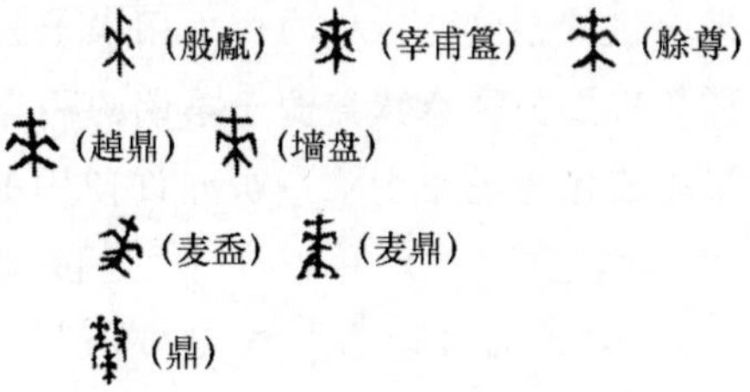

附图 2　《金文编》中的“来”字

在中国，虽然小麦粉制作面条的文献记录到汉代才出现，谓之“汤饼”。但早期文献中各种“饼”的汉语名称大多为古波斯语“peste”或“pist”的音译。④ 近二三十年考古发现把先民制作面条的历史向前推进了一大步：2002 年在新石器时代的喇家遗址（灾难遗址）20 号房址中发现了距今 4000 年的面条状遗存。吕厚远等学者根据淀粉粒和植硅体分析认为，该面条是由未脱壳粟和黍面粉制成面团经反复拉伸而成的，⑤ 均匀细长，工艺娴熟。目前新疆到河西走廊（武威、酒泉、安西、敦煌）都出土了许多新石器时代的石磨器。综合各种因素，考古学专家王仁湘认为：“由喇家遗址的发现来看，麦子与磨存在与否，并不是面条产生必备的前

---

① 许慎：《说文解字》，中华书局 1963 年版，第 111 页。

② 《诗经·周颂·思文》，朱熹注，上海古籍出版社 1987 年版，第 155 页。

③ 容庚编：《金文编》，中华书局 2003 年版，图三至图五分别见第 383、384 页。

④ 小麦面粉在古波斯语中读作“peste”或“pist”，中国古代一些面粉类食物品种的发音多为［P‘］或［P］，或“饼”，大量出现的时代为西汉以后，与中西交流频繁有关，因此，“饼”并非“并也，溲面使合并也”，应是“peste”或“pist”在汉地的音译，是一个“胡语”。参见高启安《“饼”源“胡”说：兼论数种面食名称的起源》，载《丝绸之路民族古文字与文化学术讨论会会议论文集》，2005 年 8 月。

⑤ Lu, H. et al. *Millet noodles in late Neolithic China*. Nature, 2005.（13）: pp. 967 – 968. 参见葛威、刘莉、陈星灿、金正耀译校《小米能否制作面条的实验研究：兼论喇家面条的成分》，载《南方文物》2010 年第 4 期。吕厚远、李玉梅等：《青海喇家遗址出土 4000 年前面条的成分分析与复制》，载《科学通报》2015 年第 60 卷第 8 期。

提条件。”[①]

小麦从中亚一带沿丝绸之路传入中国，但在很长一段时间里，碾磨成粉的效率偏低，小麦面粉极为稀缺。笔者认为周人的面条应该是由少量小麦面粉掺和粟或黍米面，面和好后，拽拉成或者由木制饸饹床挤压制成的饸饹面。早期面条和胙肉结合成为供神祭品。东南亚、日本在很长一段时间里，曾经把面条视为供佛祭品，后世习俗中用臊子面祭奠祖先，并赋予吃面以团圆、吉祥和长寿的象征意味盖源于早期的稀有与珍贵。

早期人类曾经把小麦作为圣餐中唯一被允许使用的谷物。[②] 甲骨文中就有频繁占卜“告麦”的记录：“［甲］午卜，□，［翌］乙未［有告］麦。［乙未］卜，［□，翌］丙［申有］告麦。［己］亥卜，□，翌庚子有告麦。允有告麦。庚子卜，□，翌辛丑有告麦。”（《合集》9620）[③] 其中农官对小麦的丰稔与否极为关注，要随时向祖先神禀告实况，以便商王安排祭祀。在中国，玉是神灵的食品，屈原《涉江》中有“登昆仑兮食玉英”的记载。黄帝等神灵食“白玉膏”的神话起源很早，商周时祭祀亦崇尚白色。后世人们发现小麦制作的食物洁白如玉，认为有通神功能。[④] 田野调查中了解到，至今凤翔、岐山、扶风等地人还食用一种小麦去除面筋后纯淀粉特制的条状玉白色面食“玉粉”、“玉筋粉”。古公亶父迁徙以前周人生活过的长武、彬县一带人们过年也要食用纯小麦淀粉加工的玉白色条状食物，切片食之谓“玉面”。从这个意义上去理解，我们吃臊子面，吃下去的不仅仅是粮食，还有它神圣的象征意义。

臊子面传统形成的凤翔、岐山、扶风一带，是岐周文化的核心地带。据《诗经·大雅·緜》：文王祖父古公亶父“来朝走马，率西水浒，至于岐下，爰及姜女，聿来胥宇”[⑤]。从后稷到文王，周人在泾渭水之间迁徙前后达1200年之久。先周文化遗址遍及陕西境内泾渭流域宝鸡、凤翔、

① 参见王仁湘《面条的年龄：兼说中国史前时代的面食》，载《中国文化遗产》2006年第1期。

② 菲利普·费尔南德兹-阿迈斯托：《世界：一部历史》，钱乘旦等译，北京大学出版社2010年版，第61页。另笔者认为生活在孔雀河古墓的人，把小麦作为祭祀专用作物。参见王炳华《西域考古历史论集》，中国人民大学出版社2008年版，第276页。

③ 宋镇豪：《中国风俗通史·夏商卷》，上海文艺出版社2001年版，第490页。

④ ［英］汪涛：《颜色与祭祀：中国古代文化中的颜色涵义探微》，郅晓娜译，上海古籍出版社2013年版，第116页。

⑤ 《诗·周颂·思文》，朱熹注，上海古籍出版社1987年版，第122页。

岐山、扶风、郿县、武功、兴平、盩厔、鄠县、长安、彬县、长武、麟游、乾县、泾阳、咸阳等各处。公刘迁豳的长武一带至今还保存着臊子面的变异形态“血条臊子面”。岐周是周人作为一方诸侯时期的政治中心，是周族发迹的都城，在文献上有“岐下”、“岐阳”、“岐邑”、“周”（西周铜器铭文）等不同名称。《史记·周本纪》载：

> （古公亶父）乃与私属遂去豳，度漆沮，逾梁山，止于岐下。豳人举国扶老携弱，尽复归古公于岐下。及他旁国闻古公仁，亦多归之。于是古公乃贬戎狄之俗，而营筑城郭室屋，而邑别居之。作五官有司。①

可见，岐周城初建时已经有了朝寝、宗庙、社稷之类人型建筑，都城规制是非常完备的。古公亶父又“作五官有司”，建立了政治机构，形成了初具规模的国家祭祀制度。岐周是周人立国及其走向强盛的圣都，也是西周时期重要的祭祀中心。张光直先生认为作为“圣都”的岐周在西周一直保持着祭仪上的崇高地位，“圣都是先祖宗庙的永恒基地”，“如果把那最早的都城比喻成恒星太阳，则后来迁徙往来的都城便好像是行星或卫星那样围绕着恒星运行”②。

四　文王“屠龙”神话与周人的神话历史

仔细揣摩文王屠龙的神话以及神话的文化意义，我们发现神话背后隐藏着社会结构和族群记忆。关于神话对某一特定文化所具有的原型意义，弗莱认为：植根于某一特定社会的神话体系及时地留下该社会成员所共有的幻想和语言经验的遗产，因而，神话系统有助于形成一种文化史。③ 可以这样说，在周人的宗教思想和宇宙生成论的“世界体系”中岐周是

① （汉）司马迁：《史记》，中华书局1997年版，第114页。

② ［美］张光直：《考古学专题六讲》增订本，生活·读书·新知三联书店2010年版，第107—123页。

③ ［加］弗莱：《伟大的编码》，中译文见《神话——原型批评》增订版，陕西师范大学出版社2011年版，第332页。

"世界中心"，是天地之轴，上下天庭之梯，离神圣距离最近，离神最近。[①] 后世在祭祀活动中这样颂赞先祖文王："文王在上，於昭於天。周虽旧邦，其命维新。有周不显，帝命不时。文王陟降，在帝左右。……上天之载，无声无臭。仪刑文王，万邦作孚。"[②]

商周宗族神话以祖先崇拜为突出特征，宗族成员将祖先之灵想象为存在于另一世界的人格化的主体，认为他们具有护佑宗族后裔之功能。神话作为历史的"史前史"而存在，它通常包含有或者涉及了共同体历史中的关键问题，诸如共同体共同的祖先和边界的问题。[③] 构建了超自然神祇和王室之间的神秘联系，后者因此也披上了神圣的外衣。在中国宗族神话中，祖宗英灵虽然地位不及上帝或天神，却同属于某种神话想象世界中的超自然存在。神话祖先又被认为是同王国内所有社会集团（不论是否有血缘关系）都有联系的威力强大的神祇。

周人是以农立族、以农立国的民族。从始祖后稷弃开始于有邰（今陕西武功、杨凌一带），就以农耕出名，被尧封为农师，又被舜封为后稷，专门管理农业。但到了不窋，"去稷不务"而"奔戎狄之间"，即迁徙到今旬邑、彬县、长武等地，与北方的戎狄为伍，渐失农业，变为游牧族群。到了公刘"复修后稷之业，务耕种"。但庆节以后的八九代，又渐失农业。而只有古公亶父率领族民进入周原后，又吸收姜炎文化和商文化中先进的农耕文化，再加上优越的地理环境，农业才得以很快地恢复和发展。以农业为主的出现，使周人开始进入文明之域，这是周族建立国家过程中一个重要里程碑。[④]

周文王为牧野之战的展开，"翦商"大业的完成，奠定了坚实的基础。在政治上他积极修德行善，裕民富国，广罗人才，发展生产，造成"耕者九一，仕者世禄，关市讥而不征，泽梁无禁，罪人不孥"的清明政治局面。他的"笃仁、敬老、慈少、礼下贤"政策，赢得了人们的广泛拥护，巩固了内部的团结。在修明内政的同时，他向商纣发起了积极的政

① ［罗马尼亚］米尔恰·伊利亚德：《神圣与世俗》，王建光译，华夏出版社2002年版，第12页。

② 《诗经·大雅·文王》，朱熹注，上海古籍出版社1987年版，第119—120页。

③ Mali, Joseph. Mythistory*The Making of a Modern Historiography*, The University of Chicago Press 2003, p. 4.

④ 石兴邦：《西周文化于文明形成的考古学探讨》，宋振毫等：《西周文明论集》，朝华出版社2004年版，第52页。

治、外交攻势：请求商纣“去炮烙之刑”，争取与国，最大限度孤立商纣。文王曾公平地处理了虞、芮两国的领土纠纷，还颁布“有亡荒阅”（搜索逃亡奴隶）的法令，保护奴隶主们的既得利益。通过这些措施，文王扩大了政治影响，瓦解了商朝的附庸，取得了“伐交”斗争的重大胜利。

中国宗族神话阐释了宗族成员所信赖的史实，具有整合宗族情感、建构文化身份的功能。在具体的祭祀体系中，后稷和文王分别代表两个阶段的英雄圣王。前者是以培植为食的象征，后者是以狩猎为食的象征。由先周地域的“泼撒”（祭祀自然神为主）到岐周的“奠”（祭祀祖先为主），由食用狩猎的“蛟龙肉”到“臊子肉”，再到食用小麦以及“小麦—臊子”合二为一的臊子面，其文化文本背后侧漏出周先祖到岐周由培植作物，到不窋“弃稷不务”“自窜于戎狄之间”，[①] 农耕畜牧交替以及祭社到祭祖等祭祀传统形成的历史（附表1）。

附表1　　**“蛟汤面”神话文本的结构神话学视角**

臊子面	臊子	面
英雄圣王	周朝开创者——文王	周民族始祖——后稷
结构	国家——王朝	民族——始祖
生存方式	畜牧	种植
饮食人类学	“蛟龙肉”	大、小麦
	胙肉（臊子肉）	大、小麦（面条）
祭祀方式	泼撒	奠
祭祀对象	祭天为主	祭祖为主
对立统一	合二为一（天人合一）	

远古以来，祭祀都有建立、维持和恢复人与神圣秩序恰当关系而将物品奉献给神灵的宗教仪式。布鲁斯·G. 崔格尔在著作中罗列了几位学者有关祭祀的观点：“威廉·罗伯森·史密斯（William Robertson Smith）提出，食用神祇图腾或者其俗世化身构成了社会的圣餐形式之一。詹姆斯·

① 邬国义：《国语注译》，上海古籍出版社1994年版，第1页。周先祖不窋故城在今甘肃庆阳县城北关。

弗雷泽（James Frazer）将祭祀视为令神祇返老还童和维持宇宙延续的技术。献祭者的目的千差万别。他们的目标包括取悦神祇，平息其怒气，为行为不当或者打破禁忌而祈求净化，建立与特定神灵的沟通，感谢神所赐予的福祉，强化赐福祈求，寻求神的保护免受敌人和恶魔的侵扰，遏止瘟疫，避免战乱和饥馑，祈求大地丰收等目的。”①

西周末叶，大难来临，“国步蔑资，天不我将；靡所止疑，云徂何往”，“自西徂东，靡所定处”，西周贵族不得不窖藏重器，仓皇逃离岐周宗庙。由于集体记忆的代际延续、衰減与人口迁徙，笔者在田野调查中以是否存在“泼撒”和“回锅”两个传统仪式作参照，发现一个现象：武威以东，武功以西，长武以南，周至、户县以北的民众，在传统礼仪中，臊子面食用上还保留着祭祀祖先灵位的仪式。距离周原越近，这一仪式保存越完整，以岐周为中心呈同心圆式衰減。而甘肃武威以西，临潼以东未发现有这一习俗，这和近年考古发现的先周文化的分布范围大体吻合。

五　圣餐仪式与岐周臊子面祭祖传统

前文已经述及，只有岐周一代传统礼仪中，吃臊子面第三个特别之处：吃面不喝汤，要把汤重新倒回锅里循环往复。今人站在健康卫生的角度，斥之为“危险”的习俗，政府站在旅游形象的角度，讳莫如深，希望能尽快取缔。明清县志对此也只字不提。为什么这样一个今天看来不“洁净”的饮食习惯会成为一种传统呢？

从文化渊源来讲，远古以来斩杀恶龙禳灾的神圣英雄叙事，逐渐世俗化为国王田猎获取动物的祭祀活动。通大祭祀在周代置换成由周天子和诸侯举行的重大宗教祭祀“脤膰祭”。由享食神明吃过的祭品传统，置换成周天子的脤膰礼和先秦社会的“食馂礼”传统。在先秦，大型的宗庙祭祀即将结束之时，主祭者要举行隆重的食馂礼，它是整个祭祀祖先过程中的最后一个环节，也是体现祭义的关键环节，没有举行食馂仪式的祭礼不是完整的祭祖礼。

什么叫“馂”？古人解释说：“食之余曰馂”，或者“食人之余曰

---

①［加］布鲁斯·G. 崔格尔：《理解早期文明：比较研究》，徐坚译，北京大学出版社2014年版，第335页。

馂”，或者“祭毕食神之余曰馂”。所谓食馂礼，《礼记·祭统》有载：

夫祭有馂。馂者，祭之末也，不可不知也。是故古之人有言曰：“善终者如始。”馂其是已。是故古之君子曰：“尸亦馂鬼神之余也，惠术也，可以观政矣。”是故尸谡，君与卿四人馂。君起，大夫六人馂，臣馂君之余也。大夫起，士八人馂，贱馂贵之余也。士起，各执其具以出，陈于堂下，百官进，彻之，下馂上之余也。凡馂之道，每变以众，所以别贵贱之等而兴施惠之象也。①

“馂”就是在祭祀祖先的仪式上，首先由假扮成受祭祖先的“尸”享用，然后由在祭祀活动中享有特权的国君及卿先行享用尸之馂；再往后是卿以下的等级，如顺次按大夫、士、百官等食馂。通过这种方式，上级通过层层赐馂来表示他们牵挂，不忘使下属共享神之布施与恩泽。以祭品的形式供给神灵的粮食，在神灵（祖先）食用后，每个黎民分享，保证了每个人都会得到护佑或者再生。今天，食馂礼的遗俗在周原一带长期存在，不论谁家办红白喜事，第一碗臊子面先不上席，而由小字辈端出门外泼两次汤，象征祭祀天神地神，剩下的汤称“福把子”，泼向正堂的祖灵牌位，然后才上席，并按辈分和身份次序上饭。

通俗地讲，食馂礼就是“吃鬼神剩下的祭品”。随着“馂”食的下赐，分享的人数也越来越多，分享者的地位也越来越低贱。即所谓“凡馂之道，每变以众，所以别贵贱之等而兴施惠之象也”。“馂”的最终完成，意味着整个祭祖仪式的圆满结束，通过此仪式性分享共餐，“献祭者和神之间就建立了最密切的共享（communion）与交流”②，人和神巩固了神话传说中的关系，也意味着人没有忘记神的救命之恩以及许下的承诺，按时向神献祭，通过这种献祭，神继续履行对人的庇佑，促成作物丰产、人丁兴旺。

通过人类学的研究成果的梳理，我们发现有三种情形的享食都属于“圣餐”式共享：一种是新王杀死老王或者老王甘愿牺牲，“让临死的神

① 《礼记注疏》“祭统”，李学勤主编《十三经注疏》，北京大学出版社1999年版，第1352页。

② ［意］马利亚苏塞·达瓦马尼：《宗教现象学》，高秉江译，人民出版社2006年版，第218页。

做替罪羊”[①]。让新王或臣服国民分享其血肉，获得神力；第二种是分享被圣王杀死，濡染圣王马纳的祭品；第三种是人们把谷物（小麦、大麦优先）作为献给神的祭品，被神灵食用过的谷物。远古人将神吃掉的原因其实很简单，在他们看来吃动物的肉，除了可以获得该动物或人的特性外，还可以将其道德和智力据为己有，所以一旦质朴的原始人认定某种生物的灵性，必然会希望把它的体质特性和灵性的一部分吸收过来。

人类早期的狩猎活动和农业本身都是信仰活动，耕作源于祈祷丰禳仪式，作物的种子被认为是神灵盗取，生长被看做上天的馈赠（“天所来”）。由于原始思维中的接触巫术信仰，祭祀中被神吃过的祭品可以使人获得神的庇护，接受天的福禄。分享被神灵享用过的祭品，就会获得神力，得到神灵的庇护，而这种分享本身，从人类学意义上就是吃圣餐。弗雷泽在《金枝》中是这样描写阿兹台克人的圣餐习俗的：

> 这种仪式和祝福（有了祝福他们也算是神的肉和骨头）完毕后，他们把这些面团也当神一样尊重，全城人都来看这大好的场面，整个地区的人都遵守一条严格的戒令：在维兹里朴茨里特神像节的这一天，谁也不许吃别的肉，只能吃这做偶像的带蜜的面团。必须在这天的一定的时候吃，中午以前不许喝水或别的饮料，否则就不吉利，甚至是渎神的。……他们如果不是非常细心严格地遵守戒规，他们就会死亡。仪式、跳舞和献祭完毕后，他们脱下衣服，庙里的祭司和高级僧侣取出面团偶像，毁掉它所有的装饰品，碎成许多块。对偶像如此，对他们奉献的短面棒也是如此，然后他们把它们交给人们作为圣餐，从年纪最大的人开始，挨次给所有男女和小孩，他们接受它，又是流泪，又是敬畏，好像得了一件可羡慕的东西，他们说他们是吃神的肉和骨头，因此他们悲伤。家里有病人的人也为病人要一块，毕恭毕敬地带回家去。[②]

祭祀之后享用祭餐，不仅是中国人的仪式，同时也是团结人们的有

① ［英］弗雷泽：《金枝》，徐育新、张泽石、汪培基译，中国民间文艺出版社 1987 年版，第 629 页。

② ［英］弗雷泽：《金枝》，徐育新、张泽石、汪培基译，中国民间文艺出版社 1987 年版，第 705 页。

效方式之一，使人的精神与信仰能够更好地归并到一起，正如法国社会学家涂尔干在《宗教生活的基本形式》中指出的："这全部仪典的唯一目的，就是要唤醒某些观念和情感，把现在归为过去，把个体归为群体。"[①] 马林诺夫斯基指出："人类生活上的每一重要危机，都含有情绪上的扰乱、精神上的冲突以及可能的人格解组……宗教信仰在于将精神上的冲突的积极方面变为传统的标准化。所以，宗教信仰满足了一种固定的个人需要……另一方面，宗教信仰及仪式……增强了人类团结中的维系力。"[②]

从这个意义上去理解，流传在关中西部周原一带的剩汤回锅习俗实际上就是一种远古宗教仪式遗存。我们吃臊子面，吃下去的不仅仅是粮食，还有它的象征意义。把神当圣餐吃，或者吃代表神的人或者动物，或者吃人形或动物形的面包，吃了濡染神力的血和肉，通过肉食媒介，他就不仅获得了该动物或该人的体质特性，还获得了种种道德和智力特性，分得神的特性和权力。信徒吃了象征神力的面包，喝了葡萄酒，就是吃了神的真正的血肉。所以在狄俄尼索斯这样的葡萄神的仪式上喝葡萄酒并不是欢闹的行为，那是一顿庄严的圣餐。[③] 它背后潜藏的是享食神食"死而复生"的仪式性原型。只是在中国民间社会，更多的圣餐仪式被民众想象成"帮吃"[④]。直到今天周原一带，上饭是有仪式性的，首先是喝酒，其次是小碗臊子面，最后没有吃饱再用大碗吃干面。

通过这种象征性的人神共餐仪式，让"绝天地通"之前人—神之间的和谐关系得以接续。同时，共餐还使参加的族群之间建立了一种稳定、和谐的关系。大家同吃一锅饭、供奉同一位神，祭祀同一个祖先，有共同的血缘关系，形成了一个稳定的结构，建立起更稳定的认同关系。中国宗教虽然"缺乏显著性结构"，但在社会生活中却广泛渗透于民众日常生活

① ［法］爱弥尔·涂尔干：《宗教生活的基本形式》，渠东、汲喆译，上海人民出版社 2006 年版，第 358 页。

② ［英］马林诺夫斯基：《文化论》，费孝通译，华夏出版社 2002 年版，第 85 页。

③ ［英］弗雷泽：《金枝》，徐育新、张泽石、汪培基译，中国民间文艺出版社 1987 年版，第 711、717 页。

④ "帮吃"是一种基于中国乡村知识体系的想象，人们想象自己陪伴神一同吃掉献祭，这一民俗至今同样保存在巫医主持，由家户承办的驱邪治病的民间仪式之中。参见马丹丹《迷狂的家户经验——王屋山巫医仪式的一项考察》，载《北方民族大学学报》（哲学社会科学版）2009 年第 5 期，第 114 页。

中，通过天命信仰，使宗教与道德伦理结合在一起。[①] 孔子因为鲁定公没有向他赏赐膰肉，而黯然神伤，愤然离去，只有身处这种传统中的个体才能体味被“抛弃”的滋味。

在乡土社会，没有现代医学意义上的“卫生”的观念。周原一带传统农村一个孩子成长过程要“吃百家饭”。普通百姓经常吃“涎水面”（臊子面的俗称）、坐“流水”席。应该说，西方的分食和中国的共食方式实际上都是贴近各自文化传统的饮食风俗，并无高下之别。然而在清末民初“中国传统的负面整体化”过程中，民众了解到“肺痨”与“细菌”、人的体液与疾病传染之间的关联性，大家开始出现排斥“人我津液交融”的情感倾向，这使得以“共食”为标志的中餐成为所谓开明之士的诟病对象。客观地说，饮食传统背后是文化观念，中国的共食传统，其取食过程是一个“作为民间宗教仪式的分享”过程，“分享神圣，禳灾祈福”，与祭祀仪式后的“分胙”很类似。因此，“共食”也可视为一种人际关系亲密的隐喻性行为，与基督教团契在共同的契约基础上“每一位个别的信徒通过福音的宣讲和圣礼与耶稣基督建立了关系”一样，在结构性不明显的中国，共餐制体现了中国人重视同一个村落熟人社会之间，彼此合作、默契、亲近和气，相互认同重视“整体”的情感氛围。史密斯认为，祭礼宴的目的首先是一种食用圣餐的活动。[②]

在古希腊，人与神共食最早的形式便是所谓的公餐制度。公餐制度，作为宗教仪式，人们通过祭祀，供奉牺牲，神人共食共享，公民同桌共餐，实现了神与人、神与物、人与人、人与物的种种结合。这种与神共享祭品的公餐会，表达了人们希图与“他者”（others）——那不可知的神圣相结合的内在渴望。[③] 而活动中的神人共餐共享，则体现了古希腊宗教神人同形、同性的特征。

在古代雅典人的泛雅典娜节，上百头的牛、羊被宰杀，作为牺牲献给雅典娜。大祭完毕，人们便开始分享祭祀后剩下来的牛、羊肉，忘情于节日的欢乐气氛中。……在这样的公宴中，全体参加者不分贫富，都能与神

① ［美］杨庆堃：《中国社会中的宗教：宗教的现代社会功能及其历史因素》，世纪出版集团、上海人民出版社 2007 年版，第 4 页。

② ［法］爱弥尔·涂尔干：《宗教生活的基本形式》，渠东、汲喆译，上海人民出版社 2006 年版，第 358 页。

③ 解光云：《古代希腊的公餐制度述论》，载《历史教学》2003 年第 3 期。

同乐，享受神的祭品。[①] 在基督教传统中，圣餐礼成为了典型的基督徒团契合一的标记。圣餐仪式至今在“礼拜日”的活动中得以延续：“无处不在的是，信徒与耶稣基督的团契和在基督里彼此之间的团契却是通过圣餐礼的典仪（the celebration of the Eucharist）被表现出来的。”[②] 未发酵的饼代表主的身体，葡萄汁代表主的宝血。所有基督徒都是这个身体的一员，通过信心和洗礼，并且在领受主的晚餐，在每一场礼仪中，耶稣基督都真实地临在其中；但尤其特别的是，在每一个圣餐礼的典仪当中，所有的基督教会都是临在其中，而教会的整体共融正是每一个地方教会的合一。这种合一可能体现在主教制度统一有序的保证当中，但更为重要的是，在早期教会关于普世共融的观念中，却没有强调主教等级制度，而是更强调教会领袖们在基督里的互相承认。地方教会的团契体现在一个主内的合一，而这特别体现在了圣餐礼的典仪当中。这也就是说，各地方教会在基督里的团契合一，不是赖于自上而下的严密主教制度，而是在平等和互相尊重的前提下，共同参与体现基督临在的圣餐礼，在此基础上达到真正的团契合一。[③]

今天，在华夏中心一带，制度性的圣餐仪式已经面目漫漶。云南东南部红河哈尼彝族自治州弥勒市西一镇的彝族支系阿细人为我们进一步了解提供了样本。阿细人每年都会举行一个被称为“密祭摩”的仪式。伴随这两天的仪式，有一个很重要的活动就是仪式共餐。在毕摩祭司的主持下，白天，他们在村口的稻场上立起祭坛，毕摩念一段“火神祭祀经”之后，大家开始杀鸡宰羊祭祀火神。当晚，大家要在一起吃祭餐，到夜幕降临时，真正的祭火神仪式才算开始。在仪式共餐中，包括“神—人”和“人—人”的共餐。[④] 羌族和彝族的“分食”都带有一种美好的愿景。

随着周王室政治影响的日渐式微，曾经盛极一时的脤膰之祭也逐渐被其他祭祀仪式取代。据清人马骕统计，在春秋 242 年的时间里，王室向诸侯赏赐祭肉仅有四次。[⑤] 但把炸制的胙肉拌入面食祭祖等传统却长期保留

---

① 吴晓群：《古代希腊仪式文化研究》，上海社会科学院出版社 2000 年版，第 36 页。

② Pannenberg, Faith and Reality, Translated by John Maxwel, l London: Search Press, 1977, pp. 92.

③ 高晴：《浅谈潘能博格的圣餐论》，载《金陵神学志》2007 年第 2 期。

④ 路芳：《火的祭礼：阿细人密祭摩仪式的人类学研究》，北京大学出版社 2012 年版。

⑤ 马骕：《左传事纬》，齐鲁书社 1992 年版，第 549—550 页

了下来。在田野调查中了解到：20 世纪六七十年代经济极为困难的时候，岐周一代人没有肉食可以做臊子，农民把红萝卜和辣子放在一起翻炒成糊状，称之为“臊子”。当时有一句流行俗语：“离了红萝卜还不做臊子了。”红萝卜加辣子做成的“臊子面”，第一项任务就是要“泼撒”[①]。换句话说，人们为了祭祀，必须有臊子。在祭肉极为匮乏的年代，红萝卜就担当了脤膰祭肉的功能。这从另一个角度让我们体会到，“岐山臊子面”的称呼背后强大的文化大传统的支配力。

① 据段宗社记忆口述。段宗社男，岐山人，1966 年生，文学博士。

附录二　陕西师范大学图书馆藏未著录中国宝卷

——兼《中国宝卷总目》补遗

车锡伦先生毕其功于一役，花费近20年的时间在先贤郑振铎、胡士莹、李世瑜等整理编目的基础上，完成里程碑式的《中国宝卷总目》（以下简称《总目》），考辨目前海内外公私收藏元末明初以来宝卷，共著录1579种，版本5000余种，宝卷异名1000余种。为中外学术界提供了一部实用的工具书，厥功甚伟，裨益不浅。

车目主要著录了以下内容：入编的宝卷以较通行的卷名为正名，并在其下注出异名；有简单题解，且注明宝卷的编撰者、归属、印刷版本、手抄年代及附载序、跋等情况，对收藏者附载收藏者机构等情况，详尽完备。《车目》体例按音序、笔画精心编排了宝卷及其异名的检索系统，搜寻起来十分方便。从中我们能看出车先生用力之勤、经营之苦。可以说，车目是继郑振铎《佛曲叙录》、胡士莹《弹词宝卷目》、李世瑜《宝卷综录》后的又一部里程碑似的作品。

当然车先生《中国宝卷总目》仍有不少可商榷处，比如故事内容相同的宝卷，由于异名的存在，《总目》著录为不同种类。确如车先生在该书后记中所言："笔者虽尽力而为，惜未能将各地收藏宝卷一一过目。时下海内外公私收藏亦续有发现，本书疏漏之处在所难免。"[①] 总目发表后，陆续有对《总目》补遗的论著。比较重要的有王昊和周晓兰《中国宝卷总目》补遗文章。[②]

---

① 车锡伦：《中国宝卷文献的几个问题》，《中国宝卷总目》，北京燕山出版社2000年版，第24页。

② 王昊：《〈中国宝卷总目〉补遗》，《文献》2002年第4期；周晓兰：《〈中国宝卷总目〉补遗》，《唐山学院学报》2012年第1期。

车先生在《中国宝卷总目》出版的同时，就爬罗剔抉一刻不停地为《总目》补遗。2000年车先生即在《中华文史论丛》发表了《海内外收藏中国宝卷》一文①，对日本、法国、俄罗斯、美国收藏的宝卷数量及版本予以著录。

经过不懈努力，据先生讲，2000年版的《中国宝卷总目》，如今修订增加的篇幅已经超过了原版的三分之一。由于宝卷流播范围相当广，以个人之力仍难穷尽，在各地仍可发现不少未被纳入《中国宝卷总目》的宝卷文献。幸运的是，笔者供职的陕西师范大学藏有民国年间从苏州等地收集到的宝卷，其中有6种珍稀抄本为《总目》未著录的宝卷种类，56种抄本版本均未见在《中国宝卷总目》中著录。特撰文对《中国宝卷总目》予以拾遗补阙，以求教于方家。

一 《中国宝卷总目》未著录宝卷种类补遗

1.《双龙宝卷》，旧抄本，封面题“双金龙”，王沧雄藏本，一册（周益美，金龙，银龙）（笔者疑该卷为车目《双龙锁宝卷》编号1047）。

2.《杀和尚卷》：民国二十五年（1936）陆永康抄本，一册。《中国宝卷总目》未著录。

3.《高道宗宝卷》：民国二十一年（1932）陆永记抄本，一册。《中国宝卷总目》未著录。

4.《田螺卷》附扫帚卷，扉页题“田螺卷此名送子财神”。卷末题“天运庚辰陈景良抄”，一册。《中国宝卷总目》未著录。

5.《天打苏关福》：封面题“岁次丙申年徐宗仁抄”（注：笔者疑为车目《天打宝卷》编号1264）。

6.《龙虎卷》：清光绪二十九年（1903）沈少亭抄本，王沧雄藏本，一册。《中国宝卷总目》未著录。

---

① 车锡伦：《海内外收藏中国宝卷》，《中华文史论丛》第63辑，上海古籍出版社2000年版，第176—184页。

二 《中国宝卷总目》未收录版本补遗

1.《何文秀宝卷》

《中国宝卷总目》编号0345。本卷主要流行于吴方言区，有众多异名，如《妙莲宝卷》《恩怨宝卷》《四喜宝卷》《贤良宝卷》《贞烈宝卷》《忠烈何文秀宝卷》《文秀宝卷》《海宁宝卷》《义夫节妇宝卷》[1432]等。参见《何文秀宝卷》(二)、《何文秀三探桑园宝卷》[0346]、《佛说何文秀宝卷》《何文秀算卦》。

《总目》收录清光绪元年（1875），清光绪四年（1878），清光绪六年（1880），清光绪十五年（1889）华绿绮抄本，清光绪十八年（1892）浦鸣仞抄本，清光绪二十六年（1900）李继舟抄本，清光绪三十二年（1906）朱惠峰抄本，清宣统元年（1909）抄本等25种。其中，光绪抄本7种，民国抄本4种：①民国四年（1915）吴保生抄本，一册。(李世瑜）②民国五年（1916）抄本，一册。（上海）③民国十八年（1929）周焕文抄本，二集一册。(南开）④民国二十三年（1934）鹅湖延陵吴云清抄本，二册。卷名《四喜宝卷》(谭正璧)。

陕西师范大学图书馆藏3种《四喜宝卷》抄本。故事讲述明嘉靖年间山东学政何显之子何文秀，父母双亡后由于奸人谗害，获抄家灭门之罪，在知县帮助下逃脱到苏州以卖艺为生，因与苏州太师之女王兰英暗自相交，两人被太师逐出家门，流落嘉兴海宁，文秀读书，兰英织绣，不料房东张堂垂涎兰英美貌，设计诬陷何文秀杀人。文秀被押于杭州，夫妻杳无音讯。之后三年，文秀为狱长所救，化名王察，读书求得功名，再回海宁寻妻子，兰英为邻居杨家寡妇所救，收为义女，最终夫妻团聚，文秀平反昭雪，与岳父王太师相认，何、杨、两王四姓家家有收成，四喜双全，所谓四喜宝卷。

其中：①清道光二十四年（1844）德基抄本，一册。②清同治十二年（1873）钱湘涛抄本，一册。后装封面题“四喜卷”，“王沧雄藏”，“十二号”，书腹题“何文秀”，结卷偈有“此卷本名四喜卷”。卷末题“天运同治十二年太岁癸酉九月下浣九日钱湘涛谨录”。③民国三十三年（1944）鹅湖武陵华燮堃抄本，一册。封面题“华燮坤志”。结卷偈有“此卷名为四喜卷”。卷末题“时维大中华民国三十三年岁次申戌旧暦杏月中旬鹅湖武陵堃志抄录”，华燮堃（印）。《总目》未著录。其中前两种《总目》未著录，为两种新发现的清抄本。民国鹅湖武陵华燮堃抄本为新发现的一种民国抄本。

另外该卷《陕西古籍总目·陕西师范大学图书馆分册》[①] 未编入目录。

2.《双奇宝卷》

该卷内容与《双奇冤宝卷》同，均敷演熊友兰、熊友蕙兄弟双双蒙受冤屈，最后清官况钟为之昭雪事。对此，《中国宝卷总目》分为两条来著录。编号1049《双奇宝卷》条下注仅存一册，言其藏于中国社会科学院文学所。编号1052《双鼠奇冤宝卷》条下著录：又名《十五贯宝卷》《双奇冤宝卷》《访鼠宝卷》《冤缘宝卷》《双熊梦宝卷》。参见《十五贯宝卷》《奇冤宝卷》。显然，《双奇宝卷》乃其同卷异名无疑。车目著录的《双奇宝卷》误将同卷异名的宝卷当作不同之两种来著录了。车目总计著录19种版本。

陕西师范大学图书馆藏：①《双奇冤》的宝卷，清光绪三十四年（1908）谢凤昌抄本，一册。②《双奇冤宝卷》，清咸丰元年（1851）抄本，一册（濮泰泉抄本，王沧雄藏本，应该是该卷早期的抄本）。车锡伦《中国宝卷总目》未收该版本。

3.《珍珠塔宝卷》

《中国宝卷总目》编号1540。该卷又名《珍珠宝卷》《珠塔宝卷》《彩娥宝卷》《三美团圆卷》。著录清光绪的版本有：①清光绪十九年（1893）蔡荣锦抄本，一册。（上海）②光绪丁酉（二十三年，1897）廖庭桂抄本，二册。（苏州）③光绪三十年（1904）华绿绮抄本，一册。卷名《珠塔宝卷》。（文学）④光绪三十一年（1905）抄本，一册。（上海）⑤光绪三十四年（1908）抄本，一册。（首都）

陕西师范大学图书馆藏清光绪七年（1881）周荣溪传抄本，一册，卷名《珠塔宝卷》。

4.《凤麟袄宝卷》

《中国宝卷总目》编号0276，卷名《凤麟袄宝卷》，《总目》著录：

---

① 康万武主编：《陕西古籍总目·陕西师范大学图书馆分册》，陕西出版集团、三秦出版社2012年版。

①清宣统元年（1909）王森逵抄本，一册。（苏州）②范云亭旧抄本，一册。（郑州）③旧抄本，一册。（苏州）

陕西师范大学图书馆藏《凤麟宝卷》，清光绪八年（1882）陈文魁抄本，一册，有朱笔圈点，疑与《凤麟袄宝卷》为同一宝卷的不同版本。

5.《顺星宝卷》

《中国宝卷总目》编号1011。该卷又名《长寿宝卷》《顺星桃花延寿宝卷》。参见《桃花宝卷》。著录有：①清宣统元年（1909）徐康宝抄本，一册。（苏州）②民国癸亥（十二年，1923）周翰宝抄本，一册。（中文）③民国三十年（1941）高凤梧抄本，一册。（郑州）

陕西师范大学图书馆藏《顺星延寿宝卷》，清光绪十年（1884）鸿源抄本，一册。为同一宝卷的不同版本。

6.《白蛇宝卷》

《中国宝卷总目》编号0026。该卷又名《雷峰宝卷》《雷峰古迹》《雷峰塔宝卷》《白蛇传宝卷》《金山宝卷》《义妖宝卷》《白状元祭塔宝卷》。本卷在吴方言区特别流行，民间传抄本较多，甘肃河西地区和山西也有发现。它们的故事情节和叙述文字差别很大，当代出版的“整理”本又有较多文字加工。《中国宝卷总目》收抄本4种：①清道光七年（1827）毕介眉抄本，二册。（赵景深）②光绪十八年（1892）浦赋梅抄本，一册。（郑州）③光绪二十三年（1897）抄本，一册。（东北）④旧抄本两种，各一册。（首都），旧抄本，一册。（苏州）

陕西师范大学图书馆藏清光绪十四年（1888）朱培基抄本，1卷一册。封面题“白蛇宝卷”、“朱培基”。开卷谒“虔宣白氏娘娘卷”。结卷谒有“此本名为白蛇卷”。卷末题“大清光绪拾肆年岁次戊子桃月下旬吉日抄本”，“锦园朱培基敬抄”，“共吉（计）四十七”，“朱锦园戳”（印）。为同一宝卷的不同版本。《中国宝卷总目》未著录该版本。

7.《黄糠宝卷》

《中国宝卷总目》编号0401。该卷又名《报恩宝卷》《黄糠欺贫卷》《欺贫重富宝卷》《欺贫宝卷》《欺贫糠噎宝卷》。车锡伦《中国宝卷总目》著录光绪抄本5种：①清光绪二年（1876）龚尚志抄本，一册。（北大）②光绪九年（1883）积善堂黄氏抄本，一册。（吴晓铃）③光绪八年（1882）抄本，一册。（傅惜华）④光绪十八年（1892）抄本，一册。（苏州）⑤光绪二十二年（1896）陈云龙抄本，一册。（东北）

陕西师范大学图书馆藏清光绪十六年（1890）抄本，高义园、罗竹溪藏本，一册。为光绪抄本中的新发现，《总目》未著录该抄本。

8.《白鹤图宝卷》

《中国宝卷总目》编号0015。该卷又名《义成宝卷》《东方圣宝卷》《龙凤白鹤图宝卷》《白鹤宝卷》《义赋救妇宝卷》《鹤图宝卷》。车锡伦《总目》著录光绪抄本2种，民国抄本5种：

光绪2种抄本：①清光绪辛卯（十七年，1891）陈俊达抄本，一册。（北大）②清光绪二十六年（1900）戴逸斋抄本，一册。（苏州）

陕西师范大学图书馆藏两种光绪抄本，分别是：①清光绪十六年（1890）华眉轩抄本。封面题“百鹤图”，“华眉轩藏”。结卷谒有“白鹤宝卷宣完成”。卷末题“光绪十六年（1890）闰二月华眉轩抄录”。②光绪二十九年（1903）王沧雄藏雅琴抄本，上下集，一册。封面题“白鹤图”，“王沧雄藏”，“十五号”。上集卷首题“白鹤图宝卷上集”，开卷偈“义成宝卷始展开”，结卷谒有“白鹤图卷停一停”。下集结卷谒有“白鹤宝卷已宣完”。卷末题“光绪二十九年岁次癸卯十月雅琴抄录”。为两种新发现的光绪抄本。

《总目》著录民国5种民国抄本，分别是：①民国七年（1918）吴凤鸣抄本，一册。（李世瑜）②民国十年（1921）抄本，一卷。（文学）③民国十一年（1922）抄本，二卷。（上海）④民国二十六年（1937）沈国兴抄本，一册。卷名《东方圣宝卷》。（南开）⑤民国三十五年（1946）谢俞抄本，一册。（李世瑜）

陕西师范大学图书馆藏民国二十四年（1935）沈国兴藏陆永记抄本，一册。后装封面题“白鹤图”，“沈国兴藏”，“付陆永记”。卷末题“民国式拾四年一阳月付沈国兴藏付陆永记抄”。按，卷末题记中“付陆永”涂改作“国兴”。为新发现一种民国抄本。

9.《双玉燕宝卷》

《中国宝卷总目》编号1067。该卷简名《玉燕宝卷》，又名《妻审夫冤卷》《双玉妙典宝卷》。《中国宝卷总目》著录清光绪版本4种：①清光绪九年（1883）段正卿抄本，一册。卷名《双玉妙典宝卷》。（文学）②清光绪十年（1884）包浩然抄本，一册。（郑州）③光绪十三年（1887）王氏抄本，二册。卷名《玉燕宝卷》。（南开）④光绪三十四年（1908）吴凤鸣抄本，二册。（李世瑜）

陕西师范大学图书馆藏光绪抄本 2 种：①清光绪二十六年（1900）谢凤昌抄本，一册。卷名《双玉燕》；②又名《白玉燕》，光绪旧抄本，王沧雄藏本。应为两种新发现的光绪抄本。

10.《姑嫂双修宝卷》

《中国宝卷总目》编号 0291。该卷又名《姑嫂宝卷》《姑嫂同修宝卷》。参见《双修宝卷》《相骂宝卷》。《中国宝卷总目》著录光绪抄本 2 种：①清光绪十六年（1890）吴维松抄本，一册。（苏州）②光绪三十四年（1908）吴介人抄本，一册。（李世瑜）

陕西师范大学图书馆藏清光绪二十八年（1902）谢凤昌抄本，一册，题名《相骂宝卷》，应为该卷新发现的一种光绪抄本。

《中国宝卷总目》著录该卷民国抄本 4 种：①民国三年（1914）浦怡云抄本，一册。（南开）②民国十六年（1927）许少卿抄本，与《狮吼宝卷》合订为一册。（李世瑜）③民国二十年（1931）吴惠堂抄本，一册。附《河东狮吼》宝卷。（中文）④民国二十七年（1938）孙炳英抄本，一册。（郑州）

陕西师范大学图书馆藏民国抄本 2 种，题名《相骂宝卷》，分别是：①民国三十六年（1947）邹玉书抄本，一册；②民国旧抄本，陆永昌抄，沈国兴藏，一册。应该是两种新发现的民国抄本《姑嫂双修宝卷》。

11.《龙灯传宝卷》

《中国宝卷总目》编号 0649，该卷又名《拐骗公子宝卷》《闹元宵宝卷》《一梗藤宝卷》。《中国宝卷总目》收民国版本 6 种：①民国四年（1915）抄本，一册。（北师）②民国四年（1915）周锡麟抄本，一册。（郑州）③民国八年（1919）吴鸿源抄本，二册。（北大）④民国十一年（1922）高凤梧抄本，一册。（郑州）⑤民国十八年（1929）陈毓亭抄本，一册。（吴晓铃）⑥民国三十三年（1944）抄本，一册。（上海）

《中国宝卷总目》编号 0650。该卷又名《龙灯古典》《龙灯宝卷》。《中国宝卷总目》著录 3 种：①清光绪十三年（1887）抄本，一册。（北师）②旧抄本，一册。（首都）③旧抄本，一册。卷名《龙灯古典》。（首都）

陕西师范大学图书馆藏《龙灯卷》民国二十四年（1935）陆永昌抄

本，一册。《陕西古籍总目·陕西师范大学图书馆分册》[①] 未编目该卷。疑为新发现的一种《龙灯宝卷》的民国抄本。

12.《龙虎欢乐子孙宝卷》

《中国宝卷总目》编号0657。《总目》著录许鹏飞旧藏民国抄本，一册。（大连）

陕西师范大学图书馆藏《龙虎宝卷》，清光绪二十九年（1903）沈少亭抄本，一册，《总目》未收。应为一种新的《龙虎欢乐子孙宝卷》版本。

13.《龙图宝卷》

《中国宝卷总目》编号0661－0665。其中《龙图宝卷》0662著录清光绪抄本3种：①清光绪六年（1880）铁锁开道人抄本，一册。（北大）②光绪十八年（1892）抄本，一册。（郑州）③光绪二十年（1894）抄本，一册。（山大）

陕西师范大学图书馆藏《龙图宝卷》2种清光绪抄本：①清光绪三十四年（1908）周清泉抄本，王沧雄藏本，一册，书签题《卖花卷》；②又名《落帽风宝卷》，光绪旧抄本，王沧雄藏本，一册。应为新发现的两种光绪抄本。

14.《窦娥宝卷》

《中国宝卷总目》编号0195－0196。《窦娥宝卷》编号0195又名《六月雪宝卷》《炎天落雪宝卷》。参见《金锁宝卷》《窦娥宝卷》（二）。《总目》著录民国抄本4种：①民国十二年（1923）抄本，一册。（上海）②民国十六年（1927）抄本，一册。卷名《六月雪宝卷》。（上海）③民国二十四年（1935）抄本，一册。卷名《六月雪宝卷》。（黑龙江）④民国三十九年（1940）殷桂福抄本，一册。卷名《六月雪宝卷》。（首都）

陕西师范大学图书馆藏《窦娥宝卷》民国三十年（1941）李茂枝抄本，应为新发现的1种民国抄本。

15.《财神宝卷》

《中国宝卷总目》编号0066。该卷又名《路头宝卷》。本卷的各种版本有的文字差别较大。参见《五路财神宝卷》《五路宝卷》《五路天神宝

① 康万武主编：《陕西古籍总目·陕西师范大学图书馆分册》，陕西出版集团、三秦出版社2012年版。

卷》《五福财神宝卷》《治国兴家增福财神宝卷》《供敬财神宝卷》《金龙扇宝卷》《卖耍货宝卷》。《中国宝卷总目》著录清光绪抄本8种：①清光绪丁丑（三年，1877）上洋三元堂刊本，一册。（苏大）②光绪七年（1881）顾承祖抄《家堂宝卷》附载本。（苏州）③光绪十三年（1887）抄本，一册。（北师）④光绪丁亥（十三年，1887）抄本，一册。（恽楚材）⑤光绪十七年（1891）宋春宝抄本，一册。（首都）⑥光绪十八年（1892）抄本，一册。（郑州）⑦光绪壬辰（十八年，1892）文亮抄本，一册。（扬州）⑧光绪三十一年（1905）马伟卿抄本，一册。（苏州）

陕西师范大学图书馆藏《财神宝卷》3种：①清光绪三十年（1904）蔡番和抄本，一册，应为新发现的一种光绪抄本。②旧抄本，一册；③又名《家堂财神卷》，清咸丰元年（1851）吴筠抄本，一册。均为《总目》未著录的新版本。

16.《香山宝卷》

《中国宝卷总目》编号1290－1291。早期佛教宝卷改编本。本卷卷首均载柳枝观音像一幅、题“宋吴府殿下海印”之“序”，卷首题卷名《观世音菩萨本行经》及“天竺普明禅师编集”等。封面书签或题《大乘法宝香山宝卷全集》《香山宝卷》。参见《香山宝卷》（二）（三）（四）《香山说要宝卷》《观音得道》《观世音菩萨香山因由》《观音济渡本愿真径》《南无大慈大悲救苦救难观世音菩萨证果香山宝卷》。

车锡伦《中国宝卷总目》收清乾隆、同治、光绪、宣统以及民国版本30种。陕西师范大学图书馆藏民国元年（1912）苏州玛瑙经房重刻本，上下卷，二册。封面数签题“大乘法宝香山宝卷全集”。内封题内封题“香山宝卷”，“中华民国元年重刊”，“苏州玛瑙经坊藏板”。卷首题“观世音菩萨本行经”，题下署“天竺普明禅师编集、江西宝峰禅师流行、梅江智公禅师重修、太源文公法师传录”。书口题“香山卷（上、下）”。该版本《总目》提及戏曲、吉林、东北、南京有藏，未提及陕西师范大学图书馆。

香山宝卷（二）编号1291中的《观世音菩萨本行经简集》等，是《香山宝卷》（一）的“简集”本。

陕西师范大学图书馆藏清末浙江杭州西湖玛瑙明台经房刻本，两卷，一册。封面题“大乘法宝香山宝卷”。卷首载柳枝观音观音像一幅，“万岁”龙牌一面（旁附刻“玛瑙寺经房印造流通”），“香山宝卷序”。卷首题“重刻观世音菩萨本行经简集（卷上、下）”。书口题“香山卷”。上卷末题“香山简集卷上终”。下卷末题“宋天竺普明禅师编集”，“清梅院后学净宏简行”，“西湖玛瑙明台经房印造流通”。《总目》未著录。

17.《蝴蝶宝卷》

《中国宝卷总目》编号0408。该卷又名《蝴蝶小册》。按，《梁祝宝卷》和《蝴蝶梦宝卷》（《庄周宝卷》）均有异名为《蝴蝶宝卷》的情况，均可参见此卷。《总目》著录清光绪、宣统和民国抄本8种。

陕西师范大学图书馆藏4种题名为《梁山伯与祝英台》的宝卷：①卷末有“蝴蝶卷宣完成”，旧抄本，一册；②封面题“姻缘宝卷”，卷末有“此文名为姻缘蝴蝶卷”，卷末题“天运辛卯年抄”，一册；③封面题“双蝴蝶梁祝”，卷末有“蝴蝶宝卷宣完成”旧抄本，一册；④《蝴蝶宝卷》，清宣统三年（1911）抄本，一册，民国元年家桢藏本。均为《总目》未著录的新版本。

另外，陕西师范大学图书馆藏《蝴蝶卷》，为民国元年（1912）周凤麟抄本，一册，故事讲的是宋朝山东蓬莱涂磐和姓铁的一个人的故事。封面题“蝴蝶卷，家桢藏”。卷末有结卷谒“蝴蝶卷已宣完，诸佛菩萨喜心欢”。卷末题“民国元年是日馆内录”下钤有“凤麟”朱文长方印，当是周凤麟所抄。不是梁祝故事，不是《中国宝卷总目》编号0408中与梁祝故事相关的“蝴蝶宝卷”。应为另一《总目》未著录宝卷。

18.《双印卖卷》

《中国宝卷总目》编号1060。该卷又名《珠砂印宝卷》《朝中认子卷》。《总目》收录2种光绪抄本：①清光绪丙申（二十三年，1896）戴逸斋抄本，一册。（苏州）②光绪三十年（1904）华绿绮抄本，一册。（文学）

陕西师范大学图书馆藏《双印宝卷》清光绪三十四年（1908）谢凤昌抄本，一册。应为新发现的一种光绪抄本。另陕西师范大学图书馆藏《双印宝卷》的另一旧抄本，王沧雄藏，一册。

19.《天仙宝卷》

《中国宝卷总目》编号1083。天仙宝卷又名《天仙四姐宝卷》《斗法宝卷》《天仙女宝卷》《张四姐宝卷》《杨呼捉姐宝卷》。参见《张四姐大闹东京宝卷》《闹东京宝卷》《摇钱树宝卷》《仙女宝卷》。《中国宝卷总目》著录清嘉庆、同治、光绪等宝卷9种。著录民国3种。

陕西师范大学图书馆藏《天仙宝卷》2 种：①清咸丰元年（1851）曹鹤贤抄本，一册；②民国二十八年（1939）抄本，王沧雄藏，一册。是新发现的2种《天仙宝卷》的版本。

20.《家堂宝卷》

《中国宝卷总目》编号0493。该卷又名《金沙滩》。参见《观音家堂宝卷》《卖鱼观音宝卷》。《中国宝卷总目》著录清道光、同治、光绪等6种。民国和旧抄本14种。

陕西师范大学图书馆藏《家堂卖鱼宝卷》2 种（疑与该卷属同一宝卷）：①旧抄本，一册。②谢凤昌抄本，一册。为《总目》未收版本。

21.《赖婚宝卷》

《赖婚宝卷》总目著录的是《百花厅宝卷》编号0039。《中国宝卷总目》著录民国三十六年（1947）邹玉书抄本，一册。

陕西师范大学图书馆藏《懒婚宝卷》，清光绪三十四年（1908）谢凤昌传抄本，一册。封面题“赖婚卷，谢凤昌记”结卷谒有“当坛宝卷宣完成，斋王获福保安宁”，卷末题“光绪三十三年岁次丁未菊月谢凤昌敬录”。为《总目》未收版本。

22.《延寿宝卷》

《中国宝卷总目》编号1405。该卷又名《金本忠宝卷》《修仙卷》《金本忠延寿宝卷》。参见《男延寿宝卷》。《总目著录》清道光、咸丰、同治、光绪、民国等抄本约50种。

陕西师范大学图书馆藏《延寿宝卷》，清末汝南兆传抄本，一册。为《总目》未收版本。

23.《逆媳宝卷》

《中国宝卷总目》编号0765。《总目》著录旧抄本5种。

陕西师范大学图书馆藏清光绪二十九年（1903）蔡番和抄本，一册。为《总目》未收版本。

24.《逆母虎吞宝卷》

《中国宝卷总目》编号0764。《总目》著录旧抄本，一册。

陕西师范大学图书馆藏民国二十三年（1934）沈国兴抄本，一册。为《总目》未收版本。

25.《三藏法师出世因由宝卷》

《中国宝卷总目》编号0923。该卷又名《出世卖卷》。参见《唐僧宝卷》。《总目》著录：①民国十三年（1924）抄本，一册。（赵景深）②旧抄本，一册。（文学）③旧抄本，一册。卷名《出世卖卷》。（上海）

陕西师范大学图书馆藏民国三十一年（1942）李仁甫抄本，一册，题名《三藏宝卷》。疑为《总目》未收版本。

26.《玉鸳鸯宝卷》

《中国宝卷总目》编号1474。该卷又名《鸳鸯宝卷》。《总目》著录：①民国辛酉（十年，1921）抄本，一册。（朱海容）②民国三十年（1941）黄宝文抄本，一册。卷名《鸳鸯卖卷》。（郑州）

陕西师范大学图书馆藏民国二十四年（1935）陈贵卿抄本，一册。为《总目》未收版本。

27.《巧姻缘宝卷》

《中国宝卷总目》编号0817。参见《大红袍宝卷》。《总目》著录清光绪，民国等版本15种。

陕西师范大学图书馆藏民国二年（1913）谢凤昌抄本，一册。为《总目》未收版本。

28.《目连宝卷》

《中国宝卷总目》编号0686。《总目》分为3种类型。《目连宝卷》（二）著录：①民国十八年（1929）杨廷章抄本，一册。（苏州）②民国二十六年（1937）万寿堂包殿臣抄本，一册。（郑州）③旧抄本，二册。（上海）④旧抄本，存上卷一册。（扬州）⑤何文魁旧抄本，一册。（人大）⑥旧抄本，一册。（黑龙江）

陕西师范大学图书馆藏民国十三年（1924）宗洪熙抄本，一册。为《总目》未收版本。

29.《百花台宝卷》

《中国宝卷总目》编号0037。该卷又名《双云宝卷》《双恩宝卷》《花台卖卷》《月祯宝卷》《逼婿为奴宝卷》《逼婿为仆宝卷》。《总目》著录清同治、光绪、宣统和民国等抄本15种。

陕西师范大学图书馆藏2种《百花台宝卷》宝卷：①民国二十三年（1934）积善堂周民鑫抄本，一册。②清光绪三十三年（1907）谢凤昌抄本，一册。均为《总目》未收新版本。

30.《白兔记宝卷》

《中国宝卷总目》编号0028。该卷又名《白兔宝卷》《刘智远宝卷》

《英烈宝卷》《三娘宝卷》《出猎宝卷》。参见《李三娘磨房卖卷》。《总目》著录清同治、光绪和民国抄本 14 种。

陕西师范大学图书馆藏两种《白兔记宝卷》：①旧抄本，王沧雄藏，一册。②旧抄本，卷末题“天运辛巳年陈景良藏”，一册。均为《总目》未收新版本。

31.《孝妇感应宝卷》

《中国宝卷总目》编号 1264。该卷又名《天打宝卷》《还阳宝卷》《孝妇感圣宝卷》。《总目》著录：①清光绪二十五年（1899）刘福全抄本，一册。（李世瑜）②华炳堃旧抄本，一册。（南开）③旧抄本，一册。卷名《孝妇感圣宝卷》。（哈尔滨）

陕西师范大学图书馆藏《孝妇卷》，又名《孝媳宝卷》，民国三十年（1941）陆永康抄本，一册。为《总目》未收新版本。

32.《香球宝卷》

《中国宝卷总目》编号 1288。参见《文武香球宝卷》。①民国壬子（元年，1912）陈毓亭抄本，一册。（吴晓铃）②民国三年（1914）安士良抄本，一册。（文学）③民国四年（1915）陆荣卿抄本，二册。（赵景深）④民国十六年（1927）周益庭抄本，一册。（首都）⑤积善堂旧抄本，一册。（郑州）

陕西师范大学图书馆藏《香球宝卷》旧抄本，李子忠抄，一册。为《总目》未收新版本。

33.《显应桥宝卷》

《中国宝卷总目》编号 1395。该卷又名《显英桥宝卷》《显映古迹》《献英宝卷》《开桥宝卷》《显应宝卷》《救荒开桥宝卷》《乡民卷》《忠义卷》《开献映宝卷》等。《总目》著录清道光、咸丰、同治、光绪、宣统和民国版本 15 种。

陕西师范大学图书馆藏该卷题名为《献映桥》，民国二十八年抄本（1939），王沧雄藏本，一册。为《总目》未收新版本。

34.《香蝴蝶宝卷》

《中国宝卷总目》编号 1289。该卷简名《香蝶宝卷》。《总目》著录清光绪、宣统和民国等版本 8 种。

陕西师范大学图书馆藏民国二十八年（1939）陆永康抄本，一册。为《总目》未收新版本。

35.《金如意宝卷》

《中国宝卷总目》编号0478。该卷又名《画图定亲宝卷》。参见《画图宝卷》《如意宝卷》。《总目》著录清光绪和旧抄本6种。

陕西师范大学图书馆藏《金如意宝卷》旧抄本，王沧雄藏本，一册。为《总目》未收新版本。

36.《黄金印宝卷》

《中国宝卷总目》编号0397。该卷又名《金印宝卷》《访奸失印卷》《遇奸失印卷》。《总目》著录清同治、光绪和民国及旧抄本24种。

陕西师范大学图书馆藏《黄金印宝卷》旧抄本，王沧雄藏本，一册。为《总目》未收新版本。

37.《河东狮吼卖卷》

《中国宝卷总目》编号0363。该卷又名《狮吼卖卷》《惧内河东狮吼宝卷》《怕家婆宝卷》《怕妻宝卷》。参见《怕老婆宝卷》。《总目》著录清同治、光绪和民国旧抄本11种。

陕西师范大学图书馆藏《河东狮吼》旧抄本，一册。为《总目》未收新版本。

38.《红罗宝卷》

《中国宝卷总目》编号0379。该卷又名《晚娘宝卷》《晚娘红罗宝卷》《锈红罗宝卷》《五圣家堂红罗宝卷》。参见《佛说杨氏鬼绣红罗化仙哥宝卷》《红罗宝卷简集》。《总目》著录清道光、咸丰、光绪和民国版本12种。

陕西师范大学图书馆藏《红罗宝卷》旧抄本，范锦秀抄本，一册。为《总目》未收新版本。

39.《碧玉簪宝卷》

《中国宝卷总目》编号0058。该卷又名《秀英卖卷》。参见另本《秀英卖卷》。《总目》著录清同治、宣统和民国等旧抄本18种。

陕西师范大学图书馆藏《碧玉簪》2种：①民国二十三年（1934）容膝轩抄本，一册。②民国十年（1921）谢凤昌抄本，一册。均为《总目》未收新版本。

40.《盗金牌宝卷》

《中国宝卷总目》编号0176。该卷又名《盗牌救翁卷》《金辉卷》《孝翁宝卷》。参见《金牌宝卷》。《总目》著录清同治、光绪和民国版本

18 种。

陕西师范大学图书馆藏《盗金牌宝卷》旧抄本，王沧雄藏本，一册。为《总目》未收新版本。

41.《雕龙扇宝卷》

《中国宝卷总目》编号 0187。该卷又名《雕龙宝卷》《五妹奇缘卷》《雕龙五美》《雕龙宝扇》。《总目》著录清光绪、宣统和民国等 7 种。

陕西师范大学图书馆藏《雕龙扇宝卷》民国十九年（1930）抄本，王沧雄藏本，一册。为《总目》未收新版本。

42.《雌雄杯宝卷》

《中国宝卷总目》编号 0083。该卷上下集简名《雌雄宝卷》。《总目》著录 4 种版本：①民国十二年（1923）上海文益书局石印本，二册。（上海、扬州、大连、郑振铎、赵景深、李世瑜、谭正璧）②民国上海惜阴书局石印本，二册。（苏大、京都、胡士莹、泽田）③民国十四年（1925）抄本，一册。（戏曲）④旧抄本，四册。（上海）

陕西师范大学图书馆藏《雌雄盏宝卷》民国二十八年（1939）抄本，王沧雄藏本，一册。为《总目》未收新版本。

43.《赠珠宝卷》

《中国宝卷总目》编号 1514。参见《金珠宝卷》。《总目》著录清宣统和民国及旧抄本 4 种。

陕西师范大学图书馆藏《赠珠宝卷》旧抄本，周凤麟藏本，一册。为《总目》未收新版本。

44.《麒麟宝卷》

《中国宝卷总目》编号 0864。该卷简名《麒麟宝卷》，又名《续珍珠塔宝卷》《后珍珠塔麒麟豹宝卷》。《总日》著录清光绪和民国及旧抄本 15 种。

陕西师范大学图书馆藏《麒麟宝卷》民国二十六年（1937）金成章抄本，一册。为《总目》未收新版本。

45.《双印宝卷》

《中国宝卷总目》编号 1060。该卷又名《珠砂印宝卷》《朝中认子卷》。《总目》著录清咸丰、光绪和民国及旧抄本 14 种。

陕西师范大学图书馆藏 2 种《双印宝卷》：①清光绪三十四年（1908）谢凤昌抄本，一册。②旧抄本，王沧雄藏本，一册。为《总目》

未收新版本。

46.《双金鹤宝卷》

《中国宝卷总目》编号1044。《总目》著录清光绪和民国及旧抄本3种。

陕西师范大学图书馆藏《双金鹤卷》民国二十四年（1935）陆永昌抄本，一册。为《总目》未收新版本。

47.《兰香阁宝卷》

《中国宝卷总目》编号0674。《总目》著录清咸丰、光绪和民国及旧抄本12种。

陕西师范大学图书馆藏《兰香阁卷》民国二十八年（1939）抄本，王沧雄藏本，一册。为《总目》未收新版本。

48.《一餐饭宝卷》

《中国宝卷总目》编号1397。该卷又名《餐饭宝卷》《当抬宝卷》《忠义宝卷》。参见《双玉块宝卷》。《总目》著录清道光、咸丰、光绪和民国及旧抄本12种。

陕西师范大学图书馆藏《餐膳宝卷》，封面题“林子文宝卷”，民国十五年（1926）抄本，一册。为《总目》未收新版本。

49.《琵琶宝卷》

《中国宝卷总目》编号0788。该卷又名《琵琶记宝卷》《忠孝宝卷》《賣孝宝卷》《忠孝节义传》《赵五娘宝卷》。参见《赵氏贤孝宝卷》《赵五娘寻夫宝卷》《蔡伯喈宝卷》。《总目》著录清光绪和民国及旧抄本28种。

陕西师范大学图书馆藏《琵琶记》2种：①旧抄本，周肇楹抄，一册。②封面题“琵琶宝卷”，旧抄本，积善堂周明训藏本，一册。均为《总目》未收新版本。

50.《乌金玉镯宝卷》

《中国宝卷总目》编号1198。该卷简名《玉镯宝卷》。《总目》著录①民国二十年（1931）抄本，一册。（文学）②旧抄本一册。（上海）

陕西师范大学图书馆藏《乌金玉镯宝卷》民国二十四年（1935）陆士青抄本，一册。为《总目》未收新版本。

51.《渔家乐宝卷》

《中国宝卷总目》编号1488。该卷又名《藏舟宝卷》《清和王卷》

《清和王落难》。《总目》著录清光绪、民国及旧抄本10种。

陕西师范大学图书馆藏《渔家乐宝卷》旧抄本，王沧雄藏本，一册。为《总目》未收新版本。

52.《丝绦宝卷》

《中国宝卷总目》编号0946。该卷又名《大丝绦（套）宝卷》《丝绦党宝卷》《忠义双全宝卷》等。参见《结义宝卷》。《总目》著录清光绪、宣统和民国及旧抄本41种。

陕西师范大学图书馆藏《丝绦宝卷》旧抄本，一册。为《总目》未收新版本。

53.《双珠凤宝卷》

《中国宝卷总目》编号1070。该卷又名《珠凤宝卷》《双珠宝卷》《双珠凤奇缘宝卷》《五美图宝卷》《文必正双珠凤宝卷》。《总目》著录清同治、光绪和民国及旧抄本20种。

陕西师范大学图书馆藏《双珠凤》旧抄本，周家桢藏本，一册。为《总目》未收新版本。

54.《会元宝卷》

《中国宝卷总目》编号0407。《总目》著录欧大年藏汉口同仁堂刊本。

陕西师范大学图书馆藏《会元宝卷》是民国十一年（1922）汉口慈善孤儿所铅印本，一册。为《总目》未收新版本。

55.《周玄宝卷》

《中国宝卷总目》编号1536。《周玄宝卷》有两种版本：①清光绪二十三年（1897）抄本，一册。（上海）②民国二十九年（1940）胡玉亭抄本，一册。（东北）

另外，《中国宝卷总目》编号1394著录《献龙袍宝卷》又名《呆中福宝卷》《周元招亲》《周元宝卷》。《总目》收录版本：①清光绪十二年（1886）华绿绮抄本，一册。（文学）②清光绪三十一年（1905）河南金唇记抄本，一册。卷名《周元宝卷》。（北大）③民国二十四年（1935）沈国兴抄本，一册。（南开）④旧抄本一册。（泽田）⑤旧抄本一册。（首都）

陕西师范大学图书馆藏题名《滚龙袍宝卷》应为《周玄宝卷》的异名版本。该卷封面题“滚龙袍卷，夏氏”，卷端题“滚龙袍宝卷”，卷末有结卷谒“周玄宝卷宣完满，合堂诸佛尽喜欢”，旧抄本，一册。

另有题名为《周玄宝卷》，封面题“周玄做亲，周耕余藏”，卷端题“周玄做亲”，卷末有结卷谒“周玄做亲已宣完，大众听得满心欢”。卷末题“大清宣统三年辛亥桃月吉日周耕余抄录”。应为《总目》未著录的《周玄宝卷》的另一新版本。

56.《三景图宝卷》

《中国宝卷总目》编号 0904。该卷又名《三鼎甲宝卷》《三景阁宝卷》《三锦阁宝卷》《昆仲宝卷》《昆仲贤良宝卷》《三贤宝卷》等。参见另本《昆仲宝卷》。《总目》著录有清光绪和民国及旧抄本共 12 种。

陕西师范大学图书馆藏题名《仲尼宝卷》，封面题“三景图”，旧抄本，王沧雄藏，卷端题“仲尼宝卷”，开卷有“此卷出于清朝康熙万岁登基”字样，应是民国抄本，一册。该卷应为《总目》未著录的《三景图宝卷》新版本。

主要参考文献

方步和：《河西宝卷真本校注研究》，兰州大学出版社 1992 年版。

何登焕：《永昌宝卷》，永昌县文化局印，甘出准 016 字，总 0156 号，2003 年版。

段　平编：《河西宝卷选》，新文丰出版公司 1992 年版。

王见川、林万传：《明清民间宗教经卷文献》，新文丰出版公司 1999 年版。

王见川等编：《明清民间宗教经卷文献》（续编），新文丰出版公司 2006 年版。

王见川、侯冲、杨净麟等主编：《中国民间信仰民间文化资料汇编》，博扬文化事业有限公司 2011 年版。

王见川：《汉人宗教、民间信仰与预言书的探索》，台北博扬文化事业有限公司 2008 年版。

王奎、赵旭峰：《凉州宝卷》，武威天梯山石窟管理处编印 2007 年版。

徐永成、崔德斌主编：《金张掖宝卷》，甘肃文化出版社 2007 年版。

尤　红等：《中国靖江宝卷》，凤凰出版传媒集团、江苏文艺出版社 2007 年版。

濮文起：《中国宗教历史文献集成·民间宝卷》，20 册，黄山书社 2005 年版。

张家港文联编：《中国河阳宝卷集》，上海文化出版社 2007 年版。

西北师范大学古籍整理研究所编：《酒泉宝卷》，甘肃人民出版社 2001 年版。

《关帝伏魔宝卷注解》，光绪二十二年，吉林北山关帝庙学善堂刊印。

洗桐轩主人：《全图韩湘宝卷》，中央民族学院出版社 1991 年版。

[奥] 弗洛伊德：《图腾与禁忌》，文良文化译，中央编译出版社 2005

年版。

［德］阿斯特莉特·埃尔、冯亚琳：《文化记忆理论读本》，余传玲等译，北京大学出版社2012年版。

［德］扬·阿斯曼：《文化记忆：早期高极文化中的文字·回忆和政治身份》，金寿福、董晓晨译，北京大学出版社2015年版。

［德］哈拉尔德·韦尔策：《社会记忆：历史、会议、传承》，季斌等译，北京大学出版社2007年版。

［德］马克斯·韦伯：《经济·社会·宗教马克斯·韦伯文选》，郑乐平编译，上海社会科学院出版社1997年版。

［俄］弗拉基米尔·雅可夫列维奇·普罗普：《故事形态学》，贾放译，中华书局2006年版。

［法］阿诺尔德·范热内普：《过渡礼仪》，张举文译，商务印书馆2010年版。

［法］埃马努埃尔·阿纳蒂：《艺术的起源》，刘建译，中国人民大学出版社2007年版。

［法］爱弥尔·涂尔干：《原始分类》，汲哲译，上海人民出版社2004年版。

［法］爱弥尔·涂尔干：《宗教生活的基本形式》，渠东、汲喆译，上海人民出版社2006年版。

［法］弗朗索瓦丝·勒莫：《黑寡妇：谣言的示意及传播》，唐家龙译，商务印书馆1999年版。

［法］卡普费雷：《谣言》，郑若麟、边片译，上海人民出版社1991年版。

［法］勒内·基拉尔：《双重束缚：文学、摹仿及人类学文集》，刘舒陈明珠译，华夏出版社2006年版。

［法］勒内·基拉尔：《浪漫的谎言与小说的真实》，罗芃译，北京大学出版社2012年版。

［法］勒内·吉拉尔：《替罪羊》，冯寿农译，东方出版社2002年版。

［法］列维·布留尔：《原始思维》，丁由译，商务印书馆1997年版。

［法］列维·斯特劳斯：《忧郁的热带》，王志明译，生活·读书·新知三联书店2000年版。

［法］莫里斯·哈布瓦赫：《论集体记忆》，毕然、郭金华译，上海人民出版社2002年版。

[法] 让-弗朗索瓦·利奥塔：《非人》，罗国祥译，商务印书馆2000年版。
[法] 爱弥尔·涂尔干：《乱伦禁忌及其起源》，汲哲等译，上海人民出版社2006年版。
[加] 麦克卢汉：《理解媒介》，何道宽译，商务印书馆2000年版。
[加] 诺斯罗普·弗莱：《批评的解剖》，陈慧、袁宪军译，百花文艺出版社1998年版。
[罗马利亚] 米尔恰·伊利亚德：《神圣与世俗》，王建光译，华夏出版社2002年版。
[美] 伊莱休·卡茨：《媒介研究经典文本解读》，常江译，北京大学出版社2011年版。
[美] 詹姆斯·克利福德、乔治·E. 马库斯：《写文化：民族志的诗学与政治学》，高丙中等译，商务印书馆2006年版。
[美] 阿尔伯特·贝茨·洛德：《故事歌手》，尹虎彬译，中华书局2004年版。
[美] 阿兰·邓迪斯：《民俗解析》，户晓辉译，广西师范大学出版社2005年版。
[美] 阿兰·邓迪斯编：《西方神话学读本》，朝戈金等译，广西师范大学出版社2006年版。
[美] 安德森：《想象的共同体：民族主义的起源与散布》，吴叡人译，上海人民出版社2003年版。
[美] 奥尔波特等：《谣言心理学》，刘水平、梁元元、黄鹂译，辽宁教育出版社2003年版。
[美] 保罗·康纳顿：《社会如何记忆》，纳日碧力戈译，上海人民出版社2000年版。
[美] 本尼迪克特·安德森：《想象的共同体：民族主义的起源与散布》，吴叡人译，上海世纪出版集团2005年版。
[美] 克利福德·格尔茨：《地方知识：阐释人类学论文集》，杨德睿译，商务印书馆2014年版。
[美] 亨利·富兰克弗特：《近东文明的起源》，郭子林译，上海人民出版社2009年版。
[美] 梅维恒：《绘画与表演：中国绘画叙事及其起源研究》，王邦维、荣

新江、钱文忠合译，季羡林审校，中西书局2011年版。

［美］梅维恒：《唐代变文：佛教对中国白话小说及戏曲产生的贡献之研究》，杨继东、陈引驰译，中西书局2011年版。

［美］欧大年：《宝卷：16—17世纪中国宗教经卷导论》，马睿译，中央编译出版社2012年版。

［美］欧大年：《中国民间宗教教派研究》，刘心勇、严耀中等译，上海古籍出版社1993年版。

［美］威廉·詹姆士：《宗教经验之种种人性之研究》，唐钺译，商务印书馆2002年版。

［美］维克多·特纳：《象征之林》，赵玉燕等译，商务印书馆2006年版。

［美］维克多·特纳：《戏剧、场景及隐喻：人类社会的象征性行为》，民族出版社2007年版。

［美］维克多·特纳：《仪式过程结构与反结构》，黄剑波等译，中国人民大学出版社2006年版。

［美］沃尔特·翁：《口语文化与书面文化》，何道宽译，北京大学出版社2008年版。

［美］西敏司：《甜与权力：糖在近代历史上的地位》，王超、朱健刚译，商务印书馆2010年版。

［美］伊万·布莱迪：《人类学诗学》，徐鲁亚等译，中国人民大学出版社2010年版。

［美］约翰·迈尔斯·弗里：《口头诗学：帕里－洛德理论》，朝戈金译，社会科学文献出版社2000年版。

［美］萨义德：《东方学》，王宇根译，生活·读书·新知三联书店2007年版。

［美］巫　鸿：《礼仪中的美术：巫鸿中国古代美术史文编》，郑岩等译，生活·读书·新知三联书店2005年版。

［美］武雅士：《中国社会中的宗教与仪式》，彭泽安译，江苏人民出版社2014年版。

［美］杨庆堃：《中国社会中的宗教：宗教的现代社会功能及其历史因素之研究》，范丽珠等译，上海人民出版社2007年版。

［挪威］弗雷德里克·巴斯：《族群与边界：文化差异下的社会组织》，李丽琴译，商务印书馆2014年版。

[英] E. E. 埃文思·普里查德:《阿赞德人的巫术、神谕和魔法》,覃俐俐译,商务印书馆 2010 年版。

[英] E. E. 埃文斯·普理查德:《原始宗教理论》,孙尚扬译,商务印书馆 2001 年版。

[英] 埃德蒙·R. 利奇:《缅甸高地诸政治体系:对克钦社会结构的一项研究》,杨春宇、周歆红译,商务印书馆 2010 年版。

[日] 河竹登志夫:《戏剧概论》,陈秋峰、杨国华译,中国戏剧出版社 1983 年版。

[日] 藤野岩友:《巫系文学论》,韩基国编译,重庆出版社 2005 年版。

[日] 泽田瑞穗:《增补宝卷研究》,东京国书刊行会 1975 年版。

[日] 高楠顺次郎:《大正新修大藏经》,新文丰出版公司 1992 年版。

[日] 羽田亨:《西域文明史概论》,中华书局 2006 年版。

[匈] 格雷戈里·纳吉:《荷马诸问题》,巴莫曲布嫫译,广西师范大学出版社 2008 年版。

[意] 贝奈戴托·克罗齐:《历史学的理论和实际》,傅任敢译,商务印书馆 1982 年版。

[英] J. G. 弗雷泽: 《金枝》,徐育新译,中国民间文艺出版社 1987 年版。

[英] 杜德桥:《观音菩萨缘起考妙善传说》,李文彬等译,台北巨流图书公司 1990 年版。

[英] 弗雷德里克·C. 巴特莱特:《记忆:一个实验的与社会的心理学研究》,黎炜译,浙江教育出版社 1998 年版。

[英] 罗伯特·莱顿:《艺术人类学》,李东晔等译,广西师范大学出版社 2009 年版。

[英] 斯蒂芬·李特约翰:《人类传播理论》,史安斌译,清华大学出版社 2004 年版。

[英] 王斯福:《帝国的隐喻:中国民间宗教》,赵旭东译,江苏人民出版社 2009 年版。

曹本冶:《中国民间仪式音乐研究》,上海音乐学院出版社 2007 年版。

车锡伦:《信仰·教化·娱乐:中国宝卷研究及其他》,台北学生书局 2002 年版。

车锡伦:《中国宝卷研究》,广西师范大学出版社 2009 年版。

车锡伦:《中国宝卷研究论集》，学海出版社 1997 年版。
车锡伦:《中国宝卷总目》，北京燕山出版社 2000 年版。
车锡伦:《民间信仰与民间文学——车锡伦自选集》，博扬文化事业有限公司 2009 年版。
陈国符:《道藏源流考》，中华书局 1963 年版。
段安节:《乐府杂录》，中华书局 1985 年版。
段成式:《酉阳杂俎》，中华书局 1981 年版。
段　平:《河西宝卷的调查研究》，兰州大学出版社 1992 年版。
费孝通:《乡土中国》，上海人民出版社 2007 年版。
冯承钧:《瀛涯胜览校注》，中华书局 1955 年版。
傅惜华:《宝卷总录》，巴黎大学北京汉学研究所，1951 年版。
傅修延:《先秦叙事研究：关于中国叙事传统的形成》，东方出版社 1999 年版。
葛兆光:《中国思想史》，复旦大学出版社 1997 年版。
胡士莹:《弹词宝卷书目》，中华书局 1957 年版。
胡士莹:《话本小说概论》，中华书局 1980 年版。
胡　适:《胡适古典文学研究论集》，上海古籍出版社 1988 年版。
黄卓明:《中国古代报纸探源》，人民日报出版社 1983 年版。
兰陵笑笑生:《金瓶梅词话》，人民文学出版社 1985 年版。
李　豫: 《山西介休宝卷文学调查报告》，社会科学文献出版社 2010 年版。
李丰楙:《仙境与游历：神仙世界的想象》，中华书局 2010 年版。
李世瑜:《宝卷论集》，兰台出版社 2008 年版。
李世瑜:《宝卷综录》，中华书局 1960 年版。
李学勤主编:《十三经注疏》，北京大学出版社 1999 年版。
李亦园:《李亦园自选集》，上海教育出版社 2002 年版。
李亦园:《宗教与神话》，广西师范大学出版社 2004 年版。
刘　平:《中国秘密宗教史研究》，北京大学出版社 2010 年版。
刘师培:《刘师培中古文学论集》，中国社会科学出版社 1997 年版。
刘永红:《青海宝卷研究》，中国社会科学出版社 2013 年版。
刘　桢:《勾栏人生》，河南人民出版社 2000 年版。
陆永峰、车锡伦:《靖江宝卷研究》，社会科学文献出版社 2008 年版。

马西沙:《古代中国民众的精神世界及社会运动》,中国社会科学出版社2013年版。
马西沙:《中国民间宗教史》,上海人民出版社1994年版。
孟繁树:《中国板式变化体戏曲研究》,文津出版社1991年版。
孟　珙:《蒙鞑备录》,上海古籍出版社2005年版。
孟元老:《东京梦华录笺注》,邓之诚注,中华书局2006年版。
明臧晋叔:《元曲选》,中华书局1958年版。
欧阳哲生编:《胡适文集》(第4卷),北京大学出版社1998年版。
彭兆荣:《人类学仪式的理论与实践》,民族出版社2007年版。
濮文起:《中国民间秘密宗教》,浙江人民出版社1991年版。
濮文起:《新编中国民间宗教辞典》,福建人民出版社2015年版。
齐如山:《中国剧之组织》,华北印刷局1928年版。
屈万里:《尚书今注今译》,商务印书馆1969年版。
容世诚:《戏曲人类学初探:仪式、剧场与社群》,广西师范大学出版社2003年版。
沈德符:《万历野获编》,中华书局1980年版。
谭松林:《中国秘密社会》(第二卷),福建人民出版社2002年版。
汤用彤:《汉魏两晋南北朝佛教史》,北京大学出版社1997年版。
陶宗仪:《南村辍耕录》,中华书局1997年版。
王国维:《宋元戏曲史》,华东师范大学出版社1995年版。
王国维:《王国维文学论著三种》,商务印书馆2001年版。
王　立:《宗教民俗文献与小说母题》,吉林人民出版社2001年版。
王明珂:《华夏边缘:历史记忆与族群认同》,社会科学文献出版社2006年版。
王霄冰:《文字、仪式与文化记忆》,民族出版社2007年版。
王重民等:《敦煌变文集》,人民文学出版社1984年版。
吴自牧:《梦粱录》,《东京梦华录》(外四种),中华书局1962年版。
西湖老人:《西湖老人繁盛录》,《东京梦华录》(外四种),中华书局1962年版。
萧启庆:《内北国而外中国:蒙元史研究》,中华书局2007年版。
谢肇淛:《五杂俎》,中华书局1959年版。
许地山:《扶箕迷信底研究》,上海文艺出版社1988年版。

薛艺兵：《神圣的娱乐：中国民间祭祀仪式及其音乐的人类学研究》，宗教文化出版社 2003 年版。
叶德均：《戏曲小说丛考》，中华书局 1979 年版。
叶德钧：《宋元明讲唱文学》，古典文学出版社 1958 年版。
叶舒宪：《诗经的文化阐释：中国诗歌的发生研究》，湖北人民出版社 1994 年版。
叶舒宪：《文化与文本》，中央编译出版社 1998 年版。
叶舒宪：《文学人类学教程》，中国社会科学出版社 2010 年版。
叶舒宪选编：《神话原型批评》增订版，陕西师范大学出版社 2012 年版。
尹虎彬：《古代经典与口头传统》，中国社会科学出版社 2002 年版。
喻松青：《民间秘密宗教经卷研究》，经联出版社 1994 年版。
袁　珂：《袁珂神话论集》，巴蜀书社 1988 年版。
苑利主编：《二十世纪中国民俗学经典系列》，社会科学文献出版社 2002 年版。
张鸿勋：《敦煌俗文学研究》，甘肃教育出版社 2002 年版。
张志刚：《宗教哲学研究：当代观念、关键环节及其方法论批判》，中国人民大学出版社 2009 年版。
郑振铎：《中国俗文学史》，商务印书馆 1998 年影印版。
中国戏曲研究院编：《中国古典戏曲论著集成》，中国戏剧出版社 1959 年版。
钟敬文：《民俗学概论》，上海文艺出版社 1998 年版。
周　密：《武林旧事》，《东京梦华录》（外四种），中华书局 1962 年版。
周星主编：《民俗学的历史、理论与方法》，商务印书馆 2006 年版。
郑志明：《中国善书与宗教》，台北学生书局 1988 年版。
郑志明：《无生老母信仰溯源》，文史哲出版社 2009 年版。
朱一玄点校：《明成化说唱词话丛刊》，中州古籍出版社 1997 年版。
庄孔韶：《人类学概论》，中国人民大学出版社 2006 年版。

后　记

十年前撰写博士论文时，我发现宝卷中也有许多包公故事。可惜由于当时对宝卷了解有限，而宝卷中的包公故事又数量庞大，论文中的这一部分只能割爱。

近几年来，单位变动，专业调整，研究接续 1996 年硕士阶段的思考和偏好，实现了整体的“人类学的转向”。在广泛的材料积累和当代理论参照下，从本土实际出发，立足于跨文化、跨学科视野，从族群、民俗、宗教信仰等角度思考文化文本及研究范式，我有了新的体会。

从理论上看，“文化文本”是文学人类学对“文学”实质性的反思与突破。从方法上看，“四重证据”是文学和文化研究范式的革新。经过数年的转向，观念上淡化了学科壁垒，消除了传统的思维定势和认识偏见，再来审视一向被视为“民间文学”的宝卷，真正体会到文学人类学的转向之于观念的巨大冲击。

宝卷是“文化文本”。一方面，由于其中的一部分是宗教教派的经卷，一部分是民间信仰的故事卷，还有一部分是“仪式卷”，有图像、有音乐、有叙述程式、有民俗仪式。正因为如此，研究俗文学的学者、研究宗教教派的学者和研究社会结构变迁的学者，对宝卷的归属容易各执一端，把宝卷割裂开来，刻意强调某一方面。另一方面，宝卷分布广泛，地域特色明显。所以近年来，宝卷研究以地域特色划分，强调地域特点而忽视了整体特性。认识到这些问题，以独立的，综合的眼光，考察宝卷的历史、社会功能和传播变异，结合人类学对宝卷的反思，笔者认为宝卷背后贯穿的是禳灾救劫的神话观念，其核心价值和功能是禳灾！

本书写作时断时续，期间听取了贾二强、叶舒宪、Alexander Des Forges 等专家及王倩、赵周宽、刘永红、侯亚伟等青年学者的意见和建议，最终完成于 2015 年夏。由于对宝卷的“禳灾”功能思考还不够成熟，本书不打算系统地论述这一见解，留待下部书完成。

拙作的部分章节已经在《民俗研究》《思想战线》《文艺理论研究》《社会科学家》等期刊发表，收入本书时都做了补充修订。另外，收入拙作附录二的《陕西师范大学图书馆藏未著录中国宝卷——兼〈中国宝卷总目〉补遗》一文是与陕西师范大学图书馆古籍部馆员胡明丽合作完成的。

在拙作即将付梓之际，2015 年 9 月，年届八十高龄的中国俗文学史专家车锡伦先生来西安，应邀为研究生做了学术报告。为修订《中国宝卷总目》，车先生又前往校图书馆，目检古籍部收藏的全部宝卷。先生身着唐装，细致地目验，果断地评述，执着的精神和饱满的热情，感染了在场聆听教诲的每位师生。从 2009 年第一次在北京面见先生请教，在先生的鼓励和帮助下，我开始了对宝卷的思考。七年弹指一挥，如今拙著即将付梓，惴惴之情难以释怀……

大唐古都启夏门

2016 年元月

李永平